靈劇

—鄭手作品集—

目錄

第一部■聖火神教

第一部

聖火神教

靈劍

楔子　二十四字嘔血籤辭

明月如霜，好風如水，清景無限。曲港跳魚，圓荷瀉露，寂寞無人見。紞如三鼓，鏗然一葉，黯黯夢雲驚斷。夜茫茫、重尋無處，覺來小園行遍。

天涯倦客，山中歸路，望斷故園心眼。燕子樓空，佳人何在？空鎖樓中燕。古今如夢，何曾夢覺，但有舊歡新怨。異時對、黃樓夜景，爲余浩歎。

——蘇軾〈永遇樂〉

深沉靜謐的黑夜，空曠幽暗的莊院中，清冷的月光映照著一池破敗的荷葉。荷葉池邊，一個三四歲的小男孩兒悄悄蹲在草叢後，聚精會神地凝望著池邊石上的一隻黑身大蟋蟀。他等了好半晌，終於看準時機，陡地往前一撲，兩隻小手闔在蟋蟀身上，興奮地大叫起來：「捉到了！捉到了！爺爺，你看！」

不遠處，一個面容乾枯的白髮老者煢然獨立。他的面色與池中荷葉一般灰敗，眼光從未離開小男孩兒的身形。

小孩兒小心翼翼地用雙手摀著蟋蟀，興沖沖地奔到老者身前。老者彎腰將孩子抱了起來，迷濛的老眼凝望著孩子天眞的笑靨。如此溫馨的情景之下，老者的神色卻顯著異常的悲哀憔悴。他嘶啞著聲音道：「小小兒，晚了，該睡啦。」

小孩兒扭了扭身子，撒嬌道：「我不要睡，我要嬤嬤陪我！嬤嬤去哪兒了？」

老者的臉霎時變得極爲蒼白。他長歎一聲，抱著孩子走入院旁的側屋，在床頭坐下。小孩兒仍舊喜孜孜地覷著手中那隻大黑蟋蟀，小口微張，滿面好奇之色，完全沒有注意到爺爺複雜的神情和悲哀的眼神。

老者似乎終於下定決心，吸了口長氣，端起放在床頭几上的一只杯子，杯中盛了小半杯靛藍色的茶水。他顫抖著手，將杯子拿到小孩兒嘴邊，說道：「小小兒，來，乖，喝下了。」

小孩兒低頭見那茶水顏色古怪，吐了吐舌頭問道：「爺爺，這是什麼？」老者搖頭不答。小孩兒知道爺爺向來最疼愛他，聽話張口喝下了，舔舔嘴唇，笑道：「甜甜的，好喝！」

老者緊緊地將孫兒摟在懷中，身子抖得更加厲害，低聲道：「這是能讓你睡覺的糖水。你好好睡，乖乖睡，知道麼？」

小孩兒點了點頭，伸出滾圓的雙臂抱住了爺爺的頭頸，一如平時，將小口湊過去親親爺爺的臉頰。便在此時，小孩兒忽然手腳僵硬，眼睛發直，他臉色轉黑，口中冒出白沫，睜著一雙無邪的眼睛望著爺爺，但是這雙眼睛已經看不到事物。小孩兒手中的蟋蟀兀自高聲鳴叫，蟋蟀的主人卻已聽不到聲音了。

老者臉上肌肉扭曲，眼淚如斷線般落下，全身顫抖得如要散開一般。他哽咽道：「小小兒，我的心頭肉……原諒爺爺！爺爺這是爲了你好……原諒爺爺……我這就帶你去找嬤嬤，我也就來陪你了！」

他顫巍巍地抱起小孩僵硬的身子走出房間，來到了後廳。後廳寬廣而昏暗，角落只點起了幾枝白色的蠟燭，燭淚已成堆。只見地上整整齊齊地放了二十來張蓆子，每張上頭都躺了一個人形，身上蓋著白布。

老者將小孩兒放在近門邊的一張蓆子之上，取過白布小心地蓋上。蓋上之前還不忘低頭親了一下那猶自溫熱的小臉。

他抬起頭，放眼望向滿地的死屍，一股辛酸悲痛陡然如狂風暴浪般捲上心頭：我這一生最親厚珍愛的眷屬弟子都已去了，連心頭肉的寶貝孫兒也去了！

他喃喃自語道：「我只能這麼作，我只能這麼作！這是最好的方法，沒有別的路了！」

他長長地吁了一口氣，在孫兒身旁最後一張蓆子上坐下，伸手去拿那早已準備好放在蓆邊上的最後一只酒杯。酒杯中靛藍色的茶水在微弱的燭光下閃著詭異的光芒。

但他的手沒有碰到杯子，卻碰到了另一樣事物。他一摸便知道那是什麼：是他七十年來從未離手的算木。他不自由主伸手摸索，將蓆邊的六條算木都抓在手中。

他握著熟悉的算木，不禁精神一振，坐直了身子，心中動念：「我該卜出我此生的最後一卦。我這一生以卜卦始，也應以卜卦終。江湖第一算仙神卜子，怎能在臨死前不卜最後一卦！」

他吸了一口氣，取過一旁的籤筒，在黑暗中輕輕搖晃，倒出一把筮竹，口中喃喃自語，熟練地分竹、數竹、排卦，排出了一個卦象——「水天需」。

需，等待也。神卜子微微一呆，等什麼？他往上數去，卦辭應在上六：「入于穴，有不速之客三人來，敬之終吉。」

他嘿嘿一笑，自言自語道：「我還不能死，還要等這些不速之客來！」他強打精神，奮力爬起身，持起算木、籤筒和酒杯，拖著疲憊絕望的身軀來到前廳，在案前坐下，點起一枝白燭，伸手緩緩磨起一盤黑墨。

「或許剛才那並非我此生最後一卦……」老者在暗夜中喃喃自語。「或許我神卜子的最後一卦還未現世。」他嘴角露出微笑。他心想：那想必將是驚天地泣鬼神的一卦吧！

不到一盞茶時分，便聽遠處蹄聲響動，兩騎馬奔近莊前。蹄聲驟止之際，輕捷的腳步已穿過虛掩的大門，兩個身影快步來到神卜子獨坐的前廳之外。

神卜子抬目望去，但見來者一人已入中年，身形高大，頭髮微禿，寬眉小目，眼神深邃；另一人是個十來歲的少年，濃眉大眼，手腳粗大，神情質樸，似是個農家子弟。這兩人滿面風霜，神態疲倦，不知已有幾日幾夜未曾歇息。神卜子閉上眼睛，嘴角露出微笑：原來是他！我早該知道，虎俠會派人來找我，我只沒料到他有這等膽識，竟派這兩個人來。好個虎俠！那中年人權位極高，身分隱密，我看不透他的來歷；那少年……只是個尋常鄉野村童，但他對虎俠忠心耿耿，學武天分極高，氣度不凡，將來有領掌一方的命格。

神卜子正閉目觀望著來人的背景和未來，中年人已快步來到案前，行禮道：「拜見神卜子前輩！我等冒昧深夜造訪，實有要事相求。在下——」

神卜子舉手阻止，開口說道：「我知道二位是誰，由誰遣來，有何相教。老朽已在此恭候多時。二位請坐。」

少年不禁咦了一聲，脫口道：「你怎知道——」隨即住口。

中年人也甚是驚異，但他沒有多說什麼，只點了點頭，在案前蓆上坐下，神情凝重。少年先跪下向神卜子磕了三個頭，才跟著坐下。他抬眼向老者望去，但見老者高額長鼻，鬚髮散亂，緊閉的雙目凹陷，形容枯槁，死氣沉沉。少年不禁暗覺失望，尋思：「老人家千叮萬囑，讓我和大叔千里趕來拜見的高人，竟是生得這般模樣！」

少年目光下移，見老者乾枯瘦長的十根手指扶著案邊，發灰的指甲足有寸許長，右手旁放著一只竹筒，筒中滿滿地插了數十枝竹籤，籤尾透出光澤，當是久用之物；竹筒旁擺著六條細長角木，三條全爲黑色，另三條兩端爲黑，中間有一道寸許寬的白色。少年不識此物，中年人卻知那是專爲卜卦用的算木，全黑者爲陽卦，中間以白色斷開者爲陰卦，用以排出卦象。案正中鋪著一張粗糙的米紙，一旁磨了一盤濃墨，一枝沾飽了墨的羊毫細筆架在筆山之上。硯旁放了一只小小的白瓷酒杯，杯內盛著小半杯靛藍色之酒水。二人自不知道，這便是剛剛奪去了神卜子一家二十三口性命的劇毒藥物。

二人坐定後，神卜子睜開眼睛，緩緩說道：「兩位來遲了半日。今日午時，火教教主的使者已來過了。」

神卜子語氣平淡，但這幾句話卻如轟雷一般，令少年聽了全身一震，臉色煞白，不自覺握住腰間刀柄。中年人伸手按上少年的肩膀，讓他沉住氣，再凝望老人，問道：「不知段獨聖以何事求教前輩？」

神卜子道：「他不是來向我求教，而是來令我封卦。」

中年人啊了一聲，脫口道：「封卦！」

神卜子嘿嘿一笑，神情苦澀，說道：「正是。火教教主博古通今，燭照千里，洞悉未來，不卜而知。今日有教主駐世，何須我神卜子？」

中年人長歎一聲，神色又是失望，又是痛惜，說道：「看來我等三日三夜馬不停蹄地趕來貴莊，終究是來遲了！」

神卜子微微搖頭，嘴角露出一抹慘笑，說道：「不然。老朽並未應允封卦，反而爲其卜了兩卦。」中年人和少年聞言，都驚訝地噫了一聲。中年人傾身向前，凝視著老者，說道：「願聞其詳！」

神卜子伸手拿起六條角木，在桌上排成一個卦形，說道：「尊駕可識得此卦？」中年人望向案上的六條角木，說道：「上離下坎，乃是『火水未濟』卦。」神卜子點頭道：「正是。《易經》有言：『小狐汔濟，濡其尾，無攸利。』我告訴那使者，教主想要稱霸天下，爲時尚早！」中年人聽了，臉上現出希望之色。

神卜子又將六條角木重新排列，說道：「第二卦乃是『雷山小過』。象曰：『小過，小者過而亨也。』這是小人得志之象。四爻象曰：『弗過遇之，位不當也。往厲必戒，終不可長也。』我告訴那使者，若是位尊而不當，雖雷厲風行一時，必不能久。上六卦曰：『弗遇過之，飛鳥離之，凶，是謂災眚。』若權欲熏天，一味學飛鳥往天上飛騰，愈高就愈無所終，以致無處棲身，造作種種禍害凶險，終要自食苦果。當其衰也，一敗塗地，勢如山崩，一去不復返矣！」神卜子說到此處，神情略顯激動，但隨即恢復平靜，雙手垂放在案邊，低目凝望案上的「雷山小過」卦象，臉上又如槁木死灰般毫無表情。

中年人和少年聽得入神，燭光之下，三人一齊凝望那由六根角木排成的卦象，各自沉思。

過了半晌，神卜子才道：「老朽卜完之後，便將卦辭寫下，交給了使者。此刻那紙籤辭想必已交到了段獨聖手中。」

中年人驀然從沉思中驚醒，臉色大變，站起身道：「前輩快離開此地！段獨聖見籤必然大怒，定會對前輩立下殺手！」神卜子微微一笑，說道：「多謝尊駕關懷。老朽寫下卦辭時，早已預知下場，也已有所準備。火教教主既找上了老朽，我自知逃不過這一劫，今夜早些，我已讓全家人飲鴆自盡了。老朽喝下毒酒之前，自卜一卦，料得二位將到，因而決意遲死片刻，專候二位大駕。」

中年人聞言不禁失色，呆了半晌，才道：「這等剛烈，江湖少見！」

神卜子神色平靜，凝視著案上燭火，淡淡地道：「與其等火教來屠殺一家，不如自行解決，乾淨利落，免受屈辱。嘿嘿，連我最疼愛的小孫子，剛才也讓我親手餵下毒酒，在我懷中斷了氣。」說著啞聲笑了起來，笑聲中含藏著無盡的淒苦悲憤。中年人和少年聽了皆不禁寒毛倒豎，相顧駭然。

神卜子笑了一陣，抬頭道：「老身已半入墓穴，在此等候，只因我仍欠令上一卦。兩位有何相詢，便請賜教。」

中年人吸了一口長氣，伸出手將桌上的六條算木排成了陰、陰、陰、陽、陰、陽的順序，說道：「前輩，您該記得這一卦。」

神卜子低頭望著那卦象，微微點頭道：「上坤下離，這是『地火明夷』卦。明夷，即『明入地中』。這一卦的卦象，乃太陽沉入大地，光明漸失，天地昏暗，邪神當道，正道不彰。」

中年人點頭道：「前輩在五年前便卜到了這一卦，卜出世間重大橫劫。當時武林中除了敝上，無人願意聽信您的警言。今日災禍蔓延到此地步，火教橫行，恣意殺戮，無人能敵，以致少林遁逃避禍，武當封山自保，武林人人自危，而這些禍端早在這一卦中表露無遺！敝上知其不可為而為之，勇率武林精英攻上獨聖峰刺殺火教教主，卻因無法抵禦火教的靈能及咒術，終致一敗塗地，全軍覆沒。前輩，此時此刻，敝上只能求您再度指點迷津！」

神卜子眼神有些茫然，他苦笑道：「尊上太過抬舉老朽了。我雖能以卜卦推算未來，但無法全然洞燭機先，盡知將來之事。否則，又怎會舉家落到這等地步？令上有何疑問，閣下便請說出來吧。」

中年人知道這是名滿天下、號稱百年來第一算仙的神卜子此生最後一次開卦，而自己將求教的問題又是如此至關緊要，關乎江湖未來數十年的氣運趨勢，關乎無數武林豪傑的生死毀譽。他不禁激動，在神卜子案前恭恭敬敬地跪下，說道：「敝上有三事相問。第一件事是，如何才能破解火教教主的靈能及咒術？」

神卜子點了點頭，取出籤筒中的五十枝筮竹，雙手恭持，右手上，左手下，閉上眼睛，將筮竹在額前一舉。他從筮竹中取出一枝，插入籤筒中，說道：「太極定於一。」接著將餘下的四十九枝展開成扇形，高舉於額前，閉目屏息，口中喃喃說出求教的疑問，雙手一分，將筮竹分為兩股，說道：「陰陽開，天地分。」將右手中的一把「地策」置於案上，從中取出一枝，夾在左手小指與無名指之間，說道：「人策取，卦象出。」將左手中的「天策」筮竹八枝八枝除去，最後剩下幾枝，便提筆寫在紙上，如此又算一次，反覆八次，在紙上寫下了八個字：

貪奪眞靈，失不復得

中年人凝目望著這八個字，神色肅然，若有所悟，沉思不語。神卜子道：「第一問的解答，就在這八個字中。請教第二問。」

中年人從沉思中醒來，抬頭說道：「第二件事敝上想問，火教還有多少年的氣數？」

神卜子手中筮竹啪啪作響，算了十餘卦後，他開口道：「三三得九，九三二十七。尚有二十七年。」少年脫口叫道：「二十七年？」中年人嘿了一聲，自言自語道：「這麼長久！」

神卜子收好筮竹，說道：「請教第三問。」

中年人跪在當地，深深地吸了一口氣，聲音發顫，說道：「請教前輩，如何才能殺死火教教主段獨聖，消滅火教？」

神卜子嘴角露出苦笑，說道：「我知道令上定會有此一問。這是大哉問，也是當世最難的一問！」

他拿起籤筒，屏氣凝神，接著分竹、數竹，每得一卦，便撥動六根算木，排成卦形，提筆記下。但見他手法奇快，轉眼間已卜了數十個卦象。中年人和少年已無法跟得上他的排算，只見他蒼老的面孔泛出紅光，眼神如著魔般閃爍著異彩，額頭冒出豆大的汗珠，汗流如雨，不多時便衣衫盡濕，手上仍排算不斷。如此排算了有兩柱香的時分，但見他愈算愈慢，不時拿起案上的兩卷《易經》翻看，參閱彖辭象辭爻辭。卜了百餘卦之後，神卜子終於停下，用顫抖的手拿起羊毫，筆尚未落紙，他忽然哇的一聲嘔出一口鮮血，盡數灑在案上米紙及他白色的衣襟之上。中年人和少年齊聲驚道：「前輩！」

神卜子擺擺手，揮筆寫下十二個字：

猛虎藏　正道殤

獨聖尊　天下奔

少年忍不住道：「大叔，正是因爲老人家深藏不出，正道才氣數大傷……」中年人忙道：「噤聲！莫打擾了前輩。」

神卜子撫胸咳嗽，右手捏緊了筆桿，手腕顫抖得厲害，繼續寫下去，但愈寫愈慢，每一筆一劃都似是用盡了全身力氣。中年人和少年目不轉睛地望著他的筆尖，但見一個個墨字出現在米紙上，少年喃喃念出聲來：

異龍現　江湖變

靈劍泣 野火熄

中年人叫道：「靈劍泣，野火熄！」他感覺眼前如同出現一道曙光，興奮難以自抑，連忙追問：「靈劍，什麼是靈劍？異龍又是什麼？」

神卜子勉力寫完這十二字，一枝筆跌落案上，又嘔出一口鮮血。他半癱在椅上，伸手撫胸，粗聲喘息。中年人急急追問：「前輩，靈劍是指什麼？異龍又是什麼？求前輩指點！」

神卜子伸出顫抖的手，拿起筮竹，但他心神氣力已然耗盡，再也拿不穩筮竹，手一鬆，一把筮竹嘩啦一聲散落在地。少年連忙俯身去撿拾，只見神卜子身子一晃，側身從椅上跌下。中年人搶上前扶住，叫道：「前輩！」

神卜子喘了幾口氣，勉力道：「此中深意，我智慧有限，也難以盡曉。恕我無力再爲令上多算幾卦。我只知辭中人物，此刻都在世上。方位西北，不，方位正東，要找，人得要去找！」

中年人喃喃道：「要找，方位正東，這人得要去找！」

神卜子定了定神，坐直身子，喟歎道：「二十七年，好長的時間啊。今日出生的嬰兒，二十多年後未始不是一位英雄豪傑！老朽有幸，不用多受這二十多年的苦了。」他喘了幾口氣，語音轉急，又道：「留心、留心！這籤辭絕不能讓段獨聖知道，讓他有機會毀滅異龍和靈劍！」

這話一說完，忽聽天雷暴響，黑沉沉的夜空陡然閃起耀目的電光，雷電劈上莊中高樹，登時燃燒起來，火頭亂竄，轉瞬間烈火已將大廳包圍。

中年人和少年站在熊熊火圈之中，耳中聽著轟轟連綿的雷響，都不禁震動驚懼。但聽神卜子哈哈大笑，說道：「你們瞧！我洩漏了天機啊！若不是洩漏了天機，何來暴雷？何來天怒？我這一生可算值了！」他神色狂亂，一邊嘔血，一邊仰頭喝乾了那杯毒酒，跌跌撞撞地衝入後廳。

少年連忙隨後追上，只見神卜子已倒臥在地，與他的二十三位家人相聚了。他伸手去扶神卜子時，神卜子已臉色發青，當場斃命。少年放眼望向後堂滿地以白布覆蓋的死屍，心頭升起一股強烈的悲憤，淚水不禁湧上眼眶。他咬緊牙關，將神卜子的屍身放在最後一張蓆子之上，小心地替他蓋上白布。他瞥見旁邊的蓆上躺著一個極小的身形，知道那是個年幼孩童，想來便是神卜子口中所說，被他親手餵下毒酒、在神卜子懷中斷氣的最鍾愛的小孫子了。少年心中激動，大聲道：「這樣一位人中神仙，竟被火教逼得走投無路，落得舉家自戕的下場！這世間可還有天理麼？」

中年人仍舊站在前廳，抬頭望天，眼神中透出一股奇異的狂喜，他喃喃地道：「這暴雷，這大火！火教教主害怕了！神卜子已決意自裁，因此不怕洩漏天機，天助我也，天助我也！」他向少年說道：「龍英，這嘔心瀝血的二十四字籤辭，我們定要傳出去給老人家！」

便在此時，但聽周圍不只雷聲暴響，連地面也震動起來。少年龍英臉色陡變，衝出後廳，大聲驚叫道：「大叔，這不是雷聲，是馬蹄聲！火教的人已經到了！」

果不其然，蹄聲如巨浪般狂捲而至，聽這聲響，莊子的四面八方都已被來人重重圍住。接著劈啪之聲接連響起，卻是火教教眾向莊內投入火種，原本已被天雷引燃的莊火轉瞬間燃燒得更加熾烈。

龍英知道火教教徒就將闖入莊中，他不擔憂自己的生死，卻生怕這千辛萬苦求得的籤辭畢竟無法傳出，心中又驚又急。少年抬頭望向中年人，但見他安然站在火圈當中，手中拿著籤辭凝目細望，口中喃喃自語。火光照得他的臉容忽明忽暗，他神色平靜，似乎全不擔憂火教圍攻已迫在眉睫。

龍英忍不住奔上前，拉拉中年人的衣袖，叫道：「大叔！」

便在此時，一個瘦削的身影出現在後堂的火圈之中。龍英只道他是火教中人，忙伸手按住刀柄，但看來人的面容服飾卻又不像。火光照耀下，只見那是個面貌清俊的青年，不過二十來歲，身穿行旅裝束，風塵僕僕，臉色蒼白如紙。他站在當地，神色沉穩，好似他老早便在那兒了，好似他在此時此刻獨立在這大火圍繞的神算莊中，乃是再理所當然不過的事。但是龍英十分確定，他和大叔當夜來到莊上時，莊中所有人早已服毒自殺，只剩神卜子一人還活著。這青年人在火教包圍下，卻是如何進入莊中的？

龍英心中正盤旋著一個個不解的疑問，那青年人臉上卻露出苦笑，自言自語道：「『不速之客三人來』，看來我便是那第三個不速之客吧！」

龍英舉步上前，正想開口詢問，卻見那青年人轉頭向他二人望來，招了招手，接著回身便走。

中年人見了，二話不說，大步跟上。龍英略一遲疑，終於也快步跟上。火光閃耀，三個人的背影逐漸消失在火舌吞吐、一明一暗的焰光之中。

第一章　作夢道童

明兒大叫一聲，滾下床來，才睜開眼，便慌慌忙忙地四處張望，尋找出路。

但聽房中喝罵之聲此起彼落：「媽的，誰啊？」「大清早鬼叫什麼？」「哪個狗崽子被周公踢了屁股，回來哭爹叫娘的？」

明兒揉了揉眼睛，這才發現自己並非陷身火窟、被敵人環繞，卻是在大雁道觀的通舖之中。窗外傳來淡淡的曙光，看來已經天明了。他用力甩了甩頭，想擺脫剛才那詭異的夢境，忽覺頭頂一疼，眼冒金星，卻是隔壁舖的胖大道士在他腦門上重重搥了一拳。胖道士罵道：「我倒了三輩子霉，才睡在你這渾小子旁邊！快給我滾過來領死！」捲起袖子還要揍他。明兒哪裡敢過去，趕緊抱頭鼠竄，但覺左脅一痛，卻是被左邊舖上的道士踹了一腳。

眾道人天剛亮便被吵醒，個個滿肚子火，一個青年道人索性伸手拽住了明兒，將他雙手反扣起來，其餘人正想上前群起圍毆，忽聽門口一人高喝道：「亂什麼？還不快準備上殿！」

眾人趕緊停手，一齊向門口望去。卻見一個高大老道站在當地，竟是廣心殿殿主張焦親自來了。這張焦乃是大雁觀側殿的殿主，在觀中地位不低，平日頗具威嚴。眾道士在他嚴厲的目光下不由得收斂，匆匆放了明兒，各自爬起身，手忙腳亂地梳洗收拾、穿衣戴冠。

明兒僥倖逃過了一頓好打，連滾帶爬地回到自己床邊，眼前卻似乎仍隱隱浮現那卜卦老者嘔血寫籤的情景，和那三人快步消失在燄光中的背影。明兒抹去額上的冷汗，心中暗想：「又是這個夢！爲什麼我老作同樣的夢？莫非今兒又有什麼怪事要發生了？」

張焦站在門口，冷然望著群道雞飛狗跳的混亂情狀，忍不住呸了一聲，咒罵道：「無可救藥！懶惰、散漫，說什麼道士，你們簡直就是一群土匪！等當家的回來給你們點顏色瞧瞧，你們才會知道厲害！」

一個小頭道人貧嘴道：「也不知等不等得到那一天？」眾道人哄然竊笑起來。張焦臉色鐵青，低聲咒罵了一句，拂袖而去。

山東泰安州左近人家都知道，這大雁道觀位於天下第一嶽——泰山的山腰上，歷史悠久，數百年前曾是盛極一時的道教聖地。但它有個癥結，就是當家的位子總由老子傳給兒子，自三十年前出了位不肖子拒絕接掌當家後，道觀便群龍無首，沒了個管事節制的人，漸漸地香火就大不如前。時至今日，雖仍有一筆可觀的觀產在撐持著，但早已沒有了往日的氣象。

此時觀裡仍住了四十多名道士，除了三兩位年老道士之外，其餘人既不研讀《道德經》和《莊子》，也不努力修煉成仙之道，甚至連符籙方術、煉丹點金、超渡驅鬼等術也從不用心學習，簡直便是一群尸位素餐、好吃懶作的遊手好閒之徒。眼下廣心殿主張焦道長權充觀中管事，全靠了他的經營操持，大雁觀才勉強維持著場面。也全靠他死求活懇，才終於請了那不肖子的兄弟回來作大雁觀的當家，讓這道觀有了主人。這兄弟四十來歲年紀，在山腳城中作藥材生意富了起來，平時極少理會觀中之事，因此諸般大事還是由首殿太白殿德高望重的殿主王牟老道士作主。

幾日前王老道士鄭重吩咐了，大夥皆得每晨上殿念經學符。眾道士害怕被驅逐出觀，失了生計，不敢違抗，只得跟著行禮如儀。是以當張焦來催促大家早起上殿集會時，大夥也沒敢發出太多的怨言。

那作夢的孩子明兒年方八歲，是觀中年紀最小的道士。他是個沒父沒母的孤兒，自有記憶起便住在這大雁觀中。據觀中道士說，明兒的爹是個跑江湖賣藝的，經過泰山腳下時，因身無分文，還不起酒債，便將四五歲的兒子留在道觀門口自己溜了，明兒就此留了下來。因爲明兒年紀最小，觀中道士都愛使喚他跑腿辦事。觀中素無規矩，眾道士又懶，到得後來，一切挑水打掃、洗衣煮飯的諸般雜事全推給了明兒。他這孩子倒也不笨，眼見大家都偷懶，哪肯自己獨作冤大頭，躲不過的工作只好認眞去幹，但一有機會便溜之大吉，獨自跑到山上去遊玩，往往失蹤個幾日才回來。而觀中道士只要見他人在觀中的時候乖乖幹活，便也懶得管束他。

這日清晨大夥被明兒吵醒，又受了張焦道士的催促，匆匆忙忙穿戴整齊了道袍道冠，魚貫來到大殿太白殿上，分長幼次序坐下。明兒最小，坐在最後邊，幾乎坐到了殿門外頭。

殿中供著道教最高尊神「三清」，即元始天尊、寶靈天尊和道德天尊；殿前一對銅鶴香爐的尖喙中冒出裊裊香煙，縈繞在諸神像的身周。太白殿殿主王牟老道士早已端坐堂上，眼觀鼻，鼻觀心，正自靜坐養神。他一張蠟黃臉，留著一部白花花的鬍鬚，甚有威儀。他聽到人聲，抬起一雙眼眶泛紅的老眼，望著大殿內一眾散漫雜沓的道士們紛紛坐下。等到大夥安靜下來了，他才清了清喉嚨，開口說道：「今兒讓大家清晨聚會，除了每日的功課外，本座還有要事宣布。所以呢，這個，有沒有人沒到的？」

眾道士左右張望，查看相熟的道友是否都已到齊。管事張焦道士站起身，前後走了一遍，伸手點了人數，才回報道：「啓稟殿主，人都到齊了。」

王牟老道士點點頭，鄭重地道：「我們三清一脈，與武林中的許多道流都是同氣連聲。今日武林中禍事不小，大家慄慄自危，所以呢，這個，我們也不能置身事外。」

這話一說，殿上一眾道士都是一呆。眾人來這道觀也有許多年了，武功不但絕對沒練過，連聽也沒聽過，全不知師門竟稱得上是武林一脈。

但聽王牟老道士繼續說道：「幾日前，本座收到一封泰山劍派送來的書信。信中說今日武林風聲鶴唳，草木皆兵，情勢危殆。我們大雁觀自當同舟共濟，共謀對策，方不負我創觀者的一番教誨。」

他掉了幾句書包，用了幾個成語，讓殿上一半的道士都聽糊塗了，紛紛壓低聲音問身邊的人：「什麼鶴啦，草啦、舟啦的，他到底在說些什麼？」

王牟老道士也有幾分自知之明，知道手下這些草包道士大多不讀書不識字，說的太深奧了他們絕對不懂，於是又清了清喉嚨，再說：「總而言之，泰山劍派希望我們出一分力，我也同意了。所以呢，這個，他們要求來我們觀中，挑選幾名資質較好的道士，回去泰山派學習劍術，演練劍陣，增強泰山派的實力。泰山派掌門人長方道長派了座下大弟子玉境道人前來，他今日午後便到。所以呢，這個，大家午飯過後，回來這大殿上集合，參見玉境道人並準備測試。誰通過了，便有機會拜入泰山派門下，去三陽觀修習上乘劍術。」

眾道士聽聞這天外飛來的機遇，都不禁露出躍躍欲試的神情。泰山派所屬的三陽觀位在凌漢峰的山腰上，離此甚近，不過二三十里路，但雙方毫無交情，素無來往，因此泰山派雖是近鄰，其大名也只是久仰而已。而泰山劍派在武林中可說威名赫赫，號稱武林第五大派，若有機會去泰山派學劍，那可是鹹魚翻身，前途無量，比之在這大雁觀中混日子可是天壤之別。

眾道士聞此大事，都難掩興奮，殿上一片嗡嗡然議論之聲，有的摩拳擦掌，一心想躍上枝頭變身鳳凰；有的卻慣於偷閒懶散的日子，不知自己禁不禁得住泰山派的刻苦磨練。只有明兒心中暗喊一聲糟：「這什麼泰山劍派前來挑選弟子不打緊，卻為何要挑在今日午後？這可要壞了我的事。」

原來昨日傍晚他去山上古井挑水時，撞見了一個樣貌清奇的老人，留著長鬚，滿面憂色，彎著腰在山溝子裡細細搜尋。明兒沒見過這名老人，好奇心起，便上前問他在找什麼。

老人答道：「我在為我女兒尋找草藥。她氣虛體弱，我想尋找山葵替她配藥調養。」明兒便問山葵長得什麼樣子。老人道：「葉自根際抽出，柄長半尺，葉身為圓心形，邊緣有鋸齒。花為白色，花冠成十字形，萼片為橢圓形，花瓣四片，中有四強雄蕊，一枚雌蕊。」明兒聽他形容得如此詳細，微微一呆，側頭想了想，說道：「我見過！後山的山谷裡，就有這種草。」

那老人眼睛一亮，忙求明兒帶他去尋。但當時天色將黑，明兒便與他約定次日午飯後在古井旁會面，一同去後山尋找山葵。誰想今日忽然冒出個泰山派前來挑徒的怪事，明兒心想：「我若失約了，那老人定要大大失望。」於是心下暗暗盤算，如何才能躲過這挑徒之會，溜去山上會見長鬍子老人。

午飯過後，大夥將一身道服道冠打理得格外整齊清爽，高高興興地準備上殿應試。午飯前明兒在廚房幫忙煮飯炒菜，弄得一身油污，還沒來得及吃飯，便得幫眾道士們收拾碗筷、清洗鍋盆。他心念一動，暗想：「不如我便留在廚下繼續洗碗。等人都上殿了，我便溜上山去。」打定主意，當幾個相熟道士催他上殿時，他都只答道：「快了快了，我洗好碗便去。」

等大家都陸續上殿之後，明兒快手洗好了碗，擦乾了手，脫下圍裙出了廚房，走過迴廊，透過牆縫偷偷往大殿中望去。但見殿裡人頭竄動，眾道士交頭接耳，議論不斷，想來泰山派的人還沒到來。王牟和張焦兩個站在上首角落，頭靠著頭，低聲商談，神色嚴肅。明兒心想時機沒有比這更好的了，當即悄悄退回廚房，掩上房門，快步往後山跑去。

他經過山門時，低頭往山下一望，遠遠見到彎曲的山道上走著一人。那是個青年人，一身玄色道服，腰佩長劍，蠶眉鳳眼，薄唇玉面，生得極有精神。明兒暗想：「這莫不就是從泰山派來的人？」他閉上眼睛，舉起右手食指，以指節輕觸眉心，耳中隱隱聽到那人喃喃自語：「得找齊十五個人，年紀八歲至二十歲……得有練武的架勢，有模有樣……時間緊迫……不能讓他們知道……找替死鬼可不容易……但師父說替死鬼是唯一的方法了……」

明兒睜開眼，但見那人腳步輕快，一轉眼已走了十來丈。他耳中不斷聽到「替死鬼」三字，凝目望去，見那人眉頭緊皺，若有心事，但口唇並沒有動。明兒也不驚訝，他知道自己「聽」到的，乃是那人心中的念頭。明兒一時不明白那人想的是什麼意思，又生怕這人到來後王牟老道士便要點名，當即轉身，一溜煙往山上奔去。

他沿著山道來到小丘頂上的古井邊，果見那老人已坐在井沿等候，背上揹著一個空簍子。老人見到他來，立即站起身，滿面喜色。

明兒向他一笑，說道：「跟我來！」便領著老人往後山行去。

一老一少穿過碧綠的竹林，涉過清澈的山澗，踏過嶙峋的怪石。山勢愈高，地勢愈是崎嶇險陡，明兒生怕老人失足，不斷回頭問道：「行麼？跟得上麼？」但見老人腳步輕健，緊緊跟隨在後毫無疲色，才放下心。

老人見這孩童踏著草鞋，一身破舊寬鬆的道袍在山風中剌剌而響，頭上梳著的道髻蓬鬆鬆，但身形輕捷，異於尋常，忍不住問道：「小道長，你是泰山派的麼？」明兒搖搖頭。老人又問：「那是秦家劍派秦掌門座下？」明兒又搖了搖頭。老人再問：「莫非是長青門人？」明兒還是搖頭。老人搔搔頭，說道：「偌大一個山東，就這三個門派有點名聲。你若不是出自這三派，卻從哪兒學來一身輕功？」

明兒噗哧一笑，說道：「老爺爺，你說什麼輕功？我是大雁觀的。我們大雁觀的道士是不學武功的。」

老人甚是驚異，他當然聽過這大雁觀的情形，多年來以祖傳觀產養著一群無所事事的懶惰道人，沒想到大雁觀中竟有這小道童這般的人物。當下又問：「小道長如何稱呼？」明兒道：「我叫明兒。」想了想，也客氣地回問道：「老先生如何稱呼？」老人答道：「我姓揚，名鍾山。我是個醫者。」明兒點了點頭。

揚老又問：「你怎地對這兒的山勢如此熟悉？」明兒笑道：「我們觀中大夥清閒得很。我沒事就往山上跑，幾日不回觀也沒人會問。」他伸手指去，說道：「你看那邊那座山，還有對面的那座，還有後山的峽谷峭壁，我全都去過。」揚老點頭道：「東邊那峰叫作天來峰，西邊是聖祖峰。你說的峽谷峭壁，大約便是虎躍峽和碧落崖了。」這下換成明兒感到驚異道：「原來這些地方都有名字的，我卻不知道。」

兩人邊走邊談，一路上揚老見到什麼藥草，也會跟明兒指說一番，直走了一個多時辰，才來到一個山谷。兩人站在山岩上，低頭望向腳下一片翠綠的山谷。揚老抹去額上汗水，說道：「這山谷再過去，便是虎山了。」明兒點頭道：「虎山這名字好。這山溝子裡老虎多得很，我每次來都見到幾頭。」

揚老聽他口氣輕鬆，不禁奇怪，問道：「你見到過老虎？不怕麼？」明兒奇道：「怕？老虎有什麼好怕的？」揚老更加疑惑道：「難道你不怕老虎咬你？」明兒側頭想了想，說道：「牠們從來不咬我。我只討厭牠們總纏著我，要我跟牠們說山下的事情。」

揚老一呆，暗想：「原來這孩子是傻的。」向他臉上望去，見他一雙眼睛黑白分明，髒兮兮的小臉上一派認真，並無瘋癲之色，又不禁懷疑起來。還未發言，明兒已一躍而下，落在低處一塊大石上，招手讓揚老跟上。揚老隨後跟去，兩人逐漸落入山谷之中。

明兒在前撥著雜草四處搜索，尋了半晌，才歡呼一聲，彎腰採了些什麼，高高舉起向揚老叫道：「你要找的草藥，是不是這個？」

揚老見他手中持著的正是山葵，大喜過望，快步上前接過了，低頭一望，但見山陰處五十來尺方圓中，一片滿滿的都是山葵。他如獲至寶，當即卸下背上竹簍，彎腰摘採。

明兒見他歡喜，自個兒也十分興奮，蹲下身幫忙採了起來。揚老怕他不知如何採集，走近前來，說道：「這山葵的根、莖和葉都可入藥。你得連根拔起，像這樣。」當下伸手連根採了一束給他看。

明兒認眞觀看，點了點頭，捲高了道袍袖子，開始採山葵。揚老一側頭，望見他瘦瘦的左臂上爬滿了淡色的疤痕，仔細瞧去，卻見那似乎是火燒的痕跡，兩條上臂都有，疤痕盤旋錯綜，都已泛白。他忍不住問道：「明兒，你手臂上這些疤痕，是怎麼回事？」

明兒低頭望了自己的手臂一眼，說道：「我也不知道？我從小就有這些疤痕，身上也有。」說著扯下衣領，給揚老看他胸口的疤痕。

揚老一呆，凝目而視，但見他戴著一枚銅墜子，胸口上頭的灼痕更多，密密麻麻，跡路分明，直如一幅工筆畫一般。明兒又道：「背後也有。」又伸手掀起道服給他看。

揚老皺起眉頭，不忍再看。他原以爲這孩子幼年曾陷身火窟，身上才有這許多灼傷，但細看之下，他知道這不是一般火燒留下的傷痕，卻是有人故意灼上去的，才能留下如此工整細緻的圖案。

揚老沉思一陣，問道：「明兒，你家鄉何處？父母是誰？」明兒搔了搔頭，說道：「我不知道？我只記得自己向來便住在大雁觀中。」揚老問不出個所以然，心想：「這孩子頗不尋常，不知是何來歷？或許改日該去拜訪大雁觀，向那兒的殿主探問探問。」

兩人花了半個時辰摘採山葵，裝了滿滿一大簍。揚老道：「明兒，多謝你啦。這些足夠作幾個月的藥材了。」明兒站直身，甩去一頭汗水，笑道：「那就好啦。」又問：「那麼幾個月之後，你還得再來採麼？」揚老道：「我識得路，自己來採就行，不需再勞煩你帶路了。」明兒點點頭，抬頭看看天色，說道：「我也該回去啦。」

揚老有些擔心，問道：「孩子，你趕得及回去麼？」明兒閉上眼睛，舉起右手食指，用指節碰了一下眉心，忽然皺起眉頭。

揚老見他神色有異，問道：「怎麼了？」明兒咧嘴一笑，臉上憂色一掃而空，笑道：「沒什麼。我得在天黑前趕回去，替大家作晚飯啦。」

一老一少離開山谷，踏上歸途。這段路也足走了一個多時辰，回到古井邊時天色已半黑。揚老與明兒道別，明兒笑了笑，揮揮手，逕自飛奔去遠了。

揚老望著他的背影，心中不禁對這古怪的小道童生起一股難言的擔憂掛念。

第二章 替死之鬼

明兒快步奔向大雁觀的主殿，遠遠便見燈火通明，眾人顯然還在那兒聚會。他剛才便已有預感，知道事情不對，自己麻煩大了。果然，一個守在觀門口的青年道士見到他，登時大叫起來：「回來了！那小雜種回來了！」

殿中湧出一群道士，衝上前七手八腳捉住了明兒，不由分說，便將他推擁入了大殿。明兒見殿首坐著三人，除了王牟老道士、張焦道士外，還有個身穿玄色道袍的青年男子，眉清目朗，下頦留著短鬚，正是自己離開前看到行走在山腰上的那人，想來便是張焦口中的玉境道人了。

張焦一張臉已氣成紫黑色，壓抑不住怒氣，衝上前去，舉起拂塵尾巴劈頭便打了明兒三下，罵道：「小兔崽子，好不知死活，讓大家等你等到天都黑了！」

明兒抱著頭趕忙閃避，裝傻叫道：「我再也不敢啦！我害大家餓肚子啦！我這就去煮飯去！」

張焦更氣，罵道：「誰叫你煮飯了？我們早就吃過了！現在是這位泰山派玉境道長要找你，已在這兒等了大半天了！」

明兒抬起頭，望向那青年道人，但見他目光炯炯，直望著自己。明兒眨眨眼睛，耳中開始「聽」到他的心思：「……年紀身材都和玉泉差不多，可以……只是玉泉從小飽讀詩書，眉目間滿是書卷文氣。這山野孩子卻傻頭傻腦，粗劣鄙陋……唉！如今也只能濫竽充數了……」明兒聽他「說」自己傻頭傻腦，當即歪嘴斜眼，向他作了一個鬼臉。那玉境道人一皺眉頭，更加不喜，卻也無可奈何，拂袖道：「就是他了！時間不早了，我們這就上路。」

張焦聽說這孩子還使得，登時鬆了一口氣，向站在一邊一群十多名道士揮手喊道：「你們還在等什麼？快去房中收拾東西，打好包袱，跟玉境道長上路了！」

其餘被選中的道人紛紛發出質疑抗議之聲：「天都全黑了，何不等明日再上路？」「黑摸摸的，這山上夜路可難走得很啊！」

明兒此時心中已然清楚，「替死鬼」指的就是自己這一群人，而泰山派危險迫在眉睫，找替死鬼之舉緊要非常，可等不了這一夜。他抬頭望去，但見玉境搖了搖頭，堅持得今夜啓程。張焦於是指手畫腳，命令眾道士廢話少說，立即準備上路。王牟老道士則坐在當地，神色顯得極爲疲累，臉露哀憫之色，明兒暗想：「王殿主是知道的，我們這一走，可是有去無回了。」

玉境道人不耐煩聽眾道士七嘴八舌的抱怨抗議，開始在殿上踱起步來，想著心事：「……敵人來得好快，師父這場布置不知來不來得及？無論如何，我們這些成名弟子是躲不過的了。但求能保住泰山派的年輕一輩，十幾二十歲的弟子們……尤其是師父的獨生愛子玉泉……唉，這孩子天資奇高，師父就寄望他能光大我泰山派門戶……但盼他能逃過這一劫才好！」

明兒默默地「聽」著玉境的心思，但沒來得及多聽一些，便被張焦殿主催促著趕回通舖收拾。張焦站在門口不斷吩咐眾道人：「快些，快些！衣服不用帶了，泰山派自有道服給你們著用。收個小包袱是了！地方不遠，要緊事物儘管留下，隨時可以回來拿！」

明兒原本便沒有什麼自己的事物，連包袱都省了，只摸了摸胸口，確定那枚用舊紅繩子繫著的銅錢墜子仍安然套在頸中，便放下了心。他聽人說這墜子是他上山時便戴著的，是他與自己出身來歷的唯一聯繫，因此他向來十分珍貴重視。

眾人摸黑上路，玉境在前打著燈籠領路，他挑選了一個健壯老實的青年道士在後面提著燈籠押陣，中間夾著一十四名大雁觀道士，一行人在黑暗中蜿蜒地走向泰山派重鎮三陽觀。

明兒夾在隊伍中間，一邊忍著飢餓，一邊打著呵欠。想想自己不但錯過了晚飯，連午飯都沒吃，不知下一頓何時才有著落？他聽身前身後的師兄們七嘴八舌地議論著：「多虧我平日多跑山路，體格健壯，這才被泰山派揀中了。」「呸！你這懶惰梆子，被揀中是你狗運！」「不知在泰山派練劍辛苦麼？」「怕什麼辛苦？練個五年七年，一朝出了師，下山在江湖上行走，只消亮出你泰山派的名頭，把那些個土豪惡霸嚇得屁滾尿流，可有多威風哪！」

明兒卻清楚得很，他們這些被揀中的不過是群替死鬼，有如吃得較肥的豬隻，在過年祭祀時給挑中了，趕出圈去準備作犧牲祭拜神明一般，沒有什麼好慶幸的。他倒不很擔心，他年紀雖幼，卻直覺船到橋頭自然直，到時一切危難自會消弭擺平。他不去聽師兄們的胡亂猜測，抬頭望向黑暗的山際，忽然想起今日午後和自己一塊兒上山採藥的老人，心想：「那位揚老先生知道的草藥可眞多！希望他女兒的病能快快好起來。」

這山路雖不過二十來里，半夜行路卻頗爲不易，大雁觀這些道士又從未練武，加上平素便懶散怠惰，少於操練，一行人拖拖拉拉直走了兩個多時辰才抵達三陽觀。眾人都已疲累不堪，玉境差個小道士領一行人去觀後的通舖休息，眾人衣衫也沒解，倒頭便睡。

明兒肚子餓得厲害，在舖上翻來覆去，感到肚子響如擂鼓，如何也睡不著。他撐到午夜，再也忍耐不住，心想：「我到廚房去偷點饅頭吃，別讓人發現便是了。」於是在大雁觀眾道此起彼落的鼾聲中偷偷摸出房去，抬頭四望，看見主殿的飛簷黑影高高聳立在左首天際，心想廚房多半在後進，便向右邊摸去。

他聽得腳步聲響，偷目瞧去，見是兩個穿著玄色道袍的人持著長劍巡邏，神色警戒。明兒心想：「泰山派防範得這麼嚴密，看來整夜都有人到處巡邏。」

他屏住呼吸，趁那些人走過後，輕手輕腳地往右首摸去。但沒走出多遠，天上月亮忽然被烏雲遮住，四下一片黑暗。明兒停下腳步，瞇起眼睛，努力尋找一絲光亮。他見到遠處有間矮屋的窗中透出隱約的火光，心想：「找不著廚房，先往那兒去再說。」便緩緩向那矮屋走去。

他來到那矮屋窗下，但聽得裡面隱隱傳來說話之聲，夾雜著幾聲抽泣。明兒心中好奇，探頭往窗中望去，只見十多名青年跪在當地，身著便服，背後揹著包袱，臉上涕淚縱橫，恭恭敬敬地向當中一人拜倒。當中那人一張長方臉，一把鬍鬚又黑又長，身穿玄色道袍，眼中也是老淚雙垂，懷中緊緊抱著一個七八歲年紀，面目清秀的小男孩兒。

明兒心想：「這些人三更半夜，在這兒哭什麼？」但聽一個弟子哽咽道：「師恩深重，玉般願與師門同生死、共存亡。師父……」

那長方臉道人緩緩搖頭，歎息道：「玉般、玉敏，還有玉傾、玉元，你們的心意，為師都明白。但泰山派的前途，比我們師徒間的恩情更加緊要。一切照計畫而行，不得有失。時候到了，你們該上路了。」眾弟子又拜倒在地，紛紛落淚，泣不成聲。

明兒恍然大悟，這些便是替死鬼的「正身」。如今替死鬼們來了，他們可得趕緊離開，免得撞著了「鬼」，反而走脫不了。

長方臉道人低頭望向懷中的孩童，輕聲歎息，說道：「泉兒啊泉兒，你若生在太平之世，不定能成爲一代宗師，光大我泰山門戶。但如今世道混亂，火教橫行，邪佞猖狂。所謂正人君子，皆無法苟存於此混混濁世。你便先藏身村里，韜光養晦，待時局變換後，我父子再圖相聚。」

那孩童嗚咽起來，伸手緊緊抱著長方臉道人的肩頭，泣道：「爹！」眾人見了這一幕，都抱頭痛哭起來。玉境坐在一旁，緊抿著嘴，竭力不哭出聲來。

明兒在窗外見了，忽然想起夢境中那被爺爺親手毒死的小孫子，也曾伸出手臂這麼緊緊地抱著他摯愛的爺爺。他鼻中一酸，好似陡然憶起一些遺忘已久的往事，卻又模模糊糊地記不清楚。他心中忽想：「我的記性並不差，為何卻對小時候的事情半點印象也沒有？大雁觀的道兒們幾番說起我爹將我留在觀門口的往事，但我卻連父親的長相姓名也全不記得了。就算我當時年幼，也該有個四五歲了，總不至於連自己的姓名也說不出吧？」

他記得大雁觀的知客道人曾跟他說起，那時他們發現一個衣衫襤褸的小童站在大雁觀門外，知客道人曾溫言詢問這遭人遺棄的小娃兒：「孩子，你叫什麼名兒？」小童站在當地，抬頭瞪著知客道人，傻楞楞地重複了一句：「名兒？」知客道人只道他眞便叫作「明兒」，此後大家也就這麼喚他了。想到此處，明兒忍不住伸手去摸胸口那銅錢墜子，心想：「我爹只留了這墜子給我，人就去了。除了他並非身無分文之外，他還想透過這銅錢告訴我什麼？他還會回來找我麼？」

但聽窗中長方臉道人說道：「好了！時辰到了。你們快上路吧，不然怕天明前趕不到山下了。」眾人又跪拜一陣，才抹淚啓程。

明兒聽得眾人魚貫從後門走出，長方臉道人出門相送，玉境站在師父身旁，望著那十五名年輕弟子消失在夜色之中。明兒躲在窗下的草叢中，掩藏甚好，眾人都沒有發現他。待弟子們去遠後，玉境低聲道：「師父，你已……已下定決心了？」

長方臉道人緩緩說道：「我道家崇尚自然，絕不逆天而行。老子說：『柔弱勝剛強。』如今只等火教攻上山來，我等奮力抵抗數日，犧牲幾個弟子是必要的，之後自然便得投降。當今之世，誰能與火教相抗？不降，難道要讓大家全數殉難於此？這對本派存續有何好處？只是我心中這盤算，你絕對不能說與任何師弟知曉。」

玉境點了點頭，沉默一陣，才道：「師父，但是這替身之計若被發現，可不易善了。」

長方臉道人哼了一聲，堅決道：「無論如何，我絕不能讓泉兒上獨聖峰！」頓了頓，又冷然道：「這些替身，最好能讓他們全數死於這一役，以除後患。」

玉境應了一聲，又遲疑道：「但是，那些新上山來的傢伙武功一塌糊塗，我擔心派他們出手，反要露出破綻。」

長方臉道人微微點頭，說道：「你考慮得周到。這些人，若對我泰山忠心便罷，若有絲毫叛意逃意，殺了乾淨。」說完便轉過身，舉步回入屋去，玉境則行禮告退。

明兒見二人談話告一段落，緩緩向後移動，繞過一塊大石，準備回到來時的小徑上。豈知便在此時，他的肚子忽然咕嚕一響，聲音極大。玉境登時警覺，回身拔劍，只一瞬間，人已衝入草叢，繞過大石，劍尖抵在明兒的咽喉。

月光下，玉境看清楚那瘦小的身形便是自己剛從大雁觀帶回來的小道士，不禁一呆。明兒反應極快，在那一瞬間已改變了身體的姿勢和方向，讓自己看來似乎正沿著小徑前行一般。

玉境見到他的位置和姿態，微微放心，認定他正向著這邊行來，應該不曾見到房中情景或聽到二人對話。但聽師父在身後喝道：「是誰？拿下了人！」

玉境握著劍柄的手一緊，心中猶疑：玉泉等已依計畫逃下山了，眼前這個替身責任重大，自己努力保護都還來不及，怎能格殺？若沒了這孩子，匆促間上哪兒再去找個八歲的小道士來？

明兒料準了他不會殺己，傻笑道：「玉境師父，我肚子餓得睡不著，出來尋廚房想找點東西吃。但這兒眞大，我找不著廚房。求你行行好，給我幾個饅頭充充飢，好麼？」

玉境收回長劍，轉過身去，向長方臉道人稟報道：「師父，是大雁觀新來的小道士，人剛往這邊走來。他說肚子餓了，想去廚房找東西吃。」

長方臉道人嘿了一聲，說道：「嗯，好，好。那麼，你便帶他去吃點東西，讓他早些回去睡吧。」說著便自回屋去了，更沒有出來望明兒一眼。

玉境無心帶這小道士去吃東西，但也無法丟下明兒，只能不情不願地去廚房找了些乾糧塞給他，領他回去通舖，命他晚上不可再出來遊蕩。

次日清晨，玉境讓大雁觀的十五名道士都換上了泰山派的玄色道服，來到大殿集合。這三陽觀氣派可遠遠超過了大雁觀，大殿足有五六個太白殿那麼大，巨石爲柱，柱上雕刻龍盤虎踞，甚是壯觀，殿上供著五丈高的三清神像，莊嚴肅穆。玉境領眾大雁觀道士在三清像前禮拜上香後，又領他們拜見了掌門人長方道長。

眾人見長方道長是個五十來歲、面目嚴肅的中年道士，一張長方臉，一部鬍鬚長而黑。他簡單講授了入門訓辭後，便爲眾道士一一頒布法名，從玉般、玉敏、玉傾、玉元等，果不其然，明兒得到的法名正是玉泉。他們這群替死鬼，如今可是一一對號入座，一個也逃不掉了。

長方掌門頒完法名，便起身回入後進去了。玉境道人再次提醒叮嚀眾大雁觀道士：「我們泰山劍派非常注重師父賜予的法名。你們將自己的法名好好記著，互相之間便這麼稱呼，舊時用的姓名全都可以忘記了，知道麼？」

眾道士在大雁觀時一向只用自己的本名，現在得了個新的法名，甚覺新奇，互相稱呼新名，嬉鬧成一團。玉境也不阻止眾人議論笑鬧，只令大家散去，各自歇息，午飯後到練武場上集合學劍。

當日下午，玉境也不親自出馬了，只讓個二十出頭的師弟玉甫出來領大家學劍。玉甫是個皮膚白皙的高瘦青年，眉目倒也清秀，但滿臉的不耐和怨懟。他全不教各人馬步弓步、舉重挑石等基本功夫，直接便讓大家拿劍，教了一招泰山派的起手式「岱宗夫如何」。玉甫讓大家反覆練習多次，直到有模有樣爲止。明兒心中雪亮，知道只要使出起手式，讓人看出是泰山弟子，其餘什麼招式都不會也不要緊。反正大家武功稀鬆平常得很，多半使不到第二招便會被敵人砍個屍橫就地，敵人只道自己殺死了個比較膿包的泰山弟子，死人不會需要第二招、第三招，也不會透露自己是才來泰山派幾天的替死鬼。

但明兒知道這替死鬼的內情是說不得的。說了出來，只會讓大雁觀的師兄們驚慌失措，紛紛逃跑。這一逃，多半便要全數死在泰山派的劍下，若不逃走，留下靜觀待變，或許還有一條生路。

他心情鬱悶，不時閉目靜思，想看清楚未來的命運，但愈看心情愈差，似乎沒有一條路是走得通的。要不就大家都死，要不自己就得身陷無可挽救的危難。他雖不想大家死，但也不怎麼情願犧牲一己以拯救眾人，只好將之置諸腦後，不去多想。

閒來無事，明兒便坐在練武場旁邊的階梯上，呆望泰山弟子練劍。此時泰山派的年輕弟子都已潛逃藏匿，剩下的都是入門已久的資深弟子，大多已走過江湖闖出名頭，武功深得泰山重劍的眞髓。這些弟子知道危難迫在眉睫，每日除了勤於練功練劍，再無他事，也不介意明兒這孩童在旁觀看。明兒瞧著瞧著，也漸漸瞧出一些門道來，心想：「這些人花許多時間舉大石、抬重鼎，都是爲了練習膂力。膂力強了，才能使這比一般長劍要重上一倍的重劍。重劍雖然遲鈍，力道卻大過一般的長劍。對手料不到劍力能強勁如此，往往被打個措手不及。」

他看得入神，有時也伸手跟著比劃起來。但他年幼力弱，無法使動泰山派的重劍，只能想像各種招式的威力和技巧。

這一日，明兒忽覺背脊發涼，心知什麼不祥的事情就要發生。

果不其然，到得午後，一間後殿忽然毫無來由地著火燃燒起來，幾個道士險些被困在火窟中。接著去後山挑水砍柴的道士一去不返，負責巡邏的道人出去尋找時，卻見後門已被巨木堵住，更無法撞開。前頭山門之外，也在不知何時被人堆起了一個墳墓般的土堆，上面以朱紅大字寫著：「立地歸降，教主悲憐。一日不降，當殺一人。」

有兩個脾氣暴躁的道人見到後，痛罵火教裝神弄鬼，結伴闖了出去。不料二人在繞過那土堆之後，便不明不白地嘔血身亡，當場暴斃。

如此一來，泰山眾人人心惶惶，都知道敵人已攻上山來，卻偏偏不肯現身，只在暗中封山殺人，手段陰狠。長方道長當即召集眾人齊聚大殿，下令道：「我三陽觀中飲水糧食足夠撐持一年。大家處變不驚，安穩迎敵，照舊輪番巡邏，不可鬆懈。敵人見無法潰散我等的志氣，遲早會現身出手。火教這些邪魔外道的武功低微，只能靠些卑鄙的花樣來嚇唬人。待得敵人現身與我正面對敵，我泰山派武功威震天下，自能降妖伏魔，大敗對頭。」

到了次日，火教開始施行他們的恐怖招降計畫，不知如何殺了一個泰山弟子，將屍首燒得面目全非，猙獰恐怖，扔在門口的土堆之上。又過一日，乾脆將新的屍首留在大殿正中，同樣以火燒灼過，並將鮮血塗了滿地。清晨泰山弟子上殿聚會時，見到那屍首，都不禁驚呼失聲，議論紛紛。前一日各人語氣中充滿憤慨仇恨，今日卻帶著猶疑恐懼。眾人原本以爲火教只守在三陽觀外，沒想到對頭竟可在三陽觀出入自如，殺人棄屍又布置現場，如入無人之境，而眾弟子日夜不停地巡邏防衛，竟都未曾發現敵人的蹤跡。

明兒站在眾道人之中，忽然想起昨夜又作了一次那詭異的夢：夢中老者親手毒死愛孫，兩個不速之客前來求籤，以及籤辭出現後引發天雷暴火、火教包圍等情節。這當然不是他第一次作這個夢了，雖然他以往也常作些稀奇古怪的夢，但從來沒有一個如這夢境那麼眞實，那麼深刻，而且情景一次比一次清晰，細節一次比一次鮮明。明兒想起夢境的驚險恐怖，霎時全身冷汗。他四下張望，忽覺此時的處境似乎也沒比夢中好上太多，暗想：「怎地我老夢到被火教圍攻，如今竟眞被火教圍攻了？最好這也只是個夢，只要害怕一下便能清醒過來。」但他知道這不是夢，無法扯扯自己頭髮便醒轉過來，只能硬著頭皮面對。

長方道長眼望著大殿中的屍首，臉色鐵青，連表面的鎮定都難以維持。他衣袖微微發抖，大聲呼喝，命令弟子掩埋屍首、清理大殿，繼續巡邏守衛。眾弟子齊聲答應，聲音中卻滿是掩藏不住的恐懼。

眾大雁觀道士見此變故，臉色都白如山鬼。眾人聚在一塊兒，七嘴八舌地商量該如何逃跑。明兒湊上前聆聽，忽然插口道：「大家是要死還是要活？」眾人一怔，都道：「當然是要活了。」明兒道：「若是要活，活路是有的。但我們的膽子得大些，此時此刻，千萬不能逃跑。一逃，不但泰山派要殺我們，守在外面的火教也要殺我們。」眾人紛紛質疑道：「不逃，難道在此等死？」

明兒搖頭道：「我幾日前偷聽到長方老道跟玉境對話，知道泰山派遲早要投降的。只不過他們畢竟是武林一大門派，總不能連打都沒打便投降，所以一定得撐上幾日，奮力抵抗，死幾個人後再投降，這樣一來，別的門派才不會笑話他們膽小害怕，毫無骨氣。因此這幾日的對抗是必要的，才能保住泰山派的名聲。但是無論如何，投降是遲早的事。投降之後，火教要借重泰山派的實力幫它辦事，一定不會胡亂殺死泰山弟子，最多抓走幾個人質。到了那時，大夥的性命自能全數保住。」

眾人平日不當明兒是一回事，但此刻心下惶惶，又聽他說得有理，紛紛點頭稱是，催促他再說下去。明兒道：「如今保命之道，就是誓與泰山派共存亡，決心守護三陽觀，這樣泰山派才不會懷疑我們。但他們也知道我們武功太差，不會眞派我們出去巡邏守衛。大家少出聲，少出頭，乖乖待在宮中不要亂跑，危難自然會過去的。」眾人聽了，都連連點頭。

第三章　虎穴瘋子

於是又這麼過了三日，火教果然善用恐懼戰術，每日暗殺一個落單的泰山弟子，將燒焦的屍首送到三陽觀中。又不時佯作攻山，半夜在山下敲鑼打鼓，高聲吶喊，令泰山弟子日夜膽顫心驚，不得安眠。

不但明兒看得出泰山派撐不了多久，玉境也懷疑師父爲何還不投降。這日他又去與師父密談，勸長方道長早日投降以減少犧牲，長方道長終於作出了決定，長歎一聲，揮手道：「好！你這就帶兩個師弟出山門，告訴火教，我等願意投降，請火教首領入宮一見，但條件是不可再殺我泰山弟子一人！」玉境鬆了一口氣，當即率領玉甫和玉華兩個師弟，出門而去。

長方道長於三陽觀中等候消息，不斷踱步，實是度日如年。過了約兩個時辰，才聽弟子來報：「啓稟掌門，火教使者上山來了，在大殿上等候！」

長方道長倏然起身，率領眾弟子快步來到大殿上，但見一個中等身材的男子居中而坐，頭上留著寸許長的短髮，額上綁著一條黑紅交纏的麻繩，一身火紅衣衫極爲惹眼，領口袖口各處掛滿了顏色鮮豔的香袋、手巾、珠串、神像等什物。眾人一見到這人，都不禁升起一股詭異之感。儘管他面目端正，甚至頗有英氣，但那一身特異的裝束卻讓人感到說不出的古怪彆扭。另有近百名身穿黑衣的火教教眾站在門外，頭上皆蓄著寸許長的短髮，裝飾與那首領頗爲類似。眾人垂手而立，臉上毫無表情，有如木刻，身上都帶著兵器。

明兒跟在群道後面，偷眼去看當中那人，偷偷以食指輕觸眉心，見到了許多的影像，心中尋思：「這人在火教中地位並不高，但野心極大。」

卻見那人神態平和，溫文儒雅，毫無殺霸之氣，似乎過去數日來的殘忍燒殺、毀屍棄屍種種作爲都與他無關。他旁若無人，意態悠閒，自顧從袖中掏出一只精緻的金色小瓶，放在鼻邊嗅了一下。泰山眾人皆屏息凝神，大氣也不敢透一口。

那人緩緩將小瓶子收回懷中，這才抬眼望著長方道長，眼神中竟帶著深厚的悲憫關懷，微微點頭，拱手說道：「長方掌門人，聖火神教使者張去疾有禮了。」

眾人見他言語溫和，彼此望望，都暗暗鬆了口氣。只有明兒皺起眉頭，知道這人實際心狠手辣，其恐怖殘忍遠遠超過泰山眾人的想像，一不小心惹惱了他，轉眼便要血洗泰山，所有人都逃不過這場浩劫。明兒心中升起強烈的警戒，他知道自己過去數日看不清楚未來，正是因爲這使者的心思太過難以捉摸，禍福吉凶全在這人一念之間，而這一念會落於何處，卻極難預料。

長方道長搶上兩步，當場跪下拜倒，說道：「張使者在上，屬下長方率領五十三名泰山弟子，歸降聖火神教，懇請教主慈悲，善爲接納！」

張去疾臉上不動聲色，既不歡喜，也不惱怒，只擺手道：「掌門人何須多禮？請坐。」

長方道長爬起身來，在張去疾身旁的太師椅上戰戰兢兢地坐下。一眾全身黑衣的火教徒進入殿中，一字排開，與泰山弟子相對而立，毫不掩飾防範敵意。

但聽張去疾淡淡地道：「長方掌門深具慧根，因此才能衷心信服神聖教主。我輩凡夫俗子，能聽聞教主金旨已是三生有幸，豈能生起半分違抗之心？今日神聖教主降世，乃是云云眾生的福氣。泰山派誠心歸服火教，有緣得聞神聖教主的寶貴教誨，跟隨教主同登聖火天界，歸證清淨寶殿，實是莫大善緣，可喜可賀啊。」

長方道長既然已橫了心決定投降，早預料到降後會有此情此景，雖不甚明白何謂「同登聖火天界，歸證清淨寶殿」，也只能低著頭唯唯應是。

張去疾頓了頓，抬眼往眾道一掃，望見了明兒，臉露微笑，說道：「我聽說貴派有個名叫玉泉的小道兒，可是這位吧？」說著伸手往明兒指去。長方道長心中一緊，忙道：「正是。」

張去疾點點頭，站起身走上前，臉上猶帶笑容，陡地伸手抓住明兒的衣領，將他瘦小的身子拎了起來，接著毫不停頓，狠狠地將明兒往正門外的土牆摔去。這一抓一摔全無徵兆，明兒毫無防備，還沒搞清楚狀況，土牆已飛快地迎向眼前。他驚呼一聲，只能趕緊抱住頭臉，縮成一團，接著感到肩膀背後一陣劇痛，一聲巨響，已將土牆撞倒了半爿。

張去疾若無其事，微笑著望向長方道長，說道：「聽人說玉泉小道兒天資穎悟，百年難見，乃是泰山之寶。這位想必……是個替身吧？」

長方道長臉色大變，一時驚駭得說不出話來。玉境趕忙快步上前，向張去疾道：「啓稟使者，我師弟年紀尚幼，未能習得本派上乘武功。但他天賦異稟，只教按部就班修練下去，將來前途無量。」

張去疾仍舊微笑著，說道：「天賦異稟，我可看不出來啊。倒像是鄉下放牛趕羊的村童，來你泰山派濫竽充數了。」說著目光掃向其他泰山弟子，淡淡說道：「泰山派雄鎮一方，怎地弟子看來都不大像個樣子，嗯？」

玉境生怕他又揪出其他大雁觀來的替死鬼，露出更多馬腳，當下刷的一聲拔出長劍，跨上一步，佯怒喝道：「士可殺不可辱，閣下取笑我泰山武功，便請下場賜教！」

張去疾慢吞吞地道：「要賜教，也沒有不可以。那麼貴派是放棄投降，想與我聖火神教一決死戰了？」

長方道長連忙出聲阻止：「玉境，退下！」上前長拜不起，說道：「使者在上，上天有好生之德，為減少傷亡，本派已誠心歸降火教，絕不反悔。」

張去疾嘿了一聲，臉上微笑不減，眼中卻多了分難以掩藏的殺氣，說道：「既是誠心歸降，卻為何拿個假的小道士來欺騙本座？」手下眾黑衣人不待指令，同時各拔出兵器，瞪著眾道士。一時間殿上殺氣騰騰，一場血戰一觸即發。

便在此時，忽聽哎喲一聲，眾人轉頭去看，卻見一個小道士從磚塊灰粉堆中嗯嗯唉唉地爬起身來，灰頭土臉地走回殿中，拍拍身上塵土，望向玉境，伸出手來，說道：「師兄，請借長劍一用。」正是明兒。

玉境一呆，這小道士半點武功不會，借劍何用？他若再多出一次醜，豈不更穿幫了？他遲疑未答，明兒已夾手奪過他手中長劍，手法巧妙，玉境竟來不及反應，便已失劍。

明兒舉起劍，規規矩矩地向著張去疾使了一招「岱宗夫如何」，說道：「使者在上，玉泉學藝不精，讓貴座取笑了。泰山派著重劍法，對於擒拿輕功等技並不擅長。玉泉年幼，只學得泰山劍法的皮毛。願在此演練幾招，請貴座指點。」

張去疾沒料到這土頭土腦的小道士竟說得出這幾句頗爲得體的話語，對他側目而視，說道：「你說說看，你要使什麼招數？」

明兒咧嘴一笑，露出兩顆剛長出來的大門牙，說道：「當然是本門的『十八盤』啦。」

張去疾見他牙齒潔白，微微點頭，知道他絕非出身貧窮的農家子弟。一般貧戶孩童的牙齒大多焦黃蛀蝕，不能長得這樣好，心中對這孩子是替身的密報漸漸生疑。

泰山眾人聽他說出「十八盤」，皆盡面面相覷。這十八盤乃是泰山聞名天下的勝景之一，自開山、龍門、升仙坊直至南天門，一條一千六百餘階的石梯筆直而上，兩邊峭壁高聳，有如登天，地勢險惡，景觀豪壯。泰山派的前輩曾將這十八盤轉化爲八招劍法，每招以當代詩人的詩句爲名：「拔地五千丈，沖霄十八盤。徑從窮處見，天向隙中觀。重累行如畫，孤懸峻若竿。生平饒勝具，此日骨猶寒。」這劍法極爲艱難高深，向來是泰山派不傳之祕。一個八歲小童，無論天資多高，多受師父寵愛，也不可能去學十八盤劍法。而這從大雁觀抓來、不學無術的冒充道童，又怎麼可能會使？

在張去疾遲疑未答的幾瞬間，明兒微微閉目，腦中閃過了一個記憶——

「嘿！十八盤，狗屎招數，他媽的無用已極，虧得那群泰山派的蠢蛋竟還將它當寶！」

明兒望著眼前那一頭亂髮、滿面皺紋的老瘋子，不禁笑了出來。老瘋子一如往常，用粗大如蒲扇的左手有一下沒一下地，敲打著躺在他身邊那隻巨大老虎的頭頂。明兒原本有些懼怕這比一般猛虎還要大上一半的巨虎，但見牠對老瘋子乖巧順服，任其敲打，有如大貓，才漸漸不怕牠了。這時老虎半閉著眼，如熟睡的貓兒般發出呼嚕聲響，似乎希望老瘋子不斷敲打牠的頭，好讓牠舒舒服服地進入夢鄉。

老瘋子罵得興起，又說了下去：「他媽的泰山派，不過在泰山蓋了個三陽觀，取了個泰山派的名兒，就以為泰山是他們的啦？泰山十八盤地勢險絕，鬼斧神工，乃天下一絕。卻被他泰山派借去弄出個無用八招，我說是亂七八糟！呸！」

明兒好奇道：「喂，這『十八盤』招術究竟如何亂七八糟？你使給我看看好不好？」

老瘋子仍舊罵不絕口：「泰山派除了當年的穗莊道長還有點本領外，其餘都是廢物！一群廢物學些爛招，有個屁用！」說著站起身來，高大的身影遮住了半個洞口。明兒也跳起身，退後幾步。老人手中不知何時已多了根竹棍，在虎穴中的空地揮舞起來，飛快地使出了三招，口中說道：「這三招，叫什麼『拔地五千丈』、『沖霄十八盤』、『天向隙中觀』。你看看，破綻在哪裡？」

明兒凝神觀看，說道：「第一招直上直下，打左右；第二招轉圈兒使花招，打臉；第三招只顧往上攻，打腿。」

老瘋子拍手大笑道：「一點兒沒錯！你總算沒跟我白學了！」

明兒年幼好玩，拾起一根竹棍，將那三招比劃了一次，他記性奇佳，將這三招使得似模似樣，一絲不差。他本想那老瘋子多半會多讚自己兩句，沒想到腦門一疼，被那老瘋子狠狠地敲了一竹棍，罵道：「沒出息的，這些爛招，你去學它幹麼?你哪天敢使這些招數，便是找死！別說我沒警告過你！小兔崽子！老子要敲足你三棍才夠！」

老瘋子手中棍子好快，一眨眼間又敲了過來。明兒早已有備，手中竹棍一閃，將老瘋子的第二棍封住了，跟著身子往後一翻，躲開了第三棍，落下時正騎在那巨虎身上。巨虎黃眼陡睜，怒吼一聲，聲震山林。明兒伸手環抱著巨虎的大頭，笑嘻嘻地道：「我不敢得罪你，是你主人要打我，我的頭可沒有你的硬！」巨虎低吼一聲，有些厭煩又有些無奈地重新閉上了眼睛。

老瘋子追上來還要再打，明兒早已扔下竹棍，竄出虎穴，一溜煙鑽入了山林之中。

此時，三陽觀主殿當中，在泰山派弟子與火教眾人圍觀之下，明兒睜開眼睛，腦中已將那三招的形狀想清楚了，心中暗暗苦笑，尋思：「我今日要使這三招了，老瘋子說得果然沒錯，我這是在找死哪！」

張去疾凝望著他，微微點頭，說道：「你使吧。」

明兒吸了一口氣，使出第一招「拔地五千丈」，長劍由下往上挑，速度極快，直取敵人眼目。雖只一招，但去勢奇特，勁道狠猛，甚難擋架。明兒接著使出第二招「沖霄十八盤」，一柄重劍左右橫劃共一十八次，愈劃愈高，招數有虛有實，分別取敵左腿、右脾、左脅、右肩、左頸、右眉，一氣呵成，敵人不知虛實，一個不慎便可能連續中劍受傷。明兒跟著使出「天向隙中觀」，左手揑個劍訣指向天空，長劍直出，取敵上盤。

這三招使得沉穩狠猛，顯然是正宗的泰山武功。明兒也就只會這三招，再多沒有了。他使完後便即收劍行禮，說道：「請貴座指教。」

殿中靜了一會兒，隨即響起一片拍掌叫好聲，卻是大雁觀的道士們齊聲為明兒歡呼喝彩。泰山弟子則都看傻了眼，這孩子使的顯然是十八盤中的招數，雖不完全正確，但劍意和力道絕對是泰山武功，即使是眞的玉泉都使不出來。

一旁的長方掌門和玉境更是震驚不已，對望一眼，疑惑這孩童究竟從何處學到這十八盤中的三招？玉境去大雁觀捉替死鬼，竟捉來了個會家子，帶回了個大麻煩？兩人不知明兒為何出頭護衛泰山派，生怕他說穿了內情，泰山派全要遭殃，手心都揑了把冷汗。

張去疾對武功的眼光十分獨到，眼見這孩童精擅泰山劍法，身手不凡，不能有假，當下微笑點頭，招手道：「玉泉小道兒，你請過來。」

明兒一呆，雖感到毛骨悚然，卻又怎敢不去？左右瞧瞧，還是先將重劍還給了玉境，免得提在手中重得手臂發麻，才緩緩踅到張去疾身前。

張去疾和顏悅色，拉起他的手，笑問：「孩子，你幾歲啦？」明兒腦中急轉：「玉泉幾歲？我可眞不知道。」回想起玉境上大雁觀捉替死鬼時，自己曾「偷聽」到他心裡盤算著要找個八歲的道童，當下答道：「八歲。」張去疾點點頭，說道：「你資質忒好，留在這兒眞是埋沒了，實在可惜。我帶你去武功天下第一的人身旁，求他教你武功，好麼？」明兒故意遲疑道：「但我出身泰山，師父師兄們都在這兒……」

張去疾抬頭望向長方道長，微笑道：「長方道長，這孩子我得向您借了。神聖教主的規矩，您想必清楚，不必我多說了。」

長方掌門還愣在當地，還是玉境用手肘碰了他一下，這才醒悟，這孩子既展現了泰山武功，通過了盤查，這使者已準備帶他上獨聖峰，就表示對上了樺，眞玉泉是得救了。他一身冷汗霎時乾透，豁然站起身，裝出滿臉的驚詫不捨，叫道：「不，你不能帶他走！爲何……」

張去疾撇嘴一笑，說道：「你要我說明白，那也可以。神聖教主燭照四方，老早知道這娃兒是你的親生兒子。神聖教主立下了規矩，所有伏教掌門人的親生子女，都得上獨聖峰去，隨侍教主身側，承受教主的恩澤。你泰山派既歸服了聖火神教，這規矩是不能不遵守的，否則後患無窮。」他頓了頓，又重複一次：「後患無窮啊！」

長方道長重重坐倒在椅上，努力逼出了一把老淚，張大口還想說什麼，卻發不出聲音。玉境忙上來扶住師父，低聲勸解。師徒倆作戲功夫倒不差，幾能亂眞。

張去疾心中懷疑盡釋，轉頭向明兒打量去，心想：「這孩子學武的潛質確實不錯，明王見了想必歡喜。有這孩子作人質，諒這長方道人不敢輕舉妄動。收服這牛鼻子後，原本該給他施印的，但我尙未得傳其術，只能等哪位護法得閒，再來給他施印。」又想：「待這兒事情了結，我得趕緊上聖峰，向明王稟報收服泰山派的喜訊。以往收服武林大派，素來由教中三大護法出手。此番我以使者身分完成此重任，明王得知了想必極爲欣悅。說不定這回上山，將有機會升任尊者，得傳火教祕法。」想到此處，臉上不禁露出得意的笑容。他從懷中取出一本薄冊子說道：「我等已將泰山派連掌門人在內的五十四名弟子，作好了名冊。你們每人在這名冊按上手印，發誓永生臣服我聖火神教。沒有我的准許，誰也不可離開三陽觀一步。神教弟子今日便將入主貴派，每日清晨夜晚按冊點名。」眾泰山弟子都低頭應諾。在火教弟子監視下，眾人乖乖地按序上前，在名冊上蓋下手印，跪地宣誓終身服從火教。

張去疾抬起頭，望向殿上的三清神像，說道：「這外道邪教的神像，多留一刻，便是一分罪過。你們今日便動手拆了，在後院放把火統統燒掉。我會報請聖宮，請教主賜予火神塑像和教主塑像各一尊，供在這三陽觀的大殿上。」說著望向長方道長。長方道長聽說要拆下並燒毀道教最高的尊神三清神像，一時呆在當地，作不得聲。還是玉境沉著機伶，在他身後悄聲道：「師父，快向使者謝恩。」長方道長醒悟，當即跪倒在地，磕頭道：「叩謝使者！敝觀若能請得火神和教主聖像長駐大殿，可是萬世大幸。此恩此德，長方沒齒難忘。」

張去疾滿意地點點頭，站起身，說道：「明日將有主法導師一名來此，長駐三陽觀，日夜向各位講解教法。你們可要認眞學法，千萬不要讓大慈大悲神聖教主失望啊！學法有成者，將來都有機會上聖峰覲見教主，親身恭聆教主的寶訓，知道了麼？」說時神色殷切，顯出萬分的期許鼓勵。眾泰山弟子原先默不出聲，張去疾又問了一次：「知道了麼？」眾泰山弟子聽他口氣不快，忙一齊高聲回答：「謹遵使者號令，不敢有違！」

張去疾點點頭，命三十名聖火教徒留守泰山派，自己率領其餘教眾，押著明兒，離開了三陽觀。

明兒回頭望向泰山派眾人，只見大雁觀的道士們都睜大眼望著自己，嘴巴微張，神色驚詫，神情中不無憐惜不捨。長方掌門和玉境卻明顯地鬆了一口長氣，互相覷望，嘴角露出淺笑，顯然對他的死活毫不關心、絕無憐憫。明兒心中一涼，他知道在他們心中，能夠挽救一個寶貝兒子、寶貝師弟，可比什麼都要緊，就算得再拉幾十個替死鬼也在所不惜。至於自己爲何甘願作他們的替死鬼，爲何在關鍵時刻顯露功夫，讓火教使者相信自己便是玉泉，長方和玉境雖然不知道原因，卻也無心深究。

明兒輕歎一聲，微微苦笑，心想自己既然甘願作人家的替死鬼，那便沒什麼好說的了，也不必期望別人心存感激。他轉過身，隨火教眾人向山下走去。

卻說明兒在火教眾人圍繞下，快步下了泰山。他心情鬱悶，打從心底感到一股難言的煩躁絕望，更無心去觀看未來，只好去想以前的事。他想起虎穴中的老瘋子，自己第一次見到那人，似乎是在大雁觀住下後不久。一日他跟著師兄上山砍柴，半路走散了，正東張西望找路時，忽見一隻巨大的老虎自樹叢後跳出來，睜著一雙金黃的眼睛凝視著他，血口微張。那時明兒還是個五六歲的孩子，不知道老虎可怕，伸手便去捉牠的尾巴。老虎一扭身，竄了開去，鑽入樹叢。明兒覺得有趣，便隨後追上老虎，在荒山野地中直追了數里，來到一座峭壁之下，見老虎鑽入了一個隱蔽的虎穴。明兒探頭向內望去，便見到那老瘋子端坐在虎穴當中。他一雙銅鈴般的眼睛在暗中閃閃發光，花白的頭髮散亂已極，一身衣衫破爛不堪，半件袍子竟是以獸皮製成。

明兒怎會喚他老瘋子？是了，那老人坐在虎穴中放聲大笑，好似剛見到了天下最滑稽的事情一般，笑聲顛狂無比。明兒當時便想：「這老虎爲什麼要跟一個老瘋子住在一起？不嫌吵麼？」

之後明兒便鑽進虎穴，跟老瘋子打了個招呼。老瘋子既未回話，也不問他是誰，開口便要他乖乖坐下，閉上眼睛。明兒孩子心性，當即坐下了，閉上眼睛。一片寂靜黑暗中，他忽然感到小腹上一團暖氣緩緩聚集，漸漸擴大，接著向上升至胸口，經咽喉、嘴唇、鼻心、眉心以至頭頂。當這股暖氣經過眉心時，他眼前忽然閃出許許多多的景象，五顏六色，精彩紛呈。明兒覺得又刺激又有趣，等那股熱氣回到肚子以後，連忙睜眼問道：「你怎麼弄的？」

老瘋子一雙眼睛在黑暗中顯得極爲明亮，正凝視著自己。明兒看到他嘴角帶著微笑，似乎十分滿意，但聽他吩咐道：「晚上睡覺，就這麼呼吸，別讓那股熱氣停下，知道麼？」明兒點了點頭，壓抑不住心中好奇，便想伸手輕觸眉心，去打探老瘋子的內心。沒想到老瘋子忽然又哈哈大笑起來，笑聲在山洞中震蕩迴響，久久不絕。明兒一時被那笑聲震懾住了，緩緩放下手。

老瘋子收了笑，說道：「小孩兒有空就來這兒陪我坐坐。我不但教你呼吸，還教你打竹棍兒。」

明兒哪裡見過如此怪異而高深莫測的人物，年幼好奇，更兼不知天高地厚，此後每隔兩三日便跑上山找那虎穴中的老瘋子。老瘋子總是坐在穴中等他，他一來，便要他坐下呼吸。有時才一進穴，老瘋子便拿竹棍打他，打得他嗯啊亂叫，滿穴逃竄。有時老瘋子也要明兒拿竹棍打自己，明兒見老瘋子似乎就坐在那兒，動也不動，但不論如何左揮右打，竹棍就是打不到老瘋子身上。

老瘋子時時狂笑，話卻不多，只偶爾罵罵哪門哪派的武功無用，說說誰是膿包廢物。明兒自始便不覺得他在教自己什麼，因爲老瘋子從不以師長自居，更從不明白出聲指點。明兒一直以爲這人長住深山，與世隔絕，因此發了瘋，只要有人來陪他坐坐，玩玩竹棍兒便高興了。直到明兒想起自己說出如何破解泰山派三招時，老瘋子曾說了一句話：「你總算沒跟我白學了！」這才意識到：原來老瘋子一直在教自己，自己也一直在向他學習。但自己究竟學到了什麼，卻也說不清楚。這就是武功麼？明兒搔搔頭，這跟泰山派那些人練功練劍的法門沒有半點相同，自己也全不懂得如何持劍跟人相殺。就說眼下吧，被火教教眾圍繞逼押著一步步走下泰山，滿心不情願，但也絕不可能撿起一根竹棍，就將眾人打個七零八落，可以一逃了之。

想著想著，不知不覺已走了三個時辰。將近傍晚時分，一眾人才來到山腳。明兒忍不住回頭望向暮色中高聳入雲的泰山，心中思量：「以後也不知還能不能見到老瘋子？他究竟是什麼來頭？他會使那幾招泰山劍法，卻將泰山派罵得一文不值，顯然不是泰山派的。幾日前遇見的那醫者老爺爺，他問我是哪一派的，問了一個泰山派，還說起山東有秦家劍派、長青派。難道老瘋子是這兩派的人？他又爲什麼會獨自跟老虎一起住在深山裡，過著如同野人般的生活？」

第四章 夜襲火廟

當晚火教教眾在使者張去疾的率領下，來到泰山腳下一個小鎮。鎮頭有座高大堂皇的廟宇，眾人從正門進入，繞過迴廊，穿過一扇低矮的窄門，踏入了一間陰暗的大殿。殿中煙霧縈繞，瀰漫著一股特殊的香味，前方神龕中擺滿了神像。明兒久居道觀，慣見各種道教神像，從「三清」元始天尊、寶靈天尊、道德天尊，到玉皇大帝、西天王母、鐵拐眞人，再到關羽大帝、草藥王爺、花粉夫人、華陀先師等，無一不識，無一不曉，但這龕中供奉的卻都是他從所未見的神祇。當中最大的一尊足有五丈高，以紅布覆蓋，見不到面目，極爲神祕。旁邊都是些面目猙獰的鬼怪一類，身軀大多爲赤色、黃色，頭髮卻是青色。只有大佛像前的一尊眞人大小的塑像呈人形盤膝而坐，眉目清秀，長鬚垂胸，神態平和，面容慈悲。

明兒凝望著那神像，目光再也無法移開。他知道自己見過這個人，卻完全不記得在何時何地，也不知道這人是誰。他搜索記憶，甚至將曾經作過的夢也想了一遍，卻都沒有這人的面目。但明兒知道自己一定識得他。

他跟著火教教眾來到神龕之前，教眾紛紛在那神像前跪倒膜拜，一人伸手在他背後一推，示意要他也跟著跪拜。明兒在火教徒圍繞下，只能順從照作，跪倒時伸手輕觸眉心，「聽」到身邊火教徒眾心底的虔誠祈禱：「明王在上……懇請恕我罪愆，賜我智慧！」

明兒倏然明白：這神像便是火教教主段獨聖！原來火教中人對外人稱段獨聖爲「神聖教主」，教徒之間卻尊稱其爲「明王」。

眾人禮拜完後，一一從神桌上取了一些什麼放入口中。明兒探頭一望，見神桌上放著一只精緻華麗的黃金托盤，裡面呈著一盤紅色的粉末。沒人要他去取，他便也沒敢去碰。接著眾人退到左首，一個火教教眾往地上的蒲團一指，要他坐下。明兒乖乖盤膝坐下了，但見大殿上除了從泰山下來的火教徒外，還有不少其他教徒，都已在位子上盤膝坐好，閉目靜坐。跟著又有教徒魚貫入殿，上前向段獨聖神像跪倒膜拜，吞服紅粉，之後便依據位階順序坐下，安安靜靜，極有秩序，整個殿上約莫有百來人。

明兒正覺得肚子餓，後悔剛才沒能偷吃一口那神祕的紅粉，又想著不知何時才能吃飯，忽聽一聲洪亮的鐘聲從前方高高聳立的法壇上響起，接著一個紅衣男子出現在法壇上，一身莊嚴盛服，頭髮以紅絲線纏繞，紮成半尺長的馬尾垂在腦後，比起蓄著寸許長短髮的尋常火教徒還要古怪些。但顯然頭髮長短在火教中乃是位階的象徵，此人頭髮比那使者張去疾的還要長些，地位想來也高些。

殿上原本安靜，這法師出現後，更是靜得連呼吸都顯得太大聲了。

便在此時，法壇前陡然燃燒起一壇烈火，火色青綠，直竄向大殿屋頂。眾火教徒一齊拜倒，齊聲高呼：「聖火不滅，永照人間！」

那法師在壇上肅立一陣，等眾人安靜下來後才沉聲道：「最初始時，人們空空如也。」火教教眾齊聲回答：「愚昧魯鈍，一無所知。」法師續道：「我們不知火神大能無所不在。」火教教眾答道：「且無時不在。」法師舉起手中所持一團燃燒著的青綠色的火球，說道：「大能在此！」火教教眾答道：「賜與信眾喜樂！」法師說道：「祂喚醒我們的心火。」火教教眾答道：「消除所有疑惑。」法師說道：「世間一切都將毀壞。」火教教眾答道：「唯有火神大能，賜我永生！」

明兒聽他們一問一答，整齊無誤，訓練有素，心想這大約是他們常常重複的儀式之一。但見那法師在法壇上坐下，雙目微閉，有如出神，聲音低沉緩慢道：「此夜寧靜，平和安詳，正象徵著火神聖火照亮黑夜，帶給世間光明。大家深思！黑夜中的光明為何？這光明是無法目睹的，無法覺受的，更加無法以言語來形容。啊！待我曉喻你們：黑夜的寧靜，正是明王心頭的寧靜。爭鬥！廝殺！流血！都已成為過去。明王恩澤廣被眾生的時候，已經來臨了！不要懷疑，它已經來臨了！就在我們的眼前，就在你們大家都觸摸得到的地方！你們感覺到了麼？聽到了麼？見到了麼？」

法師說得聲嘶力竭，殿中眾人眼睛圓睜，不斷點頭，同聲稱是，臉上滿是飢渴的希求和難掩的興奮。

法師睜開眼睛，掃望壇下一眾火教徒，高聲道：「聖火教徒們！我們曾經面對悲傷，曾經迎接災難。這是我們火徒的天職！為了讓明王的恩澤廣布世間，我們必須犧牲，必須流血。唯有如此，火神之火才能繼續燃燒下去，傳遍人間，廣布大地。今日來聽我傳法的兄弟中，將有人為明王作出巨大的貢獻，成就不世奇功。到時你們切不可忘記我今日訓誡你們的深理：開始和結束原本相同。一切沒有開始，也沒有終了。人生不過是長河中的一個漩渦，烈燄中的一道火舌，如此而已。切記！切記！」

明兒聽得一頭霧水，但從觀望法師的內心中得知，這法師並未有任何預知未來、解疑解惑的本領，不過在照本宣科，演練一齣熟極而流的段子。他心想：「怪的是這些人竟都聽得如此入迷，原來大人這麼好騙的。」

法師說完之後，一個教眾站起身來，雙手結印，高舉額心，大約是火教中行禮的方式，說道：「請問法師，明王法力無邊，爲何不能在彈指間征服天下？」

法師瞪著那人，厲聲喝道：「咄！我不是說過了麼？一切沒有開始，也沒有終了，只有過程。你問這問題，表示你仍舊無法全心相信火神，無法相信明王！懺悔！我告訴你，唯有誠心懺悔，才能消除心魔，重回正道。快求火神寬恕，明王慈悲！」那問話的教眾早被嚇得魂不附體，慌忙伏在地上連連磕頭，不敢起身。

又一個教眾站起身，也作了個同樣的手勢，問道：「請問法師，少林躲藏，武當封山，爲何這兩大派無法領會明王的慈悲？爲何這些所謂武林領袖竟能愚癡若此，無法得見眞理？我們當如何引導這些愚徒走上正路？」

法師這回沒有喝他，只斬釘截鐵地道：「莫要疑惑！少林派必將歸服明王，武當也是一樣。明王早已見到未來的一切。他們沒有別的路可走。不只天下武林門派，便是一般凡夫俗子、市井小民、鄉野村夫，也將世世代代崇拜火神，信奉明王。這是我們肩上的責任！天下太平，這四個字是什麼意思？很簡單，就是讓天下人都信奉正道。正道，就是我們此刻走著的道路，前有火神指引，旁有明王呵護。仔細聽好了！我等實是世間最幸運的一群人啊！」

眾人聽了這話，都一齊跪倒，拜伏在地，口中齊聲稱頌：「明王智慧無盡，慈悲無邊！」

明兒不等其他教眾來拉他，也忙跟著跪下拜倒，以免惹人注意。他側頭見張去疾跪在不遠處，神色虔敬，態度恭謹至極。明兒看出他不只是作作樣子而已，而是眞心相信法師所說的每一句話，每一個字。

但見那法師又緊閉起雙眼，口中念念有辭，殿中眾人也跟著誦念，身體左右搖擺。明兒感受到眾人漸漸進入出神狀態，集體亢奮正慢慢累積，直令他背脊發涼，毛骨悚然。他感覺眾人情緒愈積愈高，將近沸騰，壇上法師忽然全身發抖，狀若顚狂，站起身高喊道：「敬拜明王！」殿中眾人一齊高喊：「敬拜明王！」法師又喊道：「法喜充滿！」殿中眾人同聲應和道：「法喜充滿！」霎時之間，百來人同時陷入顚狂，有的手舞足蹈，有的伏地大哭，有的口中喃喃自語，有的嘶聲吼叫著無人能懂的言語。

明兒瞪大了眼，不知道這些人是怎麼回事。他不願人家注意到他是殿中唯一安然無事的人，連忙也跟著滾倒在地，伏在地上繼續偷眼觀察，心想：「爲什麼他們發瘋，我卻沒事？我跟他們有何不同？難道就因爲他們是火教徒麼？」轉念一想：「啊，還是因爲他們剛才吃了那紅粉？幸好我沒吃！」他半坐起身，觀望身周的火教教眾，但見他們已完全陷入昏狂，幾近入魔中魔，狂喜痛苦交雜，深陷其中而無法自拔。

明兒身處一片混亂當中，忽然感到肚中咕咕作響，只覺餓得難以忍受。他心中暗想：「這些人只顧著聽法拜火、發狂發顚，連吃飯都省了，我可餓得要命！」當下一邊假裝在地上滾動，一邊偷偷往龕前移去，盼能在供桌上找到些供奉給神明的米飯瓜果之類，抓來充飢。他小心翼翼地滾到神龕之前，放眼一望，見供桌上放著蠟燭、油燈、法器、清水、香花等，除了那碗詭異的紅粉外，偏偏沒有任何其他可吃的東西。他滿心懊惱，正打算往旁邊的供桌爬去，忽聽門外一聲巨響，一個渾厚的聲音在門外響起：「火教邪徒，此地已被我等重重包圍。放下武器，勿要反抗，我等自會放你一條生路！」

眾火教徒正沉浸於瘋狂喜悅之中，聽到有敵人攻來，一齊轉頭望向大門。但見門口果人已被手持刀棍的蒙面敵人守住，外面黑壓壓的不知還有多少人。這些人能夠衝破廟外護衛，武功想必不弱。殿中教徒不過百來人，顯非其敵。明兒抬頭往壇上那法師望去，清楚見到了一條路：「只要他一聲令下，這裡所有人都可保住性命。」

不料那法師雙眼發直，眼中非但沒有恐懼退縮，卻充滿顛狂歡喜。他指著門口眾蒙面人，尖聲叫道：「明王的考驗來了！大家不要怕，這些敵人都是虛幻，並非真實。這是明王對我等忠誠的考驗啊！我等誓死效忠明王，萬死不辭！殺！殺！殺！」

殿中火教教眾在法師的驅使下，雙眼發紅，抓起兵刃便與來人相殺起來，口中高聲稱頌教主恩德，砍殺時奮不顧身，狀若瘋狂。一時之間，大殿上慘呼聲、驚叫聲不絕於耳。明兒見到大殿的前後左右中共五個門都已被來人把守住，幾名火教徒想從側門衝出，但還未跨出門檻便已被砍倒。轉眼間已有十多名火教教眾被斬死在地，鮮血四濺。

明兒一個小小孩童，哪裡見過這等血腥場面，登時嚇得呆了，混亂中不知被誰一撞，往旁滾去，滾到了神桌下，正藏在了布幔之後。他縮成一團，全身顫抖，勉力鎮定下來，心中大惑不解：「爲什麼要讓這些人去送死？爲什麼？外面的敵人絕非虛幻，都是眞的，教徒流血死亡也是眞的。人死了就不會回來了！」

他鼓起勇氣，從布幔縫隙中偷偷瞧去，見殿中相殺雙方之中，一方是蓄著寸許長的短髮的火教徒，另一方卻是光頭，頭上有三至九個不等的圓點兒。明兒想起見過山南的凌漢峰下有座普照古寺，裡面住了不少僧人，頭上都是燒著圓點兒的，他知道那叫作「戒疤」。明兒心想：「難道是和尚？和尚不是不能殺生的麼？這群和尚竟然結夥提刀殺入這怪廟，這到底是怎麼回事？」

他偷眼望去，又見到一群衣著破爛的漢子，手持單刀鐵棍，橫揮直砍地闖了進來，將數名火教徒殺死在地。明兒愈看愈奇，心想：「不但有和尚，還有乞丐。莫非這廟搶走了和尚的信眾，又摔了乞丐討飯的缽子，因而引起眾怒，一齊來砸廟？」

這些和尚乞丐都非易與之輩，顯然身負武功，大殿上一場血腥混戰，倒是半顚狂的火教徒倒下得較多。明兒生怕他們將自己也當成火教徒殺了，伸手摸摸頭，心想：「幸好他們沒剃了我的頭髮，不然眞是跳到黃河也洗不清了。」

正想時，忽然眼前一亮，一張污穢的臉出現在面前，卻是一個乞丐掀開了神龕下的布幔。明兒跟他打了一個照面，只見那乞丐頭髮骯髒，一張大臉上滿是斑疤，粗如橘皮，但雙眼炯炯有神，不過三十來歲年紀。

橘皮臉乞丐瞪著明兒半晌，忽然喝道：「出來！」伸手拉住明兒的手臂，往外一扯。明兒不由自主地被他拉了出去。乞丐拉著明兒穿過一扇邊門，來到殿外的迴廊上。該處空無一人，只聽得大殿中廝殺之聲不斷，觸耳驚心。

橘皮臉乞丐問道：「你是泰山派的？」明兒低頭見自己身上仍穿著泰山派的道士服，便點了點頭。

乞丐又打量了他兩眼，才道：「要放火了，別作枉死鬼！」再次拉起他的手臂，揮動鐵棒衝殺出去。果不其然，他話聲才落，大殿中已燃起一片火光。明兒心中動念：「火教崇拜火神，這火神大殿卻被人放火燒了。」

二人經過一扇門，明兒探頭往大殿中一瞥，見法壇前的烈火已被人推倒，熊熊烈火四處蔓延，將神龕上的許多神像都燒著了。剛才命令眾人拚死抵抗的法師已被斬死在壇上，雙眼圓睜，臉上滿是鮮血。張去疾則沒見到人，不知是否已倒在屍堆之中。明兒不由得生起一股悲哀：「這些人原本不必死的，他們若放下武器，來人絕對不會下手殺人。但他們卻選擇上前拚命，無端送死！爲什麼？」

但他無暇多想，便已被那橘皮臉乞丐拖著奔出了廟外。乞丐在廟門口停下腳步，回身與追上來的火教教徒廝殺起來，爲逃出廟外的同伴斷後。等到眾人全都平安撤退了，橘皮臉乞丐才拉著明兒，跟著一眾乞丐和尚奔向鎮外，直奔了約莫五里才停下。

明兒感到全身疲軟，強撐著跟著乞丐們快奔。眾人終於停下來後，那橘皮臉乞丐鬆開了明兒的手臂，望了他一眼，但見他滿面苦惱之色，從衣袋中摸了一陣，掏出一個舊饅頭來，扔過去給他，說道：「乖乖坐著吃，別亂跑！」說完便轉身走到同伴當中。

明兒肚子雖餓，但滿腦子仍是剛才所見的流血廝殺，手裡捏著那個舊饅頭，卻如何吃得下去？他頹然坐倒，舉目望向那橘皮臉乞丐。但見他忙著發號施令，命手下清點人數，爲傷者治傷，顯然是這群乞丐的首領，而旁邊那群身穿灰衣的和尚也自忙著清點救傷。明兒在旁觀看，心想：「不知這些人是何來頭，又將如何處置我？」

不多時，一個中年和尚走了過來，與那乞丐說了幾句話。乞丐向明兒望來，和尚也轉頭向他望了一眼，微微點頭，又說了幾句話。明兒好奇心起，伸指節抵在眉心，偷聽這兩人的「對話」，但聽那中年和尚說道：「三石，你確定就是這孩兒麼？」乞丐道：「殿中就這一個孩子，又穿著泰山派道服，不會有錯。」和尚又望了明兒一眼，眼光中不無驚訝好奇，說道：「老人家花了這許多功夫，交代我們一定得平安救出這孩子。你可知……？」乞丐使眼色要他停口，搖頭道：「我們前幫主欠老人家一份情。老人家交代的事情，我們只有捨命照辦。」

明兒「聽」得大奇，暗想：「莫非這些人來攻打火教，竟是爲了救我？我有什麼好救的？」又覺得「老人家」這三字好耳熟，努力回想，才想起在那求籤的怪夢之中，那兩個去求籤的男子也曾提到過「老人家」。莫非他們所說的是同一個人？這老人家究竟是誰，爲何世上這麼多人都願意替他賣命辦事？

明兒正想著，那和尚和乞丐已改變話題，談論起該如何脫身，如何潛行回到藏身處，好讓火教無跡可循，無法找上門復仇等等。明兒這一日一夜之間經歷了太多的波折，比起過去在大雁觀中一成不變的清閒日子實是天差地遠，只感到身心疲倦已極，將饅頭往懷中一塞，打了個呵欠，拉緊衣衫，縮在地上沉沉睡去。

第五章　藥仙收徒

這一覺直睡到了清晨，明兒感到有人用力搖晃著自己。他揉揉眼睛，睜眼見到面前一張污穢的大臉，正是那橘皮臉乞丐。乞丐道：「天快亮了。你是泰山派的，這兒就在泰山腳下，你該認得路回去。好自爲之吧。」說完便轉身踏步而去。

明兒坐起身四下望望，見昨夜在此聚會的和尚和乞丐們都已走得不知去向，那橘皮臉乞丐也快步鑽入樹林，不見影蹤，只留下他一個人孤零零地坐在當地。他知道此處離那火教廟宇甚遠，應屬安全，但畢竟不敢久留，當即跳起身，快步往山上走去。

他踏入深山古林之中，才感到安心了些，卻也不知自己可以去往何方；泰山派自是不能回去的了，一回去定要被長方玉境等捉起，送去獨聖峰作人質，或乾脆殺了滅口。他想自己也沒有別的去處，只能先回大雁觀，再作打算。

泰山占地極廣，明兒不辨方向，徒步往山腰的大雁觀走去。他晚間爬到樹上歇息，餓了便採野果裹腹，在山中迷了好幾次路，直到第四日的清晨，才終於來到大雁觀所在的山腰。還沒來到山門，便見前面圍了個巨大的木棚，將整座觀都遮住了。他抬眼望去，見不到太白殿的屋頂，只見到木棚裡正大興土木。他見一個工人扛著一綑木材走過，便向工人探問：「這位大哥，這兒在幹什麼呀？」工人道：「七八日前一把大火，把個大雁觀燒平了。」

明兒一驚，忙問：「觀裡的道人呢？」工人搖頭道：「聽說燒死了好些，沒死的都四散逃了。」

明兒呆了一陣，又問：「那這兒在建什麼？」工人道：「山下當家的吩咐，將這觀改建成廟，要供奉什麼火天大神。」明兒全身一涼，知道這大雁觀就將成爲火教的廟堂了。燒了一個，又興一個，看來這火教當眞如野草一般，燒之不盡，滅之不絕。

他點頭示謝，信步往山上走去，走著走著便來到了小丘上的古井旁。他回頭望向山下大雁觀焦黑的廢墟，心想：「誰料得到，我們十五個糊里糊塗被泰山派挑走的替死鬼，竟然全部倖存，而當時留下來的卻遭了殃？如此後果，我竟全然未能預知！」他呆望一陣，猜想王牟老道士、張焦道士等若未燒死，多半也已逃散無蹤，自己藉以棲身多年的道觀就此蕩然無存。天下茫茫，自己孑然一身，還有何處可去？

他正感到悲哀，忽聽身後一個蒼老的聲音喚道：「明兒！」

明兒回過頭，卻見一個老人揹著藥簍子從樹叢中走出，正是揚老。明兒大喜，彷彿見到至親一般一躍而起，快步迎上前去。揚老拉起他的手，滿面擔憂之色，觀望了他半晌，才問道：「好孩子，這些日子你都到哪兒去了？」

明兒聽見揚老語氣中流露出的眞誠關懷，心頭一暖，雖想展顏一笑，此刻卻如何笑得出來？只能答道：「我去了泰山派。」

揚老一呆，他已聽說泰山派受火教圍堵屠殺，死了不少弟子，最後歸降了火教，長方道長將獨生兒子送上獨聖峰去作人質等情事。他忙問道：「你怎地去了泰山派？」

明兒說了泰山派來大雁觀捉替死鬼的原委，又說了自己被火教當成玉泉押下山的前後。揚老臉色更加沉重，數日前丐幫與少林聯手殲滅位在山腳鎮中的火教廟堂，這事他亦有所聽聞，沒想到這孩子也捲入了這場血腥險惡的一役，而竟能保全一條性命，實是天幸。他緊握著明兒的手，說道：「你逃出來後，便回來了大雁觀？」明兒點點頭，回頭望了那焦黑的廢墟一眼，淚水忍不住湧上眼眶。

揚老搖了搖頭，說道：「不過幾天前的事，我一聽說大雁觀出事，立即便來找你。當時這兒一片混亂，沒人說得出眾道人生死如何。但我總不相信你會葬身火窟，仍舊每日來這古井望望，今兒總算等到了你。」

明兒再也忍耐不住，投入揚老懷中，哇一聲哭了出來。他自有記憶起便從沒哭過，不是因爲他個性特別堅強，而是因爲他身邊從沒有一個親人長輩能讓他這般盡情哭泣。揚老憐憫這孩子孤苦無依，伸手輕輕拍著他的背脊，柔聲道：「孩子，別害怕，跟我回家去吧。」

於是明兒便跟著揚鍾山，來到了他山上的居處。但見揚老所住的數間木屋矗立在山巔之上，半隱在雲霧之中。明兒遠遠便聽到劈柴之聲，來到門前，才見到一個黝黑精瘦、乾枯如柴的漢子在屋旁砍柴，年紀約莫五十來歲。漢子聽到人來，只抬頭望了一眼，並不吭聲。揚老吩咐道：「老劉，這孩子叫作明兒，此後便住在家中了。勞你將書房整理整理，讓他睡在書房的炕上吧。」老劉點點頭，一言不發，回身進去了。

揚老放下背上藥簍，喚道：「劉嫂！煩妳替我將藥簍拿去後邊。」但聽廚下一人大聲應道：「來了！」聲音洪亮，人未到，聲先到。不多時，便見一個身形矮胖的中年婦人從廚房後轉了出來，圓臉上配著一張闊嘴，一雙小眼向明兒打量了一陣，忽然大聲說道：「瘦得像隻猴兒似的！是你挑嘴，還是他們不給你東西吃？」

明兒被她的洪亮聲音嚇了一跳，連忙答道：「是我老餓，怎都吃不飽。」劉嫂啐了一聲，大聲道：「這年紀的孩子哪有吃得飽的？接連豐年，什麼人刻薄到不讓孩子吃飽？這世道啊……人心啊……」她咕噥著接過藥簍，走回廚下去了。

揚老對明兒微笑道：「老劉和劉嫂兩個跟了我許多年了，平日幫忙幹些砍柴挑水、打掃洗衣、煮飯煎藥的活兒。他們會好好照顧你的。」明兒點了點頭，卻不大明白他們會好好照顧自己是什麼意思。他住在大雁觀這許多年，吃的穿的向來是自己照顧自己，從不需煩擾他人。又聽揚老道：「我家中就這四口人，我和老劉、劉嫂，還有小女。她體弱多病，平日多在屋中休息，晚上我再領你見她吧。」

當晚晚飯過後，揚老便領明兒見了他的女兒揚儀。揚儀是個二十來歲的女子，瘦削蒼白，難掩病容，但眉目清秀，氣質脫俗，一雙漆黑的眼中滿是靈氣，竟是個少見的美女。明兒後來才知道，揚儀雖體弱多病，卻酷愛詩書，即使在病榻上也不忘讀經批史，吟詩作對，是以雖足不出戶，卻有著與眾不同的才華和氣質。

明兒就此便在揚老家中住了下來。他在大雁觀待了數年，慣於與一眾粗陋慵懶的道人睡通鋪、幹粗活、吃陋食，此時他不但有自己的房間和炕鋪，更且每日吃得飽、穿得足，處境實是天壤之別。加上身邊幾個大人都對他十分關懷體貼，令他頗有點受寵若驚之感。他自覺不該受人照顧太多，總捲起袖子來幫忙幹活，砍柴挑水、洗衣作飯、鋤草拔藥他都來得。家中四個大人不料他一個孩子也能作這許多活兒，都十分驚訝。

然而最令明兒安心的，卻是身邊各人的純善心思。他這回離開大雁觀，見識到泰山派眾人的自私無情，目睹了火教的殘暴迷信，更親身經歷了正邪雙方的慘酷廝殺。此時住在揚老家中，他見揚老心思純正，專心醫治愛女之餘，整日便沉浸於醫書草藥，更無他念；老劉和劉嫂都是純樸老實的鄉下人，對明兒的關懷出於一片眞心；揚儀則更令明兒感到由衷地親近喜愛。他從劉嫂口中得知，揚儀自出娘胎便病魔纏身，幾乎沒能活下來，多虧揚老的神妙醫術和悉心照顧，才讓她活到今日。但她始終無法如常人般出外走動，一日中大半時候都躺在密不通風的閨房中休養。她雖極少出戶，見聞卻廣博如海，躺在床上時總手不釋卷，房中書櫃裡放滿了揚老四處替她蒐購回來的奇書祕籍。她常常講些從書中讀來歷史故事或神話傳奇給明兒聽，有時也會讀一兩段詩辭歌賦，向他解說其中意境。明兒最愛聽她談詩論辭，說古道史，他總覺得她的心思是在天上徜徉，不是在人間徘徊的。

明兒起初頗覺不慣，他竟不知世間能有如此單純善良的人心，能有如許對他不但毫無惡意，甚且頗爲關懷的人。他漸漸習慣後，便衷心感到世上沒有比這山上更加平和美好的地方。

明兒剛到來時，曾問過揚老：「您爲什麼要收留我？」揚老一呆，摸了摸鬍子說道：「你是個好孩子。你那時跟我無親無故，卻不辭辛苦帶我去找草藥。眼下你孤身一人，無處可去，我當然要收留你了。」明兒聽了，心中甚是感動。在他身周眾人之中，揚老是第一個眞正關懷他的人，明兒也對揚老產生由衷的感佩敬愛，當揚老如自己的親爺爺一般。

偶爾揚老下山出診，便將明兒帶在身邊。他注意到這孩子對醫藥之道十分敏銳，頗有天分，便決定正式收明兒爲徒，傳授他醫經藥理。明兒原本便對各種花草觀察入微，分辨仔細，經過揚老的指點解說，不出數月，便將整座山上的千百種藥草記得滾瓜爛熟。揚老又開始教他讀醫書，從《黃帝內經》、《金匱要略》到《千金方要》一本本講解讀誦。明兒起先識字不多，便由揚老念給他聽。他過耳不忘，揚老讀過數遍後，明兒便可從頭到尾記下。揚老又拿出經脈針灸圖來，教他經脈之理，針灸之術。

如此又是數月過去，明兒學得認眞，揚老也教得起勁。揚老見明兒資質殊異，十分愛才，心想醫道絕不能只由紙上談兵習得，必得實地行診觀症，累積經驗，從作中學，那才是眞才實料的本領，於是他決定帶明兒下山開館行診。

這年春天，揚老帶著明兒來到山下的小村平鄉，在鄉口搭起個草棚，掛上「義診」的招牌，免費替村人看病治傷。明兒跟在揚老這位當世大醫的身邊，每日從早到晚爲數十位病患診視施治，就近學習一切觀症、診脈、針灸、用藥之法，受益極大，進步神速。

不知如何，明兒心中老掛念著那虎穴中的老瘋子。這日他又想起了老瘋子，便對揚老說起此事。揚老聽了，似乎並不十分驚訝，只道：「原來你的武功，是跟一個住在虎穴裡的人學的。」

明兒奇道：「您去過那兒，見過他麼?」揚老搖頭道：「虎山有太多老虎出沒，我從不敢輕易踏入。」

明兒沉思一陣，問道：「您說他教我的是武功，可我一點武功也不會啊。」揚老笑道：「你若不會，怎能使出泰山派的招數，騙倒火教的人？」明兒搔搔頭道：「騙人足夠，打架卻遠遠不夠。」揚老不置可否，說道：「大約你年紀還小，學得還不夠深入吧。」

明兒點了點頭，問道：「爺爺，我還想去虎穴找那……那老瘋子，看看他如何了，可以麼？」

揚老似乎覺得他這一問十分奇怪，說道：「你去便是了，何需要問我？」

明兒想了想，這才知道自己已將揚老當成親人長輩，因爲尊重而想徵求揚老的同意。他又想：「如果爺爺不同意，我就不去了麼？還是會偷偷跑去？」隨即知道：「如果爺爺不贊成我去，我是絕對不會去的。」但見揚老並未反對，心中甚感舒懷。

於是明兒抽空跑回虎穴，去找那老瘋子。老瘋子竟然還在洞中，見到他來，二話不說，用力拍了一下地面。那巨虎原本趴在他身邊，這時陡然躍起，向明兒撲去，張開血盆大口咬向明兒咽喉。明兒對這獸物熟悉已極，一看牠的姿態就知道牠只是受令佯裝攻擊自己，並無傷人之意，當下身子一矮，險險從虎爪下鑽了過去，直衝到老瘋子面前，同時手中已多了一根竹棍，橫在身前，笑道：「我回來啦！」

老瘋子哈哈大笑，說道：「幾個月不見，我還以爲你滾下山去了！」

明兒笑道：「我才以爲你會滾出洞來呢。」老瘋子也不多問，只要他坐下，兩人又開始靜坐呼吸，接著以竹棍對打。此後明兒又如在大雁觀時一般，每隔幾日便上虎山找老瘋子，花個半日在洞中靜坐和擊棍。

山上的日子就這麼過了下去。明兒平日學醫出診，偶爾去虎穴陪陪老瘋子，家中不愁吃穿，又沒有別的道人來欺負他，日子過得實是萬分愜意。

時值春夏交際，花開草長，揚老便將山下義診草棚收了，帶明兒上山採藥，兩人一去便是大半個月。揚老原本懼怕山虎，不敢往虎山那頭去，但此時有自稱與老虎是「好兄弟」的明兒在，一老一小壯了膽子，直闖虎山。明兒對山勢極爲熟悉，領著揚老在高絕山巔、險峻山崖、幽靜山谷、隱密山坳四處探深尋幽，找得了極多珍貴稀奇的藥材。其中一種極爲罕見，名叫「歲寒紅」的藥草，果子色作鮮紅，磨碎後加入藥中，能補氣健心，對揚儀的病情甚有幫助。二人又尋得一含有礦石地熱的溫泉，泉水對揚儀的氣虛之症深具療效。爲了方便揚儀來溫泉浸泡治療，揚老遂決定舉家遷往虎山，在一個背山面湖、地勢隱蔽的山坳中建起木屋，住了下來。揚儀的身子在虎山靈藥靈泉的調養下，日益健朗，有時甚至已能自行出門行走。劉嫂自幼帶大揚儀，見她體態日漸豐腴，臉色日漸紅潤，心中說不出的欣慰。

時近秋末，這日一老一少又來到平鄉的草棚施義診。將近傍晚，二人收拾好包袱正準備回山時，忽聽鄉口傳來一陣喧嚷之聲，有人喝罵，有人大笑，還有人鼓掌。但見街頭聚集了三四十來人，正圍著觀看什麼。

明兒好奇，擠過人群，只見一個漢子站在中央，約莫二十來歲年紀，衣著破舊，形貌落拓，但容貌清俊，倒像個落難異鄉的世家子弟。那漢子手中持著一只破酒壺，口裡正說著什麼，引得眾人哄笑不斷。明兒仔細聽去，但聽他道：「……本山人神機妙算，百算百準，千卦千靈，萬無一失，一卦一兩，不準賠錢……」但他口齒含糊，顯然已喝得爛醉。

一個鄉人嗤笑道：「你連我家中有幾隻母豬都算不準，還敢誇口？」

那漢子拿起酒壺喝了一口酒，跨上幾步，瞪著那鄉人道：「我算不準你家有幾隻母豬，卻算得出你家老婆偷過幾個漢子！」

這話一出，圍觀眾人都是譁然，交頭接耳。那鄉人臉色大變，衝上前拽住醉酒漢子的衣領，喝道：「你奶奶的，放什麼屁話？」跟著一拳打上他的鼻子，那醉酒漢子登時鼻血長流，仰天跌倒在地。他倒在地上唉啊而叫，想爬起身逃走，卻被那鄉人的朋友給摁住了。鄉人怒氣未息，上前跨坐在他身上，雙拳如擂鼓，直往那醉酒漢子的頭上身上招呼去。

揚老看不過去，上前揮手喊道：「各位鄉親，慢來，慢來！別打傷了人啊！」他醫術高明，又在地方上廣施義診，救活無數鄉人，因此左近居民都對他都極爲尊敬。見到他出面，忙讓出一條路。那幾個摁人打人的鄉人見揚老過來，忙起身讓了開去。

揚老蹲下身去查看那酒醉漢子，見他雖鼻血滿面，頭上身上挨了好幾拳，但受傷並不重，只是醉得眼神乜斜，神智不清。

明兒來到揚老身邊，蹲下身問道：「爺爺，這人如何？」揚老說道：「傷沒事，病很重。讓大家散去吧。」明兒當即站起身，揮手說道：「我爺爺說，不過是個喝醉酒的瘋漢，在這兒胡說八道，沒什麼好瞧的，可別打出人命來了！各位請散去吧。」眾鄉人聽了，才紛紛散去。

揚老替那漢子擦去臉上血跡，問道：「這位先生，請問貴姓大名，家鄉何處？」

那漢子坐起身來，忽然撫著胸咳嗽不止。他緩過氣來後，略微清醒了些，抬頭望向揚老，苦笑答道：「多謝老丈相救。我姓凌，名滿江。我家鄉在陽谷。」揚老問道：「陽谷在平山衛以南，離此總有百里之遙，貴客怎會老遠來到平鄉呢？」

此時鄉人大多已散去，凌滿江揉揉眼睛，呆了半晌，才道：「不瞞您說，我年少時行止荒唐，沉迷美酒，揮金如土。我妻子惱我不爭氣，離我而去。我父母過世後，我更是不知節制，不久便散盡家財，最後不得不變賣祖產還債，離鄉背井，四處流浪。如今身上最後幾文錢也拿去買了酒喝，本想給人算命卜卦，掙幾個銅子，誰想到……嘿嘿，誰想到貴鄉民風強悍，真讓人不敢小覷啊！」說完又拿起酒壺，仰頭喝了一大口。

揚老和明兒聞到他身上濃冽的酒味兒，對望一眼，心中都清楚，若讓這人留在此地，只怕他當夜便會凍死在街頭。揚老點點頭，說道：「先生既然無處可去，不如便來舍下小住幾日吧。」

凌滿江連連搖手，說道：「那怎麼成？你我無親無故，太過叨擾了！」揚老勸道：「先生不必客氣，請跟我來吧。」凌滿江說什麼也不肯，滿口醉話，只賴在地上不起來。明兒惱了，雙手叉腰，喝道：「爺爺請了你，你不去也得去！」

凌滿江卻連他的話也沒聽清，更不答理，往地上一滾，窩成一團，呼呼大睡起來。明兒和揚老束手無策，眼見天色漸漸黑了，明兒只好捲起袖子，說道：「沒法子，將他抬回去罷了！」揚老也只得脫下外袍，動手幫忙。

揚老和明兒費了好大的勁兒，才將凌滿江架回山上居處，在老劉的協助下，將他抬入揚老的書房，在涼椅上躺下了。但聽他口中含含糊糊地兀自唱道：「杯！汝前來。老子今朝，點檢形骸。甚長年抱渴，咽如焦釜，於今喜睡，氣似奔雷……汝劉伶，古今達者，醉後何妨死便埋！……況怨無大小，生於所愛。物無美惡，過則爲災……與汝成言，勿留亟退。吾力猶能肆汝杯！杯再拜，道：『麾之即去，招則須來！』。」邊唱又邊摸腰間葫蘆，隨手拔了酒塞，大口飲酒。

明兒在椅旁坐下，拉過他的一隻手，專心替他把脈，探出他因飲酒過度，傷肝損肺，因而氣虛羸弱，咳病纏綿。他病況已重，卻仍狂飲不止，似乎非要將一條命送在酒上才肯罷休。明兒從未見過如此不要命之人，不禁皺起眉頭，抬頭凝望著凌滿江醉醺醺的面容，沉吟半晌，才向揚老說道：「爺爺，這個病人交給我，可以麼？」揚老點了點頭，說道：「你看著辦吧。」

明兒思慮一陣，肝肺損傷，一般需從足厥陰或手太陰肺經著手治療；但他感到病人體弱氣虛，病徵複雜，不能正治，需得側治，當即決定從足太陽膀胱經著手，斜刺後肩的魂戶穴和膏肓穴，間接緩療病者氣管胸肺的沉痾。他扶凌滿江坐起，從懷中取出一枚三寸長的金針，說道：「坐著別動。」

凌滿江一睜眼，見到那枚明晃晃的金針，頓時嚇得清醒了過來，側頭向明兒上下打量，滿面懷疑，問道：「你想幹麼？」明兒白了他一眼，說道：「替你下針啊。怎地？」凌滿江打個哈哈，轉過頭對揚老說道：「大夫，這位小兄弟是……是令孫吧？救命治病可不是玩笑的事啊，怎能讓小孩子胡來？」揚老神色嚴肅，點頭道：「確實不是玩笑的事。」卻並不出聲阻止明兒。

凌滿江見這一老一少聯手起來折騰自己，不知抱著什麼心思，自己一條命怕不要斷送在庸醫手上，一時慌了，大叫道：「慢來，慢來！」

明兒按住他的肩頭，說道：「我說了別動，不然扎錯了穴位，可不壞了我的名頭？」凌滿江心想這小娃子有何名頭可壞，但覺他按著自己肩膀的手勁甚強，自己又虛弱無比，無法掙開，忍不住放聲高喊：「住手！殺人啦！救命啊！」

忽聽門外一人輕聲道：「爹爹，怎麼啦？」卻是儀姑娘的聲音。原來她在隔壁房聽到陌生人的聲音大呼小叫，遂出門過來瞧瞧。她將門推開條細縫，往內探視，正見到凌滿江癱坐在椅上，皺著一張苦瓜臉，後面明兒一手壓著他的肩頭，一手惡狠狠地舉著一枚金針，好似要刑求他一般。儀姑娘見此情景，忍不住噗哧一聲笑了，說道：「明兒，你改行了，不作醫者作酷吏啦？」

明兒正要回答，凌滿江忽然豁刺一聲站了起來，雙目直瞪著揚儀掩在門後的半邊臉龐，怔然說不出話來。明兒見這人原本癱軟無力，怎料他會倏然跳起，手中金針險些要扎入了他的腦袋，趕忙收回手來，退後兩步，向凌滿江望去，心想：「這人可是中了邪麼？」

但見凌滿江嘴唇微張，好半晌說不出話來，臉上神情混雜著詫異驚訝、不可置信、欣喜若狂，最後才結結巴巴地道：「妳……妳……」

儀姑娘也被他的舉止嚇得怔了，說道：「我……我怎地？」

凌滿江連連點頭，說道：「是、是妳！是妳！」儀姑娘睜大眼睛，奇道：「是我？是我什麼？」

凌滿江再也按捺不住，往前一撲，跪倒在地，臉上悲喜交集，說道：「我眞沒想到……眞沒想到這輩子能再見到妳！」

這下不但儀姑娘滿面驚疑，揚老和明兒也對望一眼，心中都升起同一個念頭：「莫非這人腦子壞了，怎地剛才在村裡看來又挺正常的？」

只見凌滿江跪在當地，抬頭望著揚儀，臉上愛慕傾仰之情表露無遺，連明兒這少不更事的孩子，都看得出凌滿江對儀姑娘滿懷傾慕愛戀。

揚老皺起眉頭，他知道儀兒自幼多病，長住深山，足不出戶，見過的男子實是屈指可數。如果這男子曾見過她並生起戀慕之心，自己絕不可能不知道。他暗忖：「凌先生想必是弄錯了。但他是將儀兒錯認成誰了？」他轉頭往女兒望去，見她臉頰雖仍瘦削蒼白，但五官秀美，眉目間有著一股難掩的靈氣，這等氣質容色絕非世間常見，凌滿江究竟將她錯認成誰？

凌滿江和揚儀相對呆視了好一會兒，才聽劉嫂雷公般的嗓子在門外響起：「小姐！小姐！小姐哪兒去了？啊喲，妳在這兒！天氣涼了，怎麼沒多披件衣服便下床來？我說妳呀！這麼大個人了，還不懂得照顧自己！」

這幾句話一吼過，凌滿江頓時清醒了過來，趕忙爬起身，滿臉不好意思地收回目光。揚儀也趕緊消失在門縫之後，跟著劉嫂去了。揚老心中充滿疑惑，生怕儀兒受到驚嚇，連忙跟了出去，與劉嫂一起扶女兒回房休息。

明兒年紀太小，對男女之間的情感一知半解，也無心深究，只顧將凌滿江壓回涼椅上，再說道：「我是你的大夫，你得乖乖聽我的話，這病才治得好。知道麼？」

凌滿江顯然還未從剛才的驚詫中回過神來，糊里糊塗地點著頭，連聲道：「好！好！」

明兒摸準了他的穴位，在他左後肩的魂戶穴和膏肓穴上插入金針。那針細如牛毛，凌滿江感覺穴位有些痲癢，並不疼痛，也無心理會，只喃喃自語道：「那怎能不是她？但確然不是，我知道，確然不是。但是……但是世上怎能有如此相似之人？」

明兒隨口道：「你誤認儀姑娘是你往年的夢中情人，是也不是？」

凌滿江的身子跳了一下，明兒手中第三枚金針險些又插入了他的腦袋，驚道：「喂！我叫你別動呀！」

凌滿江忙坐回原處，臉上一紅，呸了一聲，說道：「黃口豎子，你懂得什麼？」

明兒若真想知道，只消偷偷觀望凌滿江的內心便是。但他此時專心下針，不敢分神，一邊將金針插入他右後肩的穴位，一邊說道：「我啥也不懂得，只知道你若不乖乖讓我醫治，很快便要一命嗚呼了。夢中情人也好，紅粉佳人也好，你若沒了命，都是白饒。」凌滿江聽了，張開嘴想反駁，卻想不出能說什麼，只得乖乖閉嘴，定定地坐著讓明兒扎針。

第六章　佳人何往

數日之後，凌滿江在明兒的針灸湯藥下，病勢略有好轉。明兒認爲他必得戒酒，這病才能有起色，因此請揚老、老劉、劉嫂等合力將家裡所有補氣的藥酒、烹飪的米酒全數藏起。這幾日間，凌滿江一滴酒也沒喝到，苦不堪言。他拉下老臉向明兒死求活懇，苦苦哀告，明兒卻全不理睬。

這日凌滿江酒癮發作，鬧得發慌，拖著病體出屋來晃蕩。他來到揚儀屋外，見她閨門緊閉，不敢打擾，便又踅到屋後。他見後院角落堆著一堆才從山上砍下的生木，旁邊放著一柄斧頭，一旁另有一堆剛劈好的柴木。凌滿江心想自己在揚老家裡借居了這許久，每日白吃白喝白住，還白受醫藥診療，實在過意不去，多少該出點力才是。於是拿起斧頭，開始劈柴。但他體衰氣弱，只劈了半刻鐘，便全身汗流如雨，氣喘如牛，手臂痠軟，只得頹然放下斧頭，坐倒在地。

此時老劉和明兒正好從山上挑水回來，見到凌滿江癱倒在地，身邊堆著零零散散的柴木，都是一呆，忙搶上前來看個仔細。原來凌滿江身子虛弱，手腳無力，加上從未幹過砍柴這等粗活，砍出來的柴粗細不一，歪七扭八，老劉見了，忍不住連連搖頭。凌滿江轉頭望向自己那堆亂七八糟的柴木，又望望一旁明兒早先砍好的柴木，一塊塊方正整齊，忍不住哈哈大笑起來。

明兒也不禁笑了起來。他心想這凌滿江妻離子散、無家可歸，乃至身無分文、流落他鄉，更兼病入膏肓、生死未知，原該失意落拓，滿懷悲憤才是。但這人卻頗能苦中作樂，顯然心胸豁達，非同常人，心中不禁對這人生起好感。

匆匆數月過去，凌滿江的身子漸漸恢復健朗。他得知揚儀體弱多病，便對她加意照顧體貼，又知道她喜愛詩書，更時時陪她吟詩誦辭，逗她笑顏。凌滿江出身世家，肚中頗有些墨水，往往信手拈來、出口成詩，兩人極爲相投，情愫日增。

凌滿江是彬彬君子，即使與揚儀兩情相悅，仍以禮自持，總避免二人獨處，每回二人相會，必請劉嫂伴著，或邀明兒相隨。

這日劉嫂太忙，便差明兒去跟著凌滿江和揚儀。三人來到山中靈泉，凌揚二人在泉邊石上坐下，低聲交談。明兒覺得他們說話又慢又悶，便繞到池水的另一邊，撿起小鵝卵石兒，向著池水打水漂子玩兒。兩人的對話雖輕，仍斷斷續續傳入他的耳中。但聽揚儀道：「你瞧這泉水邊，生了這許多紅草。」明兒側頭望去，見揚儀隨手摘了一根紅草，遞給凌滿江。凌滿江低吟道：「靜女其孌，貽我彤管。匪女之爲美，美人之貽。」這幾句話若非揚儀曾解釋給明兒聽，他肯定不明白。原來凌滿江引用了《詩經》裡〈邶風．靜女〉中的詩句，意思是說一對男女相會時，可愛的女子送給男子一根紅草，男子稱讚這草甚美，並加了一句：「不是這草本身美呢，只因是美人送給我的啊。」凌滿江在此情此景下吟出，不但妥貼，更且情意深切。

揚儀臉上一紅，幽幽地吟道：「摽有梅，其實七兮。」說完低下頭去，伸手輕輕撥水，等候凌滿江接口。明兒知道這兩句也出自《詩經》，是〈召南・摽有梅〉，接下兩句是「求我庶士，迨其吉兮！」是說女子自覺青春將逝，有如樹上梅子開始落下，果實只剩七分了，有意追求我的男子，快撿個良辰吉日將我娶過門吧！

揚儀說出這兩句，已是女子所能表達的極限。凌滿江自然明白她說出這話所需的勇氣，心中感動，卻不立即回答，沉思了一陣，才長歎一聲，說道：「儀姑娘，我只願『死生契闊，與子成說。執子之手，與子偕老』。但是……但是我只恐自己粗鄙無行，慚愧無顏，非子良配。」

揚儀聽了這話，只道是對方的推拖之辭，臉色轉為蒼白，站起身道：「若無此心，夫復何言？」舉步便欲離去。

凌滿江連忙起身攔住了她，柔聲道：「儀姑娘，我說我配不上妳，並非空話。我的過去不堪回首，我……我什麼都不願瞞妳，一定得跟妳實說。妳聽完後還看不看得起我這個人，我實在不敢逆料。」揚儀咬著嘴唇，終於又在池邊坐下了，靜待他開口。

凌滿江吸了口氣，緩緩說起從前。

「我出身山東世家，自幼跟隨父親學習家藝。但我資質魯鈍，什麼也學不成，因此自暴自棄，只能靠揮霍酗酒來麻木自己。十六歲上，我奉父親之命與武林世家『呂家雙刀』的呂二小姐成婚，不久生了個兒子，取名凌霄。」

明兒聽出了興味，不再打水漂子，在池邊坐下，側耳傾聽。

凌滿江續道：「我和妻子都是火爆性子，婚後並不和諧。後來又因我遇上了一個人，與妻子間更是爭執不斷。那時風雲際會……唉，妳長居山中，恐怕難以想像。讓我從頭說起吧！大約二十五年前，一個自稱『雪艷』的少女孤身闖入中原，一舉挑戰中原三大門派，自少林奪走了武林至寶『金蠶袈裟』。那金蠶袈裟乃是達摩老祖傳下的寶物，裡面記載了少林武功的源流和易筋經內功心法，如此被人奪走，如何了得？中原眾大門派於是聯合起來對付雪艷，她在幾百人的圍攻下，竟然全身而退，飄然離去，從此絕跡江湖。中原大夥都不知道她的來歷，更無法向她奪回那袈裟，只當是件奇事，也有說她是仙人的，也有說她是達摩老祖的轉世，因見中原武林混亂，特來取回袈裟的，種種猜測，不一而足。

「無獨有偶，約莫七八年前，一個叫作胡兒的少女，自稱是雪艷的傳人，重入江湖，輕易自武當五龍宮奪去了記載武當內功要訣和劍法的『七玄經』。她又欲奪取峨嵋派的寶物龍淚劍，正教諸派見過她的絕頂武功，自知不敵，慄慄自危之下，合力與之周旋，公推當時武林中的佼佼者、秦家劍派少掌門『石風第一劍』秦少嶷與她決鬥，結果如何，卻沒有人知道。傳聞兩人在泰山絕頂鬥了七日七夜，不分勝敗，之後胡兒便離開了中原，再也沒有出現。江湖上無人知曉這兩個將中原武林攪得天翻地覆的女子的來龍去脈，就統稱她們爲『雪艷胡』。」

揚儀和明兒都聽得出神，凌滿江也沉浸在這段殊異的傳奇往事之中。他靜了一陣，才歎了口氣，續道：「唉，也是冤孽。我妻子的妹子，當時正在秦家學劍。我那時少年好事，便跟我妻子趕上泰山去看這場決鬥。沒想到我一見到她……一見到胡兒姑娘，便想：『世上怎能有這麼美的女子?』她孤身一人來到泰山，面對江湖群雄卻毫不畏懼，臉上稚氣未脫，但英風颯爽，傲視天下，眞不似世間人物！我爲她神魂顛倒，茶飯不思，整個人像是著了魔一般。她自然完全沒有留意到人叢中的我，我連一句話也未曾同她說過，只在一旁望過她數刻。但就只這數刻，便足以改變我的一生，令我永遠永遠也不能將她忘懷。」

揚儀聽到這裡，問道：「你初見我時，說我很像一個人，就是像胡兒姑娘麼?」

凌滿江點了點頭，說道：「不錯。我眞是驚訝得很，妳的神韻與她竟如此相似！」

揚儀嗯了一聲。

凌滿江閉上眼睛歎道：「唉！我當時爲胡兒姑娘癡迷顛狂，在泰山上出盡了醜。我妻子自是大怒，回家後仍爲了此事與我爭吵不斷。最後她憤而扔下稚兒，離家出走。我父親見我荒唐如此，一怒之下將我趕出家門，對外宣稱我喪心病狂，有辱家門，因而羞憤自盡了。父親希望我會因後悔慚愧而去尋找妻子，懇求她回心轉意。但我卻毫無悔意，一離家便四處尋訪胡兒姑娘，盼能探得她的蹤跡。」

揚儀靜了一陣，開口問道：「這位胡兒姑娘，她去了哪裡?」

凌滿江伸手撫臉，神情中滿是迷惘失落。他低聲道：「我不知道。沒人知道她和雪艷是從哪兒來的，也沒人知道她們去了哪裡。我到處尋訪，大江南北都走了一圈，探聽她的下落，幾年來卻毫無線索。我此後再未回家，四處流浪，偶爾替人卜卦看相，勉強度日。日日藉酒消愁，最後落了個無家可歸、暴飲傷身的下場。若非令尊和明兒小兄弟出手相救，我這條命便要了結於此。」

揚儀靜了半晌，問道：「你後悔麼？」

凌滿江抬頭望著天際，嘴角露出一抹微笑，說道：「我不後悔。我對胡兒姑娘死心塌地，這一輩子因她而毀，但就算爲了她而死，也絕不後悔。」

明兒即使是個孩子，也感到凌滿江在情人面前述說自己對另一個女子死心塌地，未免欠妥。沒想到揚儀也露出微笑，望著凌滿江道：「我也是一般。我就算爲了你而死，也絕不後悔。」

凌滿江身子一震，轉頭來望著揚儀，顫聲道：「儀姑娘，妳千萬莫要如此說話，妳……妳若看得起我，不介意我過去的荒唐無行，我只願能以下半生來報答妳，一世照顧妳，憐惜妳，陪伴妳。」

揚儀低下頭，滿面暈紅，臉上卻露出堅決之色。

明兒心中好奇，極想插口詢問更多關於雪豔胡的傳說，但眼見二人雙手互握，神情甜美難言，只好將疑問吞回肚中。

一個月後，在揚老的主禮下，凌滿江與揚儀在虎山上成了婚。婚後兩人極爲恩愛，有如神仙眷屬。揚老和老劉夫婦看著揚儀長大，知她自幼病魔纏身，少有歡樂時光，此時見她容光煥發，幸福喜樂，心中都極爲安慰。

這日明兒在揚老書房中替凌滿江診脈，感覺他脈象充沛平穩，臉色紅潤，雙目有神，比起初上山時奄奄一息的情狀判若兩人。

明兒心中甚是高興，知道自己已將他的一條命救了回來。

凌滿江關注地望著明兒，待他收回手指，忙問：「如何？」明兒微笑道：「很好，很好！只要你不再狂飲，包你活到八十歲。」凌滿江哈哈大笑，說道：「人生七十古來稀，人生八十耄耋奇！只是人生無酒，多活一日也是白活！」又悄聲問道：「不可狂飲，那淺酌如何？」明兒笑道：「只要每日不超過兩杯，那便無妨。」

凌滿江聽說又能飲酒，心情大好，說道：「有酒爲伴，人生至樂！我這人若不能喝酒，算命可算不準的。」

明兒想起在平鄉見到凌滿江時，他正在人群中胡吹大氣，說自己百算百準、千卦千靈，便問道：「你眞會算命麼？」

凌滿江點點頭，神神祕祕地從懷中掏出一本破破舊舊的書，封面寫著《玄關》二字，說道：「我們在江湖上以卜卦看相維生的，俗話叫作『金點』。吃這行飯的，有兩門本領，一是『攢尖兒』，就是通熟卜筮星相各種門道；二是『使腥兒』，就是懂得如何要簧、把簧、掙錢。在江湖上最吃香的，便是又尖又腥的金點，號稱『腥加尖，賽神仙』。既有眞本事，又懂得種種賺錢的祕訣。」明兒心想：「你有沒有眞本事我不知道，但淪落到身無分文，這使腥兒的本事顯然欠缺了些。」

凌滿江自顧自說了下去：「我們在江湖上作買賣，最要緊便是懂得觀察點子的表情，從點子臉上看出喜、怒、憂、思、悲、恐、驚各種情緒，當場說出他的心事，這叫作『把現簧』。吶，這書上寫得很清楚：『一見面先猜來意，未開言先要拿心。到意溫和，正是吉祥之兆；來勢急驟，定是凶險之因。問妻妾幾人者多有妾，問有無子者定無子。問財運者多自立有業之輩，問賭運者必紈褲敗家之徒。父來問子子必險，子來問親親必殃。』因此呢，先看清了對方心中所藏何事，再丟幾句凶險駭人的言語。等他擔上了心，俗話叫『頂了瓜』，便可推算他未來如何，將吉凶禍福胡說一通，財源便滾滾而來了。」

他說得興起，又掏出一只八卦盤，幾根筮木，在八卦圖上橫七豎八地排了起來。過不一會，他抬頭道：「喏，你看，你的命全在這兒了。你自幼無父無母，迭遭橫禍，只在五歲到十五歲間有段平靜安樂的日子，之後又是災難不斷。依我瞧，你在這山上安住的好日子可不多了。」

明兒凝神傾聽，微微點頭，忽然閉上眼睛一會兒，之後睜開眼，直視著凌滿江，說道：「你在這山上安住的日子，卻比我還短。」

凌滿江微微一呆，脫口道：「你說什麼？」

明兒聳聳肩，若無其事地道：「我只要伸手碰碰眉心，便能知道別人心中當下在想什麼。只要閉上眼睛，不用卜算排卦，就能看見未來的事。」

凌滿江嘴巴微張，向他瞪視半晌，好一會才道：「你說……你說你看得見未來的事？」

明兒點點頭，說道：「好比說，我在平鄉第一次見到你時，就知道你會與儀姑娘成親。」

凌滿江失笑道：「這有何難？儀姑娘與我正當青年，二人在深山中朝夕相處，日久生情，那也是情理中事。」

明兒接著道：「我也見到，儀姑娘將在今年底前生下一個女孩兒。」

凌滿江不由得一怔，揚儀有孕之事他也是才知道，明兒這孩子不可能比他還早發現，更加不可能知道胎兒是男是女。難道他眞能預知未來？凌滿江吞了口口水，問道：「那……那你還看到什麼？」

明兒微微皺眉，說道：「我只能隱約見到一些事情。有些事情我雖見到了，卻不能說出來，一說出來，就壞事了，有些則不能不說出來。也有些事就算我說破了嘴，也無濟於事。」

這下換成凌滿江凝神傾聽。

明兒又道：「但這些未來的事情，也不全準的。」凌滿江問道：「爲什麼不全準？」明兒伸手指指自己的心口，說道：「有些事情好似命中注定，早有定數。但我知道要改變這定數也並不難，一切只在一念之間。有時我動個念，事情的走向立即便不同了，與我當初所預見的南轅北轍。別人也能動念，大家都能動念，因此一件事情並沒有定數，只要人心變了，事情肯定就會跟著變。」

凌滿江微微點頭，神色凝重，思索半晌，才喃喃說道：「這番話，我若能早幾年聽到，可有多好！」他忽然凝望著明兒，問道：「明兒，你再說一次，你家鄉何處？父母是誰，你姓什麼？」

明兒知道自己曾捲入泰山派和火教間的爭鬥，這段往事最好絕口不提，免惹麻煩。因此當別人問起時，都只說自己是山上樵夫的孩子，父母死後便被揚老收爲學徒。此時聽凌滿江問起，他側頭想了想，說道：「不瞞你說，我什麼都記不得了。」凌滿江問道：「你還在襁褓中時，便被揚老大夫收養了，是麼？」明兒搖頭道：「不。我大約四五歲時，被我爹爹遺棄在一間道觀的門口，之後才輾轉來到爺爺這兒住下。四五歲以前的事情，父母家鄉，甚至我自己的姓名，我都全然記不得了。」

凌滿江笑了起來，說道：「人人都記得過去之事，卻無法預見未來。偏偏你能看得見未來，卻記不得過去，豈不顛倒？天下恐怕只有你一人是如此吧！」明兒聽了，甚覺有趣，也不禁笑了。

凌滿江想了想，又問道：「你說你被遺棄在道觀時大約四五歲？那是多少年前的事？」明兒屈指算了算，說道：「五年前。」凌滿江道：「那你今年十歲？」明兒點了點頭，說道：「大概吧？我也不清楚。」

凌滿江不再言語，眼望窗外，皺起眉頭，陷入沉思。明兒知道他心中有事，卻沉吟不願說出。明兒若想知道，只消用手指節輕觸眉心，便能「聽」到凌滿江心中的祕密。但他十分喜愛凌滿江這人，不願輕易窺探他的心事，因此也轉頭望向窗外，未曾探究。明兒此刻的一念尊重，爲他將來的命運帶來了莫大的變化，這卻是他這時所無法預見的。

果然，家中各人很快便都知道了揚儀有孕的喜訊。揚老原本擔心她的身子不能承受，但她懷胎數月，竟都十分順利。只有明兒漸漸感到一股不祥之感，縈繞在他心頭。愈靠近產期，揚老、凌滿江和劉嫂便愈是興奮，只有明兒愈發焦慮沉默。他無法揮去心中的恐懼擔憂，更知道自己絕對不能說出口。每當大家興致勃勃地猜測胎兒是男是女，該取什麼名字時，明兒只坐在一旁不發一言，臉上勉強保持微笑。若他笑不出來時，便找藉口出屋去，緩和自己情緒。眾人不知他爲何如此，只道他年紀還小，無法體會添丁生女的喜悅。

那年冬天，揚儀果然生下了個白胖的女娃。全家上下都極爲興奮，揚鍾山抱著女娃不肯鬆手，笑道：「這山上雲霧繚繞，就叫她雲兒吧！」

不料揚儀生下了凌雲之後，身體便又多病起來，次年初春，便因傷寒而一病不起。凌滿江日夜守在她的床邊，眼見妻子日漸消瘦，心痛如割。揚儀早知自己命不長久，反而處之泰然，說道：「我這一年多以來有你相伴，過得多麼開心。一生有過這麼一段歲月，也算値得了。如今我只擔心，你下半生該怎麼過呢？」

凌滿江流淚道：「我什麼都不要，只要守著妳，一起帶大我們的女兒。」

揚儀卻搖頭道：「不。雲兒有爹爹、老劉、劉嫂照顧，你不用擔心她。我想了很久，我覺得你該去找一個人。」

凌滿江一怔，問道：「我該去找誰？」揚儀緩緩道：「你知道的。我要你去找胡兒。」

凌滿江不禁啊了一聲。揚儀微笑道：「不錯，我要你去找她，天涯海角，一輩子就去找她。因爲……因爲她長得像我，你去找她，就是在找我。你找到了她，就是找到了我。我不能伴你一世，或許她可以。」

凌滿江聽了這話，忍不住掩面而泣，說不出話來。

不多久，揚儀便辭世了。凌滿江哀慟欲絕，形銷骨立。等妻子七七過後，他記著妻子的遺言，便稟明揚老，收拾行囊準備下山。

明兒知道他要走，來到門口相送。但見凌滿江身著行旅裝束，雙目紅腫，滿面哀戚。他轉頭見到明兒，走上前來，低聲道：「明兒，你早就預見了，是麼？」明兒紅著眼睛，微微點了點頭。凌滿江伸出雙臂，緊緊抱住了他，低聲道：「多謝你！多謝你沒有說出來，讓我倆無憂無慮地過了一段神仙般的快活日子。多謝你！」說著忍不住又痛哭失聲。

明兒不知該說什麼才好。他只知道有時生死確實是命定的，無論如何都扭轉不來。

凌滿江竭力自制，抹去眼淚，蹲下身來，扶著明兒的肩膀，神色沉重，說道：「我得去了。請你好好照顧雲兒，當她是你自己的親妹妹一般。好麼？」

明兒點了點頭，問道：「你要去哪裡？」凌滿江吸了一口氣，說道：「我得去找一個人。」明兒問道：「是胡兒姑娘麼？」凌滿江點了點頭。

明兒微一遲疑，問道：「若是找不到她，你會回來麼？」

凌滿江的神色顯得十分複雜，他輕歎一聲，說道：「人生的追尋是沒有止境的，也並非一定得找到你想找的事物。我現在已經找到了我的目標，往後我只想保有它，莫再失去。」說時凝視著明兒的臉龐，伸手拍拍他的肩膀。

明兒不明白他的話，滿心疑惑，還想再問，凌滿江卻已站起身，負起包袱，過去向揚老拜別。明兒望著他的背影，在那一瞬間，忽然領悟到凌滿江並非如他表現出來的那般傻里傻氣、毫無心機，甚至他的樂天知命和爽朗豁達都只是表面虛相。他內心深處的許多祕密仍舊不為明兒所知，包括他不堪回首的過去，他的無奈、悲哀和孤獨。揚儀之死尚不是他生命中最痛苦的事，他曾經歷過的苦楚和煎熬遠非明兒所能想像。明兒下定決心，有朝一日，定要探索凌滿江心底的祕密，了解他生命中的掙扎。明兒隱約感到，這與自己的命運將有著非比尋常的關聯。

凌滿江拜別揚老後，從劉嫂手中接過襁褓中的雲兒，親了親她的小臉，一忍心，將她交回給劉嫂，轉身向山下走去。明兒與揚老相偕站在山門外，望著凌滿江漸漸遠去的背影。

明兒感到眼眶發燙，他心痛揚儀之死，更加捨不得凌滿江離去。這兩個與他如此親近的人，竟然這麼輕易便從他的生命中消失了。他吸了一口氣，強忍住了淚水。回想自己數年前住在大雁觀時，還不曉得世間有親情這東西，如今嘗到了親情的滋味，才明白失去至親能有多麼痛苦。他側頭望向揚老，體會到他心頭沉重的失落和悲痛，忍不住低聲道：「爺爺，對不起。我的病人治好了，卻害死了你的病人。」

揚老聞言一呆，連連搖頭，說道：「明兒，你千萬別這麼想。儀兒這些日子多麼開心，這是她自出世以來從未有過的。滿江對儀兒一片眞心，我對他感激還來不及，怎會怪他？又怎會怪你？」

明兒咬著嘴唇，心想：「或許吧！或許這是最好的一條路了。儀姑娘度過了一段精采快活的歲月，這一生算是值得了。」

然而這時明兒並不知道，他失去的並不只是凌滿江和揚儀。數里外的虎穴中，老瘋子一手拍著巨虎的頭，一手抹去眼角的淚痕，毅然站起身，大步走出洞外，從此再也沒有回來。

數日之後，明兒去虎穴找他時，早已人去穴空，連那頭溫馴的巨虎也不知去向。明兒感到一陣悵惘，似乎世間的親人一個個都離他而去了。他不禁擔憂有一日揚老、老劉和劉嫂也會離己而去。所幸山上平靜的日子依舊，時光如潺潺溪水般安謐地流逝而去。

注：本章提到的《玄關》一書，作者爲方觀承，清朝康熙時人。他出身桐城望族，少年時父親、祖父曾獲罪流放。方觀成家破人亡，流落江湖，飽經世態炎涼，看透人生百態。他曾以算命卜卦維生，將觀察到的人情世故寫成了這部《玄關》。據說算卦看相的江湖人若讀通了這書，無論什麼人來求卜問卦，都能即刻回答得活靈活現，百靈百準，因此這書被奉爲江湖「金點」（即江湖藝人算卦相面的總稱）的無價之寶。書中詳細講解卜者如何從來者的性別年歲、衣著打扮、神態口氣、性格表情、居處飲食、身邊人物等處尋得線索，判定來人的生活境況，以致來人還沒開口問卜，江湖人便已摸透了他的底細，一發言便能說到來人的心坎裡頭去。淩滿江生於明朝中葉，當時《玄關》尚未問世。然而此書太過有趣，小說家不忍棄之，仍願提上一筆。

第七章　華山少主

山中無日月，唯一有變化的便是女娃雲兒的成長。不但揚老的全副心神都灌注在這寶貝孫女兒身上，膝下無子女的老劉夫婦也疼愛雲兒入骨，連聽她多哭一聲都不行。明兒對這個小妹子更是打從心底寵愛疼惜，百般呵護。不只因爲她生得玉雪可愛，更是基於他對淩滿江和揚儀夫婦的親近敬愛。無論雲兒如何調皮淘氣，任性搗蛋，明兒從不曾對她發怒。雲兒也很清楚，自己不管闖了什麼大禍，作了什麼壞事，只要向明兒哥哥撒嬌撒癡一番，明兒便即心軟，不但不忍多加責備，更會主動替她頂罪開脫，替她收拾殘局。

卻說這年雲兒已有五歲，愈發生得清麗嬌美，天眞活潑。這日傍晚，明兒帶著妹妹在溪中抓魚，游魚體滑，明兒捉了幾次都捉不到，急得雲兒在旁不斷呼喊：「哥哥，那邊！快，哥哥，這邊！」明兒聽她喚得興起，頑皮心起，假裝失足跌入溪中，摔了一身泥水，狼狽已極。雲兒見了，忍不住哈哈大笑起來。

兄妹正玩得開心時，忽見一個戴著斗笠的白衣人從密林中快步走來。他來到溪邊，駐足觀看，嗤的一笑，說道：「連抓魚都不會，我還道山裡都住著高人呢！」語氣高傲，充滿揶揄，聲音卻甚是稚嫩。他摘下斗笠，露出一張眉清目秀的臉龐，約莫十四五歲年紀，膚色白淨，單眼皮，點漆眼，活脫年畫上摘下來般的端正好看。只是滿面傲色逼人，顯得十分難以親近。

白衣少年將斗笠一扔，攬起衣擺，湧身跳入小溪。只見他白衣一翻，一腳在溪中石上一點，右手飛快地入水一探，隨即輕巧地落在對岸，手中已抓著了一隻不斷掙扎的魚兒。

雲兒拍手叫好，說道：「捉到了，捉到了！你把魚兒給我，好麼？」白衣少年哼了一聲，撇了撇嘴，隨手將魚扔回水中，說道：「魚兒好好在水中游著，給妳幹麼？喂，我有話問你們。有位藥仙揚老先生，可是住在這山上麼？」

雲兒見他對自己的請求不屑一顧，肚中有氣，頓足道：「你以爲你是誰啊？哥哥，別理這個討厭鬼，咱們走！」她拉著明兒的手，轉身就往山上走去。少年見雲兒出言不遜，忍不下這口氣，三步併作兩步追上前來，攔在雲兒身前，喝道：「小女娃是誰，忒地無禮？我要妳立即道歉！」

雲兒住在山上，一向受眾人寵愛有加，哪裡有人對她說過一句重話？這時小嘴一扁，就要哭出聲來。明兒拉住她的手，將她抱起坐在自己肩頭，對白衣少年道：「舍妹年幼無知，請客人勿怪。揚老大夫就住在前面，客人請跟我來。」

白衣少年聽他言語平和，這才息了火，哼了一聲說道：「識相點兒！小爺是什麼身分，說出來嚇死你們，口裡給我放尊重些！」

明兒不去理他，揹著雲兒，領少年回到山上家中。

揚老正在屋後的藥圃中除草，雲兒奔到藥圃邊上，叫道：「爺爺！有個穿白衣服的哥哥來找你。」揚老應了，在水桶中洗了手，來到前院。白衣少年見到揚老，立即收起了盛氣凌人的神態，恭恭敬敬地跪下，說道：「晚輩江離，拜見藥仙揚老先生。家師華山常清風居士，特遣晚輩來此，向前輩磕頭請安。」說著雙手遞上一封書信。

揚老接過信，將他扶起，笑道：「原來是常老爺子的高弟！快請起來。」他將江離迎到書房中，細細問了老友常清風的近況。明兒在一旁侍立傾聽。揚老笑著轉頭對明兒道：「江公子的師父，乃是華山派的前輩耆宿。他醉心武學，每過幾年便會創出一套嶄新的武功，驚艷武林。天下想作他徒弟的人不知凡幾，但他挑徒嚴格，不是上佳材質他是絕不會收的。」

江離聽了，不禁面有得色。明兒看在眼中，心想這人淺薄得緊，聽人誇讚幾句便如此得意，當下點頭應道：「是。」

揚老打開常清風的書信看了，點頭說道：「是了，是時候該給你師父送藥去了。但我這藥還得花上兩三個月的時間才能煉成，你能在這兒等上這些時候麼？」江離行禮說道：「師父囑咐弟子，若能在藥仙爺爺的身邊小留數月，定得請求藥仙爺爺傳授晚輩醫道。師父說，藥仙爺爺醫術精湛超卓，晚輩資質魯鈍，若能向您學得幾分皮毛，就令晚輩受用不盡了。」

揚鍾山笑道：「你若資質魯鈍，天下哪裡還有聰明之人？」

於是揚老讓明兒替江離備好房間住下。山中就這幾間簡陋木屋，明兒只好將慣居的小屋讓給江離，自己搬去住到揚儀和凌滿江曾住過的空屋。他身無長物，幾件衣褲加上幾本醫書札記便是他所有之物，搬個一回便搬完了。自揚儀去世、凌滿江下山後，那間屋子便一直空著，堆了不少雜物，積了厚厚的灰塵。明兒打掃整理一番，勉強可以住人。他夜裡躺在床上，回想著揚儀一世病弱卻仍好讀不倦的精神，回想著她的風采儀容、談吐神情，以及凌滿江的豁達瀟灑、任性滑稽，久久無法入睡。

而揚老挑了數部醫書，讓江離每日讀誦，晚間他和明兒診病回來後，江離便可向他請教書中疑難。江離讀書的規矩挺多，讀前必要焚香灑水，安安靜靜地端坐在揚老的書房中，專心誦念，外邊不得有任何吵雜之聲。他的起居飲食規矩更多，早上要吃剛剛燉好的山藥小米粥，中午要吃黑白芝麻燒餅，晚上要用溫涼適中的淨水洗腳，深夜還要芝麻湯圓作宵夜。也虧得他絕不知客氣爲何物，一一向劉嫂吩咐交辦，只氣得劉嫂七竅生煙，罵不絕口，但也不好得罪了揚老的客人，只能嘟噥著照辦。

但江離這少年也確實頗有奇才，不但過目不忘，甚且將諸般醫書讀過一遍後，便能融會貫通，每夜請問揚老的疑問，也總能正中要訣。揚老對江離的聰明高悟十分喜歡，時時稱讚鼓勵，令江離頗爲得意，自以爲已將醫道學了七八分。

這日，揚老帶了老劉下山買米，留下明兒在山上幫劉嫂搗餃子餡。忽聽門外人聲響動，一群獵人擁著一人來到揚老家門外，驚慌地喊道：「揚大夫，急症呀！快來人呀！」

揚老的醫術遠近聞名，上山來求診的病家著實不少，劉嫂也不大驚小怪，只對明兒道：「別搗了，快出去瞧瞧。」

明兒來到門口，眾獵人見到他，都鬆了一口氣，說道：「原來小大夫在家，那可有救了！」明兒見被抬來的是個壯年獵戶，臉色雪白，雙目緊閉，顯然受了傷，正要蹲下身去查看他的傷勢，卻聽後頭的房門呀一聲開了，江離神色從容地跨出屋來，說道：「慌什麼！我是揚老先生的弟子，讓我看看。」

眾獵人一齊抬頭望向他，但見江離一身整潔長衫，面容俊美，一表人才，都是一呆，雖從未見過揚大夫的這個弟子，也不禁肅然起敬。明兒見他出來，便站起身讓在一旁，想看看他究竟要如何處置。

江離走上前，攬起袖子，蹲下身去替那獵戶診脈。他醫書讀得雖多，畢竟從未替人診過脈，半晌也診不出問題所在，微微皺眉，沉吟道：「看來是膽有問題。他最近可曾受到驚嚇？」旁邊的獵人忙道：「正是，正是。」江離道：「那得用藥，慢慢壯膽補氣。且讓我開一帖藥，讓他回去服用三個月，再回來複診。」

明兒在旁皺眉望著，忍不住走上前，說道：「他從高處跌下，跌斷了腿。不快些接起骨頭，怕要遲了。」說著蹲下身，捲起獵戶的褲子，露出一條扭曲呈青紫色的腿來。明兒伸手撫摸，仔細觀察，向站在一旁的劉嫂說道：「劉嫂，勞妳取虎骨接續膏、綳帶和木板來。取川烏三錢、五加皮兩錢、白芍一錢、曼陀羅少許，煮糊了快些拿來。」說著飛快地動起手，將獵戶折斷的腿骨扳正對準，敷上虎骨接續膏，用木板固定，再用綳帶包紮起來。這時劉嫂已端上湯藥，明兒扶起獵戶餵他服下，說道：「這藥能讓你略微止痛。這腿三個月不要動它，每日換藥。斷得不嚴重，別擔心。三個月後，包你行走如常。」眾獵人千恩萬謝，明兒取出揚老家中的擔架，讓眾人將受傷獵戶抬下山去。

江離立在一旁看著，臉上漲得通紅。過去這一個多月來，他總見明兒跟著老劉和劉嫂一塊兒幹些挑水砍柴、灑掃煮飯的粗活兒，或揹負著藥簍陪揚老上山下山，又見明兒衣著簡陋樸素，先入而主地認定明兒是跟老劉一般的僕人，於是頤指氣使，呼來喚去，哪裡不合意了還會厲聲斥責。明兒也不吭聲，只任由他差遣。此時江離才見識到明兒精湛的醫術，暗暗咋舌，心忖明兒年紀與自己相差不多，竟已是個嫻熟的醫者，心中不禁又是忌憚，又是羞慚，又是惱恨。

但江離畢竟不信明兒眞懂醫道，只道明兒想必是跟隨揚老日久，將接骨止血這些法子見多學會了，但對醫理必然全不知曉。當日晚飯之前，他手中拿著一部《諸病源候論》來到廚房，見明兒正忙著生火熱灶，弄得滿手滿頭煤灰，心中更加瞧他不起，笑吟吟地道：「明兒，你似乎挺懂得醫道。讓我問你幾個問題，如何？」

明兒頭也不抬，說道：「爺爺在書房，你去請教他老人家吧。」

江離哪裡肯放過他，說道：「我當然知道揚老大夫在書房。但我的這幾個問題太過瑣碎，請問先生恐怕無禮，因此想先來向你探問。」

明兒生好了火，關上灶門，拍去頭上手上灰塵，轉頭望見他手中的《諸病源候論》，說道：「這書我知道。你問吧。」

江離聽了就惱，說道：「你知道？你讀過？」明兒道：「讀過。」江離道：「既然讀過，想必通熟。你可能背誦？」明兒道：「八九成。」

江離笑道：「原來你是深藏不露。那麼請教你，何謂『汗血候』？」明兒此時正將米鍋放上灶，隨口答道：「肝藏血，心之液爲汗。肝心俱傷于邪，故血從腠理而出也。」

江離聽他答得如書中所述一般，一字不差，略感驚奇，又問：「何謂『久心痛候』？」

明兒在水缸中洗淨了手，說道：「心爲諸臟主，其正經不可傷，傷之而痛者，則朝發夕死，夕發朝死，不暇展治。其久心痛者，是心之支別絡，爲風邪冷熱所乘痛也，故成疹，不死，發作有時，經久不瘥。」

江離隨手翻書，又問：「這〈鬚髮脫落篇〉都說些什麼？」明兒手上不停，一邊切大白菜，一邊答道：「足少陽膽之經也，其榮在鬚；足少陰腎之經也，其華在髮。衝任之脈，均爲十二經之海，其別絡在上唇口；若血盛則榮於鬚髮，故鬚髮美；若血氣衰弱，經脈虛竭，不能榮潤，故鬚髮禿落。」

江離哼了一聲，闔上書，說道：「你若果然通曉這書，可能從頭到尾一字不漏的背出來麼？」明兒嘿然道：「醫書最忌死讀。你就算將整部書都背了下來，也不見得就能爲人治病。」

沒想到這話正說中了江離的痛處，他臉一沉，冷笑道：「你背不起來，就直說好了，何必找些藉口來搪塞？難道怕我取笑你不成？」

明兒將他的心思看得一清二楚，歎了口氣，轉身面對著他，說道：「今兒的事情，我不會說出去，也交代了劉嫂一個字都別跟爺爺說。你大可放心。現在我正忙著煮飯，你等會兒再來考問我，可好？」

江離漲紅了臉，明兒這幾句話正挑明了他的心底之憂，但他怎肯承認，一時又惱又慚，站在當地作不得聲。但聽劉嫂在門外喚道：「明兒，我今兒要炒九轉大腸，快來幫我切腸子！」明兒應了一聲，在水缸中洗淨了手，從江離身邊擠過，跨出廚房，只留下江離站在當地，拿著一部醫書發愣。

晚飯過後，江離踅到明兒房外，見到明兒正伏案書寫。他跨進屋來，背靠著門框，笑道：「天都快黑了，明小兄弟在寫什麼呢？」

明兒想收起札記，江離卻已施展輕功竄到他身後，快手將札記搶過，退到門邊，翻開看了一眼，笑道：「山上孩子也會寫字，眞正出人意表。只是這字毫無章法，一塌糊塗，你想必從未臨過帖吧？」

明兒甚是不快，伸出手道：「還給我！」

江離見他著急關切，更想捉弄他，拿著札記讀了起來：「『四月初五。偕爺爺上山找罕見紫胡子，於山南俏壁下，巨虎岩旁壽得。』你錯別字倒多，紫胡子該是紫『鬍』子；峭壁的峭是山字旁。壽得，什麼是『壽得』？啊，原來是『尋』得！」

明兒怒從中來，又道：「還我！」

江離拿著札記退開數步，翻過一頁又讀了起來：「『四月初七。替獵戶接續斷腿，用虎骨接續膏。當於十日後出診，檢查療效。』」他住口不讀了，因爲下面幾句是：「借居江某誤以爲他症，妄加下藥，戒甚。」他見明兒提到自己的糗事，心中惭怒交集，用力將札記摔到地上，冷笑道：「你道自己很厲害麼？你會接條斷腿有什麼了不起了？說什麼三個月後行走如常，呸！我偏偏不信你眞懂！且讓我打斷你的腿，你自己接起來，待我看看三個月後是否眞能走路！」說著走上前來，揮掌便要往明兒腿上打去。

明兒凝望著他，甚覺不可思議道：「爺爺在家。」

江離重重地哼了一聲，他當然知道揚老在家，自己作客長輩家中，再怎麼撒野，也不能毫無來由打斷主人家裡人的腿，但實在極想打明兒一頓出氣，他眼睛一轉，說道：「我明日要下山，你陪我去一趟可好？」

明兒搖頭道：「我有活兒要幹。」江離道：「我向揚老爺子請求，他怎會不答應？」

明兒心中對這江離甚感厭惡，只想離他遠遠地，當下沉住氣，彎腰撿起被江離摔在地上的札記，冷冷地道：「江公子，你是在天上翺翔的飛鷹，我只不過在地上行走的牛馬，哪能相提並論？你請出去吧。」

江離愈見他拒人於千里之外，就愈想找他麻煩，攔在門口就是不肯出去，說道：「你可知我爲何要下山？」明兒搖頭不答。

江離撇嘴笑了笑，說道：「咳，你在山上住了太久，連腦子都與世隔絕了，竟連半點好奇心也沒有！我說你呀，若要一輩子躲在山上作隻縮頭烏龜，那也沒什麼不可以，但如今正是多事之秋，風雲際會，有志作一番事業的好漢，莫不想出一分力。老實告訴你吧！我這次下山，是有一場大熱鬧可瞧。」

明兒不置可否。江離壓低了聲音，神祕地道：「你可知道，『十八字嘔血籤辭』已來到了山東？」

明兒微微一愣，想到自己夢境裡也有一份籤辭，登時好奇道：「十八字嘔血籤辭？」

江離低聲道：「這十八字嘔血籤辭，乃是當今江湖中最大的疑案，等閒難以與聞。而我怎會知道呢？讓我告訴你一個大祕密。我爹爹便是當今華山派掌門人，『無影神劍』江聲雷江大俠。」

明兒嗯了一聲，他並未聽過華山派的名頭，但華山派中若有師父的朋友常清風這樣的人物，當是個頗有地位名聲的大派。他想起幾年前泰山派歸降火教時，自己曾險些被當成泰山掌門人的獨生子玉泉抓上獨聖峰，難道華山派未曾歸伏火教？若已歸伏火教，江離是華山掌門人的兒子，又怎能仍保有自由之身？

江離似乎猜到了他在想什麼，得意地道：「我華山派已然歸伏火教，但我爹爹聰明絕頂，老早想出保住我的方法。我自出生起便跟著長年隱居的華山耆宿常清風老爺子學武，即使華山派中，也只有少數幾個爹爹最親信的弟子知道這件事。」

明兒點了點頭，心想：「這一招，確實比長方道長臨時找替死鬼之計要安穩得多。但自出生便將孩子送走，豈不等於沒了這個孩子？」心下不由得暗暗爲江離父子感到悲哀。

江離說起自己的父親，興致極高，說父親江聲雷武功如何出神入化，一手華山快劍曾打敗無數高手，在武林中地位崇高，廣受尊重。明兒卻愈聽愈同情，江離說的都是外人對父親的評價，他自己顯然極少見到父親，更加談不上父子親情。

江離卻絲毫不覺，繼續說道：「我父親才高志大，決意爲人所不能。他聽說了近日在武林中傳得沸沸湯湯的『十八字嘔血籤辭』後，便極想參透其中關鍵……」

明兒忍不住問道：「這十八字嘔血籤辭，究竟是什麼？」

江離睜大眼睛，假作驚訝地道：「嗐！原來你連聽都沒聽過。你住在這荒山上，還當眞是孤陋寡聞已極！讓我告訴你吧，這十八字嘔血籤辭，乃是一代神算神卜子臨死之前，嘔心瀝血卜出的卜辭，共有十八個字，因此稱爲十八字嘔血籤辭。」

明兒聽到此處，全然呆了，江離說的不正是他反覆作著的關於籤辭的夢！他常常作各式各樣的怪夢，卻從未想過那些夢境竟然能是實際發生過的事情。現在聽江離說起神卜子臨死前卜卦之事，一時直如跌入夢中，不知何者是眞，何者是幻，何者是醒，何者是夢。他仍清楚記得那籤辭的內容：「猛虎藏，正道殤。獨聖尊，天下奔。異龍現，江湖變。靈劍泣，野火熄。」隨即想起：「不對，夢中那籤辭有四段，每段六字，共二十四字。他卻爲何說是十八字？」

正思索間，江離已自顧說了下去：「我爹爹聽聞了這籤辭，仔細推敲其中意義，認爲撲滅火教大有可爲，便與幾位江湖上的成名英雄人物祕密立約，私下籌劃覆滅火教。我爹爹正暗中聯繫正教各大門派，合力與火教周旋。我爹爹已與少林和武當的當家聯繫上了，兩位掌門對爹爹都十分推崇重視。我爹爹下個月便要密訪峨嵋派的子璋和尙……」

明兒忍不住插口問道：「那十八字嘔血籤辭，說的是什麼？」

江離哼了一聲，說道：「我若告訴你了，你便得答應跟我下山，如何？」

明兒早知他不懷好意，當然不肯毫沒來由地跟他下山，心想：「你不告訴我，我難道便無法得知？」當即搖了搖頭，說道：「你不跟我說，那就算了。」

江離見他並不追問，心中不快，當下又說了一遍自己的父親江聲雷在武林中地位如何崇高，他華山派如何名聲響亮、武藝超群，以及父親如何立志發揚光大華山一派，與少林、峨嵋、武當並列云云。明兒心想：「這人喜好炫耀，約莫內心太過空虛，才不得不說此大話來增加自信。我便不追問，他自也會將祕密說出來。」當下只是耐心傾聽，不斷點頭表示贊同。

江離說了一陣，眼見明兒安安穩穩地坐在那兒，面帶微笑傾聽，有若老僧入定，既不驚羨，也不嫌煩，心中更是不快，打定主意要說出些驚世駭俗的大消息，好令這小子震動驚駭。當下說道：「我爹爹十分受到火教重用信賴，他最近又得知了火教的一個大祕密，關係重大，緊要非常。」

明兒點點頭，說道：「如此重大的祕密，你爹竟能得到火教知會，可見他有多受火教信任。」江離得意道：「可不是？這個祕密，我爹爹打算偷偷告知其他正派首領，讓大家一起參詳，看看其中究竟藏了什麼不可告人的玄機。」明兒道：「集思廣益，那是再好不過。」

江離說得興起，又壓低聲音道：「你再也猜想不到的，火教中竟出了一個叛徒！這叛徒似乎已入火教多年，卻在數年前偷偷潛逃離了獨聖峰，躲藏起來。最近火教發現了他的蹤跡，暗中派出兩大護法前來追捕，聽說也已來到了山東。」明兒心想：「火教暴虐顛狂，若沒有叛徒那才奇怪了。」但聽江離更加壓低了聲音，說道：「我爹爹更探聽得知，這叛徒的名字，叫作凌霄！」

明兒一呆，脫口道：「凌霄？」江離奇道：「你聽過這名字？」明兒連忙搖搖頭，說道：「沒有。我只覺得這名字聽來挺古怪的。」心中暗暗思索：「凌霄，凌霄，這名字我確實聽過。是了！凌大叔曾說過，他生了個兒子，名叫凌霄。難道這叛徒便是凌大叔的兒子？那也不大可能。他的兒子最多跟我差不多年紀，怎能成為火教叛徒？莫非只是剛巧同名？」

江離自覺說得夠了，甩甩衣袖，站起身準備出門，說道：「你明日真的不跟我下山？」

明兒微微一笑，說道：「我又不想知道那十八字嘔血籤辭的內容，何必跟你下山？」江離雙眉豎起，明兒早已準備好，便在此時伸指輕輕碰觸眉心，當即「聽」到江離心中的思緒：「這人是個傻子！竟然對我所說的事情毫無興趣，顯然是個沒腦子的蠢蛋。哼！十八字嘔血籤辭……『猛虎亡，正道殤。獨聖尊，天下奔。群雄集，野火熄。』……我就算說了出來，諒他也聽不懂半點！」

明兒勉強壓抑心中震驚，坐在當地不動聲色，心中已轉了無數個念頭：「這正是夢中的籤辭！但為何改了幾個字？又少了一句？我作的那些夢竟然是真實發生過的事！這怎麼可能？」

但聽江離重重地哼了一聲，說道：「你不想知道最好！你不下山也罷，那明日跟我去山上走走，讓我教你幾招武功，如何？」明兒不置可否，轉過身去，說道：「明日的事，明日再說吧。」

江離哼了一聲，拂袖出門而去。

第八章　籤辭浮現

當晚明兒獨自坐在房中，滿心疑惑，回憶夢境，若有所悟：「求籤的事情若當真發生過，那麼當時求籤辭的那兩人想必逃了出去，並將籤辭傳了開來。內容不同，莫非是流傳中出了差錯？」

他低頭凝思，江離所知的籤辭將「猛虎藏」改成了「猛虎亡」，缺了後面兩段「異龍現，江湖變。靈劍泣，野火熄」，卻添上「群雄集，野火熄」。他想到此處，心中陡然浮起了答案：這十八字嘔血籤辭是有心人蓄意假造的，目的是誤導他人。欲誤導誰？明兒立時也想明白：是要誤導火教和火教教主段獨聖，讓他無法得知眞正的籤辭。

當夜明兒躺在床上，反覆想著那十八字嘔血籤辭。忽聽細碎腳步聲響，一個小小的身形推門而入，不聲不響，跑上前鑽進明兒的被窩，緊靠在他懷裡。明兒知道那是雲兒；這幾日她不知爲何常作惡夢，驚醒後不敢自己獨睡，總跑到明兒的房中來。明兒伸臂摟住她，低聲哄她，輕拍她的背脊，不一會兒雲兒便沉沉睡去。

明兒不多時也睡著了。入睡後沒多久，他竟又作了一次那詭異的夢，夢到老者親手給孫子餵下毒酒，臨死前卜了一卦，決心等候三個不速之客；兩個陌生人趕來請教三問，神卜子嘔心瀝血地寫下了那二十四個字；最後莊院被火教教眾團團包圍，火頭四起，兩個求籤來客跟著一個神祕的青年消失在火焰當中。一幕幕清清楚楚，歷歷在目。

明兒一驚清醒，坐起身來，忽然感到那神祕的青年的面貌好熟，他眼神中的那抹頹廢和漫不在乎，自己一定見過的，一時卻又想不起是誰。

明兒心中一動，爬起身，點燃油燈，在房中走了一圈。但見床頭擺著一排書冊，都是些詩辭史籍之類。他一本本取下翻看，見有朱熹的《詩集傳》、《白樂天佚詩》、《劍南詩稿》、《稼軒長短句》等詩辭集。他想起凌滿江和揚儀都癡愛詩辭，兩人常常一塊兒坐在燈下吟詩作對，陶醉其中。他直看到最邊上一本，見它比其餘書都要厚些，封面乾淨嶄新，似乎不常被翻動，封面寫著《四書集注・朱熹著》。明兒隨手取下翻看，心想凌滿江和揚儀多半不曾對這厚重嚴肅的《四書集注》有太大的興趣。正想將書放回床頭，書頁中忽然跌出一張發黃的米紙來。

明兒俯身撿起米紙，看了一眼後全身一震。他緩緩將紙展開，見到紙上斑斑點點盡是發黑的血跡，卻沒有任何字跡，只有鬼畫符一般的塗鴉。明兒一呆，甩甩頭，閉上眼睛凝聚心神，再往紙上看去，但見毫無章法的線條似乎慢慢移動遊走，旋轉融合，不多時，龍飛鳳舞的四行字映入了他的眼簾：

猛虎藏　正道殤
獨聖尊　天下奔
異龍現　江湖變
靈劍泣　野火熄

這正是那二十四字嘔血籤辭！

明兒怔在當地，此刻他親眼見到了這張籤辭，終於確知那個夢境是眞的！神卜子親手毒死孫兒，全家飲鴆自殺，嘔血卜卦，全都是眞實發生過的事情！

明兒雙手微微發抖，他似乎能見到籤辭現世時的天雷暴動，大火燒莊，以及那三人在燄光中離去的背影。但這籤辭又怎會出現在虎山上？是誰將籤辭夾在這本書中，放在凌滿江和揚儀的房裡？

他慢慢從震驚中恢復過來，將籤辭反複讀誦了數遍，仍不完全明白其中意義。他只知道這是消滅火教的關鍵，但正如那中年人當時追問神卜子的疑問：「前輩，靈劍是指什麼？異龍又是什麼？求前輩指點！」他自也無由得知異龍和靈劍所指爲何。他想不通這深奧詭異的籤辭，索性不去想，將籤辭夾回那本《四書集注》中，躺回床上，昏昏沉沉再睡去。

第二日清晨，眾人一起吃早飯時，江離笑嘻嘻地向明兒道：「揚老前輩說我該學學如何實地辨認草藥，因此我今兒想跟你一同上山採集草藥。你可不介意吧？」

明兒知道他千方百計，目的就是想把自己引到沒人的地方，好找機會狠狠修理自己一頓。他自然百般不情願，轉頭問揚老道：「今兒天氣倒好，爺爺不跟我們一起去麼？」揚老道：「我今兒得下山看個行動不便的病家。你們年輕人身強體健，一塊出去走走也好。」江離也道：「揚老前輩既然有事，那自然不好請您同行了。」

明兒見爺爺沒有識破江離的詭計，自己也沒有拒絕的藉口，心想只要不是下山就好辦，便點頭答應了。

早飯過後，明兒揹了藥簍，領著江離往山上走去，來到虎山草藥最多的虎鳴谷中。明兒假作不知，專心採了幾種家中正缺少的草藥，向江離講解道：「這是三葉五加，最好在夏秋時節採收。它的根、莖和皮都有清熱退火、去濕搜風和散瘀止痛的功效。那是車桑子，葉子有利濕、清熱、解毒之功。」

江離自然完全聽不進去，冷笑道：「我叫你出來，豈是來聽你說教的？別跟我裝蒜了，兄弟，你我結了樑子，這就劃下道兒來吧！」

明兒聽他一口江湖話，不知該如何回應，只得嗯了一聲，放下藥簍，兩手一攤，說道：「好吧，我知道你想打我一頓出氣，我就讓你打罷了，省得你跟我糾纏不清，讓我整天沒心思幹活兒。動手吧！」

江離聽了，不由得又好氣又好笑，斥道：「你怎能打不還手？來！我跟你對打。你回去若有個什麼撞傷跌傷，就說是你求我教你武功，不小心弄傷的，知道麼？」明兒歎了口氣，只好握緊拳頭，擺在身前。

江離叫道：「出拳，打我！」

明兒從未出拳打人，毛毛躁躁地揮出一拳。江離更不等這拳出老，腳下一滑，身子已轉到明兒身側，左掌輕飄飄地擊出，正打在明兒後肩。明兒被江離的勢子一帶，不由自主往前一撲，跌了個狗吃屎。江離笑道：「果然半點武功不會。你這小子不知天高地厚，也不照照鏡子，秤秤自己有幾斤幾兩，竟敢得罪華山少掌門，今日要叫你好看！」說著不等他站直，又是一掌打去，正中明兒小腹，明兒疼得又滾倒在地，整個肚腸如要翻過來了一般，好久才緩過氣，呻吟出聲。

江離大為開心，笑道：「讓我教你個乖，剛才那兩掌，是我師父獨創的『風流掌』中

『御風行』和『快意仇』兩招。這些招數中的巧妙，諒你八輩子也沒機緣學會！怎樣，要不要跟我磕兩個頭，叫聲爺爺，讓我指點你個一招半式？」

明兒努力撐起身，含糊地說了一句什麼。江離聽不清楚，彎下腰去問道：「你說什麼？」明兒趁江離低下頭，忽然伸手攬住他的頸子，將他扯倒在地，一拳打上他的左頰。江離不料他如此巧詐，連忙掙脫後退，摀著左頰，大怒喝道：「狗崽子不知死活！」衝上前揮拳狠狠打去。明兒抱頭在地上滾避，身上雖疼，心中卻大感痛快。

江離打了一陣，出夠了氣，才停下拳頭，又伸手去摸臉頰，感覺腫起了一塊，心中不禁怒氣又起。明兒抬眼望見了，笑道：「你回去若有個什麼撞傷跌傷，就說是你求我教你武功，不小心弄傷的，知道了麼？」

江離大怒，伸腿往明兒狠狠踢去。明兒哎喲一聲，連滾帶爬地避開，再趕緊翻身跳起，拔腿便往虎山深處奔去。江離施展輕功隨後追上，但明兒慣於在山間奔跑，又對這一帶的地勢再熟悉不過，一轉過山坳便不見了人影。江離追了一陣，再也看不到明兒的身影，只得停下腳步，恨恨地跺了跺腳。他游目四望，只見四周皆是森冷山石，濃郁林木，不禁感到一股寒意。他忽然想起這附近常有老虎出沒，忙伸手按住了藏在腰間的短劍。

明兒狂奔逃跑後，便鑽入了山崖間的一個洞穴。他低聲喘息，伸手摸著身上大大小小的傷痕，知道江離打自己時使動了內勁，傷口雖不見血，卻都深入肌理，腫脹瘀青，只差一點便眞要傷到筋骨了。他心想這人跟自己有何冤仇，出手竟忒地狠毒？但他向來大而化之，天性不容易記恨，心中只盤算著該用什麼膏藥才能快些消腫去瘀。忽然又想起：「我跟那洞中老瘋子學呼吸、打棍兒學了這麼些年，豈知一跟人動手便被打得抱頭鼠竄，全身是傷，想來我學的不是武功，只是些沒什麼用的玩意兒。」他倒也無所謂，心想自己如果學了一身武功，卻如江離那般目中無人、高傲蠻橫，那也沒什麼意思。不如學醫來得有用，不但能夠救人，還能自救。

他在洞中坐了一會兒，想起老瘋子教自己的呼吸法門，便緩緩沉靜下來，將暖氣聚集在小腹，引導暖氣在身上各個脈絡遊走，不多時便覺得通體舒暢，好似剛剛睡了一大覺般。他跳起身，感到身上的瘀傷仍隱隱作痛，但已沒有先前那麼痛入骨髓了。

他回到虎鳴谷，撿起藥簍子，四望不見江離，開口喚道：「江離！江離！」他的聲音在山谷中迴響著，卻不聞江離回答。

明兒聳聳肩，心想江離這麼大個人了，總該知道如何回家，便揹起藥簍，自顧又找了一回草藥，眼見日頭略微偏西，午時已過，便下山回家。

正走在山道上，他忽然感到一陣不祥之感，像是有隻手揪住了他的心口。他加快腳步，趕緊往家中奔去。

來到家門外藥圃旁，遠遠便見江離果然已回到了家，正彎著身子跟蹲在藥圃中的雲兒說話。明兒知道事情不好了，趕忙衝上前，卻見江離抬起頭，陰惻惻地對他一笑，一手搭著雲兒的肩頭，冷然道：「你回來啦！」

雲兒手中拎著一只小花籃，口中哼著歌，想是剛巧從溪邊採花回來，顯然不知道自己正身處險境。

明兒將江離腦中的種種惡念看得一清二楚，只覺汗毛倒豎，滿身冷汗，暗想：「他堂堂華山掌門之子，應該只是想想罷了，不至於眞對個五歲的女娃動手吧？」

但見江離臉色甚白，抓著雲兒肩頭的左手一緊，凝視著明兒說道：「你打不過我，只知逃跑，膽小如鼠，懦夫一個！你蓄意將我獨自留在老虎橫行的山谷中，是何居心？擺明是要我的命，希望我被老虎咬死，好遂了你的意！」

自江離上山以來，明兒便已跟山上的老虎們「關照」過，讓牠們別嚇著了揚老的客人。眾虎也從善如流，很給他面子，從未現身騷擾江離。這話他當然不能如實說出，而江離獨自在虎山中受了多少驚嚇，他雖不覺得是自己的責任，卻也頗感同情，當下說道：「我沒有這個意思，我不知……」

「你要我的命，我又怎能跟你客氣？如今你妹妹在我手中，看你還敢如何！」江離打斷明兒的話頭，惡狠狠地道。

雲兒聽他對哥哥惡言相向，這時才警覺江離對自己充滿惡意，抬頭向他望去，但見他臉色猙獰，不禁驚呼一聲，掙扎著想跑開，江離卻捉住了她的手臂，將她兩手扳到身後，扣在一起。

明兒大急道：「你幹什麼？快放開她！」

江離見他焦急關心，冷笑道：「你憑什麼要我放人？除非……你乖乖過來這兒，讓我打斷你的腿！」明兒怒道：「你欺負人，未免也太過分了！」江離哈哈大笑道：「我就是要欺負人，看你這懦夫敢怎樣？」一伸手，清清脆脆地打了凌雲一個耳光。

明兒又驚又怒，高喝道：「住手！」他衝上前去，但見雲兒半邊雪白的小臉已高高腫起，她自幼至長只有受人嬌寵愛憐的份兒，哪裡被人打過？登時放聲大哭起來。明兒怒不可抑，衝向江離，伸手去扭他的衣領。

江離一側身，閃了開去，笑道：「這才像個樣子！」隨手一掌推去，明兒有了防備，沒被推倒，但仍跌出了好幾步。江離放聲大笑，明兒轉過身又向江離撲去，但江離身形靈巧，腳步輕捷，左掌畫了個圈，使出風流掌法，已將明兒的手臂套住，一用力，明兒立即感到手臂劇痛，若非他縮手得快，當場臂骨便要被折斷。明兒怒吼一聲，又衝上前揮拳攻擊，但江離武功早已得到常清風的眞傳，舉手投足無不是高深武學，明兒轉眼又被打了兩三掌，踢了五六腳。

明兒耳中聽著雲兒的哭聲，霎時間全忘了自己身上的疼痛，眼中如要冒出火來，突然吸一口氣，雙掌齊出，向江離胸口打去。江離知他武功低微，更不擋避，只哈哈一笑。他卻不知明兒已動了眞怒，這掌所出，引動了體內長年所積眞氣，如排山倒海一般，力道極大，砰的一聲，江離胸口中掌，向後飛出數丈，人未落地，便已昏死了過去。

明兒絕沒想到自己這掌的力道竟如此之強，竟將江離打得飛出老遠，大出意料之外，頓時呆了，耳中只聽得雲兒斷斷續續的哭聲，一時不知身在何處。

忽聽一人叫道：「明兒！明兒！怎麼回事？」卻是揚老剛好出完診回到山上，聽見凌雲的哭聲，趕過來看，正見到江離被明兒打傷。他連忙奔上前探視江離，神色驚慌，喚道：「老劉！快來幫手，快將他抱進屋裡！快、快，救命要緊！」

一陣混亂下，揚老和老劉手忙腳亂地將江離抱進屋中。明兒仍呆立在當地，直到凌雲過來拉他，他才如夢初醒，跌跌蹭蹭地跟著凌雲回進屋裡。

明兒走入屋中，但見揚老坐在榻邊，愁眉深鎖，見他進來，微微搖頭低聲道：「情況不好。」

明兒來到床前，見江離面無血色，雙目緊閉，氣息奄奄。他雖惱怒江離，但從未想過要傷他性命，況且他身爲醫者，向來以救命治病爲己責，怎能有殺生之心，奪命之念？他只嚇得臉都白了，心中混亂，噗通一聲跪倒在揚老面前，哽咽道：「爺爺，我沒想要打死他。我氣他打雲兒，只想用力打他一掌，全沒想到……沒想到竟會打得這麼重！」

揚老扶他起來，說道：「先別說這些。明兒，你來探他的脈搏。」明兒伸手指搭上江離的手腕，屏息凝神，感覺他肺經殘缺，心經微弱，任脈虛弱無力。他又去探江離的另一隻手，脈象也是一般微弱，不禁心往下沉，將探覺說了出來。

揚老點頭道：「不錯。所幸他練過幾年內功，保住心經未斷，不然此刻早已沒命了。」

明兒低頭道：「我眞沒想到……沒想到自己會傷人至此。他還有救麼？」揚老沉吟道：「有救的。但我沒有把握。」抬頭望向明兒，說道：「伸出手掌來，我想試試你的內功。」

明兒奇道：「內功？」

揚老沒有多說，只將手掌擺在身前。明兒依言伸出手，與揚老手掌相對。揚老道：「運氣，用勁推我。」明兒使勁推去，卻覺揚老手掌的力道柔和厚實，好似推到一團暖氣一般，將自己的力道盡數彈回。

揚老道：「再來，出全力。」明兒吸了一口氣，用全力推去，這回揚老微微側身，將力道卸去，嗯了一聲，說道：「很好！你可助我保住江離性命。」

明兒喜出望外，說道：「您快說！我一定盡力。」

揚老又想了一陣，才緩緩說道：「你出掌打他時，他全無準備，因此心肺任各經脈盡皆受損。要完全治好他，我恐怕無此能力，唯有他師父能以深厚眞氣替他重整脈絡。眼下我們但求能保住他的性命，之後便得趕緊送他回華山去。明兒，你上榻去，盤膝坐好，仔細聽我解說。以內功療傷，半分差錯也出不得，不然不但救不了人，連你我二人都要受傷。你精曉醫道，熟悉脈絡穴道，兼且內功深厚，只欠不熟悉如何運使內力，因此施治時需加倍謹愼。」

明兒應道：「是。」

揚老也在榻上盤膝坐好，說道：「任脈乃是命之所繫，上達天突，下通氣海。我從天突開始，運氣慢慢推下，你則從氣海往上，緩緩推升。兩氣在膻中穴相遇，即可暢通任脈，保住一口氣。運氣的法門，你聽好了，氣守丹田，上巨闕，過幽門，上步廊、神封，轉心包經天池穴，再經天泉、曲澤、內關，匯聚於雙掌掌心勞宮穴，貫注於傷者氣海穴。入氣海穴須緩，須專，須柔，須厚；推升先至陰交、神闕、水分，再緩緩推上下脘、中脘以至上脘穴。你先試試。」說著伸出手掌，與明兒手掌相對，讓明兒試著運氣。

明兒從未這般運使內力，但他多年來受虎穴怪人引導，呼吸吐納時時都在運積眞氣，此時聽從揚老指點引運，毫不費工夫就將眞氣傳至手掌心，又傳入揚老的手掌。

揚老點頭道：「很好，就是這般。記著，須緩，須專，須柔，須厚。好，你將手掌抵在他小腹氣海。」自己將雙掌抵在江離背心，吸口氣，說道：「開始吧。」

兩人閉上眼睛，專注於運氣治傷。

第九章　臨別之囑

過了約莫四個時辰，子夜前後，揚老和明兒才終於替江離打通了任脈，保住了性命。兩人停下手來，同時吁了一口長氣。明兒這才發現自己滿頭大汗，全身衣衫溼透，抬頭望向揚老，但見他白鬚白髮盡濕，神色疲憊。明兒趕緊跳下榻，取過布巾替揚老拭汗。

揚老伸手去探江離脈搏，點了點頭，說道：「你自己也快擦了汗。」

明兒扶揚老在桌邊坐下，替他倒了杯茶。

揚老再吁了口長氣，喝了一口茶，說道：「明兒，醫學中原有調養內息的道理，內功也是治病的一大法門。你學得很好。但是學了卻不會用，比不學還危險。你出手打江離時滿心憤怒，用勁不能收發自如，才會意外傷人。使用內功時應當三分虛，七分實，有如以手試探熱水，若是水溫太熱，便即時收回，若水溫適中，便伸手入水。這樣出手，才能進退兼備，收發如心。要達到這樣的掌握，須控制自己的心緒和脾性，慎防憤怒占據你的心思。」

明兒從未聽人說起這般的道理，點頭沉思。

揚老又道：「醫學武功，本是一體。練氣之法，出自《黃帝內經》的調和體內陰陽二息。拳術之道，出自強身健體的《五禽拳》。日後逐漸發展爲攻敵傷人的技法，增添暴戾之氣，那是後世的事了。」

他頓了頓，又道：「你初上山時便曾告訴我，你在跟隨虎穴中的一位奇人練氣學武。我從未置喙，因爲我知道各人有各人的因緣，非他人所能左右。名山大川往往住著許多奇人異士，他們有他們的處世之道，也有他們擇徒傳藝的理由。」

明兒腦中靈光一閃，忽然明白了一件事，頓時呆住，作不得聲。他平日跟著揚老學醫出診，偶爾上山跟隨虎穴老瘋子練氣學棍，這兩個老人可說輪流掌管著自己的學習和成長，但這兩人卻從來未曾見過面，也似乎對另一方毫無好奇之心。直到此刻他才醒悟，這兩個老人老早便知道彼此的存在，他們輪流教導自己，乃是一場精心安排好的計畫，而自己竟然從未想到這點。

揚老並未注意到明兒神色有異，抬頭望向窗外黑沉沉的夜色，忽然問道：「你知不知道我爲什麼要傳你醫道和醫術？」明兒想了想，搖了搖頭。

揚老道：「你是個天生的醫者。你剛來到山上的時候，很多小動物都會自己跑來親近你。我見你輕輕撫摸牠們之後，不管是受傷的、生病的，不一會便痊癒了。後來我帶著你下山出診，往往我還沒開始問診把脈，你便一口說出了病家的症狀爲何，肇因爲何，一絲不差。甚至只要你坐在病家身邊一陣子，那病或傷就自個兒好起來了。」

明兒側頭回想，似乎確實如此。他忍不住問道：「那您爲何還要教我醫術？」

揚老搖頭道：「因爲像你這樣替人治病是不行的。人們會把你當神佛菩薩膜拜，而你也會仗著異能而日漸驕恣。就算你的感應再靈，奇跡再多，也總有一日會走上錯路。」

明兒凝神傾聽，微微點頭。揚老的這番話含意甚深，他此時未能完全明白，只能牢牢記下，以便日後能反覆思量其義。

揚老又道：「那時我便知道，你一定得規規矩矩地學醫。我開始傳你種種脈絡、陰陽、草藥、針灸之法，便是希望你以正統醫道爲本，以感應爲輔。如此行醫，方不會出錯。」

明兒點了點頭，說道：「我只記得自己初初學醫時，便感到如魚得水，得心應手。」揚老微笑地望著他，臉上露出喜慰滿意的神色，顯然對自己能教出這樣一個出色的弟子感到十分驕傲。明兒記得虎穴中的怪老人也曾對自己露出同樣的神色，遲疑一陣，終於道出了盤桓在他心頭的疑問：「爺爺，您老早知道虎穴中的老人是誰，你們原本就認識的，是麼？爲什麼一直瞞著我？」

揚老聞言一呆，靜了半晌，才長歎一聲，說道：「你終於發現啦。孩子，我不是故意瞞你，我是有無法說出口的隱衷。」

明兒心中激動，聲音發顫，說道：「您不是無法說出口，而是根本便不知道！」揚老緩緩點頭道：「不錯，你看得透人心，我如果將實情藏在心中，是瞞不住你的。唯一的方法，就是徹底將實情忘記。」明兒追問道：「您怎能忘記原本知道的事情？」

揚老又靜了半晌，才道：「這跟你忘記了自己的過去，是同樣的道理。」

明兒聞言一震，感到一股莫名的激動從心中升起，他握緊拳頭，高聲道：「是誰？是誰讓我忘記了過去？我要知道我是誰，我的父母是誰，爲什麼我完全記不得父母的臉容，不記得自己的出身來歷？您告訴我！」

揚老臉色既哀傷又疲倦，過了良久，他才吐了一口長氣，說道：「孩子，我無法告訴你，因爲時候還沒有到。你該知道的事情，以後慢慢就會知道的。」

明兒竭力控制自己的情緒，在房中走了幾圈，終於停下步來，面對揚老，問道：「火教究竟是什麼？」

揚老顯得更加沉鬱，但他並未遲疑，回答道：「你曾捲入泰山派和火教的爭鬥，應該已見識過火教的手段。十多年前，有個叫段獨聖的人，天生有通靈的能力，他以此異能吸引了大批徒眾，崇拜火神，創立了火教，招收上萬信眾。如今他財力和勢力倍增，已收伏了絕大多數的武林門派幫會，替他效命。」

明兒又問道：「什麼是通靈的能力？」揚老說道：「我也不十分清楚，只聽說他能看透人心，預知未來，還能任意轉換事物，隔空移位，總之是神奇非常。我不懂得這些，但玉衣和尚大約能說出個道理來。」明兒問道：「玉衣和尚又是誰？」

揚老道：「我往年有幾個生死之交，每逢豐年便一塊兒聚會，四出行善助人，人稱『九老慶豐年』。玉衣便是九老之一，他深諳佛學，長年隱居在衡山紫蓋峰無頂寺。其他七老中，有江離的師父，號稱武功天下第一的常清風；還有善觀天相的星月老人、醉心詩文的文風流、雅擅棋藝的遙遙道人，以及癡迷音樂的康箏、隱者古隱和屠夫趙埲。」

明兒聽到最後，忍不住奇道：「屠夫趙埲，就是山腳村裡的趙屠夫麼？」揚老點頭道：「不錯。他是我多年老友，交情深厚。你在家中若遇上什麼事，可放心求助於他。」

明兒從來沒聽爺爺說起這些朋友，甚感好奇，還想再問，但見揚老面色顯得異常蒼老疲倦，他轉頭望向江離，歎了口氣，說道：「江離是我好友的弟子，無論他人品如何，他這條命我得保住。我明日就得下山，送他回華山治傷。我走之前，有些話得跟你說。」明兒嗯了一聲，凝神傾聽。

揚老緩緩說道：「你學的這些武功，半生不熟，對你用處不大，甚且有危險。」

明兒疑惑地道：「我不過學了靜坐呼吸和一些棍法，並沒有學武功。江離使的那些拳法掌法，我半點也不懂，根本打不過他。」

揚老搖頭道：「你打不過江離，那是因爲你所學乃是最上乘的高深武功，在你未能完全通曉其中的訣竅之前，並無法使用。江離的拳腳、擒拿、輕功、劍法，都是穩紮穩打學來的，你卻一上手就學了最難的內功和劍法，因此你與他對敵時，完全用不上，這是因爲你尚未融會貫通之故。你若將內功和劍法學通了，江離的那些武功，你根本不必放在眼中。我能指點你氣功的運用之法，但我不懂得劍法，往後有其他機緣，你也將劍法學通了吧。」

明兒微微點頭，他能明白靜坐呼吸與練習氣功有關，卻沒想到那些雜亂無章的棍法竟與劍法有關。

揚老當下向明兒詳細講解種種運功法門、用氣訣竅，如何在掌中灌注真氣，如何在腿中加入力道，如何提氣展開輕功，如何運勁使動兵器等等。明兒感到茅塞頓開，這些道理那虎穴中的老瘋子都曾說過，但他匆匆學來，從未想通其中關鍵，此時如受當頭棒喝，猛然被點醒，眼前一片光明。

揚老說完，天已將明。他想了一陣，從櫃中取出一個包袱，放在膝頭，緩緩打開，露出一柄長劍。但見劍鞘沾滿塵污血跡，似乎甚是陳舊。他將劍緩緩拔出，那是一柄三尺長劍，劍身雪白，毫無瑕疵，寒氣逼人。他凝望著長劍，臉上神色甚是奇特，似乎有些肅然敬畏，又有些傷慟惋惜。他道：「明兒，這柄劍是一位前輩用過的。它不是特別鋒利，也不是特別曲軟或剛硬，只是一柄十分平凡的劍。你拿去，以後練劍就用它吧。」明兒恭敬接過。

揚老神色顯得疲憊，說道：「好了，快去睡一忽兒吧。今兒下午，我便啓程送江離回華山。老劉跟我去，你和劉嫂留在家裡，好好照顧雲兒。」

明兒望著他，說道：「爺爺，讓我跟您走一趟，好麼？」

揚老搖頭道：「我原也這麼打算。但是近年來這附近不大平靖，我不放心只留劉嫂在家看顧雲兒。有你在家，我才好放心些。這兒離華山大約兩個月的路程，我去到華山，必得將江離醫治好了才離開。這一去總要半年時間，我不在時，家中諸事就都交給你了。」

明兒點頭答應，心中不禁感到一陣悵惘。他長年隨揚老而居，算算總有七八年未曾離開他的身邊，此時聽說揚老要遠行，離別在即，不禁依依，更感到一陣難言的惶恐。

當日下午，揚老與老劉備好了行囊馬車，讓江離躺在車上，下山而去。

一行人去後，明兒整日沉浸於揚老傳授的內功心法，愈想愈有心得。但不知爲何，自揚老去後，明兒心中的不安和惶恐與日俱增。

這日下午，他確知自己的不安不只是因爲揚老下山而去，而是別有來由。他立即讓劉嫂帶了雲兒下山去投靠趙屠夫。劉嫂似乎早知道事情有些不對，更不多問，拿起包袱，抱起雲兒便出門去了。明兒將二人安全送到趙屠夫家，趙屠夫什麼也沒說，只對明兒點了點頭。明兒用心觀照，知道這人確是揚老的至交，不但本領高強，爲人更是可靠。他放下了心，不敢多所逗留，獨自回到山上。

傍晚時分，明兒獨自在廚下煮飯，忽然感到麻煩已來到家門口了。

他熄了柴火，向大廳走去，便聽得廳上有人說話。一人道：「師父說這事情不簡單。師弟在此荒山上學醫，竟被人打成重傷，藥仙揚老是何等人物，怎能讓這等事發生？」

另一人道：「我也覺得奇怪。藥仙揚老三十多年前，可是武林中一號響噹噹的人物，人稱『神針揚鍾山』，內力深厚，一手神針暗器號稱無孔不入。他退隱多年，想來功夫也不致荒廢了。常老居士將關門弟子託付給好友，原該放一百個心，卻沒想到師弟竟在藥仙眼下讓人打傷！」

前一人道：「聽說師弟內傷甚重，若非藥仙即時出手相救，怕就沒命了。然而這左近哪有內功如此高深之人，可將師弟重傷？」

後一人壓低聲音道：「莫非是火教中人所爲？難道……難道他們是專爲對付師父而下毒手？」前一人沉吟道：「這也不無可能。師父讓我們上山來探探，就是要我們查個明白。」

兩人說話聲音極低，但明兒有探視人心的本事，人雖在稍遠處，卻將兩人的對話聽得清清楚楚。他來到廳上，但見兩個白衣人站在廳首，見到他進廳，立時停止交談。

明兒向二人打量去，但見一人尖臉，下頦留鬚，另一人一張方臉紅如豬肝，都是三十來歲年紀，身上穿著與江離相同的白衣裝束。

明兒問道：「兩位是誰？到我家來有什麼事？」

紅臉男子心想：「這當是藥仙的家僮，或許能從他口中問出些線索。」當下說道：「我是華山派江掌門座下二弟子紅面神岳千山。這是我師弟，雪貓許千濤。小兄弟如何稱呼？」他雖用江湖口吻說話，但對象是個十來歲的孩子，這幾句話便沒有說得太響亮。

明兒道：「我叫明兒。」

那紅面神岳千山問道：「村裡人說揚老有個弟子，人稱小大夫的，就是你麼？」明兒道：「是。」岳千山又問道：「明兒小兄弟，你家裡的人呢？」明兒道：「我爺爺下山去了，家裡只有我一個。」

許千濤問道：「你家裡還有什麼大人？」明兒道：「老劉隨爺爺下山了，劉嫂出門了，沒有別的大人。」許千濤念頭一轉，又問道：「那麼有沒有夥計或是病家住在這兒？」明兒搖頭道：「沒有。」許千濤眉頭皺起，心想：「人全走光了，只剩個小娃兒，卻該如何追查打傷師弟的凶手？」

明兒早已看出他們上山來的目的，自己若不說出實情，他們在這兒東探西問個一整天，也問不出個所以然來。他心中對誤傷江離仍感到十分後悔歉疚，當下歎了口氣，說道：「兩位華山派的師兄，請你們見諒。打傷江離的人，就是我。」

這句自首之言太過突然，兩個白衣人都是一呆，對望一眼，一時不知該如何反應。岳千山側眼望向他，說道：「你說是你打傷了江離？」明兒道：「不錯。我失手打傷了他，心中好生內疚。」

岳千山和許千濤對望一眼，都不知該不該相信這話。許千濤心想：「帶他去見師父算數。」岳千山也是一般的心思，但想：「在藥仙家裡架人，不好。若是抓錯了人，師父定會怪罪，也平白得罪了藥仙。」許千濤心想：「若是別人教他在這裡瞎說，我們誤信了他，豈不愚蠢？」

明兒將他們的心事看得清清楚楚，忍不住一笑，說道：「你們要捉我，又怕捉錯了人。你們卻沒想到，若打傷你們師弟的確實是我，你們能捉得走我麼？」

岳千山和許千濤臉色一變，刷刷兩聲，二人分別抽出長劍，分指著明兒的胸口背心，出劍極快。

便在此時，卻聽門外腳步聲響，一人急奔來到門口，拍門大叫：「揚老，揚老，事情不好了！」

三人一齊轉頭望向門口，明兒隨手推開二人的劍尖，快步上前開了門，卻見門外是個陌生村人，灰頭土臉，神色驚恐，一看到他，便跪下叫道：「小大夫……小大夫，俺是五里外三家村的，俺家……俺家村子給整個燒啦！」

明兒大驚，忙問：「怎麼回事？」村人哭道：「是、是火教的人……燒死了好多人啊！」

明兒立即道：「爺爺不在家，我跟你去。」當下奔入藥房，從抽斗中快手取出各樣藥材、膏藥、紗布，裝在藥箱中，向村人道：「快，你帶路！」

岳千山和許千濤站在廳中，長劍已自收起，遲疑不知該否放明兒走，若讓他走，又不知該不該跟上。正猶豫間，明兒已揹起藥箱，跟著那村人向山下奔去。岳千山和許千濤對望一眼，隨後跟上。

四人在夜色中奔了半個多時辰，老遠便見前方火光沖天，煙霧瀰漫。一行人來到三家村口，火勢已大到無法入村，村外空地上躺了幾百人，呻吟哭嚎聲不絕於耳。

明兒長年跟隨爺爺行醫，卻也沒見過這般慘烈的景況。他深深吸了一口氣，卸下藥箱，藉著火光俯身探查腳邊的傷者。傷者大多數是灼傷，也有的是被跌落的屋樑砸傷，有的則是吸入濃煙，燙傷了氣管，呼吸困難。明兒抬頭道：「我需要清水。快取清水來！用火燒滾了涼下，愈多愈好！」

村人見有醫者到來，都大為欣喜，幾個未受傷的村人趕忙去提水燒水。明兒蹲下身，立即動手為一個老人處理灼傷，先清洗傷口，敷上膏藥，再包紮起來。他帶來的膏藥正是醫治灼燒的靈藥，傷者敷上藥後，疼痛頓止。明兒一個接一個，不停地替傷者施治。有些人燒傷太重，已然斃命，明兒便讓村人將屍首抬到角落去。三家村共有百來戶，當夜死了兩百餘人，另有百餘人輕重傷不等，未受傷的只有十來人，都是起火時恰巧尚未回到村中的幸運村人。

直至半夜四更左右，明兒才替最後一個傷者施救完畢。他坐下來喘口氣，雙手蒙面，腦中浮起傷者死者的種種慘狀，一陣夜風吹過，他感到身上一寒，不由自主顫抖起來。

一個村中長者在旁人攙扶下過來，向他道：「小大夫，大恩不言謝。我們這眞是……眞是天降橫禍哪！」

明兒抬起頭，見那長者整張臉都包在白布底下，只露出嘴巴和一隻眼睛，顯然燒傷甚重。長者流淚道：「千不該萬不該，我們村子留了個武師叫吳豹，他是咱村出去的人，不知在哪家哪派學了武功，聽說他得罪了火教，逃回村來。今兒下午，火教毫無徵兆，幾十個人就衝進村來殺人放火，搜尋吳豹。吳豹趁亂逃出村去，那些火教徒追將上去，才全走了。」

明兒感到更加寒冷，全身顫抖得不能自制，倏然站起身，說道：「他們還會回來。你們快走！走得動的，抬得起的，趕快到山谷裡去，避得愈遠愈好！」村人此時對他敬若神明，登時扶殘抬傷，往山谷逃去。

明兒幫忙揹抱傷者，抬頭望見岳千山和許千濤二人也默默加入幫手，心想：「這兩人心地不壞。」

第十章　叛徒凌霄

將近五更天，所有傷者都已撤離三家村。岳千山和許千濤來到明兒身邊，說道：「小大夫，咱們這兒該作的都已作了，可否借一步說話？」明兒點頭道：「好。」

三人正要離開，明兒忽然臉色一變，說道：「太遲了！」但見村外遠遠一圈火光慢慢逼近村子，黑壓壓的總有數百人。岳千山和許千濤一見之下，驚恐叫道：「是火教！火教回來了！」

明兒站在當地，一股難言的寒意從心底升起，全身又開始顫抖。但見一圈黑衣人圍著村口緩緩掩將上來，個個頭戴黑色面罩，手持火把，火色青綠。一眾黑衣人寂靜無聲，在村口外十多丈處停下，忽然向兩旁讓開，空出一條路來。

一個高瘦的人形從中飄出，一身血紅長袍，頭上梳著古怪的高髻，鬚髮雪白，瘦長的臉上毫無血色，鼻梁極高極窄，雙眸是極淡的藍色，連眉毛睫毛都是白色，顯然是個俗稱「白鬼兒」的白子。他薄薄的嘴唇露出詭異的微笑，緩緩走到村前空地當中，左手舉處，地面陡然升起一團兩人高的火焰，幽綠的火舌四處亂竄。周圍火教教徒雙手結印，高舉額心，一齊向那白鬼兒行禮，高聲喊道：「尊貴護法，教主分身！火神大能，賜我永生！」

高瘦子轉過身來，向手下微微點頭。兩個黑衣教眾攙著一個禿頭漢子奔上前來，將他摜在地上，退了開去。那禿頭漢子赤著上身，臉上身上滿是血跡，跪坐在地上，全身發抖。

高瘦子的聲音十分溫和，笑吟吟地道：「吳豹，你窩藏叛徒凌霄多年，罪孽深重。你以為沒有人知道你出身於山東三家村，所以躲在這兒，教主就找不到你了，是麼？」

禿頭漢子低頭不答。高瘦漢子笑了笑，說道：「今日以後，天下都知道你堂堂崆峒派掌門人吳豹出身此村。光耀門楣，光宗耀祖，不是很好麼？」

吳豹猛然抬頭，大叫道：「我起心叛教，窩藏凌霄，自知必死。你殺了我就是，還多說什麼？」

高瘦子搖搖頭，語音溫柔，說道：「你不懂得。教主慈悲仁愛，絕不輕易殺人。你知道青城派的三甲道人麼？他對我教充滿歧見誤解，歸順之後，也多次生起叛心。但教主慈悲，以高深教法感化了他，讓他心悅誠服，全心歸化聖教，再無貳心。你別害怕，教主不會殺你的。」

吳豹叫道：「你將三甲道人的家人弟子全數抓去，一個個在他面前凌遲處死，讓他失心瘋狂，還說什麼歸伏聖教的屁話？你趁早殺了我乾淨！」

高瘦子微笑搖頭，說道：「我自有辦法感化你。」他轉過身，面對火焰，舉起雙手，火焰頓時升高兩丈，衝入夜空。高瘦子閉上眼睛，口中高聲念起咒語，語音尖銳淒厲，劃過夜空，直刺入每個人的耳鼓。

霎時之間，火焰周圍的眾人好似同時被滾湯當頭淋下，齊聲大呼，有的抱頭慘叫，有的滾地尖嚎，臉上卻滿是狂喜之色。眾黑衣教徒紛紛手舞足蹈，有的跪地膜拜，有的痛哭流涕，有的滿地亂滾。岳千山和許千濤也撲倒在地，一個不斷將泥土塞入口中，一個搥胸頓足，嚎啕大哭。

人群中只有明兒一人毫無感覺，睜大眼望著身周陷入瘋狂的人群，只覺全身寒毛倒豎，不知所措。他想起在泰山腳下的火教寺廟中，他也曾見過火教徒陷入顛狂，那是在教眾吃下紅粉、加上法師以煽動言語誘導下所引發的集體荒狂。明兒學醫多年，已猜知那紅粉多半是以罌粟一類毒草所製，服下少量即能令人神智狂亂，眼現幻影。

但此時眾人的顛狂卻是完全由那高瘦子口中所念話語所引發，教徒癡狂失態的情狀比之明兒曾見過的要深重百倍，直是怵目驚心。兩個陌生的字眼清清楚楚地浮上明兒心頭：「咒術」。他吸了一口氣，感覺自己完全能感受得到這咒術的威力，如毒鞭，如利刃，在人的心頭剜出一塊塊血淋淋的傷口。尤其出自那高瘦子之口，其威力之大，直如滔天巨浪，捲地狂風，遇之者無不屈服摧毀。不知爲何，這咒語卻碰觸不到他；咒語從他身邊滑過，從他心上溜過，不留痕跡。他只覺內心一片清明，咒語殘狠地刻劃摧殘他人的心靈，卻完全無法傷害到他。他眼望著眾火教徒卻在咒語下瘋癲狂喜，痛苦萬分卻又無法停止，刻骨恐懼卻又沉迷其中。明兒心想：「著魔」應該就是如此情景吧？

他抬起頭，望向那高瘦白鬼子，傾聽他口中念出的咒語，心中忽然動念：「這咒語怎地如此耳熟？」隨即驚覺，這咒語他不但耳熟，更句句了然於心，高瘦子還未念出口的字句，他也能清楚預知。他明瞭這咒語能勾引聽者心底最隱晦的貪念和最深刻的恐懼：貪求教主的加持保護，恐懼教主的憤怒淫威。在貪懼交攻之下，聽者頓時喪失理智，以致完全失去控制。但他怎會聽過這咒語，又怎會熟記於心？

不知過了多久，四周倏然寂靜下來，高瘦子已然停止念咒。他低頭望向身前禿頭漢子吳豹，柔聲道：「好孩子，你覺得如何？」

吳豹匍伏在地，臉上肌肉扭曲，顯出難以言喻的恐懼。但聽他聲音顫抖，斷斷續續地道：「神咒護法大慈大悲……請您洗淨我的罪惡，讓我重歸神聖教主座下！」說著掙扎著爬起身，垂首跪在神咒護法面前。

神咒護法露出微笑，從懷中取出一方黑鐵製的印子，伸長手臂，將那鐵印放入幽綠色的火焰當中。過了一陣，他將那燒得白熱的鐵印取出，口中念咒，一手按著吳豹的頭頂，一手將鐵印緊緊蓋上他赤裸的胸口。吳豹高聲慘叫，肌膚冒出白煙，發出滋滋聲響。

便在此時，明兒忽覺左腿劇痛，悶哼一聲。

過了半晌，神咒護法才將鐵印移開，只見吳豹胸口留下一個面目猙獰的怪獸圖形。吳豹跪伏在地，不斷喘氣。明兒見到那圖形，心中震驚，低頭掀起褲管，卻見自己左小腿劇痛處一片火紅，幼年舊燒傷處竟浮起一個一模一樣的怪獸。

卻聽神咒護法微笑道：「教主看重你，命我賜你天火神獸。你的兒子，教主也當善加對待。」

吳豹抬起頭來，便見四個黑衣人架著兩個少年過來，一個十七八歲年紀，一個十三四歲，雙雙跪在吳豹面前，臉色雪白。年長些的顫聲叫道：「爹！」年幼些的只驚駭得說不出話來。

神咒護法遞過去一柄尖刀，緩緩說道：「要洗清你的深厚罪孽，唯有用鮮血。教主今日給你戴罪立功的機會，你可千萬不要錯過了。」

吳豹面上肌肉抽動，伸手接過了尖刀。明兒清楚看見他心中的恐懼、掙扎、徬徨，悚然明白：他竟得在此時此刻，決定殺死哪一個兒子，來洗清自己的罪孽！明兒感到全身僵硬，跪在當地不能動彈，彷彿需要作此抉擇的不是吳豹，而是他自己。

眾目睽睽之下，吳豹深深地吸了一口氣。他眼中看出去的不再是自己的兩個親生兒子，而是兩隻禽獸。就如常人逢年過節時求神祭祖一般，都要殺雞宰牛，供奉鬼神。他提起刀，毫不猶疑地刺入了長子的心臟。

兩個少年一齊尖聲慘叫，吳豹卻臉露微笑，平靜地道：「今日用長子吳本安的血，洗清我的罪惡，奉獻與聖火明王。幼子吳本立，恭請教主代爲管教引導，使上正途。」

神咒護法笑道：「很好！只要你眞心信奉教主，定能跟隨教主同登聖火天界，歸證清淨寶殿。」一揮手，黑衣人便將一死一活兩個少年帶了下去。

明兒凝望著吳豹，但見他臉帶微笑，口中喃喃重複著：「同登聖火天界，歸證清淨寶殿……同登聖火天界，歸證清淨寶殿……」明兒知道這人已經瘋了。他向周圍的火教中人望去，心中明白，火教中人個個都是能爲了效忠教主而親手殺死自己子女的瘋子。這對火教教徒來說並不是什麼了不起的大事，甚至是入教的先決條件。

此時神咒護法回過頭來，四下環望，目光停在岳千山和許千濤二人身上，說道：「你們是哪門哪派的，在這裡作什麼？」

岳許二人才從咒語中醒轉，目睹神咒護法收伏吳豹，都是臉色慘白，跪在地上抖個不止。許千濤聽他問起，心念急轉：「師父從未讓火教知曉他有個兒子，決不能提起江師弟。」當下叩首答道：「神咒護法在上，我等是華山派江掌門座下。江掌門兩年前已歸附聖火神教。家師最近有些微恙，讓我等來泰山求醫。」

神咒護法搖頭道：「病由心生。江聲雷有病，不好好敬拜火神，修習《火教無病觀》，懇求教主護祐，卻去找什麼醫者，這不是糊塗了麼？」

岳千山磕頭道：「是、是。家師糊塗，我二人未曾正言相勸，也是有罪，請護法責罰！」

神咒護法懶洋洋地打了個呵欠，說道：「我今兒累了。你讓江聲雷來見我。有什麼病，我替他祛除。他當初去找哪個醫者，要他砍下那醫者的雙手拿來見我。」岳千山和許千濤磕頭應諾。

神咒護法正要轉身，卻瞥見了明兒，微微一滯，說道：「這孩子也是你們門下的？」

岳千山心想：「最好別提他是藥仙的弟子，多生枝節。」說道：「不是。他是附近村裡的孩子，替我們帶路的。」

神咒護法點了點頭，隨口道：「殺了。」又望望四周，說道：「村子裡沒燒死的人，全都殺了。」眾黑衣教徒當即四散搜尋，在斷垣殘壁間尋找生還者，並將死屍都拖入火中焚燒。若非明兒讓生還村人及早躲避，此時都免不了一死。

岳千山和許千濤不敢違抗護法之命，拔出長劍指著明兒。但他們今夜親眼見到明兒替數百村人治傷救命的情景，知道他是個醫術超卓、心懷仁念的少年醫者，又如何下得了手？

便在此時，忽聽一片喊叫聲從遠處傳來，如潮水般一波波地由遠而近，隱隱能聽出那聲音喊的是：「明王智慧無盡，慈悲無邊！明王智慧無盡，慈悲無邊！降服妖魔，懲治叛徒！降服妖魔，懲治叛徒！」

神咒護法臉現喜色，快步往村口行去。旁邊的教徒也極爲驚喜振奮，紛紛叫道：「捉到了，捉到了，捉到叛徒了！」

眾火教徒早將殺死明兒和村人這等小事置諸腦後，前推後擁地一齊往村口湧去。岳千山和許千濤對望一眼，趁機悄悄收起了長劍，使眼色要明兒快走，明兒卻直瞪著火教眾人集結處，眼光再也難以移開。

但見遠處黑壓壓的一群人擁著一個巨大的事物緩緩移近，細看下才看清那巨大事物是個安置在馬車上的鐵製籠子，三面封住，只有一面安裝鐵柵，隱約能見到鐵籠內坐著一個人。明兒皺起眉頭，心想：「再凶惡的猛獸，也用不著這樣的鐵籠。他們捉到的什麼叛徒，當眞如此可怖？」

不多時，鐵籠便來到村中央，火教徒紛紛擁上圍觀，又似乎是怕了籠中的人物，離那籠子一丈便停住，籠旁空出了一個圈子。

兩個人影來到鐵籠之前，一個便是方才那高瘦白髮的神咒護法，另一個人腦袋甚大，頭髮微禿，寬眉小目，眼神深邃，面貌古怪中帶著一股難言的肅穆。他的裝束與那神咒護法一般，都是血紅長袍，頭梳高髻。明兒一望見這大頭人，便覺全身一震，直覺知道這人極不尋常。

兩個紅袍人緩步走近鐵籠，神情凝肅，顯然都是戒愼恐懼。神咒護法側眼望向大頭人，微微頷首，說道：「有請大護法試金！」

那大護法點了點頭，緩緩走到鐵籠的柵欄前，往內望去。他左手一揮，柵欄竟啪的一聲自己彈開了。周圍眾火教徒都驚呼出聲，連忙後退數步。但見籠中毫無動靜，才又好奇地靠近了些。

大護法聲音低沉，說道：「出來吧！讓大家瞧瞧你的臉面！」

過了一陣，籠中才有一物移動了一下，蹣跚地掙扎到柵欄開處，探出頭來。明兒看清楚了，那是個十多歲的少年，頭髮散亂，面龐骯髒，臉色蒼白如紙。他瞇著眼睛往外探視，眼中滿是掩不住恐懼驚惶。少年縮在鐵籠門口，眼光在周圍眾多火教徒身上繞了一圈，隨即停留在大護法的臉上。

大護法微微點頭，舉起雙手，提高聲音，高喝道：「叛徒凌霄，罪人凌霄，現身！囚徒凌霄，困獸凌霄，現身！孤兒凌霄，聖子凌霄，現身！」

那少年臉龐肌肉抽動，嘴唇顫抖，雙目直視著大護法，眼神中有倔強、有堅毅、有恐懼、也有憤怒。明兒忍不住將指節抵在眉心，在那一瞬間，他將那少年的內心看得一清二楚：他知道，也知道那大護法知道，這凌霄是假的！

一片寂靜中，但聽大護法仰天大笑，聲音戛然。他只道大護法就將說出眞相，告訴大家這少年是個假貨，沒想到大護法一揮手，柵欄砰一聲關上了，他高聲道：「恭喜明王，賀喜明王！叛徒凌霄已然就擒！」四周的火教徒一陣聳動，全數跪倒在地，高呼：「明王智慧無盡，慈悲無邊！明王天賜聖明，燭照世間！明王恩澤廣被，拯溺天下！」

明兒震驚無比，這大護法竟敢在眾人之前睜眼說瞎話，實是膽大無比，全不將這些教徒甚至火教教主放在眼中。明兒領悟到這大護法在火教中的地位非同尋常，那神咒護法雖長於咒術，其威信靈能卻遠遠不如這大護法，其間差別直不可以道里計。

神咒護法聽了大護法「試金」後的宣告，鬆了一口氣，神態卻更顯謹慎戒懼，小心翼翼地探頭向籠中那少年望去，皮笑肉不笑地道：「凌霄，多年不見，你可好啊？」

少年木然向他瞪視，臉上流露出捨身取義的悲壯和聽天由命的棄捨。明兒看得清楚，這假凌霄是個忠心耿耿的替身，他一心一意假扮凌霄，目的就是要替凌霄而死。明兒感到一陣沒來由的激動，什麼樣的少年會有這等忠烈？又是為了什麼？

便在這時，他感覺到大護法向自己這邊掃視，在那一瞬間，二人的目光短暫相接，他腦中突然響起一個聲音：「別插手！」明兒驚訝意識到這是大護法對自己說的，他為何要對自己說這話？他知道自己能「聽見」他的心思麼？

明兒不自禁對這大護法升起一股由衷的畏懼；他向來知道自己擁有能夠看透人心的本事，卻從未遇過別人也有這樣的本領。這大護法顯然也擁有跟自己相同的本事，卻更加精準，更加透徹，更加強大。

明兒再也無法觀照到大護法心中的任何念頭，只得去觀照那神咒護法的心思。他見到的景象卻令他震恐無比：那少年的下場將極為悲慘，他將被帶上獨聖峰，長年囚禁，歷盡苦刑，受盡凌虐，最後孤獨地慘死在幽暗的牢房之中。

明兒心頭震撼，再也按捺不住，忽然高聲大叫：「愚昧火教，一群瘋子！火教教主邪惡無恥，殘狠可恨！」

他自然知道在一群火教徒中高喊這等話語將有何後果，何況其中還有兩個威力強大的護法？明兒感到數百道目光一齊向自己射來，其中有暴怒、驚訝、仇恨，還有更多的是不可置信。

明兒也驚詫無比，自己是哪根筋不對了，才剛剛逃過成爲華山門人的劍下鬼，現在竟又自掘墳墓，自尋死路？難道被火教暴徒亂棍打死會比死在華山劍下好麼？

他腦中念頭急轉，倉皇觀照周圍眾人的心思，尋找出路。他勉強鎮定心神，伸手指著那籠中少年，高喊道：「這少年不過十多歲年紀，便能讓個神咒護法害怕成這樣，你們可知是爲了什麼？讓我告訴你們，因爲這人能威脅你們的教主，你們的教主怕了他！哈！你以爲教主天不怕地不怕，但他竟對個少年害怕成這樣！這跟你們心目中的神聖教主、救世明王頗爲不同吧！教主是人，不是神仙，也不是和尚道士，更加不是火神化身。他不是妖魔鬼怪，不是菩薩如來，更加不是太白金星或齊天大聖……」

明兒語無倫次，但他在緊急中實在想不出能說什麼有條有理、令人印象深刻的話語。他感受到大護法淩厲的目光和警告：「我叫你別插手！」而火教教眾漸漸躁動不安，就等大護法一聲令下，便要衝上前將這毀謗明王的邪徒碎屍萬段。

明兒知道自己的處境險到不能再險，他感到岳千山和許千濤在身後張大嘴巴望著自己，驚得呆了，彷彿在看一個無可救藥的瘋子，或是一個已躺入棺材的死人。

明兒吸了一口氣，一股奇異的勇氣從胸口升起，不但不往後退，反而往前邁步，走入火教徒之間。眾人驚疑之下，竟紛紛讓路，明兒直走到鐵籠之前，望向大護法，又望向神咒護法，說道：「放了這人！」

神咒護法竟也被他震懾住，一時不知該如何回答，只得側眼向大護法望去。大護法望向明兒，念頭不通過言語，直達明兒腦中：「我已試過金，認證了他，你何必出來攪局？」明兒心中回答：「我不要見他下場悲慘。」大護法微微點頭：「我明白，但現在不是時候。我向你保證，我不會將他送上獨聖峰去受苦。」

明兒一陣遲疑，質問：「你……你要殺了他？」大護法歎了一口長氣，那是無聲的歎息：「有時死了要比活著好。」明兒默然：「這是唯一的路？」大護法回答：「不錯，這是唯一的路。你也看見了，不是麼？」明兒心下黯然，他觀照了那少年的未來，清楚見到少年的選擇有限。他想起揚儀之死，和她死前度過的那段美好時光。對她來說，遇見凌滿江而死，絕對比不曾遇見他而活著要好。而自己是什麼人，怎能替別人決定生死？又怎能替別人決定什麼是值得，什麼是不值得？

大護法不再看他，轉向火教教眾，緩緩說道：「明王曾說過：『我要試探你們，試探你們對我的忠誠。我將派人以各種方法試探你對我的眞心。只有最忠誠的弟子能得到我的恩澤，得傳我的寶貴教法。』你們聽到這瘋子的言語麼？眞正瘋的是誰，清醒的是誰？你們看清楚了麼？你們通過試探了麼？通過考驗了麼？」他的聲音充滿威嚴，如浪潮般掃過人群，所有人皆爲之震懾。眾火教徒恍然大悟，原來這少年是明王刻意安排的測試！眾人一齊高聲誦念：「明王智慧無盡，慈悲無邊！我等誓死效忠明王，萬死不辭，絕不動搖！」

大護法點點頭，向華山派的岳千山和許千濤揮手道：「岳千山，許千濤，你們兩個作得好！你們聽從我的吩咐，安排這村童來此胡言亂語，試探教眾對明王的忠心。很好！來！將這孩子帶了下去。」

明兒耳中聽著他濃厚的山東口音，感到圍繞在身邊的敵意如潮水般倏然退去。神咒護法仍感到幾絲懷疑，但在大護法的威嚴下不敢出聲質疑，只默然站在一旁，眼光戒愼恐懼地望向那鐵籠和鐵籠中的少年。他是眞心害怕這少年，明兒心想。

岳千山和許千濤戰戰兢兢地走上前來，一邊一個，夾著明兒離開了人群。他二人也不知今日是走了什麼噩運，竟被捲入這場古怪詭異的火教聚會，目睹火教護法懲罰吳豹、押解叛徒。至於這小大夫明兒是發了什麼癲，中了什麼邪，竟在這恐怖已極的火教聚會中站出來胡言亂語，大護法又怎會指名道姓要自己二人將他帶下去，是禍是福，是吉是凶，實屬難料，只想趕快離開此地，逃之夭夭爲妙。

明兒和岳千山和許千濤一般的心思，都知道機不可失，眼下數百火教教眾在大護法的震懾控制之下，不致妄動；假若大護法一離開，或一失去控制，自己三人全要死無葬身之地。三人當下不約而同，飛奔出了三家村。

此時剛剛黎明，三人奔出老遠，才停下步來。明兒舉目回望，在心目中觀望著那業已燒毀的三家村，但見斷簷殘瓦仍冒著灰煙，數百名虔誠的火教教眾仍在村中聚集，圍繞著就擒的叛徒凌霄，在大護法和神咒護法的引領下，重複著崇拜神聖教主的儀式。明兒又望向遠處山谷的方向，知道三家村倖存的村民已安全躲入山谷，不久後他們將扶殘攜傷，三五歸來，在這廢墟上重建家園。

然而，死去的人卻再也不會回來了。

岳千山呆立半晌，忽然在明兒面前跪下，說道：「小大夫，我不知道你是什麼人，我只求你一事。我華山派已歸伏火教，家師一直向火教隱瞞自己有個兒子。你見過江離師弟，請你千萬不可向火教透露此事！」

許千濤也跟著走上前跪下了，說道：「小大夫，家師對這個兒子愛逾性命，師恩深重，我二人只能懇求你答應此事！」

明兒看見二人內心對師父的忠心尊敬，不禁感動，說道：「是。我答應兩位，決不說出江師兄的事。」

岳許二人再度拜謝，不敢多留，匆匆起身離去。

第十一章　漂流尋根

明兒呆立良久，腦中不斷回想著昨夜見到兩個火教護法的詭異情境。他不敢回去山上，也不知能去哪裡，便在泰山腳下遊蕩。他來到一條河邊，洗去昨日救治傷者時沾染的一身灰塵和血跡，隨即感到飢腸轆轆，便來到左近一個小鎮，買了幾個饅頭吃了。接著又坐在路旁發呆，望著來來往往的人潮，腦中一片空白。

就這麼渾渾噩噩地坐了一整天，將近傍晚，明兒感到一陣難以言喻的緊迫不安，再也坐不住，起身來到河邊，沿著河岸走去。他信步來到一片平野之上，鼻中聞到一股血腥味。他放眼望去，不由得倒抽一口涼氣。只見草叢中散布著無數死屍，昨天見過的巨大鐵籠斜躺在十多丈之外，極為刺眼，此地顯然剛經歷過一場激烈的血戰。

明兒身子顫抖，提步往那鐵籠走去，低頭見地上的死屍大多是黑衣短髮的火教徒，夾雜著幾個衣衫破爛的乞丐。他喃喃道：「乞丐，又是乞丐。」

他來到鐵籠旁，見四五柄長槍長矛刺穿了籠壁，鐵壁和地上滿是斑斑鮮血。明兒低頭望去，見到那假扮凌霄少年蜷曲在籠中，面目安詳，已然死去。

明兒望著那少年的屍身，心頭被一陣強烈的悲哀席捲，難以自已。他未曾得知這少年的真實姓名或出身來歷，只知道他為了一個名叫凌霄的人而死，年紀輕輕，便這麼壯烈犧牲了。一條性命不過如此，不過如此！

明兒咬著牙，俯身將少年的屍身抱出，抓過一柄長槍在地上掘了個坑，將那少年掩埋了。他正以泥土蓋上少年時，忽然瞥見少年手臂上有些灼痕。他心中一動，俯下身去，掀開少年的衣袖，不禁一驚。少年手臂上竟全是圖案般的灼痕！他解開少年的衣衫，但見灼痕遍布他的胸口、背後、小腹和雙腿。明兒咬著嘴唇，他不用比較也知道，這些灼痕跟自己身上的一模一樣，分毫不差。他強忍心中驚懼，快手將少年掩埋了。

暮色中，明兒抬眼望著天地交界處的火紅夕陽，一時不知身在何處。他只知道自己得逃避，逃避火教的瘋狂追殺和這一切錯亂的情節。他抓起藥箱，快奔上山。這一日一夜來他已見到了太多的死亡，太多的慘烈。人生何必如此？人生怎能如此？

明兒氣喘吁吁，停下步時，才發現自己已回到了家中，倚靠著門檻喘息。

他吸了一口氣，跨入家門，但見家中空蕩蕩地，一如他離去之時，但他知道有人來過。

他放下藥箱，心中一動，快步來到自己房間，取出床頭那本《四書集注》，果然發現夾藏在書頁中的籤辭竟已不翼而飛。他將床頭的所有書冊一本本取下，翻了一遍又一遍，都不見籤辭的蹤跡。不久前他還親眼見到那張籤辭，並親手將籤辭夾回書中，此刻怎會消失無蹤？他在房中各處翻找，一無所獲。來人已將籤辭取走了。

他忽然想起一事，俯身撩起褲腳，小腿上那方曾感劇痛的怪獸烙痕顯得格外明顯。他索性脫下上衣，在銅鏡中觀察自己身上各處燒傷。以往他只道自己幼年曾陷身火窟，以致全身布滿灼傷，此時他才知道自己身上的每處燒傷都是一個個的烙痕，印著各種不同形貌的神像、怪獸和圖形，而這些灼痕和那假扮凌霄的少年身上的一模一樣。

莫非我也是個替身，以後也將爲那神祕的凌霄而死？

莫非我被養在深山，目的和那死去的少年一樣，也是要作一個幾能亂眞的替身？

還是……

明兒呆了半晌，勉強冷靜下來。他只知道自己不能再猶疑，必得立時離開此地。他知道火教定會回來尋找自己，他們絕不會輕易放過自己。

想到此處，他當即起身，匆匆收拾行囊藥箱，取了揚老所授長劍，藏在藥箱之中，快手寫了張字條給揚老，告知自己要下山一行，不知何時歸來，請勿掛念云云，夾在揚老常讀的醫書中，便趁著天黑下山而去。

他來到山腳下，也不知能去哪裡，只沿著官道而行。他此時已有十六歲，身形高大，不復孩童模樣，揹著包袱藥箱孤身在路上行走，倒也不太引人注意。他忽然極想去找熟識的人，他知道爺爺去了華山，生怕給他帶來危險，不敢去尋他，這世間他熟識的人也只剩下了一個：凌滿江。他記得凌滿江曾說過自己的家鄉是在平山衛以南的陽谷，直覺感到自己一定得去一趟陽谷，似乎那兒有許多答案在等著他。

他向人打聽，得知陽谷是個小鎮，位於平山衛以南，平陽以西，離泰山約有兩百多里路程。他雖知道凌滿江多半仍在四處遊走，尋找那位消失多年的胡兒，不可能回到家鄉，但他想尋找親人的心思極爲強烈，便打定主意直向陽谷行去。

不一日，他來到陽谷鎮，向人問起凌家，都說姓林的有幾家，但姓凌的卻沒有。明兒心想：「凌大叔說他散盡家財，變賣家產，離鄉已久，多半連他原先住過的宅子都難以尋得了。」

他不禁甚感失望，在鎭上逗留一陣，前後繞了一圈，見到祠堂口外坐一個抽著水煙斗的老人，便上前問起凌家。老人側頭想想，口齒不清地道：「有的，有的。十多年前，有家姓凌的，住在城南之外，後來全死了。」明兒奇道：「怎地全死了？」老人道：「燒死的！」明兒想再問下去，老人卻不肯多說，轉過身去繼續抽水煙。

明兒於是獨自來到鎭南，果然見到一座廢墟。他不禁想許起多年前逃回到大雁觀時，見到大雁觀被一把火燒毀的情狀，這時彷彿重歷其境，只是大雁觀的廢墟已有工人在收拾重建，此地卻顯然荒廢經年，情景更爲淒涼。

他踏入廢墟，但見周圍盡是斷垣殘壁，往年火燒的痕跡似乎仍在。他來到庭院的一角，見到一灘爛泥，氣味腐臭。仔細瞧去，似乎原本是個池子，多半種著荷花睡蓮一類。他繞著爛泥塘走了一圈，忽然聽到草叢中傳來蟋蟀的叫聲。

明兒心頭一震，蹲下身去，在蕪蔓的雜草叢中見到了一隻大蟋蟀。他伸手捉住，耳中聽著蟋蟀響亮的鳴叫，舉目四望，忽然感到無比的熟悉。他放下蟋蟀，衝入後廳，但見屋舍都已燒得面目全非，難以辨認，明兒腦中一片混亂：這裡正是他一次又一次夢見的地方！

他似乎仍能見到後堂地上一張張怵目驚心的草蓆和白布，難道這兒就是凌滿江的祖宅？凌滿江說自己變賣祖產，離鄉流浪，或許都只是托辭，其實他的家人是被火教逼死的？那神卜子又是他的什麼人？

明兒感到難以承受的思緒如潮水般向他捲來，只能拔腿逃出廢墟，飛奔回到鎮上。他在鎮口的大樹下坐下喘息，拿出竹筒喝了一口水，放眼四望，只見鎮上行人來來去去，暗忖自己雖找到了滿心想尋找的地方，怎知卻只尋得更多的疑問，不由得陷入一片迷惘。

忽聽身旁一人開口說道：「不知道該上哪兒去，是麼？」

明兒猛一回頭，見大樹背後坐了個布衣漢子，手腳粗大，一臉短鬚，看上去便是個莊稼漢，但明兒卻知這人絕非一般的莊稼漢。他站起身，繞過大樹，在那人身前坐下，向他打量了一會兒，知道這人對己並無惡意，當下說道：「你……在這兒是等我？」

那漢子點點頭，壓低聲音說道：「我奉命來迎接凌霄公子。」

明兒呆了呆，說道：「凌霄公子？」那漢子道：「正是。我受命來保護閣下。」

明兒搖了搖頭，說道：「你弄錯啦，我不是凌霄。」

那漢子摸摸短鬚，凝視著他，臉現迷惘之色。他皺起眉頭，自言自語道：「如果我眞弄錯了，那你又爲何回到凌家老宅來？眞的凌公子又上哪兒去了？」

明兒道：「我認識凌滿江凌大叔，他提起過自己的家鄉在陽谷，我才找了來。至於眞的凌霄，誰知道他躲在哪裡？」

漢子點了點頭，側頭想了想，又向明兒凝望一陣，考慮半晌，才緩緩說道：「既然見面，也是有緣，且讓我跟你說說一件往事。」明兒點點頭，說道：「你說吧。」

那漢子道：「很多年前，我跟著一位前輩，奉命來到這小鎭南邊的神算莊，求當世第一算仙神卜子爲我們卜卦。」

明兒聽到這幾句話，忍不住啊了一聲，睜大眼望著面前這人，脫口說道：「是你！你是……龍英！」

那漢子一怔，也睜大眼望著明兒，說道：「你怎麼知道我的名字？」

明兒道：「我聽人家……聽人家這麼叫你。」龍英轉頭望望身後，又望望兩旁，回過頭來，說道：「你我剛剛見面，怎可能聽到有人叫我名字？再說，左近哪有人知道我的眞名？」他語音中帶著驚詫懷疑，但並無恐懼。

明兒吞了口口水，說道：「不是在這兒聽到的，是在……是在夢中聽到的。」他只道龍英會認定他在胡說八道，或以爲他神智不清，將出言質疑，不料龍英只點了點頭，繼續說了下去：「我們來到莊上時，才知道神卜子的家人已全數服毒自殺。神卜子算到我們會來，才遲死半日，等候我們到來。」

明兒聽他所說的和自己夢見的情形一模一樣，眼前這人顯然就是當時曾去神算莊求籤的少年龍英。他開口說道：「這些我都知道。」

龍英並不以爲異，他的心思顯然已轉到另一件事上去，沉吟良久，才道：「那天夜裡，我遇見了一件……一件怪事。這事我極少跟人說起。那時神卜子老前輩卜完卦後，服下毒酒，大笑著回入內堂。我跟了進去，見到內堂地上鋪了許多草蓆，蓆上以白布覆蓋著一具具的死屍，總有二十多個。我扶神卜子躺在最後一張蓆子上，看到旁邊有張小小的蓆子，白布下也蓋了一個小小的人形。」

明兒專注傾聽，他在夢中看得分明，知道那就是神卜子心愛的孫兒，名叫小小兒的孩童，才被祖父餵下毒酒而死，神卜子親手替他蓋上了白布。

龍英伸手撫著臉頰，緊緊皺著眉，臉上露出疑惑不解的神色，聲音微微發顫，說道：「我替死去的神卜子前輩蓋上白布後，那時我……我少年好事，忍不住好奇，竟然伸出手去……伸出手去……掀開了那小孩兒的白布。」

明兒不由得驚呼一聲。

龍英吞了口口水，抬眼望著他，續道：「你可知下面是什麼？」明兒屏住氣息，說道：「是小小兒的……屍身？」龍英望著他，忽然問道：「你知道他的名字？」明兒道：「我聽那老爺爺……神卜子是這麼叫他的。」

龍英點了點頭，說道：「不錯，那孩子就叫作霄兒。神卜子姓淩，那孩子單名一個霄字。」

明兒一呆，脫口說道：「凌霄？就是火教在追殺的叛徒？」

龍英道：「不錯。我們求得籤辭之後，敵人好快便來到莊外，將我們團團包圍住。幸好神卜子離家多年的獨生子當時剛好回到神算莊上，他帶我們從密道離開了神算莊，逃過了一劫。」

明兒終於明白過來，說道：「我知道了，那夜最後到莊上的青年，就是凌滿江！」

龍英點點頭道：「不錯，正是凌滿江。」

明兒感到事情陡然明朗起來，這下他完全明白了：凌滿江就是神卜子的獨子，凌滿江曾說自己不成材，原來他正是因缺乏卜算天分而不受父親喜愛，之後更因迷戀胡兒而氣走妻子，被父親趕出家門。他在父親受火教圍攻時趕回家來，卻已太遲，見到全家人都已飲鴆自殺，只知父親在死前寫下了一張嘔血籤辭。強敵環伺下，凌滿江領著前來求籤的兩人從密道中潛出神算莊。那兩人不知爲何，決定將籤辭交給凌滿江。之後他上了虎山，便將籤辭留在了山上的書中，最終被自己發現。

龍英對他的頓悟和驚詫似乎毫無知覺，神色凝重，自顧自說了下去：「我想跟你說的，是我在那白布下看到的事物。」明兒抬頭望著他，說道：「你看到了……凌霄的屍體？所以他早就死了，凌霄其實並無其人？」

龍英緩緩搖頭，說道：「不。白布底下是空的，什麼也沒有。」

明兒大出意料之外，脫口說道：「不，怎麼可能？我明明看見他喝下毒酒，已經死去了！」

龍英歎了口氣，伸手指揉搓著自己的太陽穴，凝望著地面，說道：「不，我猜想神卜子並沒有給愛孫喝下毒酒。那一定是能令人假死的藥物。那孩子一定沒有死，不然他怎麼可能自己爬開了去？神卜子當時這麼作有何安排，我們也無法猜知。當時……當時時機緊迫，火教徒轉眼已攻入神算莊，我來不及跟大叔和凌滿江說起這件事，便匆匆忙忙逃入了密道。」

龍英續道：「逃出神算莊後，我才跟他們說起這事。大叔認爲那孩子就算沒被毒死，也已被大火燒死或被火教徒殺死了。凌滿江聽聞後激動已極，想衝回去尋找自己的兒子，卻被我們攔住了。大叔不願將他捲入這場危險的紛爭，點了他的昏睡穴，直將他送出兩百里外，才還他自由。後來他便到處流浪，不知所蹤。」說到此處，便停下了。

明兒知道他還有話沒說出口，追問道：「那麼……那個孩子呢？」

龍英沉吟一陣，才道：「我們猜想，那孩子若眞的沒死，很可能是被火教的人帶走了。之後發生了什麼事情，我們也全不知曉。只知道從許多年前開始，火教便在祕密尋找一個叛徒，大家只聽說那叛徒是個孩子，名叫凌霄。」

明兒問道：「多少年前？」龍英掐指算算，說道：「大約十年前。」明兒暗想：「那正是我出現在大雁觀的時候。」他坐直了身子，問道：「你說的這些往事，跟我有何關係？」

龍英搖頭道：「我不知道。或許只有你自己能發現其中的關係。」他站起身，揹起包袱，說道：「如果你不是凌霄，那我得趕快回去覆命了。我話說完了。有緣再會！」轉身離去。

明兒忙道：「別走！」

龍英停下步，回頭說道：「小兄弟還有什麼事？」

明兒想了想，腦中有千百個疑問，卻不知該從何問起。他開口道：「是誰要你來告訴我這些事的？」龍英搖搖頭，說道：「我一生只奉一個人的號令，那就是老人家。」明兒追問：「老人家是誰？」龍英一笑，說道：「你該見到他時，他便會現身的。」說完便自揚長離去。

明兒呆坐在樹下，望著龍英漸漸遠去的背影，心中一片混亂。他感到一陣沒來由的恐懼驚悚，揹起藥箱行囊，逃也似地飛奔離開了陽谷。他不辨方向，在道上行至天黑，見到個市鎮，便找了間客店歇腳。晚上他獨坐燈下，終於鎮靜下來，開始回想今日發生的事情：凌家廢墟中荒敗的荷葉池，洪亮的蟋蟀叫聲，還有一切他曾在夢中見過的熟悉景物。他想著龍英的言語，想著龍英述說掀起小孩兒身上的白布，卻見到布底下空無一人時的震驚詫異。他想著想著，昏昏沉沉地睡了過去。

夢中，他萬分不情願地，又回到了尚未燒毀的神算莊。他以緊張的眼神望著一幕幕情景在眼前發生：小孩兒在荷葉池旁捉蟋蟀、老人抱他入屋、餵他喝下毒藥、老淚縱橫地抱他去往後廳，一切與他以往夢過的情景完全一樣。

忽然他看到了新的一幕：他感到僵硬的手腳漸漸可以活動了，他睜開眼睛，面前一片漆黑。爺爺呢？他瞪大眼睛，隱約見到一絲絲的光亮，發現面前蓋著一方白布，原來自己躺在一塊白布之下。爺爺糊塗了，怎麼拿被子蓋住了自己的頭呢？嬤嬤知道了定要好好數念他幾句。他伸手撥開眼前的白布，坐起身，放眼望去，見到後廳地上放了一方方的好多白布，每塊底下都躺著人。他不知道這些人都已死去，只覺得非常奇怪：爲什麼今兒大家都睡在後廳呢？用布蓋著全身，是害怕蚊子麼？他想去找爺爺，逕自走出後廳。他見到爺爺獨坐前堂上，几上點著一枝孤獨的白燭，右手正緩緩磨著一盤黑墨。

跟平時一樣，寂靜中他清楚地聽見了爺爺的心思，聽他回想著剛才臨喝下毒酒前所卜的那「水天需」卦，和「不速之客三人來」的卦辭。爺爺在等人，他想，我不該打擾爺爺。他伏在前廳旁的屏風之後，好奇地等待著。不久，馬蹄聲響，是那兩個求籤的人來了……

明兒忽然清醒過來。他沒有睜開眼，只感到一股悲哀傷痛席捲心頭，眼淚如泉水般流個不止。我摯愛的爺爺、嬤嬤都死了！那平和靜穆的大莊子被烈火吞噬，蟋蟀出沒的荷葉池為爛泥掩埋。一切都沒有了，我什麼都沒有了！他泣不成聲，哭了不知多久，才又昏睡去。這一覺睡得極沉，無夢無魘，直到天明。

他醒來之後，便感到一切都不同了，自己似乎已不是自己，而是另一個人了。他回想著龍英來找自己的情景，心底深處知道這人說的句句是眞話。他特地跑來找自己說這些話，用意再明顯不過，他是來點醒自己的，只是自己一時無法接受罷了。而自己又該如何面對這一切的眞相？

明兒老早便隱隱知道自己的來歷定然不單純，不然絕不會反覆作著那詭異的求籤之夢。自從他在那本《四書集注》中找到籤辭眞跡後，才確知那不是夢，而是眞實發生過的事情；而在見到龍英後，他才領悟到夢中所見的各人都是活生生的眞人，自己已見過了那三個不速之客中的兩個——神卜子的不肖子凌滿江和前來求籤的少年龍英。

他抱頭思索，愈來愈感到此刻孤身一人，沒有揚老在身邊，對自己的影響有多麼深遠。過去數年來他長居虎山，身邊的人都喚他明兒，明兒這身分是確定而不會動搖的。然而揚儀病逝，凌滿江遠去，虎穴怪人消失，揚老和老劉送江離回華山，劉嫂也帶著雲兒避難，這些人一一離他而去，加上他孤身下山遠行，這明兒的身分就如一艘失去了船錨的小船，狂風吹來，便再也無法停駐，只能隨風飄流。他意識到自己在這世間的定位，原本有如坐落於棋盤格上，有著清楚的位置，然而一旦身周其他的棋子都消失了，他不禁開始動搖，對自己的身分生起深切的懷疑。

或許世上根本沒有明兒這個人，這一切都只是幻覺。明兒彷彿見到自己的身影在夜色中漸漸淡去，最後消失無蹤，取而代之的是另一個少年，容貌體態雖然一模一樣，卻顯然是另一個人。

那是凌霄。

他想起昨夜的夢境，自己從白布下爬起，躲在屏風後觀看爺爺磨墨的情景。他知道自己不能不面對事實了：「我就是神卜子的孫子小小兒，也就是凌霄。我時時作的那個夢並不是夢，而是童年時的記憶。凌滿江就是我的父親，他在虎山時已猜到了我的身世，卻忍住沒有說出，而我也未曾去探究。」

他不禁苦笑，誰想得到凌滿江竟是自己的生父，自己還曾施展醫術救了他的性命，看著他與儀姑娘成親生女，而疼愛的雲兒妹妹竟是自己的親妹妹！

他甩甩頭，繼續想了下去：「那捉蟋蟀的小孩兒，也就是我，如果眞的沒死，卻被火教的人帶走，會被帶去了哪裡？想必是獨聖峰。因此我一定見過段獨聖，我身上的這些火燒痕跡，應當就是在獨聖峰上時烙上的。我熟悉那護法念的咒語，或許也是因爲我曾在獨聖峰上聽見過。我後來爲什麼會被當成叛徒，離開獨聖峰，又怎會將過去的事全都忘了，獨自被留在大雁觀？這中間的經過定是有人蓄意安排。當時送我去大雁觀的人，顯然不是我眞正的父親凌滿江，而是另有他人。這人是誰？」

他心中一動，取下一直戴在頸中的銅錢墜子，但見那銅錢斑斑駁駁，甚是陳舊，仔細觀察下，才見幣面上潦草地刻著一個圖畫，頭上一個往左斜下的蓋子，其下疊著好幾圈橫線，當中一筆直落。他原以爲那是道教中的符籙之類，但此時仔細一瞧，才猛然領悟：這是以草書寫的「虎」字。他年幼時識字不多，就算是正楷的虎字他也不識得；後來他跟著凌滿江看過幾卷草書帖子，才識得了幾個草字。直到此時，他才發現刻在這銅錢墜子上的竟然不是圖畫，而是個「虎」字。

明兒凝望著那個「虎」字，見其筆力強勁，氣勢雄渾，他直覺知道這就是籤辭中「猛虎藏」所指的虎。他不知道這頭老虎是誰，但猜想他或許便是那能指揮得動許許多多江湖好漢的「老人家」。

他沉思半晌，忽然明白了揚老爲何會匆匆離開虎山。他很可能不只是爲了救江離的命，更是爲了避難。揚老一家人，還有山中的老瘋子，其實都在扮演吳豹的角色，多年來盡力掩藏保護自己。他們當然知道自己就是凌霄，也知道掩藏保護凌霄有多麼危險。如今火教大舉追到山東，步步進逼，走避實是上策。但是他們一切都不能跟自己明說，接下去又有何安排，或是毫無安排，他也全不知情，連點醒自己就是凌霄這件事，他們也只派了龍英出來跟自己述說往事，點醒自己，讓自己摸索線索猜測得知。

然而他不明白的是，就算他幼時曾被火教從神算莊帶走，也不過三四歲年紀，離開火教時，也不過五六歲。小小孩童如何說得上背叛火教？又能幹下怎樣的禍事，讓火教多年來不斷緊逼追殺？他又怎能令那咒術精湛的神咒護法如此警戒恐懼？看來他非得探索自己失去的那兩年的記憶，才能找到這些疑問的答案。

他感到過去十年在大雁觀和虎山無憂無慮的日子簡直就如一場大夢，醒來後便直接踏進了那個詭異的求籤之夢，搖身又變回了原來的自己。他心想：「凌大叔……不，爹的預測確實不錯，我在山上的好日子不過十年時間，眼看著便已結束了。」

他感到一陣悲哀，那無憂無慮的小大夫明兒就這麼在他眼前無聲無息地消失了，死去了。取而代之的是個對他來說全然陌生的人物：凌霄。這人的祖父神卜子已自殺身亡，祖宅燒毀荒廢多年；母親棄子離家，下落不明；父親浪跡天涯，不知所蹤。他除了一個名字外，家宅故鄉親人全無，完完全全便是孑然一身。更糟的是他身處險境，廣受火教追殺，一旦被擒住送回獨聖峰，下場將極為痛苦慘烈。誰願意扮演這個角色？誰願意披上凌霄的外衣？

但他知道自己別無選擇。凌霄這身分就如他肌膚上無數的灼痕一般，將永遠跟隨著他。他站起身來，舉目四望，似乎人生陡然有了不同的意義，一切看出去都不一樣了：一切似乎都沉重了些，也黑暗了些。

第十二章 雪峰五劍

凌霄振作起來，想起揚老曾提起老友玉衣和尚深諳佛理，知識廣博，或許知道關於段獨聖通靈的內情。他一心想尋找答案，便向人打聽衡山，才知衡山位在湖廣南部，長沙府以南，路程甚遠。他想：「管它在天涯海角，總之我該離開虎山愈遠愈好。」

他身上帶了不少銀兩，一路不愁吃住，逕自沿著官道南下。他知道火教大護法蓄意認證了一個假的凌霄，而那假的凌霄已然死去。但不知如何，他確信火教仍會繼續追尋自己。他們顯然並不知道自己的長相，才會需要那大護法「試金」——以靈能判斷人事物的眞僞。但他估計只要隱藏好自己身上的火燒灼痕，便不會引人注意。

不一日，凌霄來到山東大城兗州府。虎山左近較大的城鎭，東有東昌府，西有大名府，卻都沒有這兗州府繁華。凌霄多年來只在虎山和山腳的小鎭平鄉走動，從未見過這般熱鬧的大城市，不自禁東張西望，甚覺新奇。城中車水馬龍，路人摩肩接踵，似乎都往一個方向趕去。凌霄聽得路人交頭接耳道：「雪峰五劍聽說都已到齊了，今兒可有好戲瞧了！」另一人道：「這般大舉前來踢館，指名挑戰的，倒也少見。他長青派錢家在兗州風光數十年，可從來沒遭遇過這樣的情況！倒要看看這號稱山東無敵神掌的錢掌門如何對付。」

凌霄曾聽過長青派的名頭，知道是山東除泰山、秦家劍派外的另一個名門大派，心中好奇，便跟著人群來到了城東的一座大屋之前。卻見那屋宇綠瓦飛檐，十分壯觀，門外吵吵攘攘，已圍了許多人。

門外站了極其顯眼的五個黃衣人，四男一女，個個腰繫黑帶，氣宇軒昂，滿面傲氣。站在最前面的是個身形高長、臉面尖瘦、眼露精光的青年，不過二十來歲年紀。但聽他一口四川口音，朗聲道：「雪峰派長門大弟子旋風迴雪司馬諒，二弟子奇峰劍客白訓，三弟子力蓋山河王證，五弟子雪中銀花周誼，和區區在下八弟子雪峰諸葛衛諄，特來貴派請錢書奇錢掌門賜教。我等來此多時，錢掌門卻不肯出面相見，不知是看不起在下雪峰一派呢，還是自知武功不敵，不願露醜？」口氣極為狂妄無禮。

但聽門口一人咳嗽了一聲，結結巴巴地道：「衛師兄好說。家師……家師當然不是那個，不是瞧不起貴派，那個，也不是自認不敵……」

凌霄側頭望去，才見到說話的是個站在邊門之外，身形乾瘦的漢子，身穿紫衣，佩著把長刀，土頭土腦，形貌質樸，站在那風度翩翩雪峰八弟子衛諄的對面，更顯十分的上不得檯盤。

衛諄顯然也知道自己占盡上風，不等他說完，便打斷他的話頭，笑道：「這位兄台想必便是錢掌門座下的長青高弟，以輕功和聽聲辨器聞名江湖，號稱『追風神耳』的李超李兄了。小弟在敝派敬陪末座，是最不成材的一個，令師既然不願露面，不如就請李兄指點小弟幾招如何？」

那李超吞吞吐吐地道：「是，是，我是李超。但家師嚴令，不可……不可那個……不可理會他派的挑釁……」

衛諄不等他說完，已一躍上前，長劍陡然出鞘，笑道：「李兄何必如此自謙自抑？」圍觀眾人只覺眼前一陣劍光閃耀，如飄雪，如飛花，紛紛驚叫道：「是雪峰派的『雪花劍法』！」

李超不料他說動手便動手，慌忙抓起長刀抵擋，左支右絀，連退幾步。衛諄搶攻而上，長劍從一片劍花中陡然閃出，但見鮮血四濺，李超的一隻左耳竟已被衛諄的長劍割下！衛諄哈哈一笑，左腿掃處，喀刺一聲，李超的左腿脛骨被踢斷，摔倒在地。

旁觀眾人都驚呼起來，雪峰其餘四個弟子一齊叫好：「衛師弟，好俊身手！」「這招『炫目飛雪』漂亮之極，深得師父眞傳！」

衛諄得意洋洋，踏步上前，以劍指著李超面門，微笑道：「李兄，小弟得罪了。還請李兄回貴派去通報一聲，請令師快快出來相見，不然今日長青派這臉可丟得大了。」

李超一手捂著左耳，鮮血染了滿臉，掙扎著想站起，但斷腿疼痛入骨，卻如何站得起來？

衛諄笑道：「啊，原來李兄腿不方便，不如便爬進貴派去，好讓令師早些得知我等來訪的訊息。什麼？李兄不願意爬？那好，我便將閣下另一隻耳朵也割下了，作爲信物吧。只是閣下此後的外號可該改改了，追風是追不上了，耳朵也沒了，不如叫作『吹風無耳』李大俠，如何？」長劍指出，對準了李超的右耳，作勢欲砍。另外幾個雪峰男弟子都轟笑起來。

便在此時，衛諄忽覺眼前一花，李超手中的長刀不知如何已指在自己咽喉。他一驚之下，只能定著不動，側眼看去，持長刀的竟是個布衣少年，不過十來歲年紀，長相毫不起眼。但聽那少年冷冷地道：「你欺人太甚。此刻我若刺瞎你的雙眼，割去你的左手拇指，你作何感想？」

雪峰派其餘四弟子見此變故，都不禁臉上變色，一齊搶上數步，長劍出鞘，將那少年圍住，只因顧忌他制住了衛諄，不敢太過靠近。

衛諄更是臉色雪白，一道冷汗從額角流下。他在雪峰派中素來以聰明機警聞名，劍法也自不弱，不意這少年出手奇特，一招之間便以長刀制住了他。這還不奇，奇的是少年口中說出的那幾句話，直令雪峰眾人驚悚震動無比：衛諄多年來祕密習練師門絕學「千里穿楊」暗器絕技，苦練雙眼功夫和左手拇指的勁道，這在雪峰派中本已是極少人知的祕密，外人更難得知，這少年竟然一口便道出了衛諄最大的祕密，眾雪峰弟子心中都不禁想：「他怎能知道本門祕藏不露的絕技？」

這少年正是凌霄。他站在人群中觀看，對雪峰派的盛氣凌人甚覺反感，但並未想到要插手干預。直到見到李超失去一隻耳朵，在那一剎那間，李超省悟自己苦練多年的聽聲辨器絕技就此毀棄，內心的震驚、絕望、痛苦、沮喪種種感受直襲凌霄心頭。凌霄不禁暗覺不忍，心想：「蓄意毀人所珍，奪人所愛，這雪峰弟子心性竟如此殘忍！」又想：「我若立時替他縫上耳朵，或可補救。」當即上前出手。但他也並不知道該如何制住衛諄，看到李超的長刀落在地上，想起剛才衛諄使出的雪花劍法，便撿起長刀，依樣畫葫蘆地遞出一刀，正正抵在了衛諄的咽喉。

他下山後第一次出手，便制住了名門大派的成名弟子，任何初出道的少年能夠露上這麼一手，都必在武林中引起震驚，名動天下。凌霄自己卻渾然不覺；他只是看不過眼衛諄咄咄逼人的行止，趁著他得意忘形之際，上前拾刀制敵，憑的是衝動，而不是武功或算計。

出手之後，他才察覺自己所處境況何等艱險；雪峰派其餘四人武功都高過衛諄，他們若不顧衛諄性命同時出手，自己定無僥倖之理。但他們會不顧師弟的性命麼？他們會知道自己無心殺人麼？凌霄定下心神，在轉瞬間將四人的心思看得清清楚楚：大師兄司馬諒是掌門人的次子，兄長多年前上了獨聖峰後便再無訊息，接掌雪峰一派的重任便落在了他的身上。他學武資質雖不遜兄長，但性格優柔寡斷，遇上乍變便往往猶疑不佞，不敢貿然動手；白訓自私冷酷，隱隱希望八師弟喪命於此，自己可以除去一個心頭患，但他素來表現出重義輕生的形象，不會在此時自毀名譽；王證頭腦簡單，只聽從司馬諒的指令；女弟子周誼溫和心軟，不會對一個少年狠下殺手。看來五人中最危險的是衛諄，而自己已制住了他。

凌霄微微放心。他向雪峰眾人環望一圈，眼光回到衛諄臉上，長刀仍舊指著他的咽喉。衛諄身子一顫，勉強擠出一個笑容，顫聲道：「你……小兄弟，我和你無冤無仇，請你手下留情，有話好說，有話好說！」

凌霄知道自己已將他震懾住，他短時間內不會敢起心反抗，便道：「好！你去。」說罷撤開長刀。

衛諄見他竟如此輕易便放過了自己，也不禁一愣，連忙退出五六步，伸手去摸咽喉。但見凌霄走開兩步，從地上撿起一片血淋淋的事物，走到李超身邊，蹲下身道：「別動，我替你縫上。」旁觀眾人這才看清，他撿起的正是李超被衛諄長劍割下的那片耳朵。

眾目睽睽之下，凌霄自背後的行囊中取出布條、草藥、針線，竟當場替李超縫上了耳朵，其醫術之嫻熟，用針之快捷，旁觀眾人都是見所未見，只看得目瞪口呆。凌霄縫完之後，又替李超接上了斷腿，取出兩片木板固定腿骨，敷藥包紮，前後不到幾刻鐘的時間，便已包紮妥當。

司馬諒感到自己無法在旁坐視，跨上一步，喝道：「小子，你是什麼人？快報上名來！竟敢公然與雪峰派作對，不要命了麼？」

凌霄抬起頭，仔細打量這雪峰派大弟子司馬諒。他是個面貌英挺，三十來歲的男子，高傲的外表下暗藏著一股不安。這人武功極有造詣，劍術在同門中領先同儕，又是掌門之子，將來注定要接掌雪峰掌門之位，但他就是少了那麼一分讓人心悅誠服的氣度。他心中也很清楚師弟妹們對自己暗暗嫉妒不服，卻是無可奈何。這樣的人處在這樣的地位，一定會作出一些傻事來。或許帶著師弟妹出山四處挑戰，便是他正在幹的傻事之一，凌霄心想。

他看透一個人只是幾瞬間的事情。司馬諒的嚴辭質問和鋒利長劍此時對他已是毫無威脅，凌霄收回眼光，他尚不習慣對人自稱凌霄，也不願再自稱明兒，便避而不答，向李超道：「我送你進去。」俯身將李超負起，逕自走入長青派大門。留在門外的雪峰五弟子和圍觀眾人眼睜睜地望著他消失在門後，竟都未曾阻止。大門一關，外邊的議論之聲便轟然響起，紛紛猜測這少年究竟是何來頭。

李超不知這少年是何方神聖，直到凌霄揹著他進入了長青派大門，才回過神來，心中感激無已，說道：「這位小兄弟，多謝你出手相助，李某衷心感激！家師就在裡面，你若不介意，請跟我去面見家師，好讓家師親自向你道謝。」

凌霄道：「你師父既然在此，爲何不肯出面，任由外人出手傷你？」

李超歎了口長氣，說道：「家師實有不得已的苦衷，此事原不足爲外人道。小兄弟且請進來坐坐，待我爲小兄弟說來。」

凌霄揹著李超走入大屋，見門內便是一個露天的練武場，場邊擺滿了長刀。院中空蕩蕩地，三兩個紫衣弟子或站或坐在大門兩旁，臉上神色都惶惶然不知所措，更帶著幾分驚恐之色。眾弟子見到李超，擁上前來查視探問，七手八腳將李超扶住了。李超揮手道：「我沒事，我得快點帶這位小兄弟去見師父。這可是位神醫啊！」

眾弟子聽了，都是一怔，一齊靜了下來。一個年紀較大的弟子搖頭道：「李師兄，這萬萬使不得！師父若知道師兄帶了個大夫回來，非大發雷霆不可！」另一人道：「師父早下令不准找大夫，李師兄你可千萬別拂逆他老人家的意思啊。」

李超忍著臉上腿上傷處疼痛，堅持道：「別多說了！我自有主張。師父應該還在神壇吧？快帶這位小兄弟去神壇見師父！」一個少年弟子躊躇道：「師父已跪在壇前兩天兩夜了，我怕他老人家仍舊不肯見人。總壇還沒傳旨回來，師娘都快急昏了……」之前那年長弟子歎道：「師父師娘爲此不知爭吵了幾回，但……哪能吵出半點結果？」

眾人議論紛紛，卻半句也沒提及在屋外挑戰的雪峰門人，似乎那只是微不足道的小事。凌霄心中甚奇，在李超連聲催促下，眾人來到正堂之外。才到門口，便聽門內傳來一聲暴吼：「還沒有回音？快去再探！」

一個紫衣弟子快步推門衝出，險些與當先的李超撞個滿懷。那紫衣弟子滿面惶急，匆匆說了聲：「李師兄，對不住！」便快步奔去了。

但聽門內傳來嗚咽之聲，一個婦人的聲音泣道：「等！再等下去小拍還有命麼？」之前那暴吼的男子放柔了聲音，安慰道：「娘子，總壇很快就會有回音了，妳莫擔心！我們已經誦念《火教無病觀》上萬遍了，小拍的病一定會好起來的。」那婦人哭道：「他三個哥哥、兩個姊姊都上聖峰去了，這回小拍若也熬不過這病，我……我眞不要活了！」那男子無言，長長地歎了口氣，口中喃喃地誦念起什麼來。

李超在門外開口道：「師父，師娘，我回來啦。」

房門開了一條縫，一個婦人蒼白的臉龐出現在門口，但見她雙目紅腫，神態比所有弟子更要悽惶無主。她望見李超由兩個師兄弟扶著，頭上身上都是血，驚道：「超兒，你怎麼了？雪峰派的那些渾蛋竟對你下手這麼狠？」

李超苦笑道：「師父囑咐我不可還手，弟子無能，被那雪峰派姓衛的傢伙割下了耳朵，踢斷了腿，多虧這位小兄弟出手相救，並替我醫治。」說著向凌霄指去。

那婦人望了凌霄一眼，又望向李超，不斷搖頭，哀然道：「這不成的，師娘知道你的心意，但這不成的！」她將房門開大了些，紅著眼往內望去。但見屋中陰沉沉地，正中好大一座神壇，壇上供了一尊巨大的神像，一個紫衣胖子跪在壇前，正自膜拜祈求，神態極爲恭敬畏懼。

凌霄一見到那神壇，便定在當地，再也無法移開視線。

只見壇上供著一尊火紅色的神像，高有十尺，面目出奇的模糊，只隱約能望見一雙火紅色的大眼，眼中射出威猛熾烈的光芒。神像全身圍繞在一團烈火之中，八隻手各持模樣古怪的器物，有骷髏人頭、盛血的碗、血淋淋的臟器、利刃、尖叉等等，全是鮮紅色。凌霄正抬頭凝望，卻見那神像眼睛一轉，直向他望來；凌霄與那雙火紅的眼珠相對凝望，卻見神像的八隻手也各自動了起來，身上的火焰開始熊熊燃燒，火舌直竄而上。

凌霄輕輕倒吸了一口氣，定下神來，再去看時，那神像已不再移動了，又恢復爲木雕泥塑。他的目光望向火神之前一座較小的神像；那是個面貌清俊的中年人，眉目端正，臉露微笑，神情慈悲。凌霄凝望著那人的臉，心中知道，這正是火教教主段獨聖的塑像。

一片寂靜中，只聽窸窣聲響，卻是神壇前一人五體投地，膜拜不斷，是那紫衣胖子。他身形臃腫，動作卻甚是靈活，隱約聽得他口中喃喃念誦道：「教主慈悲！教主恩典！教主大能！世間無病，病由心生。觸怒火神，不敬教主，褻瀆教法，實爲病因。敬拜火神，懺悔罪過，觀想無病，病即能除。跛者能行，盲著能視，沉痾消退，起死回生……」

凌霄眼光下垂，落在神壇前的一個小榻上。榻上躺了一個小小的身形，是個四五歲的孩童，全身縮成一團，不斷顫抖，雙目緊閉，臉色蒼白得嚇人。凌霄心中一動，跨入門中，直往那孩童走去。

錢夫人一呆，驚叫道：「你作什麼？不可進來！」

凌霄不去理會，直走到那孩童身邊。這時那紫衣胖子也已見到他，回過頭來，神色嚴肅，怒喝道：「什麼人？大膽闖入神壇，還不快跪下膜拜！」

凌霄抬頭望了他一眼；只見那胖子一張國字臉，滿面虬髯，眉目間甚有威嚴，只是神色憂急徬徨，令他的威嚴退失了許多。凌霄猜知他便是長青派掌門人錢書奇，開口道：「錢掌門，這是令公子？」

錢書奇肅然瞪著凌霄，喝道：「進入神壇，該當立即跪下！你對火神教主不敬，火神轉眼便將降罰於你！」

凌霄有若未聞，蹲下身去，伸手觸摸那孩子的額頭，又伸出兩指去搭他脈搏。

錢夫人見凌霄伸手替愛子搭脈，臉色煞白，忍不住驚呼出聲，衝上前來拉住他的手臂，哀求道：「你快走！你不能替他醫治！快走，快走！」

錢書奇也見到了凌霄的舉止，暴怒如雷，爬起身一躍上前，提起右掌，對準凌霄的頭頂，蓄勢欲發，怒吼道：「何方妖魔，快離開我兒！」

凌霄抬起頭，見錢書奇神色嚴厲激憤，似乎就將一掌打在自己頭頂，將自己斃於當地。他撤指站起，直望著錢書奇，說道：「你可知令公子生的是什麼病？」

錢書奇微微一呆，隨即大聲道：「他不是生病，他是受到火神的懲罰！」

凌霄搖頭道：「他一時惡寒，寒得全身發抖，一時又高燒，燒得全身出汗，尿液轉爲黑色，已有三五天了吧？你去問任何大夫，都知道這是瘧疾，俗稱打擺子，左近常見的病症。我有藥可治。」

錢書奇聽了，冷哼一聲，說道：「胡言亂語，蠱惑人心！我已遣弟子上聖峰請求教主祈請火神息怒，寬恕犬子的罪孽，他指日便會好起來。是誰讓你進入我門中的？李超，這人是誰？是你讓他進來的麼？」

李超聽師父發怒，在門口應了一聲，一步一拐地走上前來。他倒也是有骨幹的，鼓起勇氣道：「師父，這位小兄弟在雪峰眾弟子圍攻下出手解救弟子，替弟子治傷，有恩於弟子，請師父明鑒！」

錢書奇卻毫不領情，揮手怒道：「渾帳！雪峰派又怎樣了？救了你又如何？來人！將這滿口胡言的小子拖了出去！」

凌霄原本可以轉身離去，任那孩子病死，任孩子母親傷心。錢書奇不敢替兒子求醫，竟然只因相信了火教「世間無病」的謬論，怕了火教的淫威！他為醫多年，無法見死不救，且他相信人命尊貴，生死雖有命，卻不可任由他人玩弄操控，任何人都不應無端白白死去，尤其是這麼一個四五歲大的孩子！

他望著錢書奇激動暴怒面孔，感到一股怒火直衝心頭，跨上一步，直視著錢書奇，大聲道：「你有種就一掌打死了我！你不要自己兒子的命，不要自己弟子的命，只知跪在這神像面前念咒祈求、磕頭膜拜，難道當真不知自己有多麼愚蠢？五年前你被迫歸伏火教，身上留下了火教烙印，不得不送子女上獨聖峰作人質，是無可奈何，情非得已。但令人不能原諒的是你讓自己被恐懼吞噬，渾忘了恥辱仇恨，竟真心開始信奉火教，真心崇拜段獨聖，將作丈夫、父親、掌門的擔當全扔得一乾二淨！」

錢書奇站在當地，臉色霎白如紙，啞口無言。這少年不過十來歲年紀，容貌體態毫無出奇之處，竟說出這麼一番話來，句句直指他心底深處的恐懼和羞愧。他張開口想反駁，卻連一句話也說不出來。

凌霄伸手指著地上的孩子，又道：「這孩子若不立即用藥，只怕沒有幾個時辰好活了。你的六個孩子當中，其餘幾個你都已經徹底失去了，只有他未曾受到火教污染保存了下來。現下你卻要親眼看著他死去，讓你妻子傷心欲絕，若果眞如此，在你有生之年，你將一輩子都無法原諒你自己！」

此時門外已聚集了十多名長青派弟子，肅然傾聽凌霄的言語，鴉雀無聲，只聽得錢夫人掩面嗚咽哭了起來。

錢書奇又呆立了許久，眼角不自禁向神壇上兩座神像看去。凌霄清楚觀照到他心中恐懼、疑慮、愧疚、自慚種種情緒翻騰掙扎，不禁感到一陣悲憫。或許這人已陷入太深，或許此刻要他清醒已是強人所難。

凌霄輕輕歎了口氣，說道：「這不是你的決定，這是我的決定。」忽然走上一步，伸手點了錢書奇胸口穴道，錢書奇氣息一滯，登時全身無法動彈。要知錢書奇乃是長青一派的掌門人，浸淫掌法長刀數十年，凌霄一個初出道的少年，雖說練就了一身渾厚的內功，並且嫻熟針灸醫道，但就算他認穴再準、出手再快，也不可能這麼輕易便制住了長青派的掌門人。然而凌霄和錢書奇心底都清楚得很，這是一個願打，一個願挨：錢書奇蓄意露出破綻，而凌霄趁機上前出手，無言中，兩人已取得了奇異的默契。

屋內屋外眾人盡皆呆了，眼睜睜地望著凌霄從藥箱中取出一只綠色藥瓶，上前扶起男童，餵他喝下藥水，說道：「瘧疾這病，幾百年前人們便已知道如何醫治。這是從青蒿草提煉的汁液，讓病人連續吃三日，便會好轉。」他在男童身邊靜坐一陣，細心探察他的脈搏，過了半晌，才吁了口氣，說道：「還有得救。」

錢書奇定在當地，目不轉睛地望著愛子，全身顫抖，過了半晌，忽然淚如雨下，泣不成聲，低聲道：「謝謝你，小兄弟。謝謝你，大夫！」

凌霄知道他謝自己，不是因爲自己有藥能醫治他的兒子，而是因爲自己替他作了這個艱難的決定，替他擔下了違抗火教的責任。他歎了口氣，說道：「我知道你心底疼惜自己的兒子，關愛你的家人弟子，只是少了一分勇氣。我走了。」

他站起身，揹起藥箱，經過錢書奇身旁時，伸手搭上他的肩膀，記起揚老傳授的運氣之法，緩緩運氣一衝，解開了他的穴道，隨即快步出門而去。

第十三章　赤焰尊者

凌霄才跨出長青派大門，便覺眼前銀光閃動，寒風撲面，一柄長劍指住了自己的咽喉。他一驚停下，看出持劍的正是雪峰派的司馬諒，另兩名雪峰弟子也已各自揮劍，指住自己胸口背心要害。他走出門時腦中只想著在長青派中的所見所聞，竟全然忘了雪峰眾人在門外挑釁之事，更忘了自己曾出手得罪他們，因此一下子便被制住了。這時門外其他來看好戲的閒人都已散盡，只剩雪峰五劍留著未走。

凌霄站在當地，順著長劍向司馬諒望去，靜默不語。

但聽司馬諒冷冷地道：「你是長青派的什麼人？錢掌門呢？他爲什麼不出來？」

凌霄對這些人甚覺不齒，冷然道：「你這麼有本事，爲何不自己闖將進去，當面問他？」

司馬諒怒哼一聲，長劍一閃，在凌霄的頸側劃出一道血痕，鮮血滲出，染紅了衣領。另兩名弟子也挺進長劍，直觸及他的肌膚，隨時能刺入他體內。

衛諄走上一步，說道：「大師兄，這小子和長青派的關係定然不淺。錢掌門不肯出來，我們便在他門外狠狠折磨這小子，想必錢掌門不得不露面！」

凌霄聽衛諄語氣中充滿狠毒恨意，但聽身後一名身形高壯的雪峰弟子，想來便是那力蓋山河王證，高聲笑道：「師弟說得好！就這麼辦！」

凌霄只覺背後一痛，後心身柱穴被封，全身痠麻，向前撲倒在地。王證伸出大手抓住他的後衣領，將他提了起來，伸直手臂，如抓小雞般提在半空。凌霄又惱又悔，心想自己剛才太輕易便放過了衛諄這奸險小人，反讓他有機會報仇，實在太蠢。他這時自然尚不知道，武林中人所謂的人情世故、江湖歷練，就是從這麼一次次的犯錯失手、一次次的恥辱受擒中累積鍛鍊出來的。

衛諄走上前來，面對著凌霄，獰笑道：「小賊！你有種便來挖我眼睛，割我手指試試？看我先挖了你的眼睛，割了你的雙手，看你以後還不敢對雪峰門人不敬！」說著長劍揮出，直指凌霄雙眼。

一旁女弟子周誼看著不忍，走上一步，說道：「八師弟，這孩子年紀尚輕，我們身為名門正派弟子，不該對他狠下殺手。」

衛諄卻冷笑道：「五師姐，大敵當前，難道妳婦人之心，反而想相助外人？這小子剛才威脅我，說要挖我雙眼，妳又非未曾聽到，卻來替他說話？」周誼臉上一紅，她武功雖高，性情卻十分軟弱，在眾人之前受到師弟的搶白，便囁嚅說不出話來，只低聲道：「可是……可是他並沒眞挖出你眼睛啊。」

衛諄冷笑一聲，不再理她，說道：「大師兄，我雪峰派五名弟子聯手出山，準備一舉挑戰天下各大門派。如今我等順利打敗了泰山派，來訪天下第二大派長青派時卻被拒於門外，還在門口受這乳臭未乾的小子挑釁，是可忍，孰不可忍？我們若放過了這小子，日後還有誰看得起我雪峰一派？」說著直向司馬諒望去。

司馬諒外表雖沉穩，一副胸有成竹的神氣，卻並非眞有定見，很容易便聽信他人的言語煽動。這時他聽衛諄這麼說，感到在眾人面前不能如五師妹那般失了面子，便朗聲說道：「八師弟說得不錯！是可忍，孰不可忍。師弟，你便廢了他一對招子，讓他知道厲害！」

衛諄高聲道：「謹遵大師兄指令！」手中長劍一抖，便要刺入淩霄左眼。

便在此時，一柄長刀橫出，將衛諄的長劍打飛了去。眾人一驚，但見出手的是個紫衣胖子，一張國字臉上滿是鬚髯，正是長青派掌門人錢書奇。

他手中長刀連閃，數招之間，已將白訓、王證的長劍格開，將司馬諒逼出一步。但見他站在當地，氣度凝重，淵凝嶽峙，確有一代掌門的氣度。他直望著司馬諒，冷然道：「司馬少主，老夫與令尊各是天下九大派掌門人之一，向來平起平坐，互相敬重。你擅闖敝派，大言挑戰，連半點後輩的禮節都未遵守，今日我出手教訓你，可顧不得令尊的顏面了！」

司馬諒哈哈一笑，說道：「錢掌門，您先前不敢出來應戰，待我等千呼萬喚始肯出面，這又是何方禮節了？令派高居武林第二大派，卻如此藏頭縮尾，現在卻又跟我擺起長輩架子，豈不笑煞天下人？」

錢書奇嘿然道：「很好，很好！你這麼出言不遜，既是有心挑戰，我長青派若不給後生晚輩一點教訓，可如何對得起列祖列宗？你們全進來吧！」回身走入長青派大門。

司馬諒等五人互望一眼，舉步走入門中，那王證頭腦簡單，沒聽師兄吩咐該如何處置凌霄，便提著他跟入長青派門中。

一行人來到凌霄方才曾經過的練武場上。那練武場方圓約五十丈，地下是堅硬平實的土地。王證隨手將凌霄扔在一旁，凌霄背心穴道未解，軟倒在地。長青弟子似乎受了師父嚴令，對他視如不見，既無人來扶他一把，更無人來替他解穴。凌霄便躺在當地，靜觀這武林兩大派如何周旋。

但見錢書奇站在場中，錢夫人和長青派十多名紫衣弟子一排站在北側，各人神情鎮定，比之凌霄早前見到的惶惶之態直是天地之別。他心想：「一個門派一旦無主，便整個散亂了。一旦首領沉穩，大家的心便都定了。」要知錢書奇原是個極有統馭之能的掌門人，全派上下都對他恭謹仰視，唯命是從。自從他喪失鬥志以來，全派就失去了重心，上至錢夫人、下至眾弟子皆不知所措，彷彿風中柳絮，狂風一吹便四散飛揚，隨風而逝。此時錢書奇重振雄風，整個長青派轉眼也立即振作了起來。

錢書奇橫持長刀，向司馬諒道：「雪峰派以冰寒掌法和雪花劍法聞名天下，敝派也有柔綿十二掌和長青刀。你是要挑戰老夫的掌法，還是在兵器上見眞章？」

司馬諒見到他有恃無恐的神態，也不禁暗生警惕，緩緩拔出長劍，說道：「敝派以劍法稱雄武林，在下自當挑戰錢掌門的刀法！」錢書奇點了點頭。

二人在場中各執長劍長刀對峙，錢書奇老成持重，司馬諒也沉忍不發。凌霄凝目望向二人，觀見二人內心如止水般平靜。這二人乃是武林兩大派中的佼佼者，面對眼前決戰，竟能心神鎭靜如斯，這分定力實屬難得。凌霄正暗暗敬佩，忽然瞥見司馬諒心念一動，轉眼間他手中長劍已然遞出，便如那衛諄出劍時一般，閃出一片極其耀眼的劍光。他的劍光卻比衛諄的還要更加奪目；如果衛諄的劍光如飄雪，司馬諒的劍光便如狂風暴雪，不但炫目，勁風更刮得對手鬚鬢飛揚，肌膚欲裂，不愧其「旋風迴雪」的稱號。

錢書奇叫了聲：「好！」卻不退避，長刀軟綿綿地遞出，全是柔勁，從狂風暴雪中輕易穿過，直攻到司馬諒眼前。司馬諒那劍卻本是虛招，早已收劍，長劍在身前揮舞，每招都是虛招，但每招又都能構成極大的威脅。凌霄若有所悟：「我本想他這般揮舞長劍卻不攻擊，多麼累人？原來他這些招數雖都是虛招，但若想攻擊，便可攻擊，虛中有實，實中有虛，變幻奇速，讓對手捉摸不定。」

錢書奇卻顯然並非首次見到這劍法，並不受那炫目的劍光所懾，手中長刀始終軟綿綿地好似全無力氣，招式卻極爲險狠，著著搶攻。凌霄心想：「這長青刀法之長處，在於出招綿軟，不浪費半點氣力，和雪峰劍法恰恰相反。」

他躺在地上，睜大眼睛，仔細觀看二人的招數、劍意、後著、應變，領悟極多。他雖向虎穴老瘋子學過棍法，畢竟從未見過高手對敵。這場比試中的二者都是刀劍中的高手，所使劍術刀法也是淵遠流長、千錘百鍊的武術，凌霄一時渾忘了身上穴道被點，體內眞氣自然遊走，竟自將背心穴道解開了。他坐起身，繼續凝望二人相鬥，不知不覺中已將這兩人的刀法劍法精神融會貫通，了然於胸，也已看出了勝負：這兩派的刀劍法雖各有千秋，不相上下，錢書奇畢竟年紀較長，長刀火侯較深，能在久戰下占到上風。

便在此時，他忽然感到門口燃起了一團火，心中一凜，立時轉頭去看。卻見門口並不是火，卻是個身穿赤袍的男子，眉目英挺，樣貌莊嚴，腦後梳著一個馬尾，約莫三十來歲年紀。凌霄登時認出，這人正是多年前曾見過的那個收服泰山派的火教使者張去疾。凌霄心想：「那時一群和尚和乞丐出手突襲那火教廟宇，殺人放火，好不厲害，這人當眞有本事，竟給他逃了出來！」

張去疾到來後，並不言語，只站在門口觀看場中打鬥。場中二人似乎並未察覺，一刀一劍仍舊鬥個不停。忽聽錢書奇怒吼一聲，往後躍去，伸手撫肩，鮮血從指縫間流出。司馬諒哈哈一笑，撤劍退去，說道：「承讓！」

錢書奇重重地哼了一聲，低下頭，滿面懊悔垂喪，搖頭歎道：「雪峰劍法果然高明！」

凌霄看得明白，錢書奇原本穩操勝劵，卻故意輸了一招給司馬諒，全是因爲他發現那赤袍男子到來的緣故。司馬諒卻全然不覺，兀自哈哈大笑，得意之極。

便在此時，張去疾舉步走向場中，拍手笑道：「好極，好極！今日見到長青和雪峰兩派頂尖高手過招，招數精奇，眞令本座大開眼界！」

錢書奇抬起頭，面露驚訝之色，趨上前拜倒在地，說道：「拜見赤焰尊者！」

司馬諒聽說那是火教尊者，收起高傲之色，也上前跪拜行禮，說道：「原來是赤焰尊者，雪峰司馬諒拜見。當面不識尊者，還請大量包涵。」

凌霄心想：「當年在泰山時，他還只是個使者，現在已如願升爲尊者了。看來在那一役後，他大難不死，在火教中平步青雲，地位已不同往昔了。」

那赤焰尊者張去疾揮揮手，說道：「錢掌門，司馬少掌門，不必多禮。」望向司馬諒，微笑道：「司馬少掌門，你今日略勝錢掌門一籌，可算得償宿願，今後你雪峰派便該排在長青派之前了。錢掌門，你可沒有異議吧？」

錢書奇臉現愧色，低頭道：「尊者明鑑，在下藝不如人，無話可說。」司馬諒臉上得意之色愈盛，躬身道：「多謝尊者！」

張去疾微笑問道：「閣下已挑戰了泰山派和長青派，如今卻要往何處去？」

司馬諒胸中充滿豪氣，說道：「六派之中，還剩點蒼、華山和秋霜三派。如今我便一路西去，赴河南開封挑戰秋霜劍派，再去華山挑戰華山派，繼而往雲南點蒼山挑戰點蒼派。點蒼與長青系出同源，乃兄弟之派，我如今打敗了長青，點蒼想必亦可輕取。」

張去疾臉現嘉許之色，點頭道：「好志氣！本座預祝你挑戰成功，令雪峰成爲天下第一門派！」

司馬諒得到赤焰尊者的讚許加持，心中大喜，又向他行禮，才率領師弟師妹告辭離去。衛諄臨去時轉頭瞪了凌霄一眼，眼中仇恨深重。但他不願讓赤焰尊者知道自己曾被這少年出手制住，自知要報此仇只有另待時機，便恨恨地跟著師兄去了。

錢書奇恭敬迎上，說道：「尊者親身降臨，錢某愧不敢當。敝派蓬蓽生輝，幸如何之。」

張去疾淡淡地問道：「令郎如何了？」錢書奇答道：「小兒歹命一條，原不敢有擾教主清聽，勞動尊者大駕。然而本派自歸降教主之後，諸事順遂，平安吉祥，自是由於教主大恩護持的緣故。前數日小兒身患疾病，我等遵從教主寶訓，不請醫者診治，只在火神和教主尊像之前日夜跪拜祈禱，誦念《火教無病觀》過萬遍，不敢稍停。然而如此數日，小兒病尚未痊癒，我等心生惶惑，不知教主聖意，是想賜死予小兒，還是想考驗我等對教主的信心？因此遣人上聖峰懇請教主金旨。若是前者，我等自當停止祈誦，以免違背教主意旨；若是後者，則想請教主展現靈能，治癒小兒，則感恩不盡。無論如何，我等早已打定主意，此生將盡力宣揚聖教寶貴教法，誦揚教主慈悲恩德，以令全天下皆恭奉教主爲正主，誠心信仰，投地歸伏。」

張去疾點了點頭，說道：「原來如此。我聽你那派來的弟子所言，還以爲你夫婦急昏了頭，催著教主讓你小兒子早日痊癒呢。」

錢書奇躬身道：「尊者言重了。想是我等派出的弟子年輕識淺，見事不明，誤會了我夫婦的意思。小兒之命低微賤鄙，不敢煩勞尊貴教主。」

張去疾問道：「那麼令郎現今如何了？」

錢書奇臉現喜色，說道：「教主明見萬里，法力無邊。他老人家想必算準尊者今日會到，便在今日清晨，小兒之病便忽然痊癒了！感謝教主恩典，感謝尊者德澤！」

張去疾微微一笑，英俊的臉上一片虔誠感動，說道：「如此甚好，甚好！教主他老人家的靈能無遠弗屆，精準無比。他讓你兒子今日病癒，自有其深遠用意。瞧你運氣多好，藉著這回令郎生病之事，實在是得益不少哪。先是花了許多時間敬拜教主、誦念《火教無病觀》，這都是積聚功德的大好修行。如今令郎病情突然好轉，你親身體驗到教主的大能大智，無邊靈能，等閒人可難有你這般的領會啊！」

錢書奇躬著身，連連稱是，滿面恭敬。他請張去疾進入大廳坐下奉茶，眾弟子都魚貫跟入。

自始至終，錢書奇正眼都沒有向凌霄望上一眼。凌霄卻很清楚，他是故意不令火教尊者注意到他。八年前張去疾曾在泰山見過假扮成玉泉的凌霄，但當時凌霄身著泰山道士袍服，又只是個八九歲的孩童；如今他已是個十五六歲的少年，體態容貌都已轉變太多，張去疾自然無法認出，也未曾留心。

凌霄心中甚是安慰：他從錢書奇的眼神中看得出來，這人已清醒過來了。他雖仍恐懼屈服於火教，卻不再倉皇慌亂，心中已有定見。凌霄知道他將繼續裝作奉行火教命令，繼續崇拜火神教主，但心底卻已徹底不相信了。

待張去疾和錢書奇及弟子們進入大廳之後，便再沒人來理會凌霄。他站起身，自己從大門走了出去。

第十四章 劍細人㡳

凌霄獨自離開兗州府，南渡黃河，來到河南首府開封府。開封府乃是擁有千年歷史的古城，號稱「十朝都會」，甚至本朝開國皇帝朱元璋也曾一度定都於開封。如今開封仍是八省通衢、勢若兩京的中原重鎮，其繁華富庶比之凌霄在山東兗州府見過的情狀，實是不可同日而語。

他來到城裡，已是傍晚時分，隨意找了家館子坐下打尖。身處陌生地方，他全不知該如何點菜，見旁邊人都吃小籠包子，便也叫了一籠來吃。這兒的小籠包跟他平日所吃皮厚肉多的山東菜肉大包完全不同，一個個小如嬰兒拳頭，皮薄透亮，提如燈籠，放似菊花，入口多汁，極爲鮮美。他忍不住吃了一籠又吃一籠，嘖嘖讚賞。

正吃得高興，忽見兩個錦衣青年高聲談笑，走入飯館，在他隔壁桌坐下。其中一個圓臉的道：「說起咱師父皈依火教，乃是神聖教主諭令大護法親自接引，相較於其他掌門人被迫入教的窘態，自是不可同日而語。」

另一個方臉的道：「可不是？師父秋霜神劍名滿天下，在江湖上何等地位，即使是神聖教主，也不得不給師父面子。」圓臉的道：「師父畢生致力於樹立秋霜派的威名，嘿嘿，但瞧此後還有誰敢輕侮我派了？」方臉的道：「四師兄說得是。今日要在武林中出人頭地，第一就要投身火教、敬拜神聖教主，其次要跟對了師父。雖說六大門派皆是名門正派，武藝各有所長，也大都歸伏了聖火神教，但說起受到神聖教主的信任倚重，卻是唯有我秋霜派高人一籌。」圓臉的道：「我秋霜名列六大門派之一，豈是浪得虛名？我二人好好跟著師父學劍，遵從神聖教主聖旨，以後自有揚眉吐氣、稱雄江湖的一日。」兩人說著哈哈大笑。

凌霄並未聽過六大門派的名頭，卻不知他曾打過交道的泰山派、華山派、長青派和雪峰派其實都屬當世六大門派之一。他想起秋霜派是司馬諒下一個要來挑戰的門派，但聽這二人吹噓其師投入火教如何光榮，不禁想起泰山派掌門長方道長歸服火教時所受的屈辱；華山派掌門爲規避火教酷規不得不長年與愛子分離的悲哀；長青派掌門錢書奇不得醫治其子的窘態，心想：「這秋霜派掌門人屈從火教，其弟子竟還有臉說嘴，眞是毫無羞恥，這世上當眞什麼樣的人都有。」自顧低頭吃包子。他偶一抬頭，瞥見那兩個秋霜弟子的腰間繫著長劍，劍鞘細長，心想：「他們的劍如此細長，不怕易斷麼？」

這時旁邊一桌的幾個人聽了兩個秋霜弟子的言語，一人起身走上前去，抱拳笑道：「來到開封，怎能不拜見聞名天下的秋霜派？今日巧遇兩位秋霜高弟，眞是三生有幸。在下是鎭威鏢局的木老七，請問兩位如何稱呼？」圓臉的道：「在下何家菲。」方臉的道：「在下馬家莨。」

木老七滿臉堆笑，說道：「兩位想必是褚文義褚掌門座下四弟子和六弟子了。在下仰慕秋霜威名，一直未有機緣拜見褚掌門，深覺遺憾。他老人家此時可在城中麼？」

何家菲故意提高了聲音，讓在座眾人都能聽得清楚，說道：「家師受聖火神教神聖教主重用，此刻正與開封聖教道場的主持商談要事哩。」

木老七笑道：「褚掌門武功智計過人，眾所稱道，在河南威名遠播，理當受到神聖教主的青睞。」兩個秋霜弟子滿面得色，微笑著謙遜幾句。木老七又恭維道：「秋霜派名列九大派之一，素聞秋霜劍快捷勝風，江湖上無人不佩服。」

何家菲卻正色道：「兄台這話可大大錯了！少林、武當、峨嵋三派因拒絕臣服火教，早已自取滅亡，如今武林中只剩下六大派了。閣下言語中，切不可再提什麼九大派了。」

木老七驚覺口誤，連忙俯首抱拳，告罪道：「是、是！多謝何師傅指點！何師傅識見過人，在下佩服不已。」

何家菲笑道：「不要緊。想當年少林武當這些門派也曾風光一時，但畢竟已是煙消雲散，不值一提了。」

木老七爲恭維二人，極力攛掇二人當場使一套秋霜劍術讓大家開開眼界。何家菲推辭道：「我大師兄、二師兄一會就到，他兩位才眞是人中龍鳳，劍術超卓。你若能見到他二位使劍，那才叫高明呢。」木老六等幾個鏢師讚歎不已，圍著何馬兩人攀談，著實巴結。

那木老七作了多年鏢師，生性海派好客，笑道：「今日這裡好朋友不少。何師傅、馬師傅，我替您們介紹一下。這位乃是江南武林世家盛家的高弟，蔡子寒蔡少俠。您們都是武林中人，多親近親近。」說著指著同桌的一個白麻臉青年。

那青年起身向二人抱拳，說道：「兩位秋霜高弟，小弟蔡子寒久仰了。家師常跟小弟提起秋霜派高風亮節，義薄雲天，黑白分明，今日一見，果然名不虛傳。」

凌霄心想：「這人對秋霜頗爲不齒，說話明褒暗貶卻很懂得節制，不想惹麻煩。」何家菲並未聽出他話中譏刺之意，得意洋洋，說道：「是了，你們盛家在江南，也是鼎鼎大名。我師父總說，你們的掌法戟法，雖不及六大派的武功，也足以獨霸一方了。」

那白麻臉青年蔡子寒眉毛一揚，仍舊忍住沒有發作，只道：「過獎，過獎。褚掌門的眼光，自是非常高超的。」馬家莨道：「蔡兄來到我秋霜派的地頭，我等未能一盡地主之誼，眞是好生過意不去。不知蔡兄從杭州府遠道來此，有何貴幹？」

蔡子寒道：「不瞞您說，家師掌上明珠今夏即將出閣，小弟奉師命來給家師的親朋好友遞送請柬。」何家菲問道：「是麼？都請了些什麼人，可能說來聽聽？」蔡子寒道：「多是家師的親戚故舊。」當下說了幾個名字，都是些商賈文人、縣官鄉紳之類，竟無一個武林中人。

馬家莨聽了，嘻皮笑臉地道：「這些貴客，可與令師的武林身分頗不配襯啊。怎麼連一門一派的掌門人都沒請到？不如這樣，你給我張請帖，我去幫你請到家師，給令師一個大面子，咱兄弟倆也趁機叨光去江南玩玩，你說如何？」

蔡子寒臉上不屑之色愈重，口中仍道：「多謝兩位師兄良言美意。小弟這就去請示家師，他老人家一定歡迎都來不及。」

便在此時，忽聽間壁的一扇門啪的一聲打開了，但見室中坐著一桌人，一色黑衣，只有面對門口而坐的一人身穿赤衣。凌霄看服色便知道這些人是火教教徒，那身穿赤衣的想必是眾人的首領。

只聽那赤衣人陰惻惻地道：「一門一派的掌門人都沒請到？蔡子寒，你也未免太自謙了。

你剛去了兗州，請到了山東無敵神掌長青派掌門錢書奇，也請到了泰山派大弟子玉境道人。這兩位還不夠有身分麼？至於江南的門派首腦，看在你師父的面上，自會自發齊聚一堂了。」

蔡子寒一驚，向那赤衣人打量去，見他身矮面黑，神色陰鷙，頭梳馬尾，同桌還坐著十多個類似裝束的黑衣人，蓄著寸許長的短髮。他心頭一凜，站起身道：「敢問閣下如何稱呼？」

那赤衣人道：「聖火神教黑焰尊者，孫爣。」

蔡子寒臉上變色，連退幾步，砰咚一聲帶倒了椅子，又自覺失態，忙站定了腳步。

凌霄向這黑焰教尊者望去，若說赤焰尊者張去疾是英挺端正，樣貌堂皇，這人便是猥瑣陰險，其貌不揚。這兩人給他的感受也迥然不同；張去疾看來光明正大，自信從容，背地裡卻陰毒狠辣；孫爣表面陰狠，行事隱密謹慎，但胸無城府。凌霄心中思量：「這兩人之中，卻是張去疾較難對付。」

此時孫爣向蔡子寒瞪視，冷冷地道：「我們已盯上你好幾日了。教主早有金旨，令江南武林世家自動臣服聖火神教，盛家卻至今未有回應。如今你師父興致倒好，還趕著給女兒辦喜酒。這正好了，你給我一張請帖吧。我便代表教主，去向令師道個喜。」

蔡子寒眼見撞上了火教中的厲害角色，心中驚懼，勉強道：「是、是。我這便去向家師請示。家師允可後，定當立即奉上請帖。」聲音卻不禁顫抖。

孫爣嘿了一聲，說道：「偏有這許多囉唆，不肯給麼？你對聖火神教尊者無禮如此，今日不教訓你怎麼成？」左手一揮，一團火紅的事物倏然從他手中飛出，打上蔡子寒的胸口。蔡子寒驚呼一聲，想轉身逃跑，雙腿卻已不聽使喚，翻身摔倒在地。他感到手腳麻痺，驚恐之下，向何家菲、馬家葨投去求助的眼光，兩個秋霜弟子卻垂手站在一旁，臉上神色恭謹恐懼，噤若寒蟬。飯館中其他食客眼見出事了，都紛紛離座逃去。

孫爔哈哈大笑，說道：「這便是火神的懲罰！」左手又一揮，蔡子寒頓時全身如受火灼，疼得在地上打滾，痛苦呻吟逐漸轉爲悽厲慘叫，見者無不心驚。

孫爔好整以暇地走上前，伸腿踩住了蔡子寒的胸口，從他懷中掏出一張請柬，在一旁的椅上坐下，打開看了，笑道：「『七月初七，於岳陽洞庭湖畔梅家莊爲長女與梅家大公子舉行婚儀，敬備筵席，恭候佳賓。炎暑山莊莊主盛冰敬邀。』很好，很好！」

凌霄眼望這一幕，心中雖知自己是火教追捕的對象，不該出頭與火教作對，但實在無法坐視，當下凝神細思，默默從藥箱中取出七八樣藥物，在碗中混合了，站起身走上前去，在蔡子寒身旁蹲下，說道：「你中了毒，快喝下解藥。」

蔡子寒早已痛得死去活來，雖見面前是個素不相識的少年，但此時只要能解除痛苦，什麼都行，立即大口將藥喝了。凌霄又解開他的衣衫，取出一束金針，在他胸口幾處穴道扎下，針尾便即流出黑色血液。過不一會，蔡子寒身上灼燒般的疼痛果然漸漸退去，躺在地上不斷喘息。

孫爔眼見這少年竟能識破自己的毒術，又見他出手替蔡子寒施救，驚怒之下，立即向凌霄下了三種不同的狠猛毒藥。但凌霄已服下辟毒藥物，加上內力深厚，如在身周織成一個氣網，將毒物全數擋住了，因此渾若無事。

眾目睽睽之下，凌霄站起身，轉頭直視著孫爔，說道：「你不必再對我下毒，也不必對我施咒。啊，你不會咒術。」憑著他對醫藥的通熟，早看出這黑焰尊者雖裝模作樣扔出一團火焰，其實所使乃是毒藥，心下甚覺奇怪：「他爲何不使咒術？三家村那神咒護法善使咒術，威力強大，若會咒術，爲何還須使毒？」此時他望見孫爔心中的驚詫疑懼，才知他並不會咒術。他暗暗點頭，心想：「原來火教之中，只有教主和三大護法會使攝人心魄的咒術。這些什麼赤焰尊者、黑焰尊者等想來位階尚低，並不會咒術。」

孫爔一張黑臉在驚怒下顯得更加黑黝，喝道：「小子是誰？」

凌霄雖缺乏江湖歷練，卻也知道絕不能在火教面前自報姓名，以免自尋死路，當下只道：「無名小子，不勞相問。」

孫爔哼了一聲，揮手向手下喝道：「圍住了他！」

十多名火教徒登時拔出兵刃衝上前，團團將凌霄圍住。凌霄環視一圈，心中思量：「倘若只我一人，應能走脫。但要同時救走這蔡子寒，就不容易了。」他下山前後，除了和江離打過一架、出劍制住雪峰五劍中的衛諄之外，從未與人動過手，並不知道自己的武功劍術究竟如何，只憑直覺知道火教眾人武功多半平平，除了那孫爔會使毒之外，應當不大難對付。

正思索時，忽聽門外乒乓聲響，一人大叫道：「渾蛋，在這兒了！」只見一群地痞流氓般的少年持棍棒衝入包子館，總有二十多人，當先一個歪嘴少年指著秋霜弟子何家菲叫道：「就是這小子，他媽的，賭輸了不還錢，你以爲這麼容易就走得脫？兄弟們，給我狠狠地打！」

何家菲滿臉驚愕之色，連忙拔出細劍護在身前，喝道：「你小子胡說八道什麼？我何時賭錢欠債了？」馬家莨站在師兄身邊，也忙拔出細劍，向黑焰尊者孫爔求助道：「尊者在上，請幫我師兄主持公道！」

那群少年來勢洶洶，不由分說，揮棒耍棍，衝上去便是一陣亂打。他秋霜派在開封城好大的名聲，向來受人敬重，從無人敢輕易招惹。這對師兄弟養尊處優慣了，素乏應變之能，眼見這群地痞少年蠻不講理，一派撒潑發狠，全傻了眼，慌忙舉劍抵擋，又不敢在光天化日下傷人性命，一時之間，包子館中一片棍影劍光，呼喝叫罵聲不絕於耳，亂成一團。

孫孅微微皺眉，眼見這些少年更不會武功，顯是賭場小流氓來討賭債的尋常打架，便未插手，只令手下讓在一邊。

凌霄眼望這場混戰，忽見馬家莨一腳踢出，一個少年被他踢飛出去，直滾到自己身前。那少年抱著肚子，哎喲亂叫。凌霄正想去扶他，卻見那少年抬頭向他眨了眨眼，露出個狡詐的笑容。凌霄一呆，卻聽那少年低聲道：「此時不走，更待何時？」俯身假裝撲倒在地，一手攬起了蔡子寒，一手拉著凌霄，在幾個地痞少年的掩護下，趁亂鑽入了包子館後的廚房。

凌霄心中大奇，跟著那少年穿過廚房，出了後門，在黑暗的小巷中迂迴疾行，奔出一陣，那少年才停下步來，將蔡子寒放下地，邊甩手臂邊笑道：「老兄，你身子還眞重！抱著你跑可累壞了我。你可好些了麼？」

蔡子寒此時毒傷已解，手腳雖仍有些不靈活，但已能自己站立行走。他忙向凌霄和那少年跪倒拜謝，凌霄伸手扶他起來，少年只笑笑不語，不知從那兒牽來一匹馬，說道：「這馬給你，快趁夜出城回南方去吧。」蔡子寒知道情勢危急，又向二人拜謝，才上馬疾馳而去。

凌霄藉著街邊燈籠微光，向那少年打量去。但見他方面濃眉，一身布衣隨隨便便；細看之下，不過十六七歲年紀，雖是不修邊幅，面容卻甚是俊朗，眉目間流露著一股難掩的英氣。凌霄向他抱拳道：「多謝閣下相救。」那少年也不回禮，只擺手笑道：「閒話慢說，快跟我來。」

他領著凌霄鑽入一條小巷，奔出一段，來到一個安靜的轉角，才停下步來，對凌霄道：「你一定想問，你我素不相識，我爲何出手救你？嘿嘿，不爲別的，我見你在包子館中替那姓蔡的醫治毒傷，覺得你這人很有意思，比那什麼秋霜派的張家長、李家短好得多啦。我知道火教不會放過你，便招呼了些朋友出來攪局。哈哈，弄得他們暈頭轉向，七葷八素，最後才發現他們想抓的人早已走得不見影蹤啦！」

凌霄感覺這少年頗爲奇特，心中想到什麼便直說出來，毫不掩飾隱藏。當下問道：「你那些朋友不要緊麼？」少年搖頭道：「火教眼下只管收伏武林中人。我那些朋友全是地方上的混混，一點武功都不懂，火教不會將他們看在眼裡的。」

凌霄略略放心，說道：「在下……凌霄。請問閣下尊姓大名？」少年道：「關中陳近雲。」他拍拍凌霄的肩頭，又道：「今兒晚了，你若不介意，便來我家住一宿吧。」凌霄對這少年頗有好感，便道：「如此便多叨擾了。請問貴府是在開封城中麼？」陳近雲道：「我四處流浪，居無定所，但我大哥住在城裡。」說著在前領路，凌霄隨後跟上。陳近雲顯然對城中巷道極爲熟悉，領著凌霄東穿西繞，不多時便來到一間巨宅的後門之外。陳近雲悄悄推開後門，閃身進去，二人在黑暗的宅院庭廊間穿行，來到一座小院，進入了一間偏房。

陳近雲點起一盞燈，凌霄見房中陳設竟極爲考究，一色紫檀木家具，滿櫃古董珍玩，四壁掛滿字畫。凌霄正環目四望，嘖嘖稱奇，但聽一個僕婦在門外說道：「三少爺，您回來了。要不要吃點什麼夜宵？」

陳近雲笑道：「王嫂，妳還沒休息麼？我帶了個朋友回來，勞妳給蒸兩籠包子吧。」王嫂應聲而去，不多時便端了兩籠熱騰騰的包子進屋。凌霄雖已吃了滿肚子包子，但見眼前這包子比剛才館子裡作的竟還要精緻十倍，皮更加纖薄透明，餡更加鮮軟香濃，直是入口即化，他吃得幾乎連舌頭都要吞了下去。

陳近雲笑道：「我看你在那館子中，似乎挺愛吃這小籠包子的。這是開封出名的美食，我特意讓你嚐嚐我家中大廚的手藝，可與那館子裡的口味不盡相同吧？」

凌霄讚賞不絕，說道：「我只道那家館子的包子已是天下美味了，當眞料想不到世上還有比那更好吃十倍的包子！」

陳近雲臉現得色，興致勃勃地道：「待我與你道來：要作好小籠包子，最要緊的便是選料。皮定要用山西娘子關的淨麵粉桿成，肉定要用南陽豚縣的上好黑豬肉剁成，蔥只用蔥白，千萬不能摻半點兒的綠；拌上自家細磨的花椒、大茴香，仔細剁成餡料。剁餡兒也是一門絕活，這開封城中，眞正稱得上會剁餡兒的師傅只有三位，其中一位便是我大哥家的廚子。」

凌霄只聽得又是驚奇，又是有趣。他住在虎山上時每日跟著劉嫂下廚，卻從不知道烹飪一道能有這許多講究，不禁笑道：「原來陳兄是箇中行家！」

陳近雲連連搖手，說道：「我只會動嘴皮兒，會說如何作包子，也會張口吃包子，但眞讓我自己動手作包子，那肯定作得一塌糊塗，完蛋大吉！」話一說完兩人都笑了。吃飽後兩個少年躺在床上又聊了一陣，感到睏意瀰漫，才各自睡著了。

第十五章　少爺俠客

次日天明，兩個少年梳洗之後，王嫂便端來兩碟熱騰騰的水煎包。這水煎包與小籠包又不一樣，煎包乃以小磨香油煎成，煎得黃焦酥脆，不黏不破，連餡兒也冒著香油的香味，又是美味絕倫。凌霄正奇怪這家人爲何對吃如此講究，陳近雲吃完後抹了嘴，說道：「清晨人少，我帶你四處逛逛。」便帶凌霄出屋走走。

但見這宅第地方極大，一個庭園接著一個庭園，一棟樓房連著一棟樓房，好似沒有止境一般。二人來到大門口，只見朱漆大門的門楣上懸著一幅匾額，寫著兩個金漆大字：「陳府」，竟是極其氣派的官宦人家。天色大明後，院中才漸漸有人走動。兩人回向前晚住宿的小院，路上遇到了十多個家僕模樣的人，見到陳近雲，都垂手躬身喚道：「三少爺。」陳近雲只擺擺手，並不回禮。凌霄見這大宅氣派過人，眾家人對陳近雲神態恭謹，心中不禁甚奇。

回到偏房後，陳近雲才解釋道：「我大哥是作官的。」凌霄問道：「請問令兄作的什麼官？」陳近雲道：「他是開封知府。」

凌霄一呆，他雖出身山林，卻也聽過「知府」的這官名，知道是城裡最大的官，心想：

「陳兄看來一副落拓潦倒的模樣，在那包子館裡打架肆無忌憚，真看不出竟是個官家子弟。」他笑道：「陳兄直爽豪邁，毫無驕貴之氣，真教人看不出。」

陳近雲忸怩一笑，說道：「我平時總在外遊蕩，很少回家。這回我爹告老還鄉，從京城回返關中，我陪他走一程，路經開封，便來大哥這裡小住幾日。平日我大哥見了我總皺眉頭，巴不得把我鎖在家裡逼我讀書，再不讓我出去逍遙。我借住在他這肅穆嚴謹的大官府裡，也是彆扭得緊。」

正說時，一個家人來到門外稟道：「三少爺，老爺起身了。」陳近雲吐舌笑道：「我竟忘了去向爹請安，又有一頓好罵了。凌兄請跟我來，我領你見見家父與家兄。」當下與凌霄一起來到一間大屋之外。凌霄從窗櫺中望去，但見一個六十來歲的老者坐在堂上，正自喝茶；他旁邊侍立著一個四十來歲的中年人，兩人雖身著日常便服，容貌舉止卻甚有威嚴。陳近雲低聲向凌霄道：「那是我爹和我大哥。你先請在此稍候。」

陳近雲先進屋去向父兄請安。大哥陳伯章望望他的臉，皺眉道：「老三，我聽他們說，你昨晚又出去打架鬧事了？」陳近雲伸手摸摸臉頰，果真腫了一塊，難以遮掩，想是昨晚在包子館中不知被誰打了一拳。他吐了吐舌頭，笑道：「大哥，你的消息還真靈通。」

陳父正要發話，忽然撫胸咳嗽起來，兩個兒子忙上前替父親拍背端茶。好半晌陳老伯才止了咳，喘過氣來，抬頭望著陳近雲，溫言道：「近雲，不是爹要說你，如今世道不平靖，你不肯好好讀書科舉走正路也就罷了，只要乖乖待在家裡也成。眼下外邊邪教盛行，招惹上他們，可是數不盡的麻煩啊！」

陳近雲搖頭道：「我又不會武功，他們不至於爲難我的。」陳伯章聽了這話，深深地望了弟弟一眼。知弟莫若兄，陳伯章早知弟弟平日都跟些掄刀弄棍的人物混在一起，也頗會兩下子，此時當著父親的面，卻沒有出言說破。

陳近雲趁機帶開話題，說道：「爹、大哥，我帶了個朋友回來，待我引他與你們相見。」當下便引凌霄見過了父兄。陳父和陳伯章素知陳近雲喜愛出門遊蕩，多結交江湖異士，雖見凌霄不過是個少年，衣著樸素，對他禮數仍十分周到。他二人本來一心想找陳近雲來訓誡一番，苦口婆心勸他努力讀書、求取功名，但見有外人在場，本著書香世家的文雅風度，也只能隱忍不發，反而對著凌霄說了好些客氣話。

凌霄見陳父咳嗽不斷，觀了觀他的氣色，說道：「陳伯父，我略懂一些醫術，或可替您把個脈。」陳近雲喜道：「好極啦！我爹這幾年咳嗽得厲害，凌兄若能替他瞧瞧，小弟感激不盡。」

陳父是當過朝中大官、見過世面的人，對這少年醫者自然不抱什麼期望，因不好拒卻，便讓凌霄診了脈。

凌霄仔細診脈後，斷爲肺癰之疾，開了幾味消瘤藥，外加健肺的強肺丹。凌霄並運眞氣替陳父打通脈絡，陳父只覺胸口舒暢，長年鬱積的老痰一掃而空。凌霄的醫術已得藥仙揚老的眞傳，加上內力深厚，自是藥到病痊，氣到痰除。此後陳父的咳病便大有好轉，身體也健朗得多。

陳父對凌霄大爲驚佩感激，說道：「我在京城時曾蒙皇恩，多次得御醫把脈診斷，吃了不知多少帖珍稀藥方，卻全無功效。凌小大夫幾日之間便讓老夫的痼疾大有起色，眞乃天下神醫！」他原本對陳近雲孤身在江湖上浪蕩頗爲擔憂不快，但見他結識凌霄這般出奇的人物，也只得略略放心。

這日下午，陳近雲閒閒跟凌霄說起，他父親乃是三甲同進士出身，積官至翰林院編修。近年體弱多病，又見朝政敗壞，才辭官還鄉。大哥陳伯章很年輕就中了進士，現任開封府知府，官運亨通，剛剛薦任江西巡撫，剋期上任。另有一個二哥陳仲淳也中了進士，在朝中任禮部屬吏。所謂「關中陳族氏，一門三進士」，便是指的陳父和陳家大哥、二哥三位了。最小的弟弟陳近雲卻是個放任隨性的浪蕩子，不但不肯讀書，還整日出外打架胡混，與父兄的文質彬彬、功成名就實是天差地遠。他自己倒是漫不在乎，自嘲道：「我讀書不行，學武也不成，在家中擺明了沒出息，還是去外邊混來得開心。」

他問起凌霄的身世。凌霄不知該從何說起，想了想，才道：「我幼年時被人留在泰山上的一間道觀門外，出家作了小道士。後來那道觀給火燒毀了，我便跟著隱居虎山的醫者揚老先生學醫。我原本已將自己的姓名忘了，後來才發現我姓凌名霄，家鄉山東陽谷。」

陳近雲對凌霄的身世甚感好奇，不斷追問他在大雁觀的生活和採藥學醫的經歷等，聽得津津有味。兩個少年言語投機，相處融洽，已然互相引爲好友。

凌霄在陳家住了數日，擔心火教會發現自己蹤跡，連累到陳家，便向陳近雲告辭。陳近雲沉吟道：「火教至今不敢招惹官府，你在這兒小住半月應是無虞。你打算去往何方？」凌霄道：「我想去衡山，找我師父的一位朋友。」

陳近雲道：「衡山在湖廣長沙以南，路途甚遠，你已受到火教注意，不如讓我陪你走一程。」凌霄搖頭道：「不成，令尊令兄定會擔心得緊。」陳近雲笑道：「我爹見你醫術了得，巴不得我多跟著你，好學得一技之長，藉以維生。哈哈，我爹大約是怕他自己告老還鄉，沒了薪俸，就此養不起我這個一擲千金的紈褲子啦。但我絕非輕易便一擲千金，世上有些事物，即使撒下千金也買不到的。對了，我帶你去看一件事物。」說著興沖沖地領凌霄來到大宅之側的馬房，牽出一匹馬來。凌霄見這馬通體青色，身帶花班，極爲雄駿。他在山上雖很少見到馬，卻也看出這馬神態昂揚，四蹄輕健，不同尋常。

陳近雲拍拍馬頸，臉上滿是得意之色，說道：「這是玉驄，跟了我三年了。牠日行千里，靈慧非常。我剛找到牠時，牠的主人還趕牠拉大車呢！我一眼便相中牠，三兩銀子便買下了這匹神馬，足可和伯樂媲美了。走！咱們上路後，找段平直官道，我讓你瞧瞧牠風馳電掣的本領。」

凌霄見他一心想離家跟自己出去遊蕩，不知該如何相勸。陳近雲看出他的心思，笑道：「我武功雖非頂好，多少是會一些的。而且我長年在江湖上廝混，比你多著點兒經驗。你初出江湖，不知人心險惡，有我陪著，包你省卻無數麻煩，少吃無數個虧。」

凌霄知道他所言不錯，又態度堅決，只好答應了。陳近雲當下逕去稟報父兄，準備好馬匹衣物、盤纏乾糧等，興致高昂地與凌霄一起上路。

凌霄生長於深山，從未騎過馬，對馭馬實是一竅不通。陳近雲甚有耐心，仔細講解示範，教他如何調校馬鞍馬蹬，如何掌握轡繩控制方向，如何腿夾馬肚驅馬前行，如何鞭擊馬臀令馬快奔。直到凌霄能騎在馬上不摔下來了，兩人才並轡上路。

凌霄和陳近雲出了開封城不多久，便聽到兩騎從後追上，一人喝道：「兀那小子，且慢！」二人停馬回頭，但見一高一矮兩個錦衣劍客策馬奔來，腰間都繫著細劍，顯是秋霜派的人物。

矮劍客超過了二人，繞回頭停下；高劍客則在二人身前勒馬而止，向著凌霄叫道：「我師父秋霜派掌門人『千里高義』褚大俠要見你，快跟我們走！」

在開封城方圓百里內，秋霜門人只要抬出師父的名號，沒有人敢不恭敬聽從。凌霄卻想也不想，只乾脆地答道：「我不去。」

矮劍客眼露凶光，喝道：「大膽！我師父乃是黃河南北劍術第一，人人敬重仰望的大俠，他老人家要見你，你怎敢不去？」

凌霄雖未見過這褚大俠，但從他弟子口中聽聞過他的行止，心中已對這人的諂媚無恥甚感厭惡，但聽陳近雲在旁插口道：「爲虎作倀，狐假虎威，只怕稱不上『大俠』二字！」凌霄聽了，極有同感，忍不住點頭道：「說得好！」

矮劍客怒吼一聲，拔出細劍，指著陳近雲喝道：「下馬！你對我師父出言不遜，還不跟我回去，聽我師父發落！」陳近雲撇嘴一笑，說道：「好個秋霜派，作了火教的走狗不夠，還當自己是縣官老爺，到處拿人，可威風得緊哪！」

矮劍客怒道：「小子是什麼人？你可知我們是誰？」陳近雲翻眼道：「不知道。」

矮劍客滿面傲色，說道：「你聽好了！這位便是我秋霜派的掌門大弟子，外號『劍刃知秋』彭家英。我是褚掌門座下二弟子吳家華，有個外號叫『意氣風發』。」

陳近雲笑道：「你們這兩個外號倒挺威風的，只可惜取得有些滑稽。一個『見人就糗』，另一個『一起發瘋』，我說啊，都不怎麼好聽。」

彭家英和吳家華乃是秋霜派褚文義的首徒，這幾年在河南一帶名聲極響，兩人只道這兩個少年一聽見自己二人的名頭，便會心生敬畏，至少也該說聲久仰大名之類的客氣話，但見他們毫無恭敬之色，甚至大膽出言取笑，心下都惱怒已極。卻不知凌霄的確沒有聽過他們的名頭，自也無從久仰起；陳近雲則是全不將兩人放在心上。

矮劍客吳家華向凌霄瞪視，怒喝道：「你日前在開封酒樓中作了什麼好事，你心知肚明！年紀輕輕，手段卻忒地歹毒，竟對盛家弟子下那陰猛毒藥。若不是我何師弟、馬師弟出手相救，一條好漢的命就毀在你手上了！」

凌霄一怔，心想：「怎地變成我出手下毒了？」陳近雲冷笑道：「原來貴派不但武功高強，掩飾無能、移花接木、胡說八道、奉承火教的功夫，更是武林一絕！」

吳家華向他怒目而視，高劍客彭家英始終未曾出聲，此時才開了口，溫言道：「兩位小兄弟，我見你等初出江湖，自不免少了幾分江湖閱歷。我好歹比你們長了幾歲年紀，可以教訓你們幾句。神聖教主乃是世間第一等的人物，與孔孟佛菩薩一般屬聖人境界，甚至猶有過之。他派出的尊者，自是德行高超、人品卓絕的賢人。你們年幼無知，大膽與聖火神教尊者作對，不但徒然讓人譏笑你粗鄙愚魯、不敬賢人，也沒的壞了自己的前程。你們若能即時改過自新，也還來得及，火教寬大包容，不究前愆。這樣吧，讓我作主，你們跟我回去面見家師，實言稟告，誠心懺悔，家師定能爲你在黑焰尊者面前美言幾句，讓你不致受太重的懲罰，得個機會重新作人。」

凌霄見那矮劍客吳家華出言粗橫無禮，而這高劍客彭家英說話雖文雅溫和，卻也同樣是胡言亂語，匪夷所思，當下搖頭道：「多謝好意，但我實在無意去面見令師。」

彭家英和吳家華對望一眼，彭家英失望地搖搖頭，吳家華則大聲喝道：「小子如此狂妄！莫怪我手下無情。」說著跳下馬來，刷一聲拔出了腰間細劍。彭家英也一躍下馬，繞到凌霄身後，手按劍柄，擋住了他的去路。

凌霄看吳家華的劍尖正指著馬眼，想起陳近雲愛馬，生怕他們出劍傷了陳近雲借給他的馬，當下也跳下馬來，將馬推開一些，說道：「我不跟你動手。」吳家華眼露凶光，喝道：「你不跟我動手，是不敢呢，還是不會？」凌霄道：「都不是。」吳家華臉色一變，說道：「快拔劍！你既會使劍，又有膽子跟我動手，我若不在十招內打敗你，我不姓吳！」

陳近雲眼見這人欺人太甚，便飄身下馬，伸手在腰間一拍，一柄軟劍竟從他腰間彈出，光芒閃耀，鋒快無比，的是一柄奇劍。他舉劍護在凌霄身前，向吳家華笑道：「不如我來接你十招，若接得了，你以後還姓不姓吳？」

凌霄不知這是世間少見的「吳鉤軟劍」，心下暗暗稱奇：「我見近雲身手靈活，猜想他該會武功，但他身上並不帶劍，原來劍竟是藏在腰間！不知他的劍術如何？」

吳家華聞言大怒，他自出道以來，便是成名的劍客也不敢輕視於他，這少年卻完全不將自己放在眼裡，心中殺機已動，大聲道：「這可是你自找的！」手一抖，使出第一招，細劍直往陳近雲咽喉刺去。

這吳家華乃是秋霜派二弟子，這劍一出，又快又準，轉眼劍尖已離陳近雲咽喉不過一寸，出劍時姿勢爽快，神態飛揚，個子雖矮，卻頗有其外號「意氣風發」的氣概。但陳近雲輕功極佳，腳下一點，便向後避了開去。吳家華見一擊不中，細劍快捷無比，又連續刺出三劍。秋霜派的劍法號稱「迅如電、利如冰」，一劍快過一劍；陳近雲的軟劍卻撲朔迷離，讓人看不準他出劍的方位，長劍飄忽難測，一時在左，一時又在右；彷彿要攻眉心，又轉攻膝蓋；似乎橫劈，又似乎直刺，盡能擋住吳家華的細劍。

凌霄在旁凝神觀看，他此時對武功的眼光與幾個月前與江離打鬥時已不可同日而語，沉心觀察下，將兩人每劍的去勢、招數、後著，都看得清清楚楚。他心想：「近雲的劍招變化無窮，後著巧妙，只不夠狠辣。秋霜派的劍之所以這麼細，便是取其快和出奇不意，但這人的劍還不夠快。」

但見吳家華又快攻了三劍，陳近雲施展輕功一一躲過。吳家華臉色微變，自己剛才話說得滿了，說十招內能打敗他，沒想到這少年輕功甚佳，轉瞬間竟已躲過了這許多招，當下長劍抖動，使出秋霜劍的絕招「月落烏啼霜滿天」、「履霜即知堅冰至」、「天寒地凍霜雪飛」，一招從上攻下，一招從下攻上，最後一招劍光連閃，攻敵全身。

陳近雲矮身避過第一招，輕輕一躍，避過了第二招，但見這第三招虛招極多，便凝立不動，全神貫注，待他陡然出劍刺擊。不料吳家華這險狠快捷的最後一招竟是刺向凌霄，陳近雲大驚，忙躍上前出劍攔阻。豈知吳家華這刺竟是虛晃一招，細劍圈轉，擊上陳近雲的劍身，但聽噹的一響，陳近雲的軟劍脫手飛出，他驚呼一聲，及時往後躍出一丈，避過吳家華的一擊。

吳家華哈哈大笑，說道：「算是給你一個教訓！」忽聽身後一人道：「秋霜派的劍術不錯，但你佯裝攻擊我才取勝，太不光明。」

吳家華一愣回頭，卻見凌霄已接住了陳近雲被擊飛的軟劍，持在手中。吳家華冷冷地道：「你說這話是什麼意思？難道你也想跟我過招？」

凌霄道：「正是。」將軟劍一抖，那劍在他手中，竟半點不軟了，劍氣透處，長劍筆直凝立半空，紋絲不動。

彭家英見這少年似乎功夫不差，心中一凜，走上前道：「師弟，讓我來指點這少年幾招。」吳家華退了下去，彭家英面對著凌霄，拔出細劍擺在身前，左手捏了個劍訣，說道：「少年人初出道時，自不免輕浮自滿。不要緊，等你多遭遇到幾次挫敗，便會學到教訓了。」凌霄聽他說話老氣橫秋，也不答話，長劍直向彭家英刺去，既快而準，使的竟是秋霜派的招數。

彭家英大驚，連忙迴劍抵擋，擋得兩劍，不由得愈來愈驚，但見凌霄的劍招雖非秋霜正宗，劍意卻深得秋霜細劍的精髓，又快又利，全是刺招。彭家英幾乎招架不住，早將「劍刃知秋」該有的瀟灑飄逸拋去了九霄雲外，只顧手忙腳亂地抵擋，數度退後敗走，只靠虛招勉強掩飾，心中後悔剛才還滿口說要教訓這少年，怎知自己竟全非這少年之敵？若是平時雙方交手，打到這地步，彭家英早該棄劍認輸，凌霄也大可趁對方退去時收劍行禮，說聲「承讓」，也就勝負分明了。但凌霄既沒有江湖經驗，彭家英又臉皮甚厚不肯認輸，就成了一場膠著戰。彭家英不斷閃避撐持，凌霄不斷進攻，卻也無心傷他，長劍將近傷敵時便即時收回，這場對劍便持續了下去。彭家英怎都料想不到，從這場膠著戰中得益最大的卻是凌霄；他在對劍中將秋霜劍法觀察得更加透徹，運用得更加純熟，再打一陣，已將秋霜派所有的看家本領、不傳祕技盡數學了去。

此時陳近雲早已看不下去，但正當兩人交手之際，也難以出聲指點凌霄如何稱勝止戰。這時吳家華見情勢不對，拔出細劍，從後夾攻而上。陳近雲不料吳家華不顧臉面到此地步，竟然從後偷襲，他手上無劍，無法上前相助，又急又怒，連忙叫道：「凌兄小心！姓吳的從後夾攻！」

凌霄已然覺知吳家華自後偷襲，反手擋住吳家華的一刺，說道：「秋霜劍該這麼使才成。」陡然挺劍刺出，正中彭家英手腕，又反手刺出，正中吳家華手腕。兩招一模一樣，都是秋霜劍招，一擊便中，兩人竟毫無抵禦之能，嗆啷一聲，兩柄細劍同時落地。

彭吳二人面無人色，退後幾步，見他並不追上搶攻，都暗自鬆了口氣。彭家英此時要再說些場面話，也頗覺難以啓齒，只道：「咱們走吧。」吳家華還不忘擱下狠話，罵道：「不要臉的奸險小賊，正邪不兩立，今日我們二對二，讓你僥倖占了上風。我師兄弟日後定會找回這個場子，你記著吧！」

陳近雲聽他不但掩飾自己不守比武規矩，雙雙夾攻，還要出口罵人，不禁怒從中來，冷笑道：「誰那麼好記性，你自己記著便是了！」伸腳挑起地上兩柄細劍踢出，直向二人胸口飛去，勢道勁急。彭吳不敢伸手去接，側身讓開，等兩柄劍飛出老遠，跌落在地，才奔過去撿起，頭也不回地去了。

凌霄將軟劍交還給陳近雲，陳近雲卻不接，怔然望著他，說道：「凌兄，你竟會使秋霜劍法！」凌霄搖頭道：「我不過是剛才看他們使劍，才學上了幾招。秋霜劍法十分高明，只是這兩人尚未學到家罷了。」

陳近雲接過劍來，纏回腰上，吐吐舌頭，笑道：「我原本滿心想保護你，看來我劍術不成，還得仰賴你保護才是！」

凌霄道：「不，你的劍術遠在我之上，方才只因分心才失手。你的劍法特出獨到，唯欠一個『狠』字。」陳近雲更加驚訝，說道：「我師父也這麼說！」

凌霄空著手，比出陳近雲剛剛使過的兩招，說道：「比如這一招，你斜劈時可更加狠猛，方才出劍時卻飄忽無力，讓敵人有機可乘。這一招，從刺頸轉爲刺膝，轉折可以更快些。」

陳近雲凝神觀看，他此時已對凌霄佩服得五體投地，不可置信地道：「凌大哥，你竟然連我師父的獨門劍術『霧中看花十七式』也會使！」

凌霄道：「我也是剛才觀看你使劍時胡亂學的，我隨口說說，請你別介意。」心中卻也暗暗驚詫，直到此時，他才明白虎穴中的老瘋子爲何如此教他劍法：除了那泰山派的三招「十八盤」外，老瘋子從未教過他任何劍招，只反覆地教他種種進退攻守的要訣。原來老瘋子所教的並非劍法，而該稱爲「劍道」；他不教任何「劍招」，卻教「如何去學劍招」。當凌霄在虎山和江離打架之時，從未見人以劍對招，也未曾學過任何擒拿拳掌功夫，因此才會手忙腳亂，毫無抵擋之能。然而一旦他開始見到人用劍，尤其是高深的劍法，如長青錢書奇和雪峰司馬諒的對決，秋霜弟子和陳近雲的打鬥，自然而然便能將各人的劍招劍意即時看懂學會，有如水綿吸水一般，將各種劍法的精華都收爲己用。他此時明白了以劍學劍的道理，所體會的劍道又更深了一層。他記得揚老曾說過，劍術乃是武功中最高深難學的一種；卻不知凌霄向虎穴老瘋子所學，更是劍術中最最艱深奧妙的「劍道」。

陳近雲猶自嘖嘖稱奇，凌霄卻想起一事，皺眉道：「陳兄弟，他們原來不知道你會武功，現在秋霜派的人知道了，想必會去告知火教，陷你於危。」陳近雲笑道：「我還在擔心你，你倒擔心我起來了。人在江湖，身不由己，總不能讓人欺上頭來不還手吧！他們知道便知道了，等他們找上門再說罷了。」

凌霄一笑，知道陳近雲打定主意要跟上保護自己，謝卻拒絕反傷義氣，便又上馬與陳近雲並轡而去。

第十六章　奇丐之憂

然而兩人馳出沒有多遠，便見前面一人橫躺在路中，攔住了路。兩人勒馬而止，見那是個衣衫破爛的乞丐，一頭黑髮蓬鬆污穢，鬍髯滿面，似乎有三四十歲年紀，一張大臉粗糙醜陋，雙眸明亮出奇。凌霄覺得他的面目好熟，隨即想起：這人便是多年前曾從泰山腳下火教廟堂中將自己救出的橘皮臉乞丐。八年過去了，乞丐留起鬚髯蓋住了一臉橘皮，全身上下似乎更加骯髒污穢了些，但眼神炯炯如昔。

乞丐坐起身來，取下腰間酒壺，仰頭喝了一口酒，望向陳近雲，笑道：「『爲虎作倀，狐假虎威』，這八字評語下得再痛快不過！」

陳近雲笑道：「乞丐，原來你剛才躲在一邊偷聽，怎地不出來教訓那兩個渾蛋一下？」那乞丐笑罵道：「小夥子，對前輩說話也不恭敬一些？」轉頭望向凌霄，神色頗爲嚴肅，問道：「小朋友，你的劍術是在哪兒學的？」

凌霄見他未曾認出自己，當下老實答道：「泰山。」乞丐又問：「泰山？泰山怎會有人教你秋霜劍法？是誰教你的？」凌霄道：「教我劍術的前輩，從未告訴我他的姓名。」乞丐點了點頭，便不再問。武林中人若不願提及自己的師承，往往有難言之隱，乞丐只道他托辭隱瞞，因此遵循江湖規矩，不再追問。他看出凌霄的劍術頗不尋常，但他本身並不精擅劍術，只見到凌霄使出秋霜劍派的招數，卻不知他是僅憑在旁觀看便即時學會的，更無法猜出他的師承。

乞丐又喝了口酒，轉開話題，說道：「我說你們兩個娃子，別莽莽撞撞闖將過去，前面可有好戲看吶！」陳近雲搔頭道：「那一高一矮兩個劍客，不是已經被我大哥打跑了麼？這荒郊野外之地，還有什麼好戲能看？」

乞丐還未回答，凌霄心中一動，說道：「我知道了，是雪峰五劍挑戰秋霜掌門人！」陳近雲望向他，奇道：「怎地你卻知道？」

乞丐笑道：「正是！褚文義這小子不敢在城裡接戰，生怕丟人現眼，所以約了雪峰五劍來這城外荒郊之處，就算輸到得脫褲子也不怕被人看見。好戲就快開始啦，還不快跟我去瞧瞧熱鬧？」

陳近雲聽說有熱鬧好瞧，跳下馬就想跟去，但想起自己和凌霄剛剛得罪了秋霜派兩個徒弟，說不定熱鬧沒瞧見，反要惹禍上身，便向凌霄望去。沒想到凌霄也跳下馬來，說道：「走！我們瞧瞧去。」原來他心思比陳近雲還要單純，想起自己旁觀司馬諒和錢書奇的決鬥，從中學到極多劍法要訣，又見秋霜派的劍法十分獨到，與司馬諒的雪花劍法相鬥定有可觀之處，便極欲目睹這一戰，渾忘了自己和雪峰秋霜兩派都已結下了樑子。

乞丐也沒問二人姓名，轉身便走。兩人也沒問乞丐是誰，便跟了上去，鑽入一片林子。曲曲折折走了一段，乞丐領二人爬到一株大樹之上，從茂密枝葉間望去，卻見前面好大一塊空地，空曠無人。

乞丐讓二人噤聲等候。等了約一柱香的時間，但見五個黃衣人緩步到來，站在空地左首，正是在兗州見過的雪峰五劍。過不多時，另一邊則出現了一群秋霜弟子，一色錦衣，那高矮兩劍客也在其中，神色傲然，早將早先被個無名少年幾招間刺傷手腕、長劍落地的尷尬屈辱藏得一乾二淨。站在眾錦衣劍客之前的是個面目文秀、書生模樣的中年人，一身錦衣滾金繡銀，極爲華貴，五綹長鬚垂在胸前，臉帶笑容，手搖折扇，一副怡然自得、胸有成竹的模樣，想來便是秋霜掌門褚文義了。

他向司馬諒抱拳爲禮，笑吟吟地道：「想我當年與令尊在泰山論劍，令尊一手雪花劍法技壓全場，風華正盛，猶在眼前。本座心中仰慕，總想著自己有朝一日，若能卸下秋霜掌門之責，隱居練劍，或許十年之後，還有可能與令尊一較高下呢。哈哈，哈哈。」眾秋霜弟子聽師父自謙自抑之辭，都臉現恭敬佩服之色。

司馬諒臉色沉肅，聚精會神，蓄勢迎接這下一場挑戰，對褚文義的言語似乎並未聽入耳中。其餘雪峰四劍也都不出聲，只冷眼瞪視秋霜眾人。

侍褚文義笑聲略歇，二弟子奇峰劍客白訓冷冷地道：「褚掌門，您所說的泰山論劍，想必是當年雪豔胡與秦家劍秦少嶷對劍之役。當時在泰山頂上，閣下使詭計偷襲家師，令家師負傷，因此小輸秦少嶷一招，失去挑戰雪豔胡的機會。今日閣下舊事重提，莫非是當面譏刺本派來著？」

褚文義面不改色，就似沒有聽到一般，又哈哈笑了幾聲，對司馬諒道：「司馬少掌門，聽聞閣下武功已得令尊眞傳，劍法自是極爲精深的了。我原本便不是令尊的對手，閣下年輕力壯，劍術自是遠遠勝過本座了。我秋霜派與貴派向來交好，眼下都歸順了聖火神教，可說是兄弟之派。我等同心侍奉聖火神教，就算在武功高下上有些爭議，畢竟只是派系間的小爭小鬥，與相助聖火神教征服天下的大業相比，可眞是算不了什麼。依我說，我等應當握手言歡，結爲同盟，共商輔佐聖教的大計才是。不知司馬少掌門意下如何？」

司馬諒只是冷冷地望著他，手握劍柄，說道：「家父往年曾敗在您手上，此仇至今未報。今日我雪峰五劍專程來開封挑戰閣下，定要讓閣下輸得心服口服。拔劍吧！」

褚文義顯然自知打不過司馬諒，才不斷用語言巴結，說些想與雪峰結盟、共同侍奉火教云云的廢話轉移焦點、拖延時間，但見司馬諒全未將自己的言語聽進去，只顧逼自己拔劍，也不禁有些焦急，搖頭道：「司馬少掌門，不是我不敢接戰，實在是閣下來得不是時候。」

司馬諒刷一聲拔劍出鞘，冷然道：「挑戰便是挑戰，何謂來得是不是時候？」

褚文義仍舊不拔劍，續道：「我說不是時候，因為我剛剛得知了那『十八字嘔血籤辭』眞跡的下落，不知……司馬少掌門可曾聽說過這『十八字嘔血籤辭』麼？」

司馬諒聽到「十八字嘔血籤辭」，心中一動，不自禁將長劍放低了少許。褚文義將他的神情變化全看在眼中，微笑道：「司馬少掌門的武功智謀，都可稱是武林少一輩中的第一人。若能找到這十八字嘔血籤辭眞跡，爲武林立下大功，自當千秋萬載，英名永傳。那可比挑戰敝派、取得天下第一派這等虛名重大得多了。司馬少掌門，你說是也不是？」

凌霄心中思索：「江離從他父親華山掌門處得知這十八字嘔血籤辭，又說他父親正祕密聯繫各派領袖，相約一同起事，因此雪峰、秋霜等派當已與聞籤辭內容。但褚文義口口聲聲說什麼『眞跡』，難道從虎山《四書集注》中消失的籤辭，竟流傳了出來？」

司馬諒凝望著褚文義，沉思不語。衛諄走上一步，在司馬諒耳邊低聲說了幾句話，白訓在旁聽見了，也上前來說了幾句話，司馬諒微微點頭，還劍入鞘，說道：「褚掌門所言，確實有理。不知那籤辭下落究竟如何？」

褚文義見司馬諒被自己打動，暗暗吁了一口氣，露出微笑，走上兩步，壓低了聲音，說道：「不瞞司馬少掌門，我昨日才得聞這個極爲可靠的隱祕消息，說那十八字嘔血籤辭被大盜上官無邊偷走，送往江南去了。你想想，上官無邊在江南有什麼好友？他會將籤辭送給什麼人？」

司馬諒脫口道：「大盜上官無邊！」與師弟妹們對望一眼，神情凝重中帶著掩藏不住的興奮。褚文義道：「本座在城裡還有幾件事情得辦，一時分不開身。不如便請司馬少掌門先去探查，我一個月後再去江南與閣下會合。」

司馬諒聽說他並不趕著去江南，心中更是高興，也不多說，只向他一抱拳，說道：「如此告辭了！」牽領師弟妹快步離去，早將挑戰秋霜派的企圖拋去了九霄雲外。

褚文義望著五人的背影，臉上露出得意的笑容，待五人去遠了，他指著自己的腦袋，向眾弟子道：「大家都見到了麼？好生學著！要在這江湖上立足，不是只靠武功劍術，還得靠腦子！」說著哈哈大笑。眾弟子眼望師父，臉上盡是仰慕恭敬之色，恭維阿諛稱讚道賀之聲此起彼落、不絕於耳。褚文義笑夠了，才在群弟子簇擁下，洋洋得意地出林而去。

秋霜眾人離去後，凌霄聽身旁那乞丐長長地歎了一口氣。凌霄轉頭望向他，只見他雙眉深鎖，嘴唇緊閉。凌霄靜靜觀望他的心思，知道他為雪峰派四出挑戰感到極為憂慮惱怒。丐幫很早便與華山結盟，正想法暗中聯絡各大門派共同參透籤辭，商討消滅火教的計策。如今這雪峰派毫無顧忌地到處挑釁，眼下已打敗了泰山、長青兩派，結下不解之仇，擺明無心與其他各派聯手抗禦火教，更且一心爭奪籤辭眞跡。如此下去，正派聯手舉事的計畫畢竟要落空。

陳近雲不知這場挑戰的背後尚有這許多暗潮洶湧，以為乞丐歎氣是可惜沒見到對決，笑道：「沒能見到褚文義被雪峰司馬狠狠修理一頓，錯過好戲，確實可惜！」

乞丐嘿了一聲，收起心事，說道：「總有機會的！」一躍下樹，抬頭叫道：「兩個小娃子，你們不問我姓名，我便自己說了。我叫吳三石，現下沒戲可看，先走一步啦，咱們後會有期！」穿過樹林，逕自去了。

陳近雲望著他的背影，說道：「我就知道是他！」凌霄問道：「吳三石，那是什麼人？」陳近雲道：「丐幫幫主吳三石，丐幫有史以來最年輕的一位幫主。也虧得他，肯在此時此刻接下丐幫幫主的擔子，單就這分勇氣膽識，已是萬分令人敬佩了。」凌霄明白他的意思；今日火教權勢熏天，各門各派首領能歸隱躲避的早逃得不見影蹤，這人敢在此時出頭擔任丐幫首腦，自需過人的勇氣。

凌霄和陳近雲相偕再往南行去。一路之上，陳近雲向凌霄說起自己學武的淵源，原來他的受業恩師正是九老之一的江湖隱逸文風流，與揚鍾山和常清風等皆是至交。文風流雅善文學，一向以作人家的教書啓蒙先生維生，少涉江湖。十多年前陳近雲的父親在廬縣作知縣，因體諒當地水患成災，開倉發糧，戮力賑災，廣施仁政，大有惠於民。那時文風流恰在陳家坐館，教陳知縣的幼子陳近雲讀書識字。正逢強盜在廬縣作亂，打進知縣府，文風流感念陳父的禮遇，又知他清廉仁厚，便蒙面出手打退盜匪，抓起了盜匪頭子。陳近雲精明乖覺，發現出手相救的便是自己的教書先生，對他的身手大爲仰慕，此後便纏著他，求他傳授武功。文風流拗不過他，又喜歡他的資質，便每夜在陳府教陳近雲武功。如此三年，直到陳知縣任滿，帶著家小離開廬縣，文風流才停止授徒，但這短短三年，已讓陳近雲學到一身的輕功和劍術。近年來火教降伏無數門派，擊斃無數武林高手，而唯有陳近雲這等武功來處難以追溯發覺的官家子弟，方能幸運逃過火教的眼線。

凌霄與陳近雲同行一陣，逐漸見識到陳近雲的特異之處。他雖出身官宦世家，卻三教九流都混得；年紀雖輕，卻似乎早將江湖走過好幾遍，朋友滿天下。每到一地，他總帶凌霄去見城裡最獨特的小人物，吃最美味的小食舖，看最幽僻的小地方。他雖落拓樸素，品味卻奇高，即使身上帶著的一件不起眼的小飾物，說不定也是價值連城的寶貝。之後數日，陳近雲帶著凌霄穿過四五個城鎮，不但藏身無虞，更吃盡了當地美味，見盡了當地奇人。秋霜派和火教雖都派出人來追尋，卻怎也找不到這兩個少年。

更奇特的是，陳近雲的爽朗快樂似乎是沒有止境的。凌霄自下虎山以來，連接見到火燒三家村、吳豹被逼殺子、火教大舉捕捉叛徒、錢書奇不敢替愛子求醫的種種慘況，感到火教的陰影籠罩四方，如天邊濃重的烏雲緩緩壓境一般，眼見暴風雨就將迎頭打來，天地昏暗。武林中各名門正派都已臣服火教，唯有這些少數不隸屬門派、四處流浪的江湖異人還保有一絲自由。陳近雲便如暮色中的最後一線陽光，如濁水中的最後一股清流，凌霄感到這才是武林中人該有的心境，不禁亦隨之開朗起來。二人一路談天說地，暢談歡笑，極為輕鬆愉快。

這日二人來到長江北岸的一個小城，陳近雲道：「這兒鄰近長江，咱們找個荒僻的渡頭過了江，就到了江南了。」凌霄問道：「你去過江南麼？」陳近雲哈哈一笑，說道：「『江南好，風景舊曾諳；日出江花紅勝火，春來江水綠如藍。能不憶江南？』我對這江南，比我自己老家關中還熟。」

兩人說笑著，下馬來到江邊，卻見野地上一棵大榕樹，樹上一人一躍而下，吊在樹枝下晃蕩。凌霄還沒會過意來，陳近雲已叫道：「有人上吊自盡！」兩人一齊快奔上前，凌霄抱住了那人，陳近雲揮劍斬斷繩子，將人救了下來。幸而那人掛在樹上未久，並未斷氣，凌霄忙去捏那人的人中，想辦法將他救醒。卻聽陳近雲在身後道：「咦，是個女子！」

這時二人才看清，披散的長髮下果然是個女子，面色蒼白，容色頗爲秀氣，約莫十八九歲年紀，身著整潔的寬鬆紗裙。凌霄道：「看來她並非窮苦人家出身，不知爲何要自盡？」陳近雲道：「等她醒了，問問便是。」

過不多時，那女子悠悠醒轉。陳近雲問道：「姑娘，妳沒事麼？好端端的爲何輕生？」那女子先轉過身去，掩口乾嘔了一陣，接著滿臉通紅，掩面哭了起來。

陳近雲和凌霄對望一眼，都有些手足無措，陳近雲注意到她衣攏上插著幾柄飛鏢，心中一動，問道：「請問姑娘是瀟湘派弟子麼？」

那女子一呆，這才止泣，睜著淚眼望向他道：「你怎麼知道？」

陳近雲道：「這兒地近臨湘，我見到妳身上帶著飛鏢，便想妳或許是以暗器聞名江湖的瀟湘派弟子。」

那女子臉色更白了些，神色卻鎮定了下來，臉上露出一分堅毅自尊，稍稍恢復了幾分女俠的氣度。她說道：「不錯，我師承瀟湘派。名叫柳絮。」

陳近雲啊了一聲，說道：「我在江北鎮上，聽說瀟湘派正在到處捉拿叛徒柳絮，妳便是爲此想自盡麼？柳姑娘，妳若害怕被她們捉住，不如我助妳先躲一陣子，等風頭過後再作打算，妳可千萬不要輕生！」

柳絮微微一呆，這少年連自己爲何成爲師門叛徒都不知道，便要幫助自己，心中不禁感動，說道：「多謝……多謝你了。我卻不是爲這件事輕生。我……我……」

凌霄忽道：「這兒不是說話的地方，我們先找個處所安頓下來，再說不遲。」卻是他直覺感到危險逼近，忙催促二人離開此地。

三人回到江北鎮上，陳近雲找了相熟的朋友，尋了間隱蔽的小客棧，讓小二泡茶煮粥給柳絮壓驚。

柳絮請問了二人姓名，她見這兩個少年十分年輕，比自己還要小上幾歲，卻仗義出手相助，心中極爲感激。她在倉皇無助下遇上他們，心想自己反正走投無路，已有必死之心，也就無所顧忌，說出了實情。原來她是個孤兒，從小被師父瀟湘派掌門人巫竹妃收養，乃是瀟湘派的三弟子，暗器功夫早得師父眞傳，極受師父喜愛，有心將衣鉢傳了給她。但她數年前巧遇雪峰派二弟子白訓，兩人一見鍾情，之後不時便偷偷聚會。近來情深之時懷上了身孕，她不敢告訴師父，事情就將爆發，只好不告而別，私自離派潛逃，成爲瀟湘派叛徒。恰好白訓跟著師兄弟四出挑戰，經過臨湘，得知了此事。他原本答應帶她遠走高飛，二人相約在江頭會面時，白訓卻忽然反臉不認帳，不但不願帶她走，更將她棄如敝屣，粗言數落後拂袖而去，讓她自生自滅。柳絮悲怒之下，決意在江邊自盡。

陳近雲聽了，拍桌罵道：「負心薄倖，這白訓眞不是個東西！」

柳絮歎了口氣，說道：「我冷靜下來之後，想想他也有他的苦衷。」陳近雲怒道：「苦衷？男子漢敢作敢當，苦衷個屁！」

柳絮望著他，心想：「這孩子不過十幾歲年紀，竟爲我的事如此義憤塡膺。這些男女之事，他又懂得多少？」又歎了口氣，說道：「陳少俠有所不知，天底下敢與火教作對的，畢竟不多。」陳近雲嘿了一聲，說道：「又是火教！怎地他不肯娶妳，竟跟火教有關？」

柳絮咬著嘴唇，說道：「這原本是本派的大隱密，不足爲外人道。瀟湘派於三年前歸伏火教之後，教主得知我派都是女子，便規定我派每年要送一位尚未婚嫁的弟子上峰去，說是『承恩』，親見教主，學習火教教法，但實情如何，我也不用多說了。」

凌霄尚不明白，陳近雲涉世較深，冷哼一聲，說道：「我聽過火教教主主淫亂女子的傳言，沒想到竟是眞的！火教行事無恥，作孽多端！」凌霄這才省悟，原來所謂「承恩」，便是送女弟子上峰去供教主享用之意。

柳絮又道：「今年是第三年，我是門下第三弟子，師父決定由我上峰承恩，再過幾日火教就要來接人了。白師兄想必也是因爲知道了此事，才不敢帶我逃走，怕惹惱了火教。他們雪峰派也已歸伏火教，他又是雪峰派二弟子，自不敢輕易得罪火教。但是……但是我現在這樣，怎能上峰去？上去了定要害了師門。我師父此刻尚不知道我的事，若是知道了，她決計會殺了我的。」

陳近雲道：「妳師父也沒擔當，將門下弟子一個個送入虎口，算什麼師父？她保護不了妳，妳逃跑也是應該的，她又有什麼資格殺妳？」

柳絮愕然望著他，她自幼跟著師父長大，從來不曾懷疑過師父，更加不曾聽人如此直言斥責師父，此時卻不禁動搖了。她思前想後，最後還是歎了一口氣，說道：「我師父對我有撫養之恩，我實在太對不起她，原該自我了斷。再說，天下之人誰不屈服於火教？也不只是我師父一人。」

凌霄想起長方道長、江聲雷、錢書奇、褚文義等掌門人，一介大丈夫照樣臣服火教，卑躬屈膝，瀟湘派全為女子，自是更難對抗火教淫威。但是，難道就只有屈服魔掌一條路？難道柳絮真的只有自盡一途？他深深吸了口氣，說道：「近雲，我們得想辦法幫助柳姑娘。」

陳近雲皺緊眉頭，在屋中走來走去，說道：「我在想呀！」他踱了兩圈，忽然一拍手說道：「我有法子了！」

凌霄和柳絮一齊望向他，卻見他臉上一紅，遲疑一陣，才道：「或許也不是什麼好辦法。」凌霄道：「我可連半個法子也沒有，你快說吧。」

陳近雲吸了一口氣，說道：「柳姑娘，妳若不介意，我可假作是妳的……妳的那個，那個，嗯，去跟妳師父說，說我們已私定終身，我即日便要娶妳過門，求妳師父放妳一馬。」

柳絮不禁一呆，這少年臉上稚氣未脫，竟想得出這般匪夷所思的點子。她心中原本有些惱怒，但見陳近雲眼眸清澈，神情一派認真，惱怒登時退去，換成一陣感動：這少年是真心誠意地在替自己著想，沒有半點取巧討便宜的心思。她心中也不由得一酸：「當時白訓跟我指天誓地，到頭來竟要靠一個素不相識的少年來助我解困，替他頂罪！」她搖了搖頭，說道：「這不行的。我師父一惱將起來，說不定要連你也殺了。」

陳近雲搖頭道：「這妳不用擔心。我裝作不會武功，妳師父不會輕易殺我的。再說，我同胞大哥便是剋期上任的江西巡撫，臨湘雖不屬江西，可也不遠。妳師父最多打我一頓，卻不會敢隨意殺害官家子弟吧？」

柳絮不由得一怔，決沒想到這形貌樸素落拓的少年竟出身官家，兄長還是這麼一個大官。陳近雲道：「事不宜遲，妳的師姊妹們想必正到處在找妳，我們快去吧！」

柳絮還在遲疑，凌霄已道：「近雲，這主意不錯，但你這身穿著不行。你身上可帶了什麼信物麼？」陳近雲調皮一笑，說道：「我神機妙算，早料到我在江湖行走會遇上麻煩，身上總帶著一套好衣衫，更事先偷了我大哥的一張令牌帶在身上。」說著從懷中取出一面銅質令牌，上面刻著「江西巡撫陳令」幾個大字。他用衣袖將那令牌前後抹拭了一番，吐舌笑道：「幸好我那日沒將它當了沽酒喝，現在可派上用場了！」

他望向柳絮，又道：「我大哥人很好的，不如我先送妳去他在南昌府新置的府邸住下。我大嫂心地最好，妳想留在那兒也好，想去清靜一點的地方住下也好，他們都會替妳安排。等到……」他本想說等到孩子生下來後，她便可自行決定去留，但想這種事還是別說太多得好，臉上又是一紅，便不再說，手忙腳亂地從包裹中掏出乾淨的衣衫換上。他匆匆梳理了一下亂髮，整理衣襟腰帶，登時顯得神清氣爽，看上去真頗有幾分世家公子的氣度。

凌霄笑道：「陳三少爺，您若不介意，我便當是你的僕從，跟您一同去請罪吧。」陳近雲揮拳在他肩頭輕擊一下，笑道：「你可得裝得逼真一些。但咱們說好了，此後你若再叫我一聲少爺，我跟你沒完沒了！」

柳絮心中感動，熱血翻湧，眼見這兩個少年天不怕地不怕，行事大異常人，自己便跟著他們去闖一闖，怎都值得，當下也站起身，盈盈下拜，說道：「大恩不言謝，兩位請受我一拜！」兩人忙避過了不敢當。

第十七章　巧計救女

瀟湘派總鎮便位在長江以南的小城臨湘。二人跟著柳絮來到瀟湘派大門之外，門口幾個師姊妹見私下潛逃的叛徒柳絮竟自己回來了，都驚訝已極，連忙奔進去通告掌門人。三人來到內廳，便見一個四十來歲的婦人站在廳上，尖臉小眼，二十年前應頗有幾分姿色，但此時滿面怒容，細眉高挑，眼光凶猛，看來十分可怖，正是瀟湘派掌門人巫竹妃。其餘瀟湘派弟子也來到廳上，站在下首，約有二三十來人，身上都穿著瀟湘派弟子慣著的寬鬆紗裙，顏色淡雅，隱約可見袖口內側和腰帶上藏著各式各樣的暗器。

巫竹妃見到柳絮，登時站起身，尖聲尖氣地道：「柳絮，妳好啊！」

柳絮低著頭，叫了聲：「師父！」

巫竹妃大步走上，正要開口大罵弟子，瞥見另有二人站在門外，銳利的目光頓時落在陳近雲和凌霄身上，冷然道：「你們是什麼人？來此何事？」

陳近雲走上一步，拱手說道：「小生姓陳名近雲，乃是新任江西巡撫陳伯章大人的幼弟。今日有幸拜見巫掌門芳容，幸何如之。」

凌霄見他言語彬彬有禮，不禁好笑，陳近雲平時舉止粗率，不拘小節，但他出身書香世家，自幼受士族教養熏陶，此時端出官家公子的架子，倒也一板一眼。

巫竹妃聽他報出家世，微微一凜，回禮道：「原來是陳公子。請問閣下來此，有何指教？」

陳近雲道：「小生專程來向巫掌門請求一事。」巫竹妃道：「你說。」

陳近雲道：「柳姑娘告知小生，掌門人對她有養育之恩，傳功之德。所謂『一日爲師，終身爲父』，掌門人對柳姑娘恩情極深，愛惜極重，如父如母，想來應當不會拒絕小生的請求才是。實不相瞞，小生與柳姑娘一見鍾情，兩相情悅。我當時並不知曉，令徒須取得掌門人的許可，才能論及婚嫁。如今我二人情投意合，已然私訂終身，還請巫掌門大量寬宥，允她下嫁小生。」

巫竹妃聽他絮絮叨叨地說了一通，原本甚感不耐，聽到後來，不由臉色大變，一伸手，抓住了柳絮的手腕，怒喝道：「妳……妳跟他……作出了什麼好事？」柳絮素來敬畏師父，此時見到師父暴怒的神色，心中恐懼無以復加，只能轉頭望向陳近雲，投去求助的眼光。

陳近雲走上前，伸手握住了柳絮的另一隻手，朗聲道：「實不相瞞，柳姑娘腹中已有了我的骨肉。我這一輩子是娶定了她！巫掌門，您答應也好，不答應也好，我已請我大哥遣人提親，指日便要迎娶她過門！」他大膽說出這番話，但畢竟年輕，臉又紅了起來。

其餘瀟湘派的女弟子在旁聽了，都不禁驚詫面紅，這年輕公子竟在大庭廣眾間承認自己讓人家姑娘大了肚子，當眞全不知羞恥；又想他出身名門宦族，這等勾當大約是幹得多了，沒來個矢口不認，逃之夭夭，卻直承不諱，也算是情深意重，有些擔當了。

巫竹妃難以壓抑滿腔怒氣，放開了徒弟，衝上前去，揮手便打了陳近雲一個耳光。陳近雲假作不會武功，只被她打得摔倒在地。凌霄忙去扶他，叫道：「三少爺，您沒事麼？」陳近雲哎喲叫道：「好痛，好痛！怎地動手打人哪？這兒可有王法麼？」

巫竹妃站在當地，氣得渾身抖個不停，怒目向柳絮瞪視，尖聲說道：「好、好！妳可會找靠山！妳定要置師父於死地，是麼？我養妳教妳一身武功，妳竟是這樣報答我！」柳絮低頭不敢回答。

巫竹妃深深吸了一口氣，知道此時就算殺死柳絮，也已無法補救，何況這什麼陳公子頗有些背景，殺了柳絮便將深深得罪了官府。她別無他策，轉過身去，指著四弟子楊飄，說道：「飄兒，妳代她去！」

楊飄一張圓臉，剛過十六歲，個性剛毅，頗有豪氣。她知道自己遲早也得上峰，此時親眼見到柳絮的處境，心中正思量輪到自己時，自己該如何是好？此時她乍聽噩運即時臨頭，不禁大驚失色，叫道：「師父！我不去！」

巫竹妃怒道：「妳不去？使者幾日後便到，妳要大家都死在這兒麼？」

楊飄跪倒在地，哭道：「師父，弟子年紀還幼，請您收回成命！」巫竹妃臉色陰沉，不去理她，轉向陳近雲和柳絮喝道：「還不給我滾？我再也不要看到妳這叛徒！全給我滾出去！」

陳近雲扶著柳絮，正要往門外走去，凌霄卻站在當地沒有動，忽然開口說道：「巫掌門，這不是辦法。」

巫竹妃怒目向他瞪視，喝道：「什麼不是辦法？你知道個什麼？小小一個隨從，這裡有你說話的餘地麼？快給我滾出去！」

陳近雲忍不住喝道：「喂，妳對我大……不，對我隨從說話放尊重些！」

凌霄並未動氣，只凝望著巫竹妃，說道：「妳每年都要送弟子去獨聖峰上承恩，這麼作也行之有年了。妳的弟子有限，再過三五年，也就不夠了。且不說三五年，我看再過幾個月，妳的弟子就都要跑光了。」

巫竹妃聽了，不由得望向身周站在廳上的弟子，眾弟子都低頭不敢回望。她搖搖頭，歎道：「人人都記了名，怎麼逃得了？逃了只有死！不逃，大家還能留下一條命。妳們說吧，是生命重要，還是名節重要？」眾弟子都噤聲不敢回答。

凌霄望著這些年輕女子，不禁暗暗哀傷，忽然腦中靈光一閃，說道：「我有辦法。妳們若是全生了怪病，火教便不敢讓妳們上峰去了，是麼？」

巫竹妃眼中一亮，走上一步，說道：「說下去！」

凌霄搖了搖頭，望向門外。巫竹妃會意，連忙命令弟子關上各門，嚴鎖窗戶。她來到凌霄面前，低聲道：「請你指點！」她向來心高氣傲，此時不得不低聲下氣去求一個少年指點，實是情勢所逼，別無他策了。

凌霄沒有說話，只從藥箱中取出了一個紫色的藥瓶，托在手中。屋中所有女子的眼光都集中在那只紫色小瓶之上，難道它眞能救得大家的性命？

數日之後，一名赤袍短髮的火教使者在二十多名火教教眾簇擁下，大剌剌地來到瀟湘派門口接人。卻見門口一片冷清，只有一個病懨懨的女弟子站在門口，行禮說道：「恭迎聖教使者。」

那使者低頭望向那女弟子的面孔，不禁微微皺眉，但見她滿臉瘡疤，面色紫黑，露在袖子外的雙手上也滿是瘢疤，問道：「妳是怎麼了？巫掌門呢？」

女弟子啞著聲音道：「啓稟使者，掌門人身患重病，躺在床上無法起身，不克出迎，還請使者恕罪。實不相瞞，上個月我門中有個弟子去了湘南，回來不久便瘴氣發作，全身長出腫瘤，流出膿血，暴斃而死。其餘門中弟子相繼病倒，都是一樣的症狀。我算是好的了，沒有死去，還能勉強站著，其餘師姊妹都已臥病在床，起不了身。」

那使者聽了，更加皺眉說道：「那原本要到聖峰承恩的柳絮呢？」女弟子道：「她幾日前已病死了。師父選定了另一位弟子，但也不幸染上了病。使者您看看便知。」說著迎使者進入大廳，但見一個圓臉女子站在廳上，一身紅衣，但全身露出來的皮膚都長滿紫色的瘤子，流出膿血，極爲噁心可怖。廳上另有七八個女子，顯然都染上同樣的疾病，滿屋都是膿血腥臭之味。

那使者心中驚恐，連退數步，喝道：「這是什麼怪病？怕會傳給人的！」

那圓臉女子正是楊飄，她走上一步，拜倒哭道：「使者，請您一定得帶我上峰去承恩，我等待這一日已經等待很久了！我日夜敬拜教主，盼能見到教主的金面，承受他老人家的教誨。我這病沒事的，很快就好的，我們都誠心敬拜教主，祈求教主護祐，讓怪病早日痊癒。

請您千萬開恩，帶我上峰去！」

那使者雖深信火教病由心生的教法，但也敵不過多年積累的常識，知道若接了這女子去，自己定會染上怪病，更會將這怪病帶上聖峰去。到時護法和尊者怪罪下來，自己可要吃不了兜著走。他想到此處，哪敢接近她，掩著鼻子連退幾步，說道：「不必了，我回去通報便是，以後妳們瀟湘派也不用派人上峰承恩了！」轉身便走，領著教眾快步衝出了瀟湘派的大門。

火教使者離去後，瀟湘派上下都大大鬆了一口氣，慶幸凌霄和陳近雲的救命奇計令眾女逃過一劫。但那巫竹妃是個算計心極重的人，心想這件事情若傳了出去，自己一派不免慘遭滅門之禍，當下便起了惡心，想將凌霄、陳近雲和柳絮都殺了滅口。卻不知道凌霄能夠探知人心，早將她的惡念看得清清楚楚，心中一寒，催促陳近雲和柳絮趁夜離開了瀟湘派。

陳近雲找了幾名公差護送柳絮前往南昌府，囑咐他們好生將她安頓在大哥陳伯章的府邸。柳絮心中感激已極，向他下拜道：「陳三公子，我今生今世都不會忘記您的恩德！」陳近雲忙扶她起來，笑道：「什麼恩德不恩德？妳該謝我凌大哥才是，他的主意好過我的百倍，替妳們瀟湘派永除後患。」他想了一下，又道：「柳姑娘，我說話直了些，請妳不要見怪。請問妳這孩子生下來後，有什麼打算？」

柳絮臉色蒼白，咬著嘴唇道：「我不知道。」

陳近雲道：「我寫信跟我大嫂說了妳的事，剛才收到她的回信。信上說她很同情妳的遭遇，並說妳若無力撫養，她膝下無子女，很願意收養這孩子。當然，妳若願意自己撫養，自然也由得妳。」他臉上一紅，又道：「但他們似乎懷疑……懷疑這是我的孩子。我跟他們說了不是，只怕他們橫豎不信。柳姑娘，請妳跟我大嫂好好解釋一下。他們總想早早逼我娶親，現在抓住了個話頭，更要對我狠下重手了！」

柳絮見了他害臊焦急的模樣，也不禁好笑，說道：「陳三公子，您不用擔心。我絕不會給您添麻煩，定會向令嫂好生解釋清楚。至於孩子生下來以後如何，待我好好想過之後再說吧。」陳近雲道：「那就好啦。到了南昌府，別輕易離開府邸，我擔心妳師父又去找妳麻煩。」

柳絮搖頭道：「我師父這陣子不會有功夫來找我的。她們受了火教指令，七月初之前得去岳陽與其他門派會合，聽說是要將江南的幾個世家一網打盡。」

陳近雲臉色微變，說道：「岳陽？那是洞庭梅家莊所在。難道這跟梅家要娶盛家小姐有關？」凌霄也想了起來，說道：「我們在開封城裡見到的蔡子峰，就是盛家派出來送請帖的。說是七月初七，於岳陽洞庭湖畔梅家莊為盛家長女和梅家大公子舉行婚儀。」

柳絮點頭道：「火教懷疑那是江南武人密謀反叛火教的聚會，而且我聽說盛家小姐號稱江南第一美女……」說到此處，便沒再說下去。凌霄和陳近雲都明白她的意思：火教教主極可能覬覦盛家小姐的美色，蓄意阻擾這場婚宴，甚至出手奪人。

凌霄和陳近雲告別柳絮後，陳近雲皺起眉頭，說道：「火教收伏了九派，卻始終未對武林四大世家下手，大約覺得他們武功勢力有限，不值得動手。現在，他們連這些世家也不放過了。」

凌霄問道：「什麼是九大派、六大派？四大世家又是什麼？」

陳近雲與他同行數月，早知他長居深山，對世事一無所知，聽他這麼問也不奇怪，便解釋道：「往年武林中有九個勢力最大的門派，分別爲少林、峨嵋、武當，華山、長青、點蒼，雪峰、泰山、秋霜。在火教勢力大增之前，頭三派的勢力和名聲都最大，拳腳兵器各有獨到的造詣，武林中約有半數武人出身於這三派。七年前少林敗在火教手下，死傷慘重，弟子散居江湖，隱居藏匿。武當爲避火禍，至今已封山多年，嚴禁弟子行走江湖，這兩派的弟子如今已極爲少見了。峨嵋派都是出家僧人，五年前宣稱退出武林，門下弟子從此不再習武，武林中算是沒了這個門派。」凌霄點了點頭，心想：「原來九大派變成六大派，是這麼回事。」

陳近雲又道：「其次的華山派淵遠流長，劍術之高傳說只略遜於武林第一的武當四象劍，但華山弟子人數稀少，勢力遠遜三大派。長青和點蒼是兄弟之派，系出同源，長青的絕技是柔綿十二掌和長刀，點蒼則以古松劍聞名。其次的雪峰使快劍，泰山使重劍，秋霜使細劍。這便是如今剩下的六大派了。」

凌霄道：「雪峰和秋霜弟子我們在開封見過。泰山派和長青派的掌門人我也見過。」當下簡略說了遇見長方道長和錢書奇的前後。

陳近雲聽了，搖頭歎道：「歸伏火教後卑微如此，難怪少林要抵抗到底，武當決定封山避禍了！」又道：「四大世家便是『梅秦盛趙』四個武林世家，各以家傳武功稱雄江湖。這會兒要結親的便是梅家大少爺梅無問和盛家小姐盛清清。我與梅家二少爺頗有些交情，咱們去到江南，便會見到四大世家的人物了。」

第十八章　琴簫洗俗

不一日，凌陳二人南下渡過長江，來到洞庭湖畔的岳州城。正走在街上時，聽得路邊一間酒樓中傳來清幽的洞簫聲。陳近雲道：「這簫聲甚是不俗，咱們便去這酒樓吃午飯吧。」

兩人走上二樓坐下。卻見東首窗邊桌旁坐著一個青衣女子，一張鵝蛋臉甚是清秀，手中持著一枝碧綠的洞簫，正自吹奏。那女子的對面坐著一個二十來歲的公子，面貌俊秀，一身元色緞直裰，頭戴方巾，手揮摺扇，眼望窗外，神態甚是閒雅。看那少女的服飾和對面公子的神態，顯是來此酒樓的客人，並非伶人。樓上另有十來桌，眾客人都向那吹簫女子望去，凝神聆聽。

凌陳二人找了個位子坐下。平時陳近雲最重飲食，點菜時總是精挑細選，這回他更不去看菜譜，只顧著聆聽那少女的簫聲。她一曲吹畢，樓上眾客人都鼓掌稱好。西首一桌三個衣飾華麗、身帶刀劍的少年大聲叫好，撮口吹哨，一人笑道：「小娘子，洞簫吹得當真不壞！來，這裡一兩銀子，再吹一曲給公子聽聽。」神態囂張，顯是本地高官富賈的子弟一流。

那吹簫少女聽那子弟出言無禮，輕哼一聲，別過頭去，對那人的言語全不理會。那子弟見她不理，拿起一只酒杯，走到少女桌前，笑道：「妳不吹也不打緊。來，公子敬妳一杯！」

那少女並不回頭，右手揮處，手中陡然多出了一柄短劍，銀光一閃，已將那子弟手中的酒杯從中斬成兩半。凌霄和陳近雲對看一眼，都想：「這姑娘武功不壞。」

那子弟一呆，低頭看去，只見手中酒杯從中分成兩半，酒水流了一身，不知發生了什麼事，一會才明白是那吹簫少女出劍斬斷酒杯，怒道：「我好心敬妳，幹麼動刀動劍的？」訕訕地走回座去。另兩名子弟見狀，都大聲嚷嚷起來。

坐在少女對面的公子轉頭望向那三個子弟，皺眉道：「你三人再不閉嘴，我可要不客氣了。」

那三人見他生得文秀，都不將他放在眼裡，更是大聲叫罵，其中一個子弟怒喝道：「我自欣賞這位姑娘吹簫，又沒礙著誰了，你管得著麼？」

那公子道：「你三隻畜生對我妹子言語無禮，我可管得著。」忽地一揮扇子，將桌上一只杯子掃出，直飛向那三人，正中他們桌上的酒壺，將酒壺砸得粉碎。那三人躲避不及，淋得滿身是酒，其中一個右手被酒壺碎片割傷，鮮血直流。三人又氣又驚，連聲咒罵，拔出腰間刀劍，奔到那公子和姑娘的桌前，喝道：「有種的，來跟你公子爺過幾招！」

那公子笑道：「行！你們三個一起上，我坐著接招便行了。」

那三人大怒，一齊揮刃上前。那公子果然不站起身，就用手中扇子接招。他的扇子顯是鐵骨所製，招術和那少女的短劍一般靈巧，不到十招，便將那三人的手腕打折，刀劍落地。那三個子弟眼見打不過，不敢發狠，拾起刀劍，匆匆逃下樓去了。

三人正奔到梯口，差點和一人撞個滿懷。那是個身形高壯的青年，一張方臉，粗眉細眼，頗為英挺。他見到那三人落荒而逃的狼狽狀，放聲大笑，向那公子抱拳道：「趙兄，好俊的鐵扇功！」那少女回過頭來，微笑道：「梅二哥，你也來啦。」那高大青年笑道：「趙姑娘的洞簫乃是江南一絕，我老遠聽見，便趕緊過來了。」走到二人桌邊，打橫坐下。

陳近雲見到那青年，走上前去，用力往他肩上一拍，笑道：「梅二哥，好小子！」那青年見到陳近雲，又驚又喜，一把握住了他的手，笑道：「陳老三，你什麼時候來了岳州，卻不來找我？」

陳近雲笑道：「我今日才到。本想先玩幾日再去找你，豈知天下竟有這樣的巧事，便在這兒碰上你！」向凌霄道：「凌兄，這位便是洞庭梅莊的二公子梅無求。梅二哥，這是我朋友凌霄。」

梅無求十分熱絡，和凌霄見了，指著那公子和那姑娘道：「這位是無錫趙家『才子奇俠』趙立平趙公子，不但考中了秀才，武功之高，可是咱們這一輩年輕同道望塵莫及的。這位是趙公子的妹子，也是江南有名的俠女，顏如玉，簫若神，劍亦佳，『簫劍佳人』趙立如女俠。他兩位是我未過門大嫂的表兄妹。」說完便請凌陳二人坐下，命小二添上碗筷，多叫了幾樣酒菜。

凌霄見過趙立平的鐵扇功夫，知他武功不弱，但見他白淨俊秀，一表人才，神色間卻頗為淡漠，對自己和陳近雲冷冷地不大理睬。梅無求卻是一派天真直爽，高聲說笑，殷勤勸酒，頃刻間便和陳近雲對乾了六杯。趙立如約莫十七八歲，鳳眼彎眉，和幾個男子飲酒談笑，毫不靦腆，甚有鬚眉氣概。陳近雲來自陝西關中，凌霄出身山東，兩人都是北方人，年紀雖輕，個頭都已甚是高壯，形貌舉止不似梅趙等江南武人的文雅秀氣，卻多了一分粗豪。

梅無求喝夠了酒，說道：「我大哥下月七日辦喜事，新娘子便是杭州炎暑山莊『古道熱腸』盛冰盛莊主的千金。爹爹大請天下英雄，來梅莊喝一杯喜酒，兩位想必也是爲此而來吧？」

陳近雲笑道：「我看大家喝喜酒是假，看新娘子是眞。你準大嫂盛冰姑娘號稱『江南第一美女』，眾多賓客只怕大半都是專程來看新娘子，盼能一飽眼福的。」梅無求作勢欲打，笑罵道：「渾小子，你道天下人都跟你一般無賴？」陳近雲笑著躲開，說道：「說眞格的，能娶到這位盛家小姐，你大哥可眞有福氣！」梅無求哈哈一笑，說道：「那還用說？」

陳近雲喝了口酒，說道：「需請梅二哥見諒，我正與我凌大哥同行南下湖廣，這回可趕不上貴府的熱鬧了。」

梅無求瞪大眼睛，揮手道：「哪有此事？你們恰好路過岳州，當然得留下喝我梅家的喜酒了！不如今日便來我家下榻，多住幾日，在岳州玩玩，順便喝我大哥的喜酒。怎樣？」

陳近雲頗爲心動，轉頭望向凌霄，說道：「那要看我大哥的意思了。」

凌霄無心打擾逗留，但見陳近雲似乎頗想湊這個熱鬧，又想起火教對這場婚宴虎視眈眈，便道謝答應了。

梅無求笑道：「好極！凌兄、陳兄，兩位今晚便搬來我家吧。你們行李在何處？我叫人去拿。」陳近雲拍拍身邊包袱，笑道：「什麼行李？我們就這兩個包袱走天下。」梅無求甚感驚異，問道：「那你如何換洗衣服？有人替你洗麼？」凌霄和陳近雲都笑了起來，陳近雲道：「我們穿髒了就買新的。」梅無求道：「原來如此，那你們每日都買新衣？」凌霄笑道：「梅二哥別聽他胡扯，我是穿一件，帶一件換洗，陳兄這件啊，是髒了洗，破了補，永遠不換新！」

梅無求家中富有，出門時總是僕從成群，衣服用具帶上幾馬車，聽陳近雲和凌霄靠這兩個小包袱行走江湖，驚歎不已，連連追問細節。趙立平聽得無趣，便帶著妹子起身告辭。

梅凌陳三人又聊了一陣，梅無求才搶著結了帳。他領著二人回往梅莊，途中經過一片竹林，塵囂不聞，清靜安謐。陳近雲不禁讚歎道：「這地方好幽雅。」

梅無求笑道：「這是南風谷，我聽人說有位琴師傅住在這裡，教人彈琴，收了不少弟子。兩位若有雅興，我們便去瞧瞧如何？」陳近雲嘖嘖道：「南風谷！想是取自《禮記・樂記篇》『舜作五弦之琴以歌南風』。這谷的主人氣度可不小啊，自當恭敬拜訪。」梅無求睜大眼道：「什麼裡記外記、日記月記的，這跟彈琴有何關係？」陳近雲知他不通文墨，便也不費心解釋，笑道：「我胡言亂語，你不用理會。我們去看看可好？」

三人當下轉上一條小石板路，穿過竹林。此時日影斜照，林中清幽無比，只聞細細鳥囀。走了一陣，便聽得悠遠的琴音裊裊傳來，十分清靈悅耳。梅無求笑道：「今兒咱們走運，才在酒樓得聞趙姑娘的洞簫，又來此處欣賞琴音。」陳近雲點頭道：「這位師傅的琴音開闊流暢，似乎比趙姑娘還要高上一籌。」

三人緩緩走去，眼前忽然出現一間竹舍，琴音便是從竹舍中傳出，洋洋大度，是一首寬和大方的〈迎仙賓〉。竹舍前的石板地上鋪了許多竹蓆，坐了二十來人，男女老少都有，富貴貧賤雜坐，身前都放著一具瑤琴，人人凝神傾聽，有的雙手在琴上虛擬比劃，有的閉目沉思，有的邊聽邊提筆記下心得。

三人便也在竹蓆一角坐下，靜靜聆聽。一曲彈畢，凌霄忽道：「這位彈琴師傅心中似有隱憂。」陳近雲點頭道：「我也這麼覺得。這位師傅清高絕俗，不知還有什麼塵事能擾亂他的心神？」正說時，忽聽腳步嘈雜，一群人從石板路奔過來。三人回頭望去，卻見那群人身帶刀劍，竟是武林中人。當先幾人身穿錦衣，正是彭家英、吳家華、何家菲、馬家萇等秋霜弟子。這些人奔到竹舍前，將那些學琴弟子都圍住了，拔出細劍指著眾人。

眾學琴弟子甚是驚慌，紛紛詢問：「各位有什麼事？」「怎麼回事？」「啊喲，怎麼拔刀動劍的？」

凌霄心想：「秋霜派的褚文義告訴司馬諒他另有要事，不能立時趕來江南，看來不過是托辭而已。他們動作一點也不慢，前腳後腳便已來到岳陽。不知雪峰那些人來了沒有？」

高劍客彭家英不理那些學琴弟子，向著竹舍朗聲道：「屋中前輩，在下秋霜派彭家英。冒昧來訪，還請勿怪。」

屋內無人回答。彭家英又道：「在下不願打攪前輩，也不願爲難前輩的弟子，只想向前輩請教一個人的去處。」

不多時，竹舍的門打開了，一個綠衣少年走了出來，拱手說道：「請問彭師兄要找哪位？」這少年面容清貴，略顯蒼白，似乎帶著病容，卻不失俊逸。他年紀看來約莫二十上下，秀雅瀟灑，宛然是個富貴大家的翩翩佳公子。眾人看見他的臉容，都不由得感到他身上衣著太過平凡粗糙，與他的長相氣度全然不配。

彭家英道：「在下想請問的是一位鏢師，姓黃，名天易。」綠衣少年回進屋中，似乎詢問了幾句，出來道：「沒有這個人。諸位請回吧。琴師傅還沒教完琴呢。」

吳家華脾氣暴躁，大聲道：「有人親眼見到黃天易進入這竹舍，你還想賴？琴師傅呢？他不出來，我們便進去搜上一搜！」綠衣少年淡淡地道：「琴師傅不見客。」

彭家英與師弟對望一眼，跨上一步，說道：「此事關係重大，小兄弟請勿阻攔，我等一定要向琴師傅當面請問。」綠衣少年擋住了門口，仍舊客客氣氣地道：「琴師傅不願見客，還請各位自重。」

馬家萇走上前去，伸手向他肩頭推去。那少年被他推得跌開幾步，撞到牆壁，顯然不會武功。少年立時站穩，又上前來阻攔，何家菲伸腿一掃，少年又撲地倒了，鼻子流血，甚是狼狽，口中仍不斷說道：「琴師傅不要見你們，請別進去，各位沒聽到麼？她不要見你們！」

陳近雲再也看不下去，便想上前幫那綠衣少年，忽聽竹舍內一人說道：「蕭師弟，你進來。」這聲音優柔宛轉，較琴音毫不遜色。眾人聽了都是一呆，這位琴師傅竟是個女子。

彭家英等也不由得有些臉紅，屋中既是個女子，自己便不好強行闖入，硬要見她，當下退開幾步，說道：「請問姑娘便是琴師傅麼？」那女子道：「正是。你要找的人是我的弟子，他已有好一陣子沒來學琴了。」

吳家華怒道：「妳……妳睜眼說瞎話！明明有人見到他負傷奔來，進入妳的竹舍。」琴師傅道：「請問是誰見來？我這裡許多弟子，就坐在門外，你問問他們可見到沒有？」眾弟子都搖頭道：「沒見到什麼受傷的鏢師。」

彭家英和吳家華原本頭腦簡單，在開封城中養尊處優，平日仗著師父和秋霜派的名頭闖蕩江湖，少遇挫折，這時面對一個不肯露面的女子，矢口否認窩藏逃人，一時束手無策，不知是否該跟她硬來？

正猶豫時，忽聽背後一人嬌笑道：「妳問有誰見到黃天易進入妳的竹舍，便是我阮綿親眼所見！」語音柔媚嬌細，眾人轉頭去看，卻見兩個女子從竹林中走出，身披輕紗，一個圓臉，一個尖臉，容貌都算得普通。凌霄和陳近雲早已認出，這兩個都是瀟湘派弟子，圓臉的正是差點被送上獨聖峰去的楊飄，尖臉的是掌門巫竹妃最寵愛的小弟子，口齒尖利，名叫阮綿。

彭家英道：「原來是瀟湘派的楊師姊和阮師姊。啊，趙秀才，趙姑娘，你們也來了。」卻見那兩個女子身後還有一男一女，正是趙立平和趙立如兄妹。

楊飄和阮綿走上前，大剌剌地擠開了彭家英等秋霜門人。楊飄開口道：「琴師傅，妳快交出人來吧，不然逼得我倆出手，就不好看了。」

琴師傅輕笑一聲，說道：「兩位是瀟湘派的吧？憑妳們的暗器功夫，只怕還沒本領走進我這竹舍。」

楊飄沉下臉，向師妹使個眼色，兩人忽然站開，雙手連揚，便聽叮叮連響，眾人只覺眼前銀光閃動，便見那竹舍的牆上已整整齊齊地釘了兩排暗器，有袖箭、甩手箭、飛鏢、金錢鏢、鐵椎、小刀、蓮花子等七八種暗器，也不知她二人使的什麼手法，頃刻瞬間便射出這許多不同的暗器。

琴師傅冷笑道：「兩位比貴派巫掌門還差得遠了，我連貴掌門都不大看得起，妳兩個小丫頭竟敢出來獻醜，臉皮夠厚，我佩服得緊。」說著竹舍的牆陡然一震，兩排暗器紛紛跌落。楊飄和阮綿臉上變色，又摸出一把暗器，向竹門射去。這時那綠衣少年仍站在門口，這些暗器便都往他身上招呼去。忽然門口綠影一閃，似乎有人揮過一幅青布，將所有的暗器都無聲無息地收去了，那綠衣少年仍舊站在當地，毫無損傷。楊阮二女睜大了眼，似乎不敢相信眼前之事。彭家英、吳家華等見她師姊妹失利，互相望望，嘴角不由暗露笑意。

便在此時，趙立平走上前，作揖道：「琴前輩，我等無意前來打擾。只是在下聽聞黃鏢師身受重傷，命在垂危，心中關切，極盼能盡快找到他，確保他的平安。這事情關係重大，我等不得不查個水落石出，以免除江湖上一場大風波。前輩若能實言相告這位黃鏢師的去處，我等感激不盡，自當恭敬賠罪，即刻離去。」

琴師傅道：「才子奇俠，果真聞名不如見面。我若沒見到你，還不知道你是這麼個彬彬有禮、笑裡藏刀、口蜜腹劍的僞君子。」

趙立平原本臉上帶笑，聽到最後兩句，臉上笑容不由得僵住，強笑道：「前輩取笑了。不知在下如何笑裡藏刀，口蜜腹劍？」

琴師傅道：「你要找的不是黃鏢師，而是他身上的事物。這人是死是活都與你無關，何必裝出關心他的樣子？」

趙立如插口道：「琴前輩，您不要這樣說我哥哥。我等絕無惡意，實在不願得罪。只是這件事關係重大，若不查個清楚，大家都無法安心。您若相信小女子我，可能讓我進去貴舍看看，好釋眾疑麼？」

琴師傅歎道：「趙姑娘，妳的洞簫吹得算是不錯了，改日相見，妳或可求我指點吹簫的技巧。今日妳要進我竹舍，我卻非得拒絕不可。」

趙立平向妹妹使個眼色，趙立如走上幾步，拔出短劍，想要硬闖進去。琴師傅冷冷地道：「妳的短劍劍法太差，最好不要輕試，免得自取其辱。」話聲剛落，一枚暗器陡然從窗口飛出，打上趙立如的短劍，登時將她的短劍打飛了。趙立如大驚失色，連忙退開。

第十九章 你爭我奪

便在此時，忽聽一人哈哈大笑，聲震竹林，眾人聽了都是一驚。卻見五個黃衣人從樹林中走出，當先一人三十來歲，面貌英挺，神態高傲不可侵犯，正是雪峰派司馬諒，身後跟著四個師弟師妹，正是雪峰五劍。彭家英、吳家華和趙家兄妹都露出敬畏之色，紛紛讓開，向司馬諒行禮。趙立平道：「原來是雪峰派的司馬少掌門到了。」司馬諒只向他點了點頭，對其餘人更不望上一眼。楊飄和阮綿冷眼望著白訓，滿面怒色，顯然是知道這人對柳絮始亂終棄的劣事。

梅無求、凌霄和陳近雲眼見各門各派先後趕來此地，想必所求甚大，暗自驚訝。他們一直坐在竹蓆角落欣賞琴音，並未引人注意，秋霜派和瀟湘派弟子雖已認出凌霄和陳近雲，但眾人此時急於爭奪寶貝，互相防範，生怕節外生枝，只裝作沒看見。趙家兄妹也看到了三人，卻也沒有出聲相認。

陳近雲悄聲問梅無求：「秋霜、瀟湘、雪峰的這些人，都是你爹請來喝喜酒的麼？」梅無求道：「是啊。我爹安排他們在城中最大的鶴喜酒樓下榻，聽說是要過幾日才到。怎地大家全都提早到了，又不約而同跑來這裡？」

凌霄問道：「這位琴師傅是什麼人？」梅無求皺眉道：「我一向只道她是個教琴的風雅老人，並不知道她是名女子，也不知道她竟身負武功。」凌霄問道：「那黃天易鏢師又是什麼人？」陳近雲和梅無求都搖頭道：「沒聽說過這個人。」

卻聽司馬諒道：「在下雪峰司馬諒，老早聽聞琴師傅口齒伶俐，果然名不虛傳。請問令祖福體康健否？」

琴師傅靜了一陣，才道：「你明知自己沒有資格向家祖問好，卻爲何要問？這不是自討沒趣麼？」

司馬諒嘿了一聲，說道：「小小姑娘，口氣狂妄得緊。在下並非不懂禮數之人，請安問好難道也有辱妳清聽？」琴師傅道：「原來閣下是位守禮君子，委實令人驚訝無比。既是如此，我一個婦道人家，想來你也不至於耍無賴，硬要進屋見人吧？」

司馬諒語塞，白訓上前一步，說道：「今日情勢關乎大局，我等只得從權。琴師傅，妳若堅持不肯告知黃鏢師的下落，我等只能以武會友了。」琴師傅冷笑道：「呵，還是要用強。雪峰劍派，鼎鼎大名，也不過如此。」

司馬諒聽她侮辱本門，雙眉倒豎，向衛諄道：「衛師弟，你去向琴師傅討教討教！」衛諄應道：「是。」大步上前，來到門口，說道：「琴師傅，在下雪峰八弟子衛諄，斗膽向您討教劍招。閣下若能贏過我的劍，我等自然不敢再行打擾。」

那綠衣少年又走上前來，搖頭道：「師姊不願見人，也不要跟你比劍。」

衛諄微笑道：「那麼便請這位師兄賜教吧。」綠衣少年臉色更白，搖了搖頭，說道：「我不會使劍。」衛諄笑道：「既是如此，我便進入屋中請令師姊賜招，也不爲過吧？」說著伸手將那少年推開，走向門內。

忽見眼前一花，一人已擋在衛諄身前，笑道：「琴師傅不願見你，你卻硬要見她，世上有這般的禮數麼？」這人身法極快，竟是陳近雲。

衛諄退後一步，笑著問道：「閣下何人？」陳近雲道：「在下關中陳近雲。」衛諄臉上笑容不減，說道：「請快些讓開，免得受傷。」陳近雲看他嘴角雖笑，目中卻露出凶光，拍下腰間吳鉤軟劍，舉在身前，說道：「我便是不讓你進去，你待怎地？」

衛諄側頭看去，見司馬諒點了點頭，當下長劍陡出，使出雪花劍法，刺向陳近雲的肩頭。他本擬這一招便能刺傷對手，沒想到陳近雲身法輕靈，避了開去，手中長劍緊攻上來，變幻莫測，兩人瞬間交了十多招。二十招後，陳近雲畢竟年輕，功力不如，在衛諄的強攻下連退數步。

凌霄曾目睹衛諄逼迫長青派出手應戰，神態狂妄，咄咄逼人，此刻又以同一手段逼迫一個年輕女子出門相見，實在不是東西。他見識過雪峰劍法，熟知其路數，此時看準了衛諄的出劍，正要上前出手制住他，竹舍中琴師傅忽然開口叫道：「兩位請住手！」

衛諄已占了上風，當下收劍退開，微笑道：「琴師傅願意出手指教了麼？」

琴師傅並不理他，卻向陳近雲道：「陳公子，多謝仗義相助。」陳近雲行禮道：「在下無能替姑娘擋住外敵，好生慚愧。」琴師傅又道：「趙立平，你過來。」趙立平一呆，走上前行禮道：「敢問琴前輩有何指教？」

琴師傅歎了口氣，說道：「黃鏢師已死。他死前留下幾句話，我只告訴你一人知道，你靠近窗口來聽吧。」趙立平微一遲疑，見餘人眾目睽睽地望著自己，心中警惕，說道：「敢問前輩為何獨要告訴我？」琴師傅道：「因為這許多人中，以你最聰明多計，可以騙過別人，保守這個祕密，自己去尋寶。」

趙立平心癢難熬，但他畢竟不笨，知道琴師傅有意陷害，絕不會眞說出什麼祕密，當下道：「這個祕密，在下如何敢獨聽？這是江湖上的大事，眼下有雪峰派的司馬師兄在此，請前輩大聲說出來，好讓大家都聽個明白。」

琴師傅笑道：「好啊，小狐狸倒也不蠢。司馬諒，我可要說了，你相信我的話麼？」司馬諒道：「琴師傅肯說，我等自當洗耳恭聽。」

琴師傅緩緩地道：「黃鏢師受傷太重，已然死去。他的屍身便在這兒。我師弟已看過他身上，並沒有什麼事物。依我推想，他已將所保之物交給收鏢人了。」

眾人聽了，都交頭接耳起來。司馬諒與白訓、衛諄低聲交談一陣後，說道：「口說無憑，琴師傅可能讓我看看黃鏢師的遺體？」琴師傅道：「他曾向我學琴，我不能讓他的遺體受辱。」司馬諒道：「我只要見到他的遺體便好，絕不加以一指。」琴師傅道：「好，你來看吧。」門內傳出聲響，她似乎去了後面的房間，仍舊不願見人。

司馬諒進入門中，不久便走出來，點了點頭，說道：「黃鏢師確實死了。」

這時琴師傅的聲音又從屋中響起，說道：「各位請便吧。我授課未完，學生們的時間都已耽誤了。」

司馬諒拱手道：「多有得罪。在下還有一事想請問。」琴師傅道：「你想知道收鏢人是誰，是麼？黃鏢師傷得很重，死前沒有說出一個字。他自己多半也不知道所保之鏢爲何。我只知道托鏢之人是獨行大盜上官無邊，他會將東西送給誰，你們自己去推想吧。」

司馬諒點了點頭，向趙立平望了一眼，說道：「多謝琴師傅指點。」

阮綿忽然尖聲道：「你……你就這麼相信她的話了？」

司馬諒回過頭，淡淡地道：「姑娘不信麼？」阮綿道：「人死在她屋裡，你怎知她沒有將那事物拿去了？」司馬諒向那竹舍看了一眼，說道：「琴師傅是什麼樣的人，如何會貪圖那事物？」語罷轉身離去。

便在此時，楊飄忽然出手，一枚鐵錐直射向白訓面門。白訓毫無防備，距離又近，危急中只能趕緊側頭，那鐵錐在他臉上劃出了一道血痕。雪峰派其餘四人見此變故，一齊拔劍，圍住了楊飄和阮綿。兩個小姑娘毫無懼色，楊飄抬起下巴，冷冷地道：「男子漢敢作敢當。這一錐是爲我三師姊射的，沒射穿你的腦袋，算便宜了你！」白訓怒目相視，卻不敢言語。阮綿尖聲道：「攔著我們作什麼？快讓開了！」司馬諒望向白訓，白訓究竟仍有幾分羞恥之心，說道：「放她們去。」雪峰眾人收回長劍，眼望著楊飄和阮綿揚長離去。

司馬諒皺眉問道：「何時跟她們結下了樑子？」白訓按住頰上傷口，裝作憤然道：「這幾個女流不知發了什麼癲！大事要緊，且不跟她們計較。」司馬諒眼見此地人多耳雜，不便追問，便帶領師弟妹離去。

趙家兄妹、秋霜派等人得聞重要線索，都急於追查，隨後快步離去。梅無求望見趙立如被打飛的短劍落在草堆中，她竟沒有去撿，便跑過去拾起，說道：「我去還劍給趙姑娘，一會就回。」說著便匆匆沿石板小路追上。

琴師傅便似什麼都沒有發生過一般，又開始彈琴，卻是一首〈傷離〉，曲調沉鬱哀傷，顯是爲死去的黃鏢師所奏。竹席上的弟子又沉浸於樂理之中，待她一曲彈畢，便依序請教彈奏之理，琴師傅一一解答，師徒似乎渾忘了剛才發生的事情。如此又教了半個時辰，眾弟子才各自行禮散去。

凌霄和陳近雲此時也起身準備離去，琴師傅忽道：「兩位且莫離去，請進屋一敘。」二人一呆，對望一眼，她之前怎樣都不願見人，現在不知爲何竟邀二人進屋？凌霄道：「就怕打擾了前輩。」琴師傅笑道：「他們叫我前輩，你怎麼也叫我前輩？我年紀可不大啊。兩位不用客氣，請進來坐坐。」

凌霄和陳近雲便來到竹舍門口，綠衣少年開了門，讓二人進去。卻見竹舍中各物都是綠竹所製，十分古樸雅淨。屋中一張竹桌，上面放了一尾古舊的瑤琴，琴後坐著一個綠衣少女，不過十六七歲年紀，身形瘦弱，容色並非十分美麗，卻清雅宜人，風致嫣然。凌霄和陳近雲在外面聽她說話口吻老氣橫秋，一直以爲她年紀甚大，沒想到她竟比那綠衣少年還小上幾歲，不知她爲何叫他師弟？

那少女並不起身，只在座位上頷首爲禮，說道：「姪女琴心，見過兩位叔叔。這位是我師弟蕭瑟。」綠衣少年向二人行禮，臉帶笑容，並不說話。

陳近雲笑道：「琴姑娘，我們也沒比妳大上幾歲，妳以晚輩自稱，我們可當不起。」琴心笑道：「近雲叔叔，你看牆上的畫。」伸出纖纖素手，向旁邊的牆上指去。卻見牆上掛了四幅聯畫，都是墨竹。陳近雲一呆，失聲道：「啊，這是我師父的手跡！」琴心道：「正是。尊師文老師和家祖是好朋友，我自然比你晚一輩了。」陳近雲拍手笑道：「原來令祖便是康箏前輩，難怪琴姑娘的琴藝如此高超！」琴心笑道：「我自幼隨爺爺習樂，也不過粗學得他老人家的一點皮毛罷了。」陳近雲笑道：「姑娘過謙了。這麼說來，我凌大哥是藥仙揚老的徒兒，果然也比姑娘長了一輩。」

琴姑娘向凌霄行禮道：「爺爺常向我提起藥仙爺爺收了個好徒弟，讚不絕口。師弟，你快請兩位叔叔坐下。」

蕭瑟十分恭謹，替凌霄和陳近雲搬過椅子，請他們坐了，又去泡茶，端上一壺當地名茶、清香宜人的「菱渚紫筍」。陳近雲拉蕭瑟坐下，他推辭不肯，琴心道：「師弟，你也坐。」蕭瑟才搬了張椅子，坐在琴心身邊。

凌霄注意到琴心一直沒有離開座位，又見她椅旁放了一對枴杖，她盤膝而坐，雙腿蓋在裙下，隱約可見她雙腿瘦弱萎縮，心想：「這麼一位清雅高傲、琴藝超人的年輕姑娘，竟身有殘疾，眞是老天不作美。」猜想她多半是天生如此，或是幼年時得病所致，心中憐憫，便假作沒有見到，並不提起。

琴心請二人喝茶，說道：「兩位可知那些人爲何找上門來？」

陳近雲道：「正要請教。我從未聽過這位黃鏢師，那些人爲何對他如此重視？他究竟保了什麼鏢？」

琴心道：「這事太過世俗，我原本不想提起，但我想兩位多半不知其中情由，還是該向兩位述說。約莫半個月前，魯東大盜上官無邊托黃鏢師護送一件事物去岳州。黃鏢師將那物交給了收鏢人後，便受人襲擊，今晨他負傷來到我這裡，不多久便傷重死去。黃鏢師逃來這裡時，被阮綿見到了，她便到處去宣揚。正派那些人想是來喝梅家喜酒的，聽說黃鏢師來到我這兒，便一起找了來，想探聽那事物的下落。」

陳近雲問道：「這事物究竟是什麼？」琴心道：「似乎是張卜卦的籤辭。」

凌霄心中一凜，暗想：「難道嘔血籤辭從虎山消失，竟眞如褚文義所說，是被大盜上官無邊偷去了？但他又怎可能知道籤辭是夾在那本《四書集注》當中？莫非這是另一張障眼的假籤辭？」

陳近雲問道：「那麼這籤辭如今下落如何？」琴心道：「依我猜測，黃鏢師應已將之交到了上官無邊的至交蕭群手上。」陳近雲有些驚訝，說道：「這蕭群，就是趙立平兄妹的師伯麼？」琴心道：「正是。」

陳近雲點頭道：「我聽說他因與大盜上官無邊交往，很早就被趙氏兄妹的祖父逐出了門戶。此刻他定已躲了起來，誰也找不著了。」琴心道：「我想他也躲不長的，這麼多人要找這籤辭，他又怎會有平安日子過？據說這籤辭中藏有什麼稱雄武林的祕密，還有人說早先江湖上傳得甚廣的十八字嘔血籤辭並非全文，今日流入江湖的才是眞的籤辭。唉，武林中人便是如此，聽說有什麼寶貝，不管眞假，都要拚死爭奪。這籤辭一出現，不免又興起一場風波。」

她輕歎一聲，轉開話題，談起九老的事跡。凌霄曾聽師父說起他的八位好友，包括江離的師父常清風、陳近雲的師父文風流、琴心的爺爺康箏、山腳的屠夫趙埲，以及遙遙道人、玉衣和尚、星月老人和古隱等。除了趙屠夫外，餘人他都未曾見過，當下問起他們的事跡，琴心和陳近雲各自說了一些，相談甚是愉快。

忽聽遠遠腳步聲響，一人叫道：「陳兄弟，凌兄弟！」正是梅無求的聲音，想是他將短劍還給了趙姑娘，回頭來找他們二人。

琴心微微皺眉，說道：「我不想見外人。兩位叔叔……」

凌霄和陳近雲一齊站起身道：「打擾多時，我們也該告辭了。」

琴心抬頭相望，說道：「姪女招待簡慢，還請兩位叔叔勿怪。琴心和師弟有一曲相贈，來日有緣，自當再見。」蕭瑟便取過一張古瑟，在琴心身邊盤膝而坐，凝神望向瑟面上的五十條弦，眼神閃動，臉上有如罩上了一層光芒。

凌霄和陳近雲見了，都甚覺驚訝。蕭瑟一直沉默寡言，沉靜羞澀，此時坐在瑟前，好似變了一個人一般，神采飛揚，自信端莊，不自覺流露出大師的氣度。他緩緩舉起蔥白而細長的手指，在弦上一劃，一串清音如飛泉般傾瀉而出。琴心側頭望向師弟，眼神中充滿了讚歎愛惜，嘴角露出溫柔的微笑，舉起素手，也在琴上彈撥起來，與瑟音節節相和，有如枝頭黃鶯相互鳴應，有如眷戀情侶互訴衷曲；如清風推送流雲，如流水擁抱溪石，和諧悅耳已極。

凌霄和陳近雲向琴心和蕭瑟二人行禮作別，相偕走出竹舍，耳中琴瑟不斷，直到他們走上石板路，迎上梅無求，和鳴之聲才漸漸低微，飄然逝去。陳近雲猶自徘徊流連不已，喃喃道：「我從未聽過這般的音樂！這不是在人間，是在天上。」

第二十章　洞庭梅莊

卻說凌陳二人跟著梅無求來到梅府時，已是日落時分。那梅府座落於洞庭湖畔，眺望湖中君山，地勢極佳，臨湖的庭院中種植了許多茂盛燦爛的梅樹和絲縧飄逸的柳樹。這莊子並無陳近雲大哥開封府第的宏偉氣派，但布置得精巧宜人，極富江南園林的趣味。梅無求陪二人在莊中走了一圈，觀賞梅莊馳名天下的紅梅林，林中亭榭樓臺、飛瀑泉池，處處是景，景景可觀，不但令長居深山的凌霄嘖嘖稱奇，便連見多識廣的陳近雲也讚不絕口。

三人正賞景時，一個僕人來報道老爺召喚二少爺，梅無求便領二人去內廳見他的父親洞庭居士梅滄浪。

三人來到廳上時，梅滄浪正與長子梅無問低聲談話，神色嚴肅。他們見有陌生人來，便停口不談，起身招呼。梅滄浪約莫五十來歲，頭髮微禿，紅光滿面，衣著講究，若不知他是武林第一世家的當家，倒要以爲他是個富甲一方的富商巨賈。梅無問和弟弟梅無求一般高大方面，粗眉細眼，只是少了一分天眞直率，多了一分精明世故。

梅滄浪見凌陳二人是後生，也沒聽過他們的名頭，心中不快，暗想：「江湖上滿是閒人，趁我家擺酒來打秋風的豈在少數？無求好不懂事，把這兩個什麼狐朋狗友帶回家來白吃白住，難道嫌家中事情還不夠多麼？」他臉色雖不怎麼好看，仍說了些客氣話，之後便找個藉口進去了。大哥梅無問與凌陳二人簡短招呼過後，便與家人商討婚宴的菜色茶酒和席位安排，忙得焦頭爛額。

梅無求笑道：「我這大哥最是能幹，很得家父的信任。我卻是家中的糊塗蛋，誰也不敢要我作什麼，因此樂得清閒。」說著自己笑了。陳近雲大感遇到知己，攬著他的肩頭笑道：「你記著我陳老三的名言：『能者多勞，不能者享福也！』。」三人都笑了起來。

當夜三人聚在梅無求房中喝酒。凌霄在山上時極少飲酒，這時也只喝幾杯便止了。梅無求和陳近雲卻都愛好杯中物，兩人痛快對飲，但梅無求遠非陳近雲的敵手，不多時便醉倒了，伏在桌上呼呼大睡。陳近雲笑道：「沒用的小子，才幾杯酒就醉成這樣！」當下喚梅家小廝來伺候二少爺，與凌霄逕自回往住處。

二人走在湖邊小徑上，此時剛過戌時，正値盛暑，晚風習習，天上無月，滿天繁星，襯著湖上的點點漁火，景色靜謐醉人。兩人不由得停下腳步，各自深深吸了一口長氣，享受這舒爽宜人的夏夜湖景。陳近雲趁著酒興，拉著凌霄道：「走！我們去湖中泡泡水，醒醒酒。」凌霄笑道：「借居人家家中，這般逍遙只怕不大妥當吧？」陳近雲笑道：「我和梅二哥如此交情，誰會在意！再說這洞庭湖又不是他們梅家的，豈有不准人下湖游水的道理？」當下脫下上衣，噗通一聲跳入湖中，過了好一陣子才冒出頭來，笑道：「好清涼啊！大哥快來！」

凌霄在虎山的居處之旁便是一個大湖，他往年也曾偶爾下水玩耍捉魚，略通水性，便也脫了上衣，從湖邊大石跳入水中。

陳近雲往湖中央游去，潛入水中一陣，忽然探出頭來，喚道：「大哥，你來看！」凌霄游到他身邊，陳近雲道：「你看看，水中那是什麼？」兩人一齊潛入水中，但見黑沉沉的湖水當中有個微微發光的事物，似乎是間巨大的石屋，從石壁中透出微光。陳近雲又潛深了一些，接近那石屋，見裡面似乎有人影晃動，但石壁甚厚，材質似是半透光的水晶，隱隱約約地看不清楚其中事物。他穿出水面，說道：「這可奇了，遮莫湖底有個水晶宮，裡面住著龍王龍女、蝦兵蟹將？」凌霄笑道：「我只聽說海底有龍宮，沒想到這洞庭湖底也有個龍宮！」

二人商討不出究竟，便索罷了，躺在大石上，準備讓晚風吹乾身子後，再穿上衣衫回屋歇息。

忽聽腳步聲響，有人沿著岸邊小徑快步走來。陳近雲登時警覺，作手勢要凌霄不要出聲。但聽腳步聲漸漸靠近，來者似有二人，黑暗中並未提燈，一人邊走邊低聲問道：「都到了麼？」另一人道：「到齊了。」前一人點點頭，問道：「守衛都安排好了？」後一人道：「我派了十八名武師在庭外巡邏，不讓任何人靠近湖邊。」前一人道：「甚好。」說著兩人已來到湖邊一塊大石之前，伸手按了不知什麼機括，大石面上陡然翻出一扇門。兩人鑽了進去，接著石門便啪一聲關上了。

凌霄和陳近雲互望一眼，等到四下無聲，才偷偷跳下大石，走到石壁之前。但見那藏有密門的大石甚是平滑，若非剛才看到有人進去，絕難想到這石上竟藏有密門。陳近雲將耳朵貼在門上傾聽半晌，毫無聲息。他低聲道：「剛才進去的兩人，不知是誰？」

凌霄道：「自然是梅滄浪和梅無問了。」陳近雲一呆，問道：「你怎知道？」凌霄奇道：「你聽不出來麼？」陳近雲道：「他們壓低聲音，距離又遠，如何聽得出來？」凌霄隨即想起：自己能分辨出二人，不只是聽其音，更且觀其心，是以他立即便認出了二人。他搖搖頭，說道：「我確定是他們。這密道……」

陳近雲明白他的意思，調皮一笑，說道：「那還用說？定是通往湖底那水晶宮的！」兩人少年心性，好奇心起，對望一眼，一齊點了點頭。陳近雲當即伸手在石壁四周摸索，尋找機括；凌霄則站在當地傾聽，確定沒有人靠近。

過不多時，陳近雲低聲歡呼：「有了！」摸著一個機括，輕輕一扳，石門無聲無息地打開了。凌霄也歡呼一聲，兩人一前一後鑽了進去。陳近雲在門內牆邊摸索，找著機括，關上了石門，二人眼前登時一片漆黑。

凌霄緩緩向前跨步，感到地面下陷，面前便是一道直直往下的階梯。兩人在黑暗中扶著石壁走去，百步開外，才見到前面傳來淡淡的光線。兩人放慢腳步，側耳傾聽，隱隱聽得前面傳來人聲，似乎有人在高聲爭執。

凌霄和陳近雲悄聲邁步上前，但見眼前愈來愈光亮，繞過一個轉角後，面前出現一道水晶石壁，裡面透出光芒，與方才在湖中見到的一模一樣，原來這湖底果然建著一幢隱密已極的水晶密室，石牆上一道厚重的石門緊緊關閉著。

二人生怕被裡面的人見到，不敢靠近。陳近雲抬頭張望，低聲道：「這石室不可能完全密封，一定有通風口。」於是沿著石壁往上攀爬，四處摸索，果然在近壁頂處找到一處凹陷的甬道，剛好能容二人。他招手讓凌霄也爬上來，兩人沿著甬道往前爬了數尺，盡頭處有個尺許見方的通風孔。兩人擠在一起，剛好能從通風孔望見密室中的情景。

但見石室當中放著一張巨大的石桌，桌上放著數柄小刀，一個瓷盆；桌旁站站坐坐共有八人，喧嘩吵鬧，似乎正在爭執什麼。其中一人忽然伸掌拍桌，砰然聲響，震得桌上小刀紛紛跳了起來。那人戳指怒喝道：「……我們早說好了大家歃血爲盟，你趙自成不肯參與，究竟是何用心？」這人約莫四十來歲，身形瘦小，一張瘦臉顯得甚是滄桑，左頰有條長長的疤痕，身穿白袍。凌霄心中一動，這人服色屬華山派，看他的年紀氣度，莫非便是華山掌門「無影神劍」江聲雷？他曾聽江離誇耀自己的父親如何武功高強、英雄了得，這時見到他本人，竟是身材瘦小，貌不驚人，頗有些出乎意料之外。

室中霎時靜默下來，但見錢書奇和司馬諒抱著手臂，各自坐在石室兩端的石椅上，彼此避開眼神，抿嘴不語。梅滄浪和梅無問坐在上首，也不出聲。梅滄浪身邊坐著一個圓咚咚的矮胖子，與梅滄浪交換了眼神。另有一個灰衣少年坐在角落，背對二人，看不見臉面。

隔著石桌，江聲雷的對面站著一個一頭灰髮、面貌端俊的中年人，與趙立平有幾分神似，想來便是趙家掌門趙自成了。他臉色鐵青，直視著江聲雷，冷冷地道：「江掌門，你不信我趙家已與蕭群恩斷義絕，口口聲聲影射我藏祕懷私。我趙自成豈是傻瓜，甘願受你誣陷？」

江聲雷怒然向他瞪視，眼中如要噴火，伸手指向司馬諒和錢書奇，冷然道：「正教六派中有四派掌自願來此聚會，承諾出手協助江南三大世家。你竟當我們對你心存惡意，豈非以小人之心度君子之腹？」

趙自成哈哈一笑，說道：「說起六大派，泰山長方道長作了縮頭烏龜，弟子玉境雖受邀來到江南，卻毫無擔當，躲在客店不肯出門。褚文義認賊作父，作了火教的走狗。如今六派只剩下了四派，而這四派之間難道便和衷共濟，毫無嫌隙？我看錢掌門和司馬少掌門之間似乎頗有過節；司馬少掌門一進門便指名要挑戰你江聲雷，你卻蓄意忽視。誰知道你們中間是否還有一兩個褚文義之流？要我等江南世家相信你們，跟你們攜手合作，談何容易？」

江聲雷大怒，伸拳搥桌，發出巨響，震得桌上那瓷盆跳起半尺，落下來時匡噹一聲砸破了盆口，碎片跌了一桌。江聲雷喝道：「我等冒著多大的險，捨命來助你，你趙家不領情，竟還有臉指責挑撥我四派？」

那圓咚咚的矮胖子忙站起身來，舉起兩條短短的手臂，抱著圓圓的雙拳，不斷向兩邊作揖，打圓場道：「江掌門請息怒！趙掌門所言，道出了我等心中最大的隱憂。江掌門明鑑：我梅、趙、盛三世家多年來命運相連，息息相關。老夫將愛女嫁入梅家，其意正在於聯合三大家族，同心抵禦火教。今日能得正教武林四派出力襄助維護，我等感激不盡，怎敢質疑？只是咱們這兒七個門派家族同聚一堂，相約湖底密談，事情倘若洩漏了出去，誰也無法逃脫干係。因此必定得確知大家志同道合，互相有十足的信任，不然誰也不敢敞開心胸，推心置腹，共商大計。」這矮胖子顯然便是盛家的掌門人，他言語溫和，在情在理，其餘七人聽了都不禁點頭。

江聲雷喘了一口氣，抱著手臂在室中踱了一圈，最後停下腳步，向那矮胖子道：「盛掌門所言甚是。」他眼光掃向餘人，說道：「我甘冒背叛火教的大險，今日來此，只因我不願你們也落入和我一樣的境地！」

他扯開上身衣服，露出左胸口上一個清晰的赤色烙痕。眾人同聲驚呼，卻見那烙痕是個長髮獠牙的鬼怪，一手持寶劍，一手持骷髏頭，眼神透出凶光。凌霄忍不住抽動了一下右臂，自己的右臂上也有個一模一樣的灼痕。

江聲雷道：「約莫五年前，火教大護法張煒來到華山，憑著咒法殺死了八個華山弟子。我出手與他決鬥，不料他對我的武功瞭如指掌，更似乎……對我心中的念頭看得一清二楚。我還未出招，他就能預先料知。我技不如人，只好降服。他便在我身上烙了這個印。」說著臉上肌肉微微抽動。眾人見那烙印深刻，當年烙下時想必疼痛已極。

江聲雷又道：「這印不是烙下便算。那大護法告訴我，這印上附有咒術，火教中人一旦念起咒語，這烙印便如再次被火燒灼一般，劇痛難忍。他在我身上試過一次，不要一刻鐘的功夫，我便痛昏了過去。醒來後全身痠軟虛弱，足足休養了一個月才逐漸恢復。他告訴我，咒語若不解除，受者可以疼痛個三日三夜也不死。」

房中靜了一陣，錢書奇打破沉寂，問道：「他……他沒捉去你的子女麼？」

江聲雷搖頭道：「老天保佑，我膝下從未有一子半女。」凌霄微微一呆，隨即想起：「是了，江離跟我說過，他父親爲了向火教隱瞞自己有兒子，索性假裝世上根本沒有江離這個人。」

錢書奇歎道：「你算是幸運的了。我共有六個子女，我歸順火教後，除了當時還在襁褓中的，五個大的都被迫上了獨聖峰。這烙印我也是有的，但他們掌握了我的兒女，比在我身上烙下印子更加有效。」

梅滄浪皺眉問道：「火教將令郎令嬡抓上獨聖峰，卻是爲了什麼？」錢書奇搖頭道：「說是要他們隨侍教主，學習火教教義。我聽說他們在獨聖峰上日夜接受火教教法，如今早已六親不認，只知敬拜教主了。嘿嘿，我這幾個孩子可算是沒了！」說著眼眶泛紅，咬牙忍著，老淚才沒落下。

梅滄浪、盛冰和趙自成聞言都不禁臉色轉白，梅無問身爲梅家長子，更是忍不住打了個寒戰。

梅滄浪和盛冰對望一眼，一齊站起身，向江聲雷和錢書奇抱拳說：「兩位勇氣過人，慨然告知我等歸伏火教後的慘狀，並承諾出手相助，我等江南三世家感激不盡，豈能再有質疑！」趙自成也起身行禮。

江聲雷道：「你們既然信得過我，我便把話說清楚了。在下爲何如此關注蕭群的下落，乃是因爲我知道火教對這籖辭追得極緊，不奪到手絕不甘休。如今籖辭從大盜上官無邊手中傳給了鏢師黃天易，你們想必都知道黃天易已死在城內，卻大概不知道上官無邊早先已被火教擒住，嚴刑拷問後，才透露出已將籤辭交給了黃天易。火教立即追上了黃天易，同樣嚴刑拷問，逼問出了籤辭下落之後，才將他殺死。」

眾人顯然並不知道這段內情，肅然傾聽。

江聲雷續道：「至於籤辭的下落，我想不用火教逼問，大家都可輕易猜知，受鏢人自然便是上官無邊的同夥大盜蕭群了。如今火教已盯上了蕭群，我等若不先一步找到蕭群，火教離奪得籤辭不過是幾日間的事！」

他望向趙自成，說道：「我不斷向閣下詢問蕭群的下落，以及蕭群和趙家的關係，便是想趕在火教之前找到蕭群，盡快奪得籤辭。」他繼而向眾人環望，說道：「這兒有人不知道籤辭的緊要的麼？有人不知道籤辭落入火教手中的後果麼？」眾人盡皆默然。

江聲雷肅然道：「我想癥結在於，尋得籤辭之後，又將如何？我江某人絕無私心，一定即刻將籤辭內容告知所有正派首領，讓大家同心合力，毀滅火教。如果我等之中，有人想獨占籤辭，擁珍自重，甚至待價而沽，那我只有一句話奉告：火教可是不會跟你討價還價的！」

眾人一片沉默，都知道江聲雷所言為眞。

江聲雷轉過頭，凝視著趙自成。趙自成臉色蒼白，卻仍緊閉著嘴，一聲不響。江聲雷心中怒氣愈盛，他知道趙自成一定知道些什麼，卻堅決不肯透露。此人私心太重，死逼活求他都不會動搖。自己的大計難道便要毀在這個無知自私的小人手中？

便在此時，那坐在角落的灰衣少年忽然站起身，說道：「各位掌門人，晚輩有一言相稟。」

眾人眼光都集中在那少年身上。聽他語音，似乎十分年輕，不過十六七歲年紀，但口吻老練世故，顯得十分成熟。江聲雷望向他，說道：「許飛世侄奉點蒼掌門上清道人之命，率領點蒼弟子遠來江南，成我一大助力。許世侄有何信息，便請示知。」

那灰衣少年道：「如今倖存的六大派之中，點蒼乃是唯一未曾臣服於火教的門派。並非因爲我點蒼本領高超，志節堅定，只不過因爲點蒼派所在隱密，無人知道離蠹觀的確切位置，加上我派弟子稀少，極少行走江湖，因此火教始終未曾找上門來。然而家師眼見火教勢力日大，深知點蒼一派不能置身事外。晚輩身爲點蒼首徒，家師囑我率領同門遠來江南，便是希望我等能與中原武林攜手合作，爲反抗火教出一分力。」

眾人聽了，都暗暗點頭。點蒼雖長年高居武林六大派之一，卻始終帶著些神祕色彩。正如許飛所說，武林中人都知道有這麼個門派存在，也知道現今點蒼掌門人爲上清道人，但除此之外所知便極少了。點蒼一派所在之離蠹觀究竟位於雲南點蒼山的何處，門中有多少弟子，是否全爲出家道士，武功長處短處，武林中人皆是茫然不知。就說今夜這水晶宮中，除了長青派與點蒼爲兄弟之派，偶爾有書信往來外，其餘江聲雷、司馬諒、梅滄浪、梅無問、盛冰和趙自成都是生平第一次見到點蒼門人。至於點蒼掌門上清道人的首徒怎會是個如此年輕的俗家弟子，眾人心中都存著老大疑惑，卻都不好開口相詢。

江聲雷道：「上清掌門人和許世侄仗義相助之心，我等感激不盡。」

那灰衣少年點點頭，又道：「晚輩有一事想請教江掌門。」江聲雷道：「許世侄請說。」灰衣少年道：「請問丐幫在此役中，扮演著什麼角色？」

眾人聞言，都不禁喔了一聲，議論紛紛。灰衣少年的眼光停留在江聲雷臉上，江聲雷微一遲疑，說道：「是友非敵。」灰衣少年點點頭，說道：「今日我與敝派師兄弟前來梅府的路上，經過城外的紅杏林，見到許多丐幫中人藏身林中。」

江聲雷一驚，神色凝重，說道：「早先火教尊者傳令，將於今夜聚眾圍攻紅杏林，原來他們已得知丐幫的行蹤！」他望向其餘眾人，說道：「丐幫幫主吳三石，是個忠義勇猛的漢子。大家今夜聚集於此，事態緊急，且讓我等齊赴紅杏林，相助丐幫！」

一片靜默中，司馬諒忽然冷笑一聲。江聲雷向他望去，問道：「司馬少掌門，你願意跟我們同去麼？」

司馬諒冷冷地道：「江掌門，閣下對在下毫無尊重，如今有求於我，閣下說我是該尊重您呢，還是該以彼之道，還施彼身？」江聲雷瞪著他道：「司馬少掌門，我如何不尊重你了？」司馬諒冷笑道：「連趙掌門都清楚看在眼中的事情，閣下竟仍假作不知？在下一進門便向閣下討教武藝，您卻置之不理，豈非對在下極端無禮？」

江聲雷拍桌怒道：「什麼挑戰不挑戰！今日我等密謀共商顛滅火教，丐幫危在旦夕，你小子卻只顧四出挑戰，只顧爭取什麼天下第一門派的虛名！你……你……司馬長勝有子如此，委實愧對雪峰列祖列宗！」

司馬諒臉色鐵青，倏然站起身，一言不發，推開石室對面牆上的石門，大步走了出去。原來這石室另有密道，出口想必在梅莊以外的隱蔽處所。

錢書奇等他離開一會兒，才站起身，抱拳說道：「敝派來此，一心想協助江南武林世家，已是冒了滔天巨險。在下與丐幫交情甚淺，若貿然出手，只怕更要陷全派於萬劫不復之地。江掌門，在下知道你用心良苦，但我長青派也須作自保之計。還請江掌門見諒。」江聲雷嘿了一聲，知道無法令他回心轉意，便不開口勸說。

錢書奇向那灰衣少年道：「許師侄，你跟我一起去麼？」那灰衣少年卻並不移步，說道：「師叔請先行一步，侄兒隨後就來。」錢書奇點點頭，沒有多說，踏入甬道離去。

江聲雷、梅滄浪和盛冰坐在石桌旁，望著桌面上凌亂的小刀和破碎的瓷片，心中都極爲沉重。

江聲雷靜了一陣，才抬起頭，說道：「事已至此，也只能盡人事，聽天命了。許世侄，令師上清道人派你率點蒼弟子前來，一切由你作主。你心中是何主意？」他的口氣已沒有了早先的怒氣，流露出的是聽天由命。

許飛望著室中餘下五人，緩緩說道：「我自當率領同門前去相助丐幫。我剛才話還沒說完。司馬掌門和錢師叔若聽完，或許便會願意去紅杏林了。」江聲雷哦了一聲，說道：「許世侄請說。」

許飛道：「我聽丐幫中人說道，他們守在紅杏林中，是爲了等候一個大盜回去他的藏身處。」此言一出，趙自成臉色霎時變得極爲難看，其餘人也不禁震動。

江聲雷向趙自成瞥了一眼，心想：「原來趙老小子早知道蕭群的藏身處是在紅杏林中，遲遲不說，現在可不也眾所周知了？」點了點頭，說道：「螳螂捕蟬，黃雀在後。各位若願意跟我同去解救丐幫，今夜子時，我們在紅杏林之南聚會，一同出手。」

趙自成當先說道：「我趙家跟你去！」梅滄浪、盛冰和許飛也各自點頭許諾。趙自成顯然急不亟待，站起身道：「我先去召集家人手下，準備出發！」說著向眾人一抱拳，匆匆搶出門去。江聲雷知道他心懷鬼胎，心下暗暗惱怒。許飛也跟著告辭出門。

第二十一章 卑躬屈膝

江聲雷正要離去，忽然想起一事，轉身向梅滄浪和盛冰道：「在下另有一件祕密需告知兩位。從去年起，火教便大舉出動追捕一個叛徒。我不知這人是何來歷，只知道他名叫凌霄。」

梅無問不由得啊了一聲。梅滄浪狠狠瞪了長子一眼，責怪他不知掩飾。江聲雷已然留心，問道：「怎地？」梅無問望了父親一眼，說道：「我兄弟今日帶了兩個少年來到莊上小住，其中一個就叫作凌霄。」

江聲雷神色驚詫，說道：「當眞？梅二少怎會認識此人？」梅無問道：「我也不知，只知舍弟帶了他和一個叫陳近雲的少年一起回來。」

江聲雷跨上前一步，說道：「快帶我去見他！」

梅滄浪和梅無問見他急迫如此，都不禁奇怪，站起身來，問道：「請問這少年究竟有何緊要？」江聲雷沉吟道：「我也不十分清楚。但我聽火教中人說起此事，都戒愼恐懼，極爲嚴謹。張去疾曾提起這是教主親自交辦的任務，囑咐護法和尊者們一定要將這叛徒捉回獨聖峰。」

凌霄老早便從江離口中得知這「祕密」，甚至身歷其境，見到他們以大鐵籠囚禁那假的凌霄，自然不以爲奇；陳近雲聽了卻不由得一愣，心想：「凌大哥得罪了那黑臉尊者，受到追捕是應該的，但爲何說他是『火教叛徒』？」

梅滄浪問道：「你打算將他抓起，交給火教？」

江聲雷沉吟一陣，微微搖頭，說道：「不，要視情況再作發落。我得仔細觀察此人，看看火教爲何對他如此恐懼重視。或許他身上藏有什麼能打擊火教的祕密。」

眾人一邊談論著，一邊推開石門，走了出來，沿著甬道回向梅莊。凌霄和陳近雲躲在靠近壁頂的石道中，大氣也不敢透一口。直到人聲消失，甬道中一片黑暗，兩人才慢慢往後退出，從高處躍下。

凌霄素能傾聽別人心底的聲音，但與陳近雲相處數月以來，他幾乎不用去聽陳近雲的心思，因爲陳近雲向來想到什麼便說了出來，心中從來藏不住事情。此刻也是一般，等到人聲靜了，陳近雲便心直口快地開腔了：「凌大哥，他們爲何說你是火教叛徒？咱們現在是要逃，還是出去見江聲雷？」

凌霄心中感動，他知道陳近雲從來沒有懷疑過他，仍舊全心全意爲他打算。他想了想，說道：「近雲，我不知道他們爲何說我是火教叛徒。我跟你說過我的身世，唯一未曾告訴你的是連我自己也不知道的事情：我完全不記得自己五歲以前的事。我猜想那段時間我曾被帶上火教獨聖峰，見過段獨聖，但我始終想不通，一個五歲的孩子如何能背叛火教？而我離開火教多年，他們又爲何不斷追捕我？」

陳近雲搖搖頭，說道：「如果連你也不知道，我多想也沒用。那麼現在你要去見江聲雷呢，還是避開他？」

凌霄道：「讓我想一想。」他靜下心來，跟孩童時一般，伸指節輕觸眉心，閉上眼睛，沉心觀望江聲雷這個人。他知道江聲雷早已有心反抗火教，聽聞了十八字嘔血籤辭後，更堅定了起事的信心。然而當所謂的籤辭「眞跡」出現後，他又不禁動搖了，懷疑眞跡是否和自己所知不同，其中是否另有祕密。凌霄心中思量：當時爺爺神卜子曾說過，籤辭中的「異龍現，江湖變；靈劍泣，野火熄」四句，雖然和「群雄集，野火熄」不同，但意義隱晦難明，江聲雷就算得到了，也定然無法參透。然而江聲雷不願火教得到籤辭的用心是正確的；籤辭絕對不能落入火教手中，以免段獨聖有機會毀滅異龍和靈劍。凌霄又往未來看去：江聲雷毅然走上反叛火教的這條路，艱險無比，隨時能跌得粉身碎骨。他將全副身家性命都賭上了，橫在面前的卻只有失敗的鴻溝，痛苦的深淵。

凌霄看到此處，不禁感到一股深沉的悲哀。他睜開眼睛，說道：「我要去見江聲雷。」

陳近雲點點頭，二話不說，當先往通向梅莊的甬道摸索前行。

二人出了密道，回到湖邊小徑。此時莊中已是一片混亂，只見許多莊丁打著燈籠來回奔跑，顯然已發現二少爺的兩個客人不見了，正四處搜尋著。

陳近雲雙手叉腰，大聲道：「我是你們二少爺的朋友陳近雲，快帶我去見梅莊主！」幾個家丁聞聲奔近前來，一人提著燈籠往二人的臉面照去，另外幾個持著梅家聞名江湖的梅家雙槍，槍頭對準了二人胸口。

陳近雲喝道：「我們來梅莊是客，你們江南武人竟是如此對待客人的麼？」那數名梅家弟子被他一吼，不自由主放低了雙槍。陳近雲道：「我們要見莊主，還不快帶路？」幾個弟子互相望望，微一遲疑，才收起槍當先走去。

凌霄和陳近雲跟著梅家弟子，來到一座僻靜的小園，園中似乎是間書房。一名弟子入內通報，隨即引二人進門。但見梅滄浪和江聲雷坐在房中，見到兩個少年進來，一齊站起身。

凌霄曾偷看到江聲雷，江聲雷卻從未見過他。此時二人目光相接，互相凝望，凌霄懾於江聲雷人矮小卻驚人的氣勢，江聲雷則驚於凌霄年輕卻異於尋常的神采。

江聲雷開口問道：「你就是凌霄？」凌霄道：「是。」他轉向梅滄浪道：「梅莊主，我想和江掌門單獨談談。」梅滄浪向江聲雷望去，江聲雷點了點頭，梅滄浪微一遲疑，便走了出去，陳近雲也跟了出去，關上房門。

江聲雷在書房中踱起步來。他身材雖瘦小，氣勢卻絕不弱於凌霄見過的其他數派掌門人。凌霄開口道：「在虎山時，我曾失手打傷令子江離。他現在如何了？」

江聲雷一呆，停下腳步，說道：「你就是虎山上……虎山上揚老大夫的弟子？」凌霄點了點頭。江聲雷皺起眉頭，又問一次：「你就是凌霄？」凌霄道：「不錯。」江聲雷接著問了個十分古怪的問題：「你怎麼知道？」

凌霄想了想，說道：「我是猜到的。」在那一瞬間，他領悟到江聲雷對於老人家派人求籤、將自己安頓在大雁觀和虎山的計畫一定有所與聞，接著反問道：「你和老人家，是什麼關係？」

江聲雷在桌旁坐下，抬頭凝望著凌霄，神情嚴肅，緩緩說道：「老人家是我一世的恩人。他讓我水裡來，火裡去，我都不會皺一皺眉頭。」

凌霄感到一股哀傷充斥心頭，重複道：「他讓你水裡來，火裡去，你都不會皺一皺眉頭。」江聲雷道：「怎麼？」凌霄搖搖頭，說道：「沒什麼。我知道了。江掌門，你現在見到我了，打算如何？」

江聲雷凝思一陣，才道：「老人家是怎麼跟你說的？」凌霄道：「我從沒見過他。」江聲雷點點頭，說道：「嗯，你從沒見過他。那麼你自己打算如何？回去火教發掘真相，還是繼續逃亡？」凌霄道：「你若是我，你會回去麼？」江聲雷嘿了一聲，說道：「自然不會。」凌霄道：「我也是這麼想。」

江聲雷沉吟道：「但我認爲，你應當主動了解火教的內情，才能夠知己知彼，防範於未然。今夜火教召集華山和其他門派赴岳州總壇大光明寺集會，說有重大指令要宣布。」他頓了頓，說道：「我認爲你應該跟我一道去。」

凌霄凝望著江聲雷的臉，見他左頰的疤痕紋絲不動，他知道江聲雷對己並無惡意，當下說道：「好。」

江聲雷嚴峻的臉上露出一絲笑容，說道：「我華山歸伏火教已久，你不擔心我將你抓起來交給火教？」凌霄道：「我若不相信你，今夜便不會來見你了。」江聲雷點了點頭，說道：「好！跟我來。」

凌霄站起身，又問一次：「江離沒事了麼？」江聲雷嘴角露出苦笑，說道：「他沒事。我對不住他。過去的事，莫再提了！」他當先走出書房，向候在門外的梅滄浪道：「人我帶走了。這件事絕不能向任何人透露，不然對你我都將是極大的禍事。」梅滄浪雖滿心疑惑，但震於江聲雷的威勢，只能點頭答應。

凌霄向候在門外的陳近雲道：「我要跟江掌門去。」陳近雲二話不說，便道：「我跟你同去。」凌霄勸道：「不如你留在梅莊，此地安全得多。」陳近雲笑道：「我離開開封時，便已打定主意要跟著你。如今你是甩不掉我的！」凌霄忍不住微笑心想：身邊有個眞誠如此的好友，夫復何求？

卻說江聲雷和凌陳二人回入湖底密道，通過了十多道粗厚的石門，每道門之內都有堅固的石門和銅鎖，顯是爲了防備外人攻入。眾人離開梅莊後，在岳州城中潛行一段，來到華山派下榻的客店。院中已有二十多名華山弟子站在當地等候，凌霄見到曾上山來找自己的紅面神岳千山和雪貓許千濤都在其中。他們見到凌霄，都睁大了眼睛，滿面驚詫。另有一個面目精明但神態緊張的弟子，站在眾人之前。江聲雷向二人道：「這是我大弟子鞏千帆。」卻沒有介紹凌陳二人。

鞏千帆打量了兩個少年幾眼，也不多問，上前向師父報告道：「火教尊者剛才派了使者來，說今晚大光明寺的聚會將於亥時開始，令大家準時赴會。」

江聲雷點點頭，回頭指著凌霄和陳近雲道：「替他們換上華山服裝，跟我等一起赴大光明寺。誰也不許多說一句，知道了麼？」鞏千帆躬身接令而去。

陳近雲心想：「莫非他要騙大哥去，將他交給火教？」但見凌霄並不出聲，便也閉嘴不語，心想：「大哥都不怕，我怕個什麼勁兒？」

這時岳千山和許千濤兩個過來找凌霄，悄悄將他拉到一旁，岳千山道：「明兒小大夫，你怎地來了？」凌霄想起自己遇見他二人時，尚不知道自己是凌霄，還是山上那個無憂無慮的小大夫明兒，心中不禁升起一股懷念傷感，只道：「一言難盡。兩位好麼？」許千濤道：「我們向師父報告了那夜在三家村中的所見所聞，師父便一直很想見見你，現在他可如願了。」凌霄奇道：「令師爲何想見我？」岳千山壓低了聲音，說道：「師父說道，即使是他自己，在大護法和神咒護法面前也不免恐懼股慄。明兒小大夫敢於在火教教眾圍繞下，挺身面對兩個護法，還能說出那番話，師父聽聞後，心中佩服得不得了。」凌霄搖搖頭，說道：「令師過獎了。令師之勇，才非常人能及。」他望向遠處江聲雷的背影，心中好生欽佩。他知道江聲雷才是眞英雄。他清楚知道，心中恐懼火教，卻仍堅決反叛火教，知其不可爲而爲之的人，需要多麼過人的勇氣。

時辰將近，江聲雷便率領眾弟子出發。凌霄和陳近雲披上華山道服，默默跟著華山弟子，出了岳州城，在鄉野中走了半個時辰，來到一間巨大的寺廟之外。

華山派眾人通過門口火教守衛的盤問，魚貫進入大殿，依指示在西邊角落坐了下來。這大殿極爲雄偉，比起泰山腳下凌霄曾見過的火教寺廟還要寬廣華麗十倍。許多門派都已到達，各自成群而坐，長青、雪峰、秋霜、崆峒、瀟湘等都在其中，還有一些名聲不響、人丁較少的門派也聚集在此。大家安安靜靜，見面也不招呼，只正襟危坐，抬頭望向壇上。

壇上的布置也和凌霄見過的極爲相似，當中一尊五丈高的神像，以紅布幔遮住，前面則是一尊面目清秀的段獨聖塑像。其他奇奇怪怪的鬼神塑像排了一列，有的慈眉善目，有的猙獰恐怖。陳近雲心中好奇，忍不住游目四望，凌霄拉拉他的衣袖，他才收回眼神。

過不多時，大殿忽然光亮起來，卻是有人在神壇之上燃起數支巨大的火炬。壇上一個法師模樣的人高聲喝道：「跪！」

大殿中各人盡皆跪下。那法師又高喝：「拜！」眾人在法師的引領下，向火神五體投地膜拜了十次。接著法師又喝：「恭迎神咒護法、赤焰尊者駕到！再拜！」

凌霄和陳近雲在人叢中跪拜如儀。拜完之後，凌霄抬起頭，但見壇上出現了兩人，一個便是曾收伏吳豹的白鬼子神咒護法，另一個則是赤焰尊者張去疾。二人身穿華麗道服，在火光下顯得異常莊嚴神聖。神咒護法身形高瘦，雪白的鬚髮飄在瘦長的臉旁，睜著一雙淡藍的眼眸望向殿中眾人，眼神冷酷，嘴角卻帶著微笑。張去疾的位階顯然低於神咒護法，恭敬地站在神咒護法左後方兩步處。法師又令眾人跪拜，口中稱頌：「尊貴護法，教主分身！火神大能，賜我永生！」神咒護法在當中寶座上坐下了，安然接受眾人的跪拜。

跪拜完畢，張去疾高聲道：「長青派掌門人錢書奇，上前晉見！」

人叢中當即站出一個肥胖的紫衣人，正是錢書奇。他躬著身上前，向神咒護法和張去疾跪拜，拜完仍匍匐於地，等候訓誡。張去疾肅然道：「錢書奇，你今年爲教主作了些什麼，自己說來！」

錢書奇磕了兩個頭，說道：「火神在上，教主明鑑！小人對教主忠心耿耿，今年已誦完《火教密典》，修習了《火教無病觀》，也向火神作足八萬次五體投地禮拜，並將五個子女獻給火神，供教主差遣使喚，一世侍奉教主。」

張去疾哼了一聲，說道：「你自以爲作了這些，就能贏得火神和教主的歡心了麼？那你可完全錯了！火神公正嚴厲，教主慈悲爲懷。你作的這一切，都不過是爲了你自己和家人祈福，好讓大家生時無災無難，死後不致墮入火燒煉獄。若要跟隨教主同登聖火天界，歸證清淨寶殿，你還差得遠呢！教主的大恩大德，大智大慧，我看你到今日都未能體會半分！」

錢書奇磕頭道：「神咒護法在上，赤焰尊者明鑒。小人愚癡，未能盡明教主恩典，還請護法尊者多多指點提攜！小人對教主一片赤誠，往後但教有報效神聖教主的時機，小人縱使粉身碎骨，亦赴湯蹈火，在所不辭。」

張去疾點了點頭，說道：「你自知愚癡，又懂得懺悔，那就好了。」揮手讓他下去，又喚道：「秋霜掌門人褚文義，上前晉見！」

便見一身錦衣的褚文義滿面堆歡趨上前來，起勁地磕了好幾個響頭。

張去疾臉露微笑，說道：「忠字當頭，非褚掌門莫屬！」但見褚文義伏在地上，渾身顫抖，卻不答話，張去疾問道：「怎地？」

褚文義抬起頭，臉現眞摯感動之色，一邊抹淚，一邊顫聲道：「小人見神咒護法和赤焰尊者兩位精神飽滿，英氣勃勃，清俊無匹，威德無邊，一時只覺全身溫暖，滿心歡喜，感動無已，不自禁喜極而泣！教主天恩浩蕩，無邊無際，小人感激涕零，粉身難報！」

凌霄和陳近雲對望一眼，他們素知秋霜派中人忝顏無恥，也親眼見識過褚文義和其兩大弟子的為人處世，但這人在火教護法面前的卑躬屈膝、諂媚阿諛竟已到此爐火純青、面不改色的地步，也算是令人大開了眼界。

張去疾顯然十分歡喜，著實誇獎了他幾句。褚文義退下去後，張去疾又連接叫了雪峰少掌門司馬諒、華山掌門江聲雷、瀟湘掌門巫竹妃、崆峒掌門吳豹等，一一上來訓斥告誡獎勵一番。各人畢恭畢敬，俯首稱臣。

最後張去疾道：「很好！今日讓大家聚會在此，除了考察大家的誠敬和精進之外，教主更有一件重要的任務交代。」重人盡皆肅靜傾聽。張去疾環望一周，冷然道：「當今之世，愚癡闇昧，膽敢不服從教主者，只餘兩股勢力。其一，便是那群骯髒邋遢的丐幫叫化子。」眾人聞言，一陣聳動。

張去疾又道：「我們得到消息，丐幫幫主吳三石已來到岳州，大部分弟子也已糾集於此。本座命你們清晨時分，率領所有弟子前往紅杏林，將丐幫眾逆一網打盡！」眾人齊聲應諾。

此時褚文義站起身，雙手結印，高舉額心，作足了火教的禮儀規矩，恭敬問道：「敢問赤焰尊者，另一股可惡勢力，卻是哪一群膽大包天、不知好歹的奸賊？」

張去疾搖頭說道：「這第二股勢力，容易對付，教主從未放在心上。不過是江南那幾個自命不凡的世家，教主金旨令其及早歸服，他們卻頑冥不靈，堅拒不從，不懂得教主的苦心。近日，他們不是忙著辦親事麼？各位不是都要去喝喜酒麼？事情太簡單了，等我們殺盡丐幫之後，再去對付梅滄浪、盛冰那幾個跳樑小丑不遲。」眾人齊聲應諾。

凌霄坐在人群當中，凝神觀望神咒護法和張去疾的內心，希望能探知更多關於火教的內情。他得知的和以往所見並無差別，只是更為細緻深刻。他知道火教使用各種方法控制教眾：成千上萬的一般教眾深信教主乃是天降神人，誓死效忠，唯命是從；少數武功高強的各派掌門人，火教則以咒術烙痕和俘虜其子女予以控制；位階崇高如護法等人，則全靠段獨聖本身的靈能加以統御。這邪教的力量之龐大，組織之嚴密，信仰之堅實，委實驚人。要運用這股勢力宰制天下，絕非難事。然而火教跟自己究竟有何關連？他卻始終未曾看透。

張去疾接下來又向眾武林人士宣布攻打丐幫的細節，安排各派出手先後，在何處聚集埋伏等。

凌霄想起丐幫和幫主吳三石，心中不禁擔憂。他閉目觀望，知道正教各派被羈絆在此，江南世家就算出手相助丐幫，勢力也不足夠。此時唯一能作的，便是預先趕去通知丐幫，令其走避。他側頭見陳近雲微微皺眉，知道他心中也思量著同一件事，當下向他使個眼色，接著伸手輕觸江聲雷的肩頭。江聲雷回頭望了望他，猜知他心念，微微點頭。便在此時，但聽壇上法師高喊道：「繞殿禮拜，起！」所有人一齊起身，列隊繞大殿而行，一邊念咒，一邊禮拜。

凌霄和陳近雲知道這是走脫的絕佳時機，暗暗覷伺機會。繞了一圈後，岳千山和許千濤悄悄來到凌霄身旁，低聲道：「且待我等掩護。」凌霄點點頭，便見許千濤趨前去向守在門口的教徒行禮，恭恭敬敬地說起話來。岳千山故意走在凌陳二人身側，擋住另一個火教守衛的視線。凌霄和陳近雲抓緊機會，立即從側門溜了出去。二人快步走出一陣，在迴廊上撞見了一個火教徒。那人臉色嚴厲，走上前來，揮手令二人回去殿中。陳近雲主動迎上去，模仿火教徒的禮儀，雙手結印，高舉額心，作得有板有眼，壓低聲音道：「教兄，請問茅房在何處？」那人臉上的疑問責備立即消失，往西首指了指。凌霄和陳近雲道謝後，快步走向茅房，又從茅房繞到後門之旁，偷眼看見後門口守衛森嚴，便悄悄脫下華山道服藏在茅房中，找到一無人之處，越牆而出，逃出了大光明寺。

陳近雲領著凌霄在黑暗中摸索，抬頭觀望星辰，辨別方向，口裡說道：「剛才我們出城來，往西南行了二里，轉向正南，又行一里。聽那什麼尊者說，丐幫所在的紅杏林位在岳陽城正西方三里。因此我們該向西北偏北行去，不出三里，應該便是了。嗯，北斗星在那兒，正北，那麼西北偏北便是這方向了。咱們走！」

凌霄不禁驚異，他與陳近雲一同跟隨華山派來到這寺廟，但他對於當時走的是何方向、走了多少路程卻全未留心，絲毫不知。雖說陳近雲慣走江湖，自然該知道此天文地理、方位距離，但他對方向的覺受之敏銳，有如腦中總放著個羅盤和地圖一般，這本事對凌霄來說直是不可思議。

等到離開火教寺廟稍遠後，兩人一邊在黑夜的荒野中趕路，一邊聊將起來。凌霄讚歎陳近雲辨別方位的本領，陳近雲笑道：「出來跑江湖卻不會認路，那還不如自己找塊豆腐撞死來得爽快。」凌霄忍不住笑道：「你不只有這本領，臨機應變的本事也厲害得很。那火教徒聽說我們要找茅房，立即便讓我們去了。」

陳近雲笑道：「漢高祖都有尿遁的權宜之計，我們仿效一下有何不可？」凌霄不知道這段典故，陳近雲便加油添醋地為他說了漢高祖劉邦赴鴻門宴時，如何藉口方便從項羽陣營逃走的故事，凌霄聽得津津有味。

陳近雲說完後，似乎想起什麼，眉心緊皺，靜了一陣，才道：「我不明白。」凌霄道：「不明白什麼？」陳近雲道：「剛才那些人，說不得也都是一派之主，一方之霸。怎會對那些什麼狗屁護法尊者卑屈若此，毫不反抗？」

凌霄輕歎一聲，說道：「恐懼。」陳近雲想了一下，嗯了一聲，說道：「他們怕了火教勢力龐大，怕了咒術，也害怕危及自己的子女。」凌霄微微點頭說道：「正是。他們害怕的並非火教那幾個尊者本身。他們害怕的是失去、無常和死亡。正因爲恐懼，才將他們推向火教。而一旦入了火教，便再也難以脫身了。」

陳近雲並不完全明白；他不似凌霄那般，能觀望感受到殿中各掌門人心底深刻的希求渴望，無邊的悲苦無奈。對陳近雲來說，凌霄能看懂這許多人心的本事，才叫不可思議。

第二十二章　百花盛宴

黑夜中道路難辨，兩人口中談論，腳下不停奔跑。不知不覺間，道旁已全是人高的雜草，在夜風下搖曳如波浪。凌霄忽然感到一陣不安，放慢腳步，低聲道：「前面有人。」

陳近雲也停下腳步，側耳傾聽。凌霄凝神觀照，穿透黑暗看見了前途上的事物，但見土道盡頭立著一座小亭，亭周以白幔圍繞，看不見內裡。亭口站了個身形瘦小的白衣人，睜著黑亮的大眼睛望向二人，手上未持兵器，神態悠閒自如，似乎並無敵意。

陳近雲藉著微弱的星光，隱約見到那白幔小亭和亭前的白衣人，仔細瞧去，才知那是個小女娃，大約十二三歲年紀，頭梳雙髻，一雙眼睛大得出奇，小嘴帶笑。陳近雲見是個小姑娘，便也不怕了，走上幾步，奇道：「小姑娘，三更半夜的，妳在這荒野中作什麼？」

那小姑娘笑笑不答，一閃身，消失在白幔之後。

凌霄和陳近雲對望一眼，一齊往亭子走去。

來到亭前，才見那圍住涼亭四周的白幔竟是上好的絲綢所製，上以金絲銀線繡了精緻的花卉，絕非俗物。陳近雲嘖嘖兩聲，讚道：「南京雲錦，玉綬花繡寶相花紋，這可是上貢極品啊！」小心掀開繡花布幔，只覺眼前一亮，但見亭中高高低低掛著許多薄紗燈籠，布置得華美幽雅，地上鋪著柔軟地氈，几上擺著嬌豔鮮花，亭當中一張玉石製的圓桌，桌旁坐了一個灰衣少年，神色凝肅，腰間佩劍，正是兩人曾在洞庭湖底水晶室中偷見過的點蒼許飛。

方才立在亭外的那大眼小姑娘此時站在桌旁，正替許飛斟酒。她抬頭望向凌霄和陳近雲，大眼含笑，笑吟吟地道：「又來了兩位貴客。請坐下吧！」伸手指向桌旁的另兩張凳子。

二人對望一眼，便走上前坐下了。陳近雲向那小姑娘道：「請問姑娘怎麼稱呼？」小姑娘笑道：「我叫蘭兒。幾位爺餓了吧？快請坐下，好菜就快上來啦。」說著放下酒壺，掀開布幔，一閃身便從亭後出去了。

陳近雲滿心疑惑，四下張望，又不禁噫的一聲，他見亭角橫七豎八躺了十來人，都是灰衣佩劍，與那許飛一般打扮。他心中暗想：「看來點蒼弟子先趕來了，不知如何卻被這女娃兒弄昏了困在這兒。此人是友非敵，得趕緊彼此認識才行。」當下對許飛抱拳說道：「在下關中陳近雲，這是我大哥凌霄。請問這位兄台貴姓大名？」他熟透江湖規矩，雖早知道對方是誰，還是得裝作不知道請問一番，以免對方起疑。

之前凌霄和陳近雲從水晶宮頂上偷望，並未看清許飛面目。這時正面見到許飛，見他膚色黝黑，劍眉薄唇，看來確實年輕得很，年紀似乎比二人還要小上幾歲，但神情穩重成熟，當此困境，竟然鎮定如恆，毫不驚慌。

許飛向陳近雲望去，又向凌霄凝望，抱拳回禮，說道：「在下點蒼許飛。」陳近雲從他語氣中覺知他對自己並無敵意，眼光瞥向角落的那群灰衣人，低聲問道：「何事如此？」

許飛微一遲疑，如實說道：「我和同門師兄弟中了陷阱，大家一入涼亭便被毒倒了。」陳近雲問道：「怎地你沒有被毒倒？」許飛道：「我以內力擋住了。」陳近雲問道：「她們準備如何對付你？」許飛微微苦笑，說道：「我正等著瞧她們要使出什麼手段。但她們似乎無心殺我，卻硬要我留下吃她們的什麼『百花宴』。」

陳近雲奇道：「百花宴？」

凌霄走上前，蹲在那幾個灰衣人身旁，伸手去探其中一人脈搏，翻看他的眼皮。許飛見他似乎懂得醫道，跟上前來問道：「如何？」凌霄皺眉道：「確實是中了毒。」他知道只靠診脈，未必能準確判斷所中何毒，當下閉目感受中毒各人的覺受。他感到一陣呼吸困難，肌肉抽搐，說道：「由跋的塊莖。」接著感到暈眩欲嘔、瞳孔放大，再道：「半邊蓮的葉。」他閉目半晌，又道：「豬草的花粉。四肢無力，蓖麻的種子，芫花花蕾。紫茉莉塊根。咬人貓的纖毛。」他閉目良久，最後說道：「最後一種，該是博落迴的莖。一共八種毒藥。」他自幼隨揚老上山採藥，虎山地氣殊異，奇花異草種類繁多，他長年接觸草藥，對各種植物花草自是瞭若指掌，對多種有毒的植物也頗爲熟悉。此時他憑經驗和感知中毒者的覺受猜測點蒼眾人所中毒物，竟然判斷得一點不錯。

他沉思半晌，解下揹在身後的藥箱，匆匆取出各種藥材，混在一起，作成許多粒丸子，對許飛道：「這藥可化解貴師兄弟所中八種毒藥，需盡快服食，以免毒性擴散，損傷內臟。」許飛有些猶疑，陳近雲伸手扶上他肩頭，說道：「我大哥醫術精湛，你可放心。」許飛吸了口氣，決定相信這兩個素未謀面的陌生少年，點了點頭，凌霄便餵許飛的師兄弟一一服下藥丸。他覺知剛才那大眼小姑娘此時正站在布幔之後，將自己的言語一字不漏地聽了進去，並偷眼觀望自己配製解藥的一舉一動。他知道她驚訝無已，絕沒料到世上竟有人能輕易判斷出毒藥來源，並能如此快速地想出解毒之法。

凌霄又取出兩粒藥丸，交給陳近雲和許飛，說道：「這藥丸可辟百毒，快吃下了。」陳近雲對他極爲信服，仰頭便吞下了。許飛此刻身處危境，不由他遲疑，便也吃下。他問道：「兩位爲何來到此地？」

凌霄道：「我們聽聞火教將對丐幫出手，正趕去紅杏林報信。」許飛臉色一變，低聲道：「我也意在相助吳幫主，卻在途中受阻。看來這些女子特意擋在路中，阻攔各路援手。」陳近雲嘿了一聲，說道：「我知道了，她們定是火教手下！」

正說時，那大眼少女蘭兒翩然回入亭中，神色若無其事，手中持著一個白玉端盤，上面放著三碗熱粥。她輕巧地將粥放在三人面前，微笑道：「這三碗粥各有名堂。婢子想請教三位，能否猜出它們的名稱？」

凌霄、陳近雲和許飛三人一齊低頭望去，但見最大那碗中央呈深粉紅色，愈往邊上顏色愈淡，層層渲染；最小那碗的粥面點綴著一朵朵嬌小而顏色濃豔的粉紅團兒；中間那粥則在一片碧綠中浮著數團嫣紅。

凌霄和許飛都面面相覷，一頭霧水，唯有陳近雲看得津津有味，指著那最大碗的粥，吟道：「『名花傾國兩相歡，常得君王帶笑看。』」蘭兒拍手笑道：「對啦！這是牡丹粥。」

陳近雲猜對了一個，甚是高興，又望向那中間的一碗，說道：「這也容易。『畢竟西湖六月中，風光不與四時同。』」蘭兒接口道：「『接天蓮葉無窮碧，映日荷花別樣紅。』這也對啦，是荷花粥。」

陳近雲更加高興了，望向最小那碗，皺眉思索。他側頭見蘭兒微笑不絕，心中一動，拍手笑道：「此花絕勝佳人笑也！」蘭兒臉上笑容更加燦爛，問道：「笑可買乎？」陳近雲大笑道：「可也！拿黃金百斤來！」卻是漢朝典故；相傳漢武帝與寵妃麗娟在花園中見到薔薇花時，武帝讚歎薔薇花之美，說道：「此花絕勝佳人笑也。」乖巧可人的麗娟在旁聽了，趁機戲問漢武帝笑可否買得，漢武帝戲答可也，麗娟便讓人拿來黃金百斤，讓武帝盡情歡笑，因此薔薇花也稱為「買笑花」。

陳近雲猜對了三碗粥名，心中得意，忍不住手舞足蹈起來，凌霄在旁也不禁微笑。蘭兒道：「粥要涼啦，三位快請用吧。」凌霄正覺得餓，拿著匙羹便喝了起來，陳近雲和許飛見他不怕中毒，便也跟著喝了。

蘭兒笑嘻嘻地問道：「三位可喜歡這粥麼？」陳近雲嘖嘖讚賞，說道：「芬芳清淡，口頰留香；華貴清雅，甜美嬌俏，各有特色。」蘭兒點頭道：「看來懂得欣賞我們三花粥的男子中，陳公子是第一人！」

許飛擔心中毒的同門，又心急任務未完成，耐著性子道：「如今粥吃完了，我們可以走了吧？」

蘭兒微笑道：「這才是開頭兒呢。我們的百花宴可是有名的，共有三粥四餅五菜六點七茶八酒。各位請稍待，四餅就上來啦。」說著收拾粥碗，飄然出亭而去。

陳近雲吐舌道：「她若要我們一樣樣猜這什麼五菜六點七茶八酒的名稱，怕是猜到天亮都猜不完！」凌霄笑道：「她見你精通詩辭典故，喜歡猜謎，便讓你猜個通宵才過癮。」

許飛坐立難安，起身過去探望同門。凌霄道：「毒性很深，總要兩個時辰才會醒來。你別著急，這女子不會爲難我們。是敵是友，還在未定之數。」

不多時，那蘭兒又回來了，這回端著一只木盤，盤上放著四樣餅類，每樣三塊，擺得端端正正。陳近雲正摩拳擦掌準備要猜那餅兒的名稱，蘭兒已道：「您不用猜了，這回我不考試，直接告訴您了。這厚的是藤蘿烤餅，薄的是杜鵑煎餅，方的是朱槿麵餅，圓的是茶花湯餅。」

這十二隻餅兒顯是剛剛烤好煎好，發出陣陣誘人香味，當眞令人饞涎欲滴。陳近雲笑道：「色香味俱全，此之謂也！」說完拿起便吃。若說那粥味道太過芳香奇特，花味太濃，這幾隻餅兒的味道就是香酥絕美，令人吃了還想再吃。

不等餅兒吃完，蘭兒又端上五盤小菜，一一放在桌上，指點著道：「五菜來啦！這是清炒野牡丹莖，薑燜木棉花瓣，涼拌劍蘭豆腐，月桃葉蒸餃，野薑花飯糰。」

陳近雲笑道：「我卻不知道這些花兒都能入菜的！」蘭兒笑道：「我家娘娘最愛烹飪，這幾道菜，都是她鑽究多年，親自發明的。」陳近雲停下筷子，正色問道：「請問令主上究竟是何方神聖？如此廚藝，小子一定要磕頭拜見！」蘭兒微笑不答，只道：「她老人家的名諱，我是不敢亂說的。菜要涼了，各位快吃吧！」

三人聞到菜餚的香味，忍不住都舉箸吃了起來。各菜鮮美出奇，三人吃得幾乎沒將舌頭都給吞了下去。菜剛吃完，蘭兒又端上甜點和茶；六樣甜點是水晶糖玫瑰、翡翠鑲金蓮、紫丁香脆糖、三色堇甜餅、杭菊玻璃盞、海芋凍蜜盅；七樣茶是菊花柑茶、劍蘭蜜茶、玫瑰花露、白荷花露、百合落草茶、水仙清心茶和火鶴紅塵茶。

許飛聽到最後，微微一呆，脫口問道：「妳說這最後三種茶，是什麼來著？」

蘭兒一怔，沒有回答，斂色不再微笑，頷首走出亭去。陳近雲和許飛對望一眼，許飛道：「原來眞有……眞有其人其事？」陳近雲點頭道：「流傳十多年的傳說，我想確是眞的。」

凌霄完全聽不明白，問道：「什麼是眞的？」陳近雲道：「江湖上傳說有這麼一個專事暗殺的門派，門內都是女子，自稱爲『百花門』。這門派行事隱密，幾乎沒有人見過百花門人，只知道門中有三個響噹噹的人物，號稱武林三朵花：白水仙、蕭百合、姬火鶴，聽說三人都是當世美女，卻從來沒有人見過她們的眞面目。我和許兄聽蘭兒姑娘說那最後三種茶的名稱，想起了這三朵花的名頭，猜想她們可能就是百花門人。」

凌霄點了點頭，說道：「她們用毒的技巧十分精湛。剛才的三粥四餅五菜六茶中，至少放了三十種毒藥。」許飛驚道：「當眞？那我們……」陳近雲道：「別擔心，有我大哥在，她們毒不倒我們的。」但心裡頭又有點拿不準，轉頭問凌霄：「是吧，大哥？」凌霄微笑道：「菜裡的毒都還可以對付，茶和酒裡的毒就難了。」

陳近雲一聽到酒，肚子裡的酒蟲又動起來了，舔著嘴道：「梅二哥家的酒雖說不是凡品，但也並非珍絕難得之物。我倒想知道百花門的酒有何出奇之處？」

過不多時，蘭兒果眞端了八隻白瓷高腳酒壺出來，每壺上都畫了不同的花卉，依次爲十二花神中的前八種花：一月梅花、二月杏花、三月桃花、四月牡丹、五月石榴、六月荷花、七月玉簪花、八月桂花；另一盤上則放了八只形狀各異的杯子。凌霄生長深山，許飛出身武林，哪裡見過這許多杯子？陳近雲卻是識貨的，一一拿起觀看，嘖嘖稱賞，說道：「這金托金爵杯，該是萬曆年間御製之物。這蓮花白玉杯，用的是上好的和闐白玉。這犀角槎杯，雕工精細，極爲少見。然而最特殊的，該算這碧筒飲了。」他拿起一只碧綠的杯子，形狀如一片捲起的荷葉，荷葉莖彎而向上，有如一個吸管兒，正好可吸啜杯中美酒。

蘭兒笑道：「陳三公子好眼光，這碧筒飲正是主上最珍愛的飲器。」說著一一拿起八個白瓷高腳酒壺，替八只杯子都倒滿了顏色濃淡各不相同的酒。

凌霄凝望著每一杯酒，聞著杯中飄散出來的香味，腦中飛快地估算毒性深淺、籌思如何破解。陳近雲也知道這些酒雖然色澤美麗、酒味香冽，但絕不是好惹的，不敢伸手去拿，只顧望著凌霄。許飛望望蘭兒，望望美酒，最後目光也停在凌霄臉上。凌霄閉上眼睛，口中念念有辭，最後伸手拿過身邊的藥箱，飛快地取出十多粒藥丸、十幾樣草藥，一一放入八杯酒中，接著取過那蓮花白玉杯，一飲而盡。

蘭兒臉色微變。百花門擺酒迎客，便等同是向敵人下戰書，不料這少年竟能在轉瞬間辨出酒中毒性，出手解毒並飲下毒酒，這等對手她可是從未遇過。

凌霄望著她，微微一笑，說道：「喝足八杯，才算過關。」說著又拿起一杯，一飲而盡。陳近雲忍不住問道：「我能喝一杯麼？」凌霄點點頭，說道：「請隨意。」陳近雲便端起面前的金托金爵杯，仰頭喝光了杯中淡紅色的酒，咂嘴道：「貴氣十足，只太香了些！」許飛也端起面前的犀角槎杯，喝完了杯中赭色的酒水，輕輕放下，不置一辭。三人輪流舉杯喝酒，蘭兒的一雙大眼從凌霄望向陳近雲，又從陳近雲望向許飛，眼睛愈睜愈大，臉上神色也愈來愈驚訝。

最後陳近雲爽快地喝完了那碧筒飲中的粉色酒水，放下酒杯，站起身束束腰帶，笑道：「多謝姑娘的三粥四餅、五菜六點、七茶八酒。當眞百花入菜，千卉化酒，手段高明，不露痕跡。吃飽喝足，我們這得上路啦。」

蘭兒見三人不但沒有中毒昏厥，反而精神奕奕，忍不住面露驚異之色，咦了一聲。

凌霄也站起身，跨上一步，擋在許飛和陳近雲身前，什麼也沒說，只直視著蘭兒，在無言中將蘭兒施展出的種種毒術盡數擋回。他憑著探視人心的本領和精湛的醫術，看出蘭兒藏在袖中的手絕沒閒著，不斷從衣服中掏出不同的毒粉、毒物施放，而他也依樣回報，在不動聲色中將內力充斥身周，令自己和陳近雲、許飛毫髮無傷。

蘭兒終於罷手，抬頭凝望著他，若有所悟，脫口道：「在開封酒店中，出手解救盛家子弟的人，就是您了！」凌霄點了點頭。

蘭兒點了點頭，向三人盈盈一福，說道：「婢子大膽，多多得罪。」

凌霄指著地上的點蒼門人道：「他們一時三刻不會醒來，還請姑娘勿要為難。」蘭兒臉現矜重之色，說道：「您既已解除他們身上的毒性，我如何會再加一指？等他們醒來，我任他們自去便是。」

許飛雖對這使毒的小妖女並不完全信任，但如今也只能聽信她這一句承諾，躬身道：「多謝姑娘。我同門醒後，請告其自回城中客店，我事了後便去與他們會合。」蘭兒微微頷首，轉身消失在布幔之後。

凌陳許三人對望一眼，一齊快步出了亭子。陳近雲抬頭望向天上，喃喃道：「剛交寅時，離天亮不遠了。咱們快走，這邊！」三人提氣快奔，在荒野草叢中穿梭。陳近雲奔跑時好似足不點地，輕功是三人中最高者；凌霄從沒學過輕功，只能運氣大步而行，僅僅能追在陳近雲身後。許飛的點蒼派輕功有其獨到之處，疾行時挺胸縮腹，邁步寬大，不疾不徐地跟在凌霄身旁。

許飛在黑夜深林中遇見這兩個行止特異的少年，無端出手相助自己，又見二人武功不在自己之下，心中不禁驚奇，暗想：「武林中眞是什麼人物都有！這回師父派我率領同門下山，我道自己走遍西部武林，見多識廣，豈知這回來到江南，除了見到各大派掌門外，更遇上這兩個與眾不同的奇人，也算是大開眼界了。」

凌霄望見許飛的心思，知道他是個光明磊落的人物。他自下虎以來，見過的武林人士無不自視甚高，勝負心極重，遇上武功勝過自己的人物，都不免生起疑忌嫉妒之心。這許飛卻心地坦蕩，得失心極淡，對自己和近雲是出自眞心推崇敬佩。原來點蒼一派長年隱居深山，與世隔絕，專注於修習道家崇尚自然、與世無爭的哲理，是以門下弟子也感染了不與人爭的出世之風。

第二十三章　蓄勢待發

不多時，三人穿出草叢，又奔出一段，但見面前出現一片黑壓壓的樹林，月光下隱約可見都是杏樹，卻看不出顏色。陳近雲屈指計算距離，說道：「前面那想必就是紅杏林了。」許飛道：「這林子看來不小，黑夜中如何尋得到吳幫主？」凌霄閉上眼睛一會，睜眼說道：「林中藏有不少人。林口有守衛，我們一出現，就會有人來招呼的。」

許飛一呆，忍不住轉頭望向他，問道：「你怎麼知道？」陳近雲笑道：「我大哥料事如神，你若不信，我們這便上前試試。」他正要舉步上前，忽然想起一事，遲疑道：「我們趕去報信，若是丐幫不肯走怎麼辦？」許飛道：「火教這回召集的人手極多，加上歸伏火教的這些門派，絕非其敵，必得走避。」陳近雲沉吟道：「丐幫知道火教會來，絕不會沒有準備，說不定他們已布置好了陷阱給火教來闖？」許飛搖頭道：「華山派江掌門與丐幫聯繫緊密，丐幫若有準備，江掌門不會不知道。」

陳近雲望向凌霄。凌霄道：「眼下猜測也沒有用。我想他們應當有所準備，但不見得充足。他們志在奪取籤辭，確實有可能不願就此離去。」

許飛聽他提起籤辭，有些驚訝，轉頭望向他，問道：「你知道籤辭之事？」凌霄點點頭，說道：「我們並非為追尋籤辭而來。但自開封南下，一路上聽到了不少傳聞。我們知道大盜上官無邊偷得這所謂的籤辭真跡後，便轉託黃天易鏢師送抵岳州，交給了他的至交蕭群。我們也知道蕭群原是趙家弟子，後被逐出門戶，有個藏身處在紅杏林中。丐幫就是為此而守在林中，希望能找到蕭群和籤辭。」

許飛點了點頭，說道：「人人都想爭奪籤辭，但我和江掌門是一般的心思，只教籤辭不落入火教手中便成。」凌霄道：「我們也是這麼想。丐幫想來對籤辭亦是志在必得，才徹夜守在林中。」許飛道：「聽聞丐幫幫主吳三石性情耿直剛烈，反抗火教不遺餘力。他若真不肯離開，我也只能與他們並肩一戰。」

陳近雲道：「點蒼和丐幫這般交情，可稱得上刎頸之交了！」許飛微微搖頭，說道：「其實點蒼和丐幫多年來並無交情。」陳近雲肅然起敬，伸手拍拍許飛的肩頭，說道：「沒有交情便肯性命相託，這種朋友怎能不交？許兄，你這朋友我是交定了！」許飛一向嚴肅寡言，這時也不禁被陳近雲的神色逗得莞爾。

三人商議已定，陳近雲便當先走去，果不出凌霄所料，一到林口，便有人在樹叢中出聲喝問：「來人止步，報上名來！」接著便有十多名丐幫弟子從樹叢後湧出，圍繞住三人。

擺架子唬人原是陳近雲的拿手好戲，此時抱拳大聲道：「在下關中陳近雲，是你們幫主的好友，連夜趕來給他報信。軍情火急，不可耽擱。還不快帶我去見吳幫主？」眾丐幫弟子一聽，交頭接耳一番，不敢怠慢，立即去通報幫主。

過不多時，吳三石快步從林中走出來，見是陳近雲，忍不住臉一沉，罵道：「他媽的小猴子，什麼我的好友？有話快說，有屁快放！」

陳近雲瞪眼道：「我等特地來通報救命的大消息，你對我如此無禮，我說是不說？」許飛再也按捺不住，上前一步，抱拳爲禮，說道：「吳幫主，在下點蒼許飛，奉家師之命，特來襄助江南世家抵抗火教。在下和陳近雲、凌霄這兩位朋友在道上相遇，確有大事向吳幫主稟報。」

吳三石聽說是點蒼弟子，神情便嚴肅起來，說道：「小兄弟請說。」許飛道：「火教已知道丐幫藏身於此，天明時分將率領數百名火教徒和正派中人包圍紅杏林，準備將丐幫一網打盡，請吳幫主盡早走避爲上策！」於是陳近雲也說了早先在火教大光明寺聚會中聽聞火教尊者所下指令，以及有哪些正教門派被迫參與突襲等等。吳三石沉肅而聽，聽完後沉吟半晌，似是權衡不下。

許飛續勸道：「請幫主三思！晚輩今夜剛與華山掌門、長青錢掌門、雪峰司馬、江南三大世家密會。人人都猜到籤辭在大盜蕭群手中，人人都想奪得籤辭，不令落入火教手中。請吳幫主相信晚輩一句，火教此刻並不知道蕭群的藏身處在此林中，貴幫若不離去，決計在此與火教大戰一場，只怕打草驚蛇，引狼入室，反而讓火教猜知我們的用意。」

吳三石側頭沉思。許飛代表武林中素負盛名的點蒼一派，說出來的話自有份量。加上許飛出言成熟穩重，剖析在理，吳三石終於下定決心，說道：「好吧！我們便暫且撤退。」他忽然轉頭凝望著凌霄，說道：「少年，我在開封城外見過你。你叫什麼名字？」凌霄道：「不只在開封城外，您在泰山腳下也曾見過我。」

吳三石瞪著凌霄良久，才道：「你是那個……那個泰山小道士？」凌霄笑道：「我既不是泰山派，也非道士，如今也不小了。」

吳三石不禁一呆，走上一步，仔細打量他，問道：「你叫什麼名字？」凌霄道：「在下凌霄。」吳三石啊了一聲，說道：「江掌門提起過你。」凌霄點頭道：「我已見過江掌門。正是江掌門遣我來向您報訊。」

吳三石靜了一陣，才道：「好！我們即刻離開紅杏林。你們三個跟我來。」

丐幫弟子登時傳令下去，讓守在林中的百來名丐幫弟子依序撤走，更往西去。陳近雲忍不住低聲問道：「他要帶我們去哪兒？」凌霄道：「去他們的藏身處，去見一些人。」

許飛此時已知道凌霄不是尋常人物，他似乎能知道許多別人無法得知的事情，當下問道：「見誰？」凌霄搖搖頭說道：「一些躲藏了很久的人。」

眾人跟在吳三石身後，在黑夜中疾行一陣，陳近雲不斷觀望天上星辰，說道：「西北偏西，五里路。這該進入華容山區了。」

果不其然，又走一陣，路面變得崎嶇，傾斜往上。爬了一陣山路後，眾人繞過幾個山坳，來到一處地勢極爲險惡的谷口。饒是這一百多人都身負武功，這段路走來也都十分辛苦。谷口一名身穿黑色道袍的男子轉了出來，喝道：「來者報名！」吳三石上前低聲對答了幾句，那守衛點點頭，讓眾人魚貫而入。

繞過谷口之後，遠遠便見谷中點點微弱的營火，營火旁營帳林立，似乎駐紮了數百人。凌霄、陳近雲和許飛見了，都是面面相覷，不知這些都是什麼人，爲何聚集在此？

吳三石回頭向三人望了一眼，說道：「少年們，看清楚了！這便是正派武林最後的一股勢力！」

許飛若有所悟，脫口道：「少林，峨嵋，武當！」

吳三石默默點頭。陳近雲也明白過來，驚歎道：「原來三大派還有這許多人，未曾落入火教的魔掌！」

吳三石領三人走下崎嶇的山道，進入山谷。此時天色漸明，帳篷間已有人走動，各人紛紛生火烹煮早飯。吳三石來到營地當中最大的一座帳篷之外，向守衛說了幾句話，便跨入帳篷，再向凌霄等三人招了招手，凌霄等便都跟了進去。

但見帳篷正中燒著一堆火，火旁坐著兩個僧人和一個道士。中間那僧人年紀似乎有七八十歲年紀，白眉白髮，臉色枯槁，滿面斑紋；左首的和尚身穿橙色羅漢衣，約莫五六十歲，身形高大，一張豬肝色臉，形貌粗魯；右首那道士身穿黑色道袍，滿面紅光，一部長鬚花花斑斑，細眼大鼻，面容滑稽。三人圍火盤膝而坐，手中各自捧著粗陶茶杯，茶水猶自冒著白煙，顯然正談著話。三人見到吳三石進來，甚是驚詫，那神貌滑稽的老道急著問道：「情況如何，可是手到擒來？」

吳三石搖搖頭，說道：「人沒出現。昨兒四更時分，這三位小朋友趕來報信，說火教發現了我的蹤跡，準備率上百教眾圍攻紅杏林。我便先行撤退了。」

老道微微點頭，說道：「甚好，勿纓其鋒，避之則吉。」

那老僧開口道：「三位小施主是？」

吳三石招手引三人上前，說道：「快來見過了，這位是少林方丈空如大師。」

許飛驚道：「人說少林方丈百年已久，竟不知……」空如合十道：「老衲身雖未死，心卻不遠。請問施主是？」許飛行禮道：「晚輩點蒼許飛，拜見方丈。」

吳三石接著介紹那老道，卻是以四象劍聞名天下的武當掌門王崇眞道長，又介紹那高大和尚，乃是峨嵋派首座子璋和尚。許飛身爲武林晚輩，對這三大派的掌門人自是恭敬拜見。陳近雲不屬任何門派，凌霄則連自己學武的師承都不知道，只跟在許飛後面行禮如儀。

吳三石在火旁坐下，伸手取過掛在火上的陶茶壺，替自己倒了一杯茶，啜了一口，說道：「三位清早便在此聚會，想必已有結論？」

空如和王崇眞沉吟不答，峨嵋首座子璋和尚率先大聲道：「還有什麼好討論的？我等這回出山，早已抱了必死的決心！不跟火教拚個死活，我等絕不回山！」

武當王崇眞輕輕歎了口氣，伸手摸著花白的長鬚，抬眼說道：「別無選擇，唯有孤注一擲。」眾人眼光都望向空如。空如閉著雙目，緩緩說道：「少林數百年的基業，孰料竟毀在了火教手中。老衲已在佛祖前立誓，若不能收拾殘局，重整少林，則教老衲生生世世輪轉三惡道，不得超生。」

眾人聽了這話，都驚然相顧，知道這是出家人所能立下最重的毒誓了。

凌霄凝望著面前這三個老人，心知三人的武功能耐即使不是空前絕後，也是震爍當今了。三位首領和他們座下那群不世英雄、一代高手，十多年來飽嘗的苦楚悲辛、忍辱負重，如洪水般捲上了凌霄的心頭。他感受到這些人心中深刻的委屈、憤慨、恐懼、壓抑、渴望，長年的潛藏隱匿令這些豪傑心頭抑鬱，有志難伸，表現在外的便是無言的憔悴蒼老，無奈的困獸之鬥。

沉靜之中，吳三石點頭道：「好！三位此番聚集江南，又已下定決心，那麼這一戰是勢在必行的了。」眾人互相對望，眼神中閃爍著堅定的決心。

空如揮揮手，說道：「請他們進來。」守在門口的小沙彌走了出去，不多時，三人前後走入帳中。當先的是個三十來歲的青年和尚，面貌憨厚，身旁是個青年道士，面目清俊，其後是個身形魁梧、滿面橫肉的橙衣和尚。吳三石替許飛等介紹了，那青年和尚乃是空如大師座下的親信弟子，法名清召；道士名叫李乘風，乃是王崇真的首徒；那橙衣和尚則是峨嵋子璋和尚的親信弟子智高。

清召合十說道：「弟子遵照方丈吩咐，已讓少林弟子聚集在廣場上了。」那青年道士李乘風則向王崇真稟告道：「啓稟師尊，武當弟子恭候三位尊長。」智高大聲道：「師父，峨嵋弟子也都到齊啦！」

帳篷中眾人聽了，互相望望，一齊起身，步出帳外。凌霄等三人也跟在後面，來到山谷中一片平坦空曠的廣場上。

只見廣場上數百名三派弟子已聚集在一高臺前，一團團各自就座。

空如、子璋和王崇眞走上臺，子璋高舉雙手，朗聲道：「峨嵋弟子聽令！我等這回出川東來，所爲何來？」眾弟子齊聲道：「消滅火教！」子璋道：「不錯！我等隱忍十多年，暗中苦練武功，爲的是什麼？」眾弟子齊聲道：「消滅火教！」子璋聲音雄厚，揮拳叫道：「正是！我們等待的機會，終於到來了！」臺下峨嵋弟子一齊揮拳高呼，聲震山谷。

空如合十道：「阿彌陀佛！」眾人聽少林方丈開言，立即安靜下來。空如緩緩說道：「少林數百年基業，首次中斷。我派弟子被逼散居隱匿十多年，實乃古今未有。如今火教禍害天下，我等身爲正派武林之首，只教還有一口氣在，便不能坐視邪教橫行。如今火教大舉出動，欲收伏江南武林勢力。我等自當與江南武林同仇敵愾，予火教迎頭痛擊，讓他們見識正派武林的氣節！」眾少林弟子一齊念道：「阿彌陀佛！」更有弟子喊道：「斬妖除魔，乃是佛門弟子的天職！」「佛門與火教邪徒，誓不兩立！」

等眾人靜下來後，王崇眞開口道：「武當封山多年，貌似與世隔絕，實則對武林之關心從未減退。我等雖身入道門，卻從並未失去鬥志。凡我武當門下，誓死與正派武林戮力同心者，請舉劍明志。」武當弟子紛紛拔出長劍，舉向空中，霎時谷中一片長劍林立，寂靜中顯示出武當派不尋常的氣勢和決心。

凌霄在人群中旁觀，只覺坐立難安，滿懷焦慮。他再也難以壓抑心頭的擔憂恐懼，豁然站起身，舉起雙手，張口想要說話，卻發不出聲音。眾人不知這少年是誰，眼光都集中在他身上。

凌霄知道這話不該說，卻不能不說，他吸了一口氣，高聲說道：「我知道各位決意與火教一決死戰，但我勸各位應三思而後行，切不可輕舉妄動！」眾人聞言一呆，忍不住紛紛叫了起來：「什麼不可輕舉妄動？」「小子是誰，在此胡說八道！」「誰怕火教了，我等跟他拚個你死我活！」「誰要我們不要打，先揍他一頓！」

凌霄等大家靜下了些，才道：「時機未到，這麼去只是白白送死……」語未罷，眾人已高聲叫囂起來，出家人還好，俗家弟子的用辭則愈來愈難聽。有的甚至站起身，捲起袖子準備上前狠揍他一頓。

凌霄耳聽人群排山倒海的聲浪，心知情勢已無可挽回。他孤立在人群當中，心中感到難以言喻的悲愴，體會到「螻蟻無法搬象，螳臂豈能擋車」這句話的含意：若沒有自知之明，早些走避，螻蟻螳螂就只有被大象踩死或馬車輾死的份兒。但他無法揮去自己清楚預見的下場；他怎能不出聲？他怎能不勸阻？這些人今日活生生地站在這兒，嘶吼叫囂，但是他日……他預見中的流血傷亡，慘烈廝殺，堆積如山的屍體……誰能裝聾作啞，誰能視如不見？

陳近雲感受到眾人情緒激憤沸騰，生怕場面一旦失控，這些人衝將上來，凌霄處境便極為危險，當即搶上一步擋在他身前，低聲道：「大哥，算了吧，我們走。」

一名少林弟子高聲喊道：「這少年是誰？想必是火教派來的奸細，來此妖言惑眾，渙散人心。啓稟方丈，弟子請命，立即將他捉起，嚴刑拷問！」

空如方丈猶疑不答，顯然不願抗拒眾怒，但又無法作出決斷。他遲疑之際，眾人鼓譟聲愈響，峨嵋派性子暴躁的僧人已推擠著爭相上前，一向沉穩的武當弟子也紛擾起來。

便在此時，一個七八歲的小沙彌從人叢中鑽出，高聲說道：「長老請凌霄施主過去相見！」他尖銳的童音劃過夜空，眾人的鼓譟全安靜了下來，對凌霄的敵意仇意一時之間如被冷水澆熄了一般，凝固在當地。

空如方丈點了點頭，說道：「長老有令，自當遵從。快帶凌施主去見長老。」那小沙彌轉身當先行去，陳近雲推著凌霄，讓他跟上那小沙彌，兩人一齊穿出人群。空如向清召使個眼色，清召會意，忙舉步跟上。

待離開群眾後，清召吁了口長氣，抹去額上汗水，說道：「阿彌陀佛，幸好，幸好！」陳近雲自然清楚，如果不是這小沙彌及時出現，方才的情況只怕一發難以收拾。他問清召道：「是誰要見我們？」清召道：「是敝派的長老。」陳近雲好奇道：「這位長老，莫非地位比空如方丈還要高麼？」

清召摸摸頭，解釋道：「也不能這麼說，長老的地位和方丈是不同的。我們少林寺一向分爲兩派，一派稱爲『武派』，主練武功；一派稱爲『修派』，注重閉關修行。要見凌施主的性覺長老便是修派的首座。這山谷的藏身處原本是修派長老們在二十多年前開闢，用於長期閉關禪修。火禍之後，修派便接了武派僧人來此暫住避禍。沒想到這一躲，便躲了十多年。因此在這大風谷中，修派長老占的地位十分重要。」

陳近雲點頭道：「這叫作『人在屋簷下，不得不低頭』。」

清召笑道：「也可以這麼說吧！」

第二十四章　神通之謎

正說時，小沙彌已領著三人來到一個石穴外，穴口掛著黃色粗布門帘。小沙彌站在門帘外通報道：「長老，凌霄施主來了。」

穴裡一個細微的聲音傳出：「快請兩位客人進來。」

小沙彌掀開布帘，清召請凌霄和陳近雲跨入石穴。但見裡面是間小小的石室，甚是陰暗，只有高處一扇石窗透入光線。室中一無所有，唯獨一個瘦小的灰衣老僧安然坐在一個破蒲團之上。他滿面皺紋，不知有否上百歲年紀，屈著背脊，雙眼似閉非閉，枯柴般的手指緩緩數著一串古老的菩提子念珠。

凌霄凝視著老僧，立即知道這老僧不是尋常人：他和自己一樣，能通曉別人的心思。

老僧緩緩放下念珠，抬頭望向他，混濁的老眼中露出智慧的光芒，凌霄「聽」到他心中所想：「小朋友，你終於來了。」凌霄一呆，心想：「你在等我？」老僧微微一笑：「不錯，我等你已經十年了。」

陳近雲無法得聞凌霄和老僧之間無語的對答，眼見兩人互望不語，甚覺奇怪，忍不住打破沉寂，開口問道：「老師父，您便是性覺大師麼？」

老僧點點頭，開口說道：「老僧正是少林性覺。坐下，坐下。」聲音嘶啞緩慢，和凌霄所「聽」見清晰快捷的思路全然不同。

凌霄和陳近雲在老僧對面的蒲團上坐下了。老僧望向凌霄，無語道：「我願意解答你的問題。我們可以就這麼對答，或是你要我說出來，讓你的朋友也聽見？」凌霄微一遲疑，吸了一口氣，用心答他：「他是我的好朋友，我不願瞞他。」

性覺老僧點點頭，開口說道：「小朋友，我能解答你心中的疑問。你有什麼想問的，這就說出來吧。」

凌霄認眞想了半晌，才開口道：「請問大師，爲什麼我能見到別人心裡的念頭？別人心裡想些什麼，我好似能看見或聽見一般，清清楚楚；有時我也能在黑暗中看見事物，毫無阻礙。另外，有時我可以預知事情發生，或看見未來的情景。」

陳近雲側頭望向凌霄，睜大了眼，滿臉驚訝之色，卻強忍住沒有言語。

性覺老僧閉上眼睛，緩緩說道：「因爲你具有神通。佛曾列舉六種神通，即天眼通、天耳通、他心通、神足通、宿命通、漏盡通。天眼通，即能見六道眾生輪迴苦樂之相，觀看世間一切種種形色，無有障礙。天耳通，即能聽聞六道眾生苦樂憂喜，悉聞世間一切音聲。他心通，即悉知他人心中所起各種善念惡念。神足通，又稱身如意通，即身如其意，隨念即至，可在一想念間，十方無量國土都能同時到達。宿命通，即悉知自己和他人的過去和未來。漏盡通，即斷盡一切三界見思惑，永不再生於三界的悟力。其中以佛、阿羅漢所具有的三通——宿命通、天眼通、漏盡通最爲殊勝。你所擁有的，應是天眼通、他心通和宿命通。」

凌霄怔然而聽，問道：「爲什麼我會有這些神通？」

性覺老僧道：「得到神通的因由有四種，名爲修通、報通、藥通、咒通。『修通』，乃是經由修習佛法中的四禪而得到神通。『報通』則是由於前生的修行福報，今生一出世即擁有神通。『藥通』、『咒通』則是藉由丹藥、咒術以達到神通力。我相信你的神通，乃是天生帶來的報通。孩子，你家中之人，是否也有某些神通？」

凌霄道：「先祖神卜子，在世時能以卜卦預知未來。」性覺點點頭，說道：「令祖神卜子是有大神通之人。沒有些許宿命通之人，是無法卜卦的。」

凌霄想了想，問道：「您說咒通乃藉由咒術達成，這咒術就是火教的咒術麼？」性覺老僧道：「咒術分有次第。第一層的咒術，是讓持咒者鍛鍊己心，以持咒啓發慈悲心、精進心等。第二層的咒術，用於助長、讚美、奉獻他人。第三層的咒術，用於止惡除暴，震妖懾魔。」

凌霄問道：「我見過火教中人施用咒術，能令人痛哭流涕，癡狂入魔。請問那是什麼咒術？」性覺老僧答道：「那是邪咒。邪咒在咒術中，乃是等而下之的末流。邪咒能夠侵入占據聞者的心思，受者如同中邪附體一般，被施咒者的強烈意念所主導，從而失去自我，陷入昏狂。邪咒能傷人，但也傷己甚深。」凌霄點頭道：「要讓對方痛苦，必先讓自己感到痛苦。」性覺老僧道：「不錯。咒術威力強大，須有深厚神通之人才能施用。」凌霄道：「因此火教中會使咒術的幾個護法，加上段獨聖，皆有神通。」性覺老僧道：「不錯。」

凌霄問道：「段獨聖有些什麼神通？」性覺老僧道：「與你相似。」凌霄問道：「他爲什麼有神通？」性覺老僧答道：「也與你相似。」

凌霄心中疑惑更增，又問：「我和段獨聖之間，究竟有什麼淵源？」性覺老僧沉吟一陣，說道：「這得靠你自己去探究。」

凌霄吸了一口氣，問道：「這裡少林和其他正派中人，正準備與火教一決死戰。你看見了結果麼？」性覺老僧靜默許久，才歎了口氣，說道：「你所見的，與我所見並無不同。」凌霄忍不住坐直身子，激動地道：「如此結果，難道無法阻止？」

性覺老僧微微搖頭，語重心長地道：「阻止是沒有辦法的，但有一絲轉機。」

凌霄若有所悟，凝望著性覺老僧，想觀望他不願意說出來的所謂轉機，卻只看到一片灰暗迷濛。他彷佛感覺又回到了童年時在泰山派作小道士玉泉的替身，火教來泰山三陽觀封山殺人，那種山雨欲來風滿樓的感受。他知道自己就將處於漩渦的中心，但卻看不清楚自己的角色。他知道性覺老僧不願說出轉機的內情，只能作罷，轉開話題問道：「那二十四字嘔血籤辭，是否眞實？」

性覺老僧睜開眼睛，望著他道：「你見過籤辭？」凌霄道：「是。籤辭現世時，我正在家中，親眼見到家祖卜出籤辭。之後我在師父藥仙揚老家中，再次見到了這張籤辭。」性覺老僧追問道：「你能看得見籤辭上的字跡？」凌霄點頭道：「原本看不見，但我凝聚心神，字跡便顯現了出來。」

性覺老僧呆了呆，沉思半晌，才緩緩說道：「神卜子用盡心力，甚至數度嘔血，才卜得了這洩漏天機的籤辭。」凌霄道：「這麼說來，籤辭當中確實藏有消滅火教的祕密？」性覺老僧道：「信則爲眞，不信則爲假。信不信全在你一念之間。」

凌霄又問：「籤辭眞跡爲何會流傳出來？」性覺老僧想了想，說道：「我知道這件事不是因爲神通，而是因爲令師藥仙揚老曾與我通過信息。他知道這籤辭的緊要，眼見火教節節逼近，離開虎山時便帶走了籤辭。」凌霄忍不住問道：「我師父怎會知道籤辭夾在書裡？」

性覺老僧望著他，說道：「因爲有人見到了，告訴了他。」凌霄追問道：「是誰？」性覺老僧微微一笑，說道：「令妹。」凌霄恍然大悟，他登時想起，自己找到籤辭的那夜，雲兒剛好因爲作了惡夢而跑來自己房中睡下。他絕沒想到雲兒當時並未睡熟，卻將他找到籤辭的情景都看在眼中，後來不知如何跟爺爺說起了這事。爺爺見到籤辭後，當然知道事情嚴重，離家前便將籤辭取走了。但是，爺爺爲何從未跟自己說起？

性覺老僧看見他的心思，說道：「令師原本是打算將這棘手之物攬在自己身上，替你省去一樁麻煩。他想將籤辭祕密帶上華山，交由老友常清風保管。但不知爲何，消息走漏，籤辭未曾送達，便被人偷了去。」

陳近雲忍不住接口道：「是了，籤辭定是被大盜上官無邊偷了去，上官無邊又託黃天易鏢師將籤辭送來岳州，交給他的好友蕭群。」

性覺老僧點了點頭，說道：「火教和江南武人都爭相搶奪這籤辭，但他們並不知道，世上沒有幾個人能看得見籤辭上的字跡。凌施主，你擔心令師見到這籤辭會陷入危險，但我知道他並不能見到籤辭的內容。」

凌霄奇道：「那是爲什麼？」性覺老僧道：「當初曾持有籤辭之人，不願這籤辭廣爲流傳，更不能讓段獨聖得知籤辭的內容，因此在籤辭上下了隱藏咒。」

凌霄沉吟道：「段獨聖能看得到籤辭麼？」性覺老僧道：「我原以爲不能。但是你若能看見，或許他也能看得見。」

凌霄站起身，說道：「籤辭絕對不能落入他的手中！我得盡快取回籤辭。」性覺老僧點了點頭，說道：「取回之後呢？」凌霄沉吟一陣，問道：「可以交給大師保管麼？」

性覺老僧陷入沉思，過了良久，才道：「我等已著手重建少林，老衲和修派其他長老明日便將啓程，回駐少林。你若得到籤辭，可以送上少林。老衲相信如今天下之大，唯有少林能夠守護得住籤辭。」他想了一陣，又道：「佛門有個密咒，叫作『觀音護心神咒』，我現在傳授給你。請聽好了。」當下念了一個五十來字的咒語。凌霄凝神傾聽，很快便記下了。他問道：「這密咒有什麼作用？」性覺老僧道：「能讓別人看不透你的心思。但需以極大堅忍力，念念持之。」

凌霄點頭答應，向老僧跪下拜倒，說道：「多謝大師解答我心中疑惑，又授我密咒。」老僧伸手扶起他，臉現悲憫之色，說道：「好孩子，你一直走在正道之上。緊記，勿要離開正道！」凌霄默然點頭，起身出穴而去。

陳近雲也向老僧行禮，匆匆跟出。

凌霄停步回頭，望向陳近雲，擔心他聽了自己和性覺老僧的這段談話，心中不知是何感想，說道：「近雲，我很多事都沒有跟你說，但盼你能諒解。」陳近雲搖頭道：「你之前就算告訴了我，我也不會相信。現在知道你有這許多神通，我不知該害怕呢，還是得意？」凌霄奇道：「害怕什麼？得意什麼？」陳近雲笑道：「害怕我心中的齷齪念頭全給你知道了，也得意我臉皮夠厚，知道你這人神通具足，還敢跟你作一道！」

凌霄忍不住笑了，說道：「我從來不曾見到你有什麼齷齪的念頭。」陳近雲笑道：「嘿嘿，我這幾分自知之明還是有的，大哥不用客氣！」

此時已近午時，小沙彌帶二人去一旁的山洞中進食。許飛過來找二人，問起性覺老僧為何找凌霄。凌霄思量一陣，便將剛才與性覺老僧的對話如實說了。許飛黑瘦的臉上滿是不可置信之色，他瞪視凌霄半晌，忽然問道：「我現在心裡在想什麼？」凌霄微微閉目，說道：「你在想一個『邪』字，你想知道我這本領究竟是正是邪。我只能說，我自己也不知道，或許是非正非邪，亦正亦邪。」許飛聽他說得一點不差，不禁露出驚訝之色。

陳近雲插口問道：「大哥，別人心中動什麼念頭，你全能知道？」凌霄微微搖頭，說道：「也不是時時刻刻都能得知，不然人人的念頭如車水馬龍，我豈非半刻不得清閒？只有在我專注時，才能清楚。」

許飛又問：「我最害怕什麼？」凌霄伸指抵在眉心，說道：「你最怕貓。」許飛一驚，一般人大多害怕蛇蠍、蜘蛛、猛獸、黑暗、高處等，但很少有人害怕貓。許飛從未和人說起自己恐懼貓類，凌霄卻一口道出，不由他不信，心中對這身具神通的少年不禁又是驚佩，又是好奇。

陳近雲在旁看著，忍不住笑了，說道：「世上怕貓的人確實不多！大哥，輪到我啦。你看我最害怕什麼？」凌霄笑道：「你怕什麼，我就算沒有神通也看得一清二楚。你最怕你父母逼你娶妻！」陳近雲吐吐舌頭道：「那你看我會娶妻麼？」凌霄側過頭，說道：「遲早的事。你不但會娶妻，而且還會娶一位絕世美女。」陳近雲聽了，撫掌大笑。

許飛忍不住道：「未來的事，真能說得準麼？」凌霄搖頭道：「很難全對，但八九不離十。」

陳近雲問道：「那你會娶妻麼？」凌霄閉目良久，微微搖頭，說道：「我不知道。」陳近雲大爲好奇，問道：「你自己的事，自己怎會不知道？」凌霄笑道：「知人易，自知難！」

陳近雲望望許飛，又問道：「那你看許飛會娶妻麼？」許飛佯怒道：「我的事，哪輪到你來問？」凌霄忍不住笑道：「你們當我是桃花術士麼？要算妻宮桃花，先拿三兩銀子來！」三人都捧腹大笑。

凌霄暫且拋開心中擔憂焦慮，許飛也放下素來的沉穩嚴肅，三個少年互相打趣說笑，不亦樂乎。

過了午時，留守紅杏林的丐幫弟子回來報信，告知火教撲了個空，已然離去。凌霄等三人眼見危機暫時解除，便向少林丐幫等告辭，不意正派眾首腦竟爲三人的去留起了不小的爭執。

當時少林、武當、峨嵋和丐幫首腦正閉門密會，討論反擊火教的策略。吳三石主張與歸服火教的正教各派合作，聯合四大世家的勢力，趁岳陽梅莊辦喜事時聯手出擊，攻破火教在岳陽的據點大光明寺，再一一擊破火教其他道場。空如和王崇眞則認爲三大派不應輕易現身，讓敵人有了準備，上佳之策，應爲偷潛上獨聖峰，攻段他個措手不及。

正討論時，有丐幫弟子進來通報，告知凌霄等將要離去。吳三石感激他們冒險趕來報信，不願留難，少林等三派卻不肯放三人走。峨嵋子璋道：「我瞧他們可疑得很，絕不能輕易放過！」空如的師弟空相生性謹愼，說道：「點蒼許飛也就罷了，另兩個少年來歷不明，如今他們知道了我們藏身的隱密山谷，怎能讓他們就此離去？」李乘風道：「就算他們不是火教奸細，也需防他們爲火教所擒，被逼問出山谷的所在。我認爲該將他們留下，以防萬一。」王崇眞點頭同意道：「乘風說得是。我等行險犯難，自當防微杜漸。」空如的另一個師弟空照則道：「我看這三個少年並沒有惡意。如今危急存亡之秋，我等豈能不對友朋推心置腹，卻以疑慮待人？我說便讓他們去了，不必阻攔，好留下一段善緣。」

眾人眼光都落在空如方丈身上。空如雖是少林方丈，但素乏統御之風，決斷之能。當年虎俠曾向少林示警，指出火教興起迅速，將對少林造成空前威脅。然而空如躊躇不決，無所作爲，以致少林一敗塗地，不得不全體逃遁，長年避居在這隱密山谷。此時他雖已下定決心反抗火教，但對於如何處理凌霄等幾個少年的小事，卻也無法果斷裁決。他沉吟半晌，最後才道：「既然如此，清召，你去叫他們留下便是。」

李乘風素知清召憨直厚道，擔心他無法完成任務，自告奮勇道：「讓我跟清召師兄一道去吧。」王崇眞點點頭，兩名弟子便出帳而去。

此時凌霄和陳近雲、許飛正候在大風谷的谷口，準備離去。凌霄早將正派眾人的心思看得清清楚楚，也知道清召和李乘風正奉命前來阻止自己離開。他忽然站起身，對陳近雲道：「我們走吧。」許飛遲疑道：「可是方丈大師還未回覆……」

陳近雲和凌霄相處日久，知道他一言一行絕非一時興起，背後一定有原因，當下也站起身，說道：「好，我們走！」

凌霄邁步便往谷口走去，許飛一呆，趕緊追上問道：「兩位爲何如此之急？」凌霄道：「你擋得住武當大弟子的劍麼？」許飛搖搖頭。凌霄道：「既然擋不住，那我們再不走，就走不了了。」

三人快步來到谷口，守衛的丐幫弟子攔阻問道：「要去何方？」陳近雲道：「我是你們幫主的好友，幫主差我們去傳話，事情緊急，不可耽擱。」那弟子見過陳近雲，不疑有他，便放了三人過去。

行不多遠，但聽身後一人喚道：「三位小兄弟請留步！」三人回過頭，但見一僧一道從後追上，身法好快，轉眼便來到三人面前，正是清召和李乘風。

陳近雲一看二人所站方位，便知道他們是來阻擋自己離去的。許飛也看出二人來意，作揖道：「清召師兄，李師兄，請問兩位有何指教？」

清召還未說話，李乘風已上前一步，抱拳行禮道：「三位施主，小道李乘風，日前在谷中匆匆一見，卻未曾有緣與各位見禮相交，好生遺憾。」

陳近雲和許飛對望一眼，心中都想：「武當群道向來以高傲凌人聞名，這武當首徒如此禮賢下士，可當眞出人意料之外。大約是藏身已久，懂得韜光養晦，學會了幾分禮數。」便都回禮道：「不敢。」

清召性子比較直率，上前直道：「三位施主，方丈大師讓我來請三位多留一陣後，再離去不遲。請三位跟小僧回去，待我替三位安排住處。」

凌霄上前一步，直接了當地道：「我等立時要走。兩位若想相留，便請亮劍。」

李乘風和清召一呆，凌霄已從背後藥箱中抽出長劍，對準了李乘風，說道：「三招之內，我若能打退閣下，便請讓我等離開。」他又對清召道：「清召大師，煩你向性覺長老請問，他老人家對我等的去留有何指示。我確信他絕對不會阻止我們離去。」

清召和李乘風乃是少林武當兩大門派的首徒，雖因火亂而躲藏避世，但在武林中的地位十分崇高，絕沒料到這三個無名小子竟敢拒絕從命，甚至拔劍挑戰。陳近雲和許飛也沒料到凌霄說打便打，立在一旁，一時不知該否拔劍。

李乘風緩緩從腰間拔出長劍，說道：「武當劍不輕出。凌小兄弟，你堅持要離去，請你說明原因，我好出手應戰。」凌霄道：「我不爲自己而戰，卻爲救人性命而戰。」李乘風道：「救誰？」凌霄道：「梅莊中的正派中人。眾正派首領已決定聯手起事反抗火教，我們必得趕去協助。」

李乘風凝望著他，說道：「你不是火教徒？」凌霄道：「不是。」

李乘風望向陳近雲和許飛，說道：「你們怎麼說？」陳近雲率先道：「我大哥當然不是火教妖邪了！」許飛沉吟一陣，說道：「凌兄光明磊落，絕非奸邪之徒。」點蒼弟子說話頗有份量，李乘風聽了，微微點頭。凌霄聽在耳中，心中頗爲感動：「許飛是個有擔當的人。

他與我相見不過一日光景，原本可說些『我與凌兄相識未久』的言語，好為自己留個退路。但他卻直接替我作保，極是有情有義。」

李乘風望向凌霄，說道：「我相信閣下，也相信閣下的朋友。但武當劍一出鞘，便不能無功而返。」

凌霄一笑，忽然將左手臂湊上前去，在李乘風的劍刃上一擊，劃出一個三寸的口子，登時鮮血長流。他笑道：「如此閣下的劍可算有功了吧？」

李乘風一呆，凌霄右手長劍隨即跟上，在李乘風左臂也劃出了個三寸的口子。李乘風臉色大變，他自負劍術已臻一流，怎能如此輕易被人仗劍劃傷？卻不知凌霄劍數造詣已然甚高，出劍極快，又看準李乘風略一分心時出手，竟一舉得手。

凌霄笑道：「如此你的劍有功，我的劍也有功，兩不相欠。再會了！」說著轉身便行。

李乘風和清召相顧愕然，陳近雲和許飛隨後跟上凌霄，快步而去。

第二十五章　奇襲叛變

凌霄、陳近雲和許飛三人離開大風谷，繞過紅杏林，回向岳州城。途中遇見許飛的十七名點蒼同門，他們中毒昏迷後，又睡了大半夜，到清晨才紛紛清醒過來。蘭兒這小丫頭也的確信守諾言，並沒爲難眾人。

約莫申時，一行人回到岳州城，來到梅莊後門外，見到梅家二公子梅無求正蹲在門外，拿著梅花枝撲打飛蟲，一副百無聊賴的模樣。他身邊蹲著一個八九歲的小女娃，看面貌似乎是梅家兄弟的小妹，正拿著梅花枝在地上畫畫。陳近雲甚奇，上前問道：「梅二哥，怎地你一個人在外邊悠晃？」

梅無求看到他，忙扔下梅花枝，喜孜孜地道：「陳老三，你來得正好！我家人忙得要命，嫌我礙手礙腳，要我到外邊涼快涼快。快！你們快陪我去喝杯酒，解解悶。」說著開了後門，請三人入莊去。凌霄等都知道此時梅莊正布置準備迎戰火教，只有這心思單純的梅二少全不知道事態緊急，開開心心地邀請三人入莊喝酒。

許飛自然無暇陪梅無求喝酒，立即率領同門去見梅莊主，主動請纓效力。梅無求領凌霄和陳近雲到大廳之後的小偏廳中坐下，自己去廚後取酒找菜。

凌霄和陳近雲隔著窗格，隱約能見到莊中眾人四處奔走，忙於布置陷阱、準備武器、安排退路等，顯然一場大戰已迫在眉睫。梅莊舉行婚宴、大請賓客原本便只是個幌子，現在自然全取消了。凌霄見到華山派的雪貓許千濤、長青派的追風神耳李超等都已裝扮成賓客，潛入莊中臥底，梅家大少梅無問、盛家弟子蔡子寒等更是穿梭奔忙於大廳之中，神態緊張，唯獨不見趙家和雪峰派中人。

他和陳近雲說了所見，陳近雲微微皺眉，說道：「那夜在水晶宮聚會的七派中，梅家、盛家、點蒼都已在場，華山和長青派了弟子來臥底，想來起事之心仍十分堅定。怪的是趙家和盛家有姑表之親，卻不見人影；雪峰五劍原本便無心合作，想來始終未曾承諾出手相助江南世家。」

他放眼往廳中望去，忽然咦的一聲，說道：「這幾人，我卻料不到會前來助拳！你看，站在東首的五人，乃是南昌五虎門的五個當家。為首那身高八尺的大漢叫作段青虎，使熟銅棍；旁邊的是他的妻子白虎蔣苓，善使雙刀和飛刀。其餘黃虎柳大晏、黑虎馮遁、赤虎閻直等都各有本領。梅家能請到這五人來相助，應添勝算。」

他回頭見凌霄雙眼直視著前方，似乎正凝神思慮，便問道：「大哥，你瞧今日一戰勝負如何？」

凌霄道：「正派應會小勝。」陳近雲喜道：「那就好啦！」凌霄臉現遲疑，說道：「但火教將使計擒去盛家小姐，令江南世家投鼠忌器，不敢冒進。」陳近雲道：「能否不讓盛家小姐被擒？」凌霄沉吟一陣，才道：「或許可以。」

這時梅無求提著酒壺、端著小菜回入偏廳，口中嘟噥道：「這些家丁好沒規矩，對我愛睬不睬的，叫了四五次才拿上酒來。哼！回頭定得讓我爹好好教訓他們一頓。」陳近雲不禁搖頭，說道：「你家中出了大事，跟火教作對可不是好玩兒的，隨時死無葬身之地，誰還有功夫來理會你喝酒吃菜？」

梅無求睜大眼睛，說道：「餓著肚子，怎麼跟人打架？再說，有我爹在此主持，又有這許多好友前來相助，怎麼可能打不過火教？」陳近雲心想凌霄已預測這場對抗中正派會小勝，便也不多說，問道：「梅二哥，火教意在劫走你的準大嫂，你們打算如何護衛她？」

梅無求哈哈一笑，坐下替二人倒酒，說道：「爹和大哥不讓我知道，但我可不蠢，老早猜到他們的計畫。他們已將盛姑娘藏在湖底的水晶宮中，那裡往外的通道共有十八層石門，十八道銅鎖，任他什麼神人也攻不進來。從莊中通入的密門隱密非常，除了我爹和大哥，沒有人知道入口的所在。」

凌霄和陳近雲對望一眼，心中都想：「梅家出了這個寶貝，也眞令人頭疼。這番話若讓火教聽了去，盛姑娘不被劫走才怪。」陳近雲問道：「這事情你跟別人說過沒有？」梅無求側頭想了想，說道：「應當沒有吧？只跟家中師爺提起過。」凌霄立即知道，這師爺要不是火教臥底，便是被火教買通了，早將水晶宮的祕密告知了火教。他心想此刻怪罪梅無求也無用處，當下轉開話題說道：「肚子眞餓了，快吃吧。」

三人吃喝了一陣，忽聽外面大廳一陣騷動，一個探子衝進大門，上氣不接下氣地道：「人來了，已到了三眼橋口！」眾人都知三眼橋口離梅莊不過二三里的路程，一陣騷動，各自戒備應戰。

過不多時，大門開處，一個使者朗聲道：「聖火神教赤焰尊者張去疾，率領手下秋霜派掌門褚文義、華山派掌門江聲雷、長青派掌門人錢書奇，拜上梅莊洞庭居士，盛暑山莊盛莊主！」

便見當中一個身穿赤袍的中年人緩步走入，眉目端正，神態平和，溫文儒雅，甚有威嚴，正是赤焰尊者張去疾。三派掌門人跟在其後，垂手而立。其後還有五十多名火教侍衛，身穿黑衣，蓄著寸許長的短髮，各持不同武器。

大廳霎時靜下，梅滄浪站起身，迎了出來，拱手道：「尊者大駕光臨，恕未遠迎。」張去疾微笑道：「冒昧來擾，還請梅莊主勿要見怪。」梅滄浪道：「好說。」迎入讓座主桌，其餘假扮賓客的武林人物紛紛默然瞪視，敵意明顯。火教侍衛也一般蓄勢待發，劍拔弩張。

張去疾坐定了，向眾人環視一周，笑吟吟地道：「看來各位對我聖火神教誤會甚深。梅莊主，各位貴客，莫非以爲在下今日來訪，是有意爲難各位麼？」

段青虎脾氣急躁，按捺不住，霍地站起身，大聲道：「火教派人傳話，要我等立即歸伏火教，不然便殺光我們全家。這不是爲難是什麼？」

張去疾哈哈一笑，說道：「看來各位眞正是誤會了。讓我給各位講些道理，各位便會明白。」眾人聽了，都是一怔。

張去疾喝了口茶，緩緩說道：「我們聖火神教的教徒，深信神聖教主乃是天降神人，這是有原因的。我們每個人都曾親眼見到神聖教主的無邊靈能，他老人家不但能知悉未來，更能扭轉乾坤，改變世局。他老人家又心地慈悲，年輕時曾運用靈能治癒無數絕症病人、垂死傷者。直到他年長後，才明白只作個醫者是不夠的。他見到整個天下都病了，需要大刀闊斧醫治。如果不醫治的話，世人很快便會陷入無邊痛苦，再也難以自拔。」

這話一說，眾人都是一怔，盛冰忍不住問道：「天下病了，這話怎麼說？」

張去疾摸摸鬍鬚，說道：「神盛教主所見的甚深道理，我等自然無法全盤領會。他老人家見到世間就將有巨大災難發生，若不阻止，轉眼便要血流成河，生靈塗炭。是以他老人家發起大慈悲心，努力勸說世人，讓大家信仰火教，從內心來改變命運。唯有眞心信仰火神，時時刻刻祈禱火神護祐，才能阻擋災難，常保平安。」

　　眾人一片靜默中，梅無問嗤的一聲，笑道：「一派胡言！世上哪有人能預知未來？你當我們是三歲小孩兒麼？火教就只知道說些鬼話來恫嚇人，我們可不是那麼好騙的！」其餘人同聲附和。梅滄浪道：「火教妖言惑眾，只能騙些愚夫愚婦。什麼靈能無邊，知悉未來，扭轉乾坤，他若有這麼大的靈能，怎不去搞個皇帝作作，卻來爲難我們這些武林人物？」江南眾武林人物聽了都哄笑起來。

　　段青虎則大聲道：「火教滿手鮮血，不知殺戮了多少不信你們那套邪說的無辜百姓，卻還滿口說什麼慈悲不慈悲，當眞他媽的不要臉！」眾人都鼓掌叫好。

　　張去疾神色嚴肅，說道：「各位確實是誤會了。神聖教主慈悲爲懷，怎麼可能有任何殺害人命、損傷他人的念頭？我們勸各位歸順火教，完全是爲了各位好。教主他老人家是普天之下最智慧仁慈的聖者，爲了拯救眾生的苦難才來到世間。教主創立聖火神教，希望教徒都以拯救世人爲己任。我們火教崇拜火神，火神便是創造宇宙萬物的大神。祂也管地獄，人活著時若不信仰崇拜他，死後便會墮入火燒地獄，受烈火焚燒，痛苦不堪。教主乃是火神的化身，爲了讓世人死後不受火燒之刑，才宣揚火教，讓世人明白眞理，免除死後的火燒之苦。如此的大悲大願，卻不被世人所理解，委實可歎！」

　　他說時情深意切，彷彿期待聽者深受感動，落淚信服。正教眾人見他在己方露出明顯的敵意後，竟仍孜孜不倦地說法傳教，都有些愕然。一片寂靜中，但聽張去疾又道：「今日我爲何來此？原因很簡單。神聖教主在靜思中，用天眼見到貴莊有位珍貴的天女，慧根深重，特派我來接她回聖峰，盼能有緣與她傾談甚深法理。這位天女，便是盛莊主的千金盛清清姑娘了。不知可否請盛姑娘出來相見？」

梅滄浪和盛冰臉上變色，心想這火教護法說了這麼一通廢話，原來便是意在劫持盛清清上獨聖峰。盛冰平日脾氣甚好，這時聽這火教妖魔竟出言討他的寶貝女兒，怒不可遏，當先站起身，拔出銀戟，喝道：「無恥賊人，我絕不讓你帶走我女兒！」

張去疾露出驚訝之色，揚眉說道：「盛莊主，你定是想左了。教主定會對令嬡好生尊重，以禮相待。教主一番好意，莫非你要拒卻麼？這實在是太可惜了，著實令人遺憾哪遺憾！」

張去疾說話之際，梅滄浪不時向站在張去疾身後的江聲雷望去，眼神中帶著疑問。江聲雷臉色沉肅，他早已看清廳中情勢，己方除了自己之外，只有點蒼門人、三大世家掌門人和南昌五虎武功較高。原本承諾前來相助的泰山派和趙家竟都未曾出現，顯然反悔不敢起事反抗火教，作了縮頭烏龜。雪峰派則更加無恥；早先司馬諒不斷向他挑戰，甚至承諾只要江聲雷接受挑戰，雪峰派便願意出手協助梅莊抵禦火教。江聲雷無奈之下，只好接受了司馬諒的挑戰，甚至故意輸了一招給他。司馬諒得勝後趾高氣揚，得意而去。豈知他竟自食其言，在這緊要關頭置身事外，雪峰五劍更未現身梅莊。

江聲雷觀察情勢，知道此役之成敗，全繫於長青派的意向。他轉頭向錢書奇望去，但見錢書奇臉色發白，眉頭深鎖，顯然內心掙扎，好生難以委決。江聲雷心中明白，不論錢書奇多麼痛恨火教，他仍有五個子女被扣留在獨聖峰上，他一反叛，這些子女便都沒命了。江聲雷吸了一口氣，正盤算長青派若兩不相幫，甚至倒戈相助火教，自己該如何應變，卻見錢書奇一咬牙，握緊拳頭，微微側頭，目光與江聲雷相對，眼神堅定，微微點了點頭。

江聲雷知道錢書奇已痛定決心欲聯手反叛魔教，心中大喜，鬆了口長氣，當下伸出左手，用指節在桌上輕敲兩下。

梅滄浪見到江聲雷的暗號，登時亮出梅花雙槍，冷然道：「你休想帶去我未來媳婦，藉以挾持梅盛兩家！動手！」

眾人早已蓄勢待發，一聽梅滄浪號令，坐在張去疾周圍的許飛和南昌五虎同時出手。身高八尺的段青虎拄著碗口粗的熟銅棍大步衝上前，向張去疾當頭砸下；許飛長劍如飛，指向張去疾心口；梅滄浪使動梅花雙槍，盛冰使動銀戟，一齊上前圍攻張去疾。

這一發難，火教高手各自出手，接下眾人的攻招。火教侍衛之首是個留著八字鬍的精瘦漢子，立即揮動奇門兵刃流星錘和月牙鏟逼退段青虎，與段青虎的熟銅棍和白虎蔣苓的雙刀鬥在一起。褚文義大喝一聲：「狗賊大膽！」揮細劍攻向許飛，與許飛對起劍來，點蒼其他師兄弟也拔劍上前，與秋霜弟子對打起來。江聲雷揮劍逼退梅滄浪，錢書奇舉長刀接過盛冰的銀戟。赤虎閻直揮動火焰鏈，掃向其餘火教護衛，黑虎馮遁身穿奇門盾甲，滾入火教教眾之中，施展地堂刀法砍人腿部，黃虎柳大晏揮動柳葉刀，守在門口。

一場混戰就此展開。張去疾皺眉退開幾步，負著手，全無參戰的打算，自信手下護衛和三大門派的掌門人絕不可能敵不過這幾個江南世家和這什麼南昌五虎。

凌霄凝目觀看，目不轉睛。陳近雲見他毫無出手的意思，在旁又是焦急，又是猶疑，坐立難安。他低聲道：「大哥，我們是否該出手相助？」凌霄有若不聞，只呆呆地隔著窗櫺默然觀鬥。陳近雲又催了幾次，凌霄才微微搖頭，說道：「時候未到。」頓了頓，才解釋道：「我在觀看我早先預見到的，和實際發生的究竟有多少差別。」陳近雲恍然大悟，說道：「原來你剛才喝酒時魂不守舍，便是在預測這場大戰？」凌霄點點頭，說道：「我只要專心一致，便能將未來的事情看得十分清楚，甚至一招一式都能歷歷在目。我想知道我所預見的到底有多眞確？又有多少錯誤偏差？」

陳近雲吁了一口氣，說道：「你若已看到這場大戰正派會贏，那我們便不必出手了。」凌霄搖頭道：「也不盡然。因爲我人在這兒，所以事情如何，與我的心思和行動都有關聯。我知道我必得出手，救一個人的性命。」

陳近雲聽得似懂非懂，說道：「因此你預見的事情，是可以改變的？」凌霄點頭道：「當然可以改變。比如說，我如果決定不出手，那人肯定會死。」陳近雲搖頭道：「你時時見到這個人要死，那個人要死，豈不太過沉重？」凌霄微微苦笑，說道：「因此我合該長住深山，什麼人也不見。」陳近雲瞪眼道：「喂，我話可說在前頭，不管你以後隱居在什麼深山幽谷，可絕不能不見我！」凌霄笑道：「我一定見你，放心吧。」他收起笑容，望向大廳，說道：「時候快到了。」站起身，推開窗櫺，凝神觀戰。陳近雲也忙站起身，探頭往廳中望去。

此時張去疾漸漸看出事情有些不對，陡然站起身，從懷中掏出一枚餵毒透骨釘，往離自己最近的赤虎閣直疾射而去。凌霄在廳外看得親切，及時擲出捏在手中的酒杯，在半空中擊中透骨釘，將那釘打偏了，插入一旁的花梨木桌。張去疾一驚，往酒杯來處望去，想知道擲杯之人是誰，還未及看見，便慌忙閃開避過梅滄浪的一槍。

此時幾場「假鬥」早已停止；江聲雷和梅滄浪已然罷鬥，江聲雷凝神對付那使月牙鏟和流星錘的瘦子，梅滄浪則伺機攻擊張去疾；錢書奇和盛冰聯手殺退其餘武功較高的火教護衛。許飛仍與褚文義纏鬥，將他逼到了角落。點蒼弟子已將大部分的秋霜弟子打倒，五虎則分頭擊倒火教教眾，並緊緊守住了大門。

張去疾臉色大變，甩出藏在袖中的千刺鐵鞭，在身前揮舞一周，逼退梅滄浪和梅無問，想往外衝去。

此時許飛已打飛了褚文義的細劍，將他制住，江聲雷也擊倒了那使流星錘的瘦子，其餘火教徒也已被南昌五虎殺得七零八落，紛紛倒地。江聲雷、錢書奇、梅滄浪和盛冰原本便分四個方位圍在張去疾四周，見他想逃，同時圍上，一齊向張去疾攻去。張去疾武功原本甚高，但他太過自負，全沒料到江聲雷和錢書奇竟有膽量反叛火教，自己一踏入梅莊，便如同甕中之鼈，在高手圍伺下，只有被擒的份兒。他暗暗心驚，厲聲道：「反叛聖教有何下場，爾等當好好想明白！」

江聲雷冷然道：「我等有膽作，便有膽認！」

張去疾使動千刺鐵鞭，向身周眾人急揮而去，想清出一個圈子，趁機逃逸。那鐵鞭勢道凌厲，錢書奇首當其衝，出其不意，連忙揮長刀去擋，卻已不及，右臂被鐵刺掃到，鮮血淋漓，受傷甚重，慘呼一聲，往後倒去。梅滄浪也被鞭梢掃到小腿，登時鮮血迸流，俯身跪倒。盛冰因身矮，鐵鞭從他頭上掃過，未曾受傷。

江聲雷卻更不後退，反而迎上前去，左手伸處，抓住了鞭稍。原來他早已有備，預先戴上了鐵製手套，不怕張去疾鐵鞭上的尖刺。他趁著張去疾驚詫一滯之際，長劍遞出，以劍氣封了張去疾的胸口穴道，張去疾登時癱倒在地。華山弟子聱千帆、許千濤、岳千山等忙衝上前，用粗索將他綁住。眾正派領袖站在當地圍觀，一時都不敢相信自己竟已出手反叛火教，而一向尊敬如天神的尊者如此容易便束手受擒。

此時褚文義已被許飛制住，他眼看張去疾受擒，自己若在此送命可大大不值，當即見風轉舵，向江聲雷高聲道：「恭喜江掌門，賀喜江掌門，今日為正派武林立下不世奇功！此事一旦傳遍江湖，江掌門和諸位英雄必廣受武林中人稱頌，令天下之人驚歎不已！」

江聲雷轉過頭，冷然望向褚文義，對其餘人道：「此人殺不殺？」

褚文義忙道：「江掌門、各位掌門人垂鑒！小人早對萬惡火教心存怨恨，與火教仇深四海，不共戴天。小人對各位今日的義舉感激萬分，敬佩無已，此後對各位死心塌地，任由差遣，萬死不辭！」

錢書奇右臂受傷甚重，眾弟子慌忙替他包紮傷處，無暇理會褚文義的生死。梅滄浪、盛冰和許飛等心中雖不齒此人，卻也不願表示意見。眾人只冷冷地望向褚文義，都不作聲。江聲雷揮手道：「暫且寄下他性命。聽其言，觀其行。」

褚文義鬆了口氣，心想得趕快轉移焦點，當下望向張去疾，說道：「這邪教魔頭心狠手辣，作惡多端，人人得而誅之！今日正派諸領袖聯手將其制服，實是大快人心！今日一役，日後必將名垂青史，萬世稱頌！」

正派眾人眼見反叛小成，大事篤定，氣氛霎時鬆弛下來，不約而同一齊歡呼起來，群情激動，難以自已。

第二十六章　水晶之宮

當正派眾人與火教教眾猶在梅莊大廳中激戰時，凌霄和陳近雲早已離開大廳，來到梅莊臨湖的庭院，通往水晶室的密門之外。凌霄站在大石前一陣，盯著石門不說話。陳近雲低聲問道：「人在裡面？」凌霄點點頭。陳近雲道：「敵人知道她的所在？」凌霄又點了點頭。陳近雲急道：「那我們爲何還不進去？」凌霄皺眉道：「我不知時機對不對？」他緩緩伸出手，摸著石門，閉上眼睛說道：「太遲，對盛姑娘有危險；太早，對我們有危險。」陳近雲脫口道：「寧可令我們有危險，也不能讓她受到傷害！」凌霄點點頭，說道：「好，那我們進去。」

陳近雲摸到機括，石門悄無聲息地打開了。凌霄當先走入，兩人快步穿過密道，來到水晶石室之外。凌霄緩步上前，伸手推開石門，但見室中空無一人，微微一呆，舉步跨入室中。忽覺頸中一涼，但見身側一個青衣女子手持銀戟，抵在他頸側，喝道：「什麼人？」凌霄未及開口，陳近雲已在後叫道：「別傷我大哥！」那女子正是盛清清。她轉頭望向陳近雲，臉上露出似曾相識的神情，恍然道：「你是……你是梅二公子！」緩緩放下手中銀戟。

凌霄和陳近雲對望一眼，霎時都明白她將二人錯認爲梅家兄弟，卻一時之間不知該如何開口解釋。盛清清雖是武林中人，但恪守古禮，雖已與梅無問定親，並跟著父親來到梅莊作客，卻從未與梅家兄弟見過面。幾天前的晚上，她與表姊趙立如經過梅無求的住屋之外時，趙立如告知梅二公子便在屋裡。盛清清好奇心起，心想看看未來的小叔並不礙禮法，便探頭向屋裡望了一眼。她見到三個少年圍坐一桌，飲酒談笑，趙立如指出其中一人便是梅二公子梅無求。但當時盛清清只匆匆看過，並未看清；此時認出陳近雲正是當時三人中的一人，又想除了梅家兄弟，誰能進入這隱密的甬道和水晶密室？當即認定陳近雲便是梅無求，那麼他口中的「大哥」自然便是梅無問了。

她想到此處，臉上一紅，收起銀戟，退後一步，向凌霄斂衽為禮，心中暗想：「原來他長得這般模樣！人都說梅大公子是武林中的美男子，嗯……」她隨即責備自己：「人不可貌相。這人是妳未來的夫君，妳怎能私自品評人家的相貌？」想到這裡，臉兒更加紅了。

凌霄和陳近雲都呆在當地，愣然望著眼前這江南第一美女。但見她秀眉彎彎，目如點漆，膚如白玉，雙頰嫣紅，秀麗非常，果真不負盛名。

陳近雲呆了一陣，才回過神來，咳了一聲，說道：「盛姑娘，此地十分危險，莊主讓我們來領妳趕緊離去。」盛清清聽他稱「莊主」而不稱「父親」，只道梅家規矩如此，點了點頭，說道：「多謝梅二哥。」

凌霄自覺不妥，正欲開口說明身分，便在此時，忽聽遠處傳來隱隱的轟然聲響。陳近雲臉上變色，問道：「那是什麼聲音？」盛清清搖頭道：「我不知道？我以為外邊打雷，已經響了十多次了，聲音似乎愈來愈近……」

凌霄感到事態緊急，上前拉住她的手臂，說道：「快走！」

但聽又是一聲轟然巨響，但見對面石門猛然一震，石屑紛紛跌落。接著又是猛然一震，整道石門往前倒下，門後站著一個全身紅衣、長髮披面的女子，半張臉隱藏在長髮之後，臉色雪白，露出的半邊臉細眉杏眼，清秀中帶著一股難言的詭異。她身前站著一個矮子，身高不到那女子的一半，手中持著一對雷震擋，看來剛才這兩尺厚的石門便是給他以雷震擋擊毀的。

陳近雲一推凌霄，叫道：「快走！」

但那紅衣女子的身手更快，揮手飛出一段長鞭，如毒蛇舌信般疾飛而出，捲在盛清清的腰間。盛清清驚呼一聲，聲音中充滿痛楚。凌霄登時知道那鞭上餵有劇毒，翻過袖子，伸手抓住鞭梢，從盛清清腰間解下。那紅衣女子順勢衝上前來，另一手持蛾眉刺直取凌霄眉心。凌霄用力將鞭一擲，往那紅衣女子臉上打去。紅衣女子往後仰頭，長髮散開，只見她原本被長髮遮住的左半邊臉一片焦黑斑疤，左眼已盲，顯然曾被火焚燒過，十分可怖。陳近雲瞥了一眼，不由得倒抽一口涼氣。

這時那禿頭矮子已揮動雷震擋衝上前來，陳近雲見他勢道猛烈，急忙施展輕功跳到室中的石桌上。那對雷震擋擊在桌面之上，但聽轟隆一聲，整張石桌竟被擊裂成兩半。陳近雲心想水晶宮的密道儘管設下多重石門，但也擋不住此人的天生神力，盡數被他擊破，自己顯然不是其對手，只有奔逃的份兒。好在這矮子輕功不行，在室中不停揮舞著雷震擋，卻總追不上陳近雲的東竄西躲。

在此同時，那半面燒毀的紅衣女子揮動長鞭，捲住通往梅莊的石門門柄，用力一扯，將石門關上了。她隨即揮蛾眉刺攻向凌霄，出手狠辣，招招取人眼珠。凌霄眼見沒了退路，將盛清清推到身後，拔劍抵敵。他料到今日情勢危急，已將平日藏在藥箱中的長劍帶在身上，此時忙舉劍抵擋那紅衣女子蛾眉刺的凌厲攻勢。但凌霄一來缺乏經驗，二來地方狹小，施展不開，三來顧忌盛清清和陳近雲的安危，僅僅能抵擋得住，未能致勝。盛清清原本銀戟功夫不差，但腰間中了毒鞭，全身痠軟，只能靠在水晶石壁上觀戰。

四人在水晶宮中纏鬥了一盞茶時分，相持不下。雙方都想速戰速決，以免對方的幫手出現，扭轉形勢。但雙方似乎都沒有備下幫手，久打之下只能靠運氣和實力，先殺死對方一人，方能取勝。

陳近雲施展輕功不斷奔躍，一找到機會，便揮吳鉤軟劍攻向那禿頭矮子。矮禿子惱恨對手一味逃避，又追了一陣，暴吼一聲，揮舞一雙雷震擋直向陳近雲擊去，將陳近雲逼到角落。陳近雲往後急退，背脊一痛，卻是撞上了水晶石壁。他眼見一根雷震擋當胸砸來，危急中側身一撲，滾倒在地。這一滾，矮子的雷震擋便砸上了水晶石壁，一道裂縫迅速在石壁上蔓延。

凌霄在一旁看得親切，知道大水湧入不過是片刻間的事，便不去理會紅衣女子斜飛過來的長鞭，回身一撲，抱住了盛清清的纖腰。但覺右手臂一陣劇痛，原來已被紅衣女子的毒鞭捲上。

盛清清驚叫一聲，一切發生得太快，她還沒會過意來，耳中聽得驚雷般的陣陣巨響，排山倒海的湖水已衝破水晶石壁，湧入密室，將五人捲入冰冷的湖水之中。

凌霄緊緊抱著盛清清，閉住呼吸，奮力往湖面泅去。他感到盛清清的雙臂也緊抱著自己的肩頭，顯然驚惶無比。凌霄直覺知道她不識水性，若喝下太多湖水，只怕有生命危險，連忙手腳並用，想盡快探頭出水。他感到身邊還有其他人在泅水，不知是陳近雲還是火教中人，不敢回頭相救，心想近雲水性了得，應能照顧自己，便努力往湖面游去。

過了不知多久，凌霄感到臉面一涼，終於穿出了水面，趕緊吸了一口長氣，低頭去看盛清清，只見她臉色蒼白，張口喘息，不斷咳嗽，濕髮黏在臉頰兩側，整個人狼狽不堪，竟仍清麗得讓人不敢逼視。凌霄見她未曾昏厥，微微放心，游目四望，找到最近的岸邊，趕忙往岸邊泅去。不多時，他終於抱著盛清清爬上了湖岸。盛清清一邊喘息，一邊仍緊緊抱著凌霄不放。凌霄感到她柔軟溫暖的身子直貼著自己，不斷顫抖，心中不禁一動，深感這麼與她相擁十分不妥，但知她中毒已深，無法自己坐直身子，只能繼續抱著她，伸手拍她背心，讓她將喝下的湖水吐出來。

凌霄見她咳聲漸止，應當無事，吁了一口氣。忽聽水聲響動，他立時警覺，趕忙抱著盛清清一躍而起，轉身便奔。身後腳步疾響，那紅衣女子已出水追了上來。凌霄自覺右手臂中毒鞭處漸漸麻痺，知道已無法使劍抵敵，這裡離梅莊總有數十丈的距離，自己能否將盛清清帶到安全的地方，全看逃得夠不夠快。他抱著盛清清提氣快奔，但聽身後的腳步聲愈來愈近，轉眼離自己不過五六步之遙。他自知無法逃脫，只好停下腳步，轉過身來，左手攬著盛清清的腰，望向紅衣女子那半如天仙、半如鬼怪的臉龐。

那紅衣女子冷然瞪視著他，啞聲道：「把人交出來！」

凌霄想也不想便答道：「除非妳先殺了我！」

那紅衣女子跨上一步，臉色十分古怪，又似冷笑，又似苦笑，她盯著盛清清，啞聲道：「好個江南第一美女！難怪你要以死殉情了。妳！好好看著，妳的情郎便是這樣死在妳面前的！」

盛清清聽到這話，知道今日是逃不過一劫了。她悄悄取出銀戟，對準自己的胸口，抬起頭望向凌霄，面容淒涼絕美，低聲道：「梅大哥，我今生無福嫁你，我們來世再作夫妻便是！」凌霄微微搖頭，伸手握住她的手腕，取過她手中銀戟，低聲道：「別作傻事。」盛清清原本中毒甚深，這一使勁，頓時頭暈目眩，眼前一黑，昏迷了過去。

紅衣女子嘿了一聲，蛾眉刺遞出，直指著凌霄的胸口，冷然道：「多情人必無好死。你梅家敢反抗我聖教，死有餘辜！」

凌霄搖頭道：「我不是梅家的人。」紅衣女子一呆，她和盛清清一般，先入爲主認定這兩個出現在水晶宮的少年必是梅家兄弟，此時聽他說不是，忍不住問道：「那你是誰？」

凌霄面對著這陰森殘酷的少女，霎時看透了她內心的扭曲、仇恨、憤怒種種情緒，心中不禁升起憐惜之意。他右臂酸麻，再也抱不住昏厥過去的盛清清，只得輕輕將她放在地上，站起身時，忽地喀啦一聲，右臂衣袖被撕下了一截。原來盛清清雖昏了過去，手上仍緊緊抓著他的衣袖，而他右臂之前被那紅衣女子的毒鞭捲上，衣袖上已有裂口，經此一扯，便被扯下了半幅衣袖。

那女子原本滿面殺氣，此時忽然臉色大變，睜大眼望著他的手臂，放低了蛾眉刺，走上兩步，直盯著他手臂上的灼痕，失聲道：「你、你是……你是凌霄？」

凌霄不禁一呆，脫口道：「妳認識我？」仔細往她臉上看去，那張一半燒毀一半清秀的臉獨特無比，自己卻毫無印象。他再凝神往那女子望去，眼前忽然浮現一張男童的臉龐，約莫四五歲年紀，露出微笑，甚是眼熟。凌霄驚然發覺，那竟是自己！他從她的記憶中看到了童年的自己，心中震驚：「我完全不記得她，她卻認識我！」

兩人相視對望良久，凌霄努力從她的記憶中找尋自己童年的片段，但零碎殘缺，難以拼湊。忽然之間，一些遺忘多年的記憶碎片陡然浮上腦際，他脫口叫道：「妳以前不是這樣子的！我看見了，妳那時綁著兩條沖天辮，圓圓的臉，笑的時候有兩個酒渦兒。我知道了，妳是……瑞娘！妳是張瑞娘！」

張瑞娘臉上肌肉抽動，靜默半晌，忽然流下眼淚，嘶聲道：「你還記得我，凌霄哥哥，你還記得我！」

凌霄搖頭道：「不，很多事情我都不記得了。」張瑞娘抹去眼淚，說道：「我知道。你離開的時候，那人讓你將所有的事情都忘記了。我……我眞沒想到你還記得我。你……你快走！快走！我無法替你隱瞞多久，他們將傾全力來抓你，你再不走，一定會被他們抓回去的！」

凌霄忍不住問道：「他們爲什麼要抓我？」

張瑞娘露出驚訝之色，說道：「你不知道？明王的心思，你比誰都看得清楚，你怎會不知道？你的靈能……他們不會放過你的。」她猛然想起自己的任務，低頭望向盛清清，又抬頭望向凌霄，眼中露出疑問之色。

凌霄道：「請妳手下留人。」張瑞娘咬著嘴唇，問道：「她是你什麼人？」凌霄道：

「我不認識她。」張瑞娘道：「她既與你無干，我便要帶她走。」凌霄仍道：「請妳留下她。」張瑞娘眼中閃出凶光，說道：「我能取你性命！」凌霄道：「我知道。一命換一命，請妳留下她。」

張瑞娘凝視著他，嘴角一撇，說道：「因爲她生得漂亮，所以你甘願爲她而死？」凌霄搖頭道：「不。瑞娘，妳若曾識得我，怎會說出這話？」

張瑞娘臉上露出奇異的光芒，她低下頭，眼中又閃出淚光，說道：「你說得對。凌霄哥哥，你……你一點都沒變。」收起蛾眉刺，轉身便走。

凌霄忍不住道：「慢著！」

張瑞娘停下步，說道：「怎麼？」凌霄道：「我跟妳去。」

張瑞娘轉過身來，眼中閃耀著興奮的光芒，她走回幾步，伸出左手。凌霄見她左手也曾被火燒過，扭曲變形，看來十分恐怖猙獰。他明白她幼年時慘遭火焚，那恐怖的經歷在她身心都烙下了不可磨滅的創傷，尤其在遇見盛清清這江南第一美女，又見到凌霄以死護衛盛清清之際，張瑞娘心中的自慚、缺憾、自憐、憤慨種種情緒猶如一鍋滾水般沸騰翻湧，幾乎無法自制。

凌霄心中悲憐難已，毅然伸出手去，緊緊握住她被燒得扭曲的左手，說道：「瑞娘，我們找個地方，好好坐下說話。我想請妳告訴我過去的事情。」張瑞娘半邊臉龐露出一絲由衷的歡喜，思索了一下，說道：「好！你跟我來。」

但聽腳步聲響，一人持劍奔近前來，全身溼淋淋地，正是陳近雲。水晶壁破裂時，他被那力大無窮的禿頭矮子捉住了腳踝，掙扎不開，只得硬拖著敵人游到岸邊。上岸後他奮力一踢，掙脫了對頭，飛快地奔上岸。那矮子動作不慢，爬起身隨後追上。陳近雲施展輕功在柳樹林中狂奔了一陣，才終於擺脫了他，直向梅莊奔去，途中正巧撞見了凌霄。他見盛清清斜躺在地上，凌霄卻與那紅衣女子手牽著手，不禁一呆，叫道：「大哥？」

凌霄向張瑞娘道：「盛姑娘中了妳的毒鞭，須得救治。」張瑞娘點點頭，從懷中掏出一個瓶子遞給他。凌霄將瓶子交給陳近雲，說道：「盛姑娘中了毒，這是解藥。請你帶她回去梅莊，趕緊讓她服下。這位姑娘是我的舊識，我得跟她去個地方，很快就回，不用擔心。」

陳近雲只聽得一愣一愣地，不多久前他們還在水晶密室中跟這詭異莫名的女子喋血相搏，凌霄這會兒卻跟她成了「舊識」，手著拉手要一齊去什麼地方，這是哪門子的神通，他可搞不清楚。但他知道凌霄異於常人，自己不時得接受他的怪異之處，當下也不多問，只點點頭道：「好。你萬事小心。」

凌霄點點頭，逕與張瑞娘相偕而去。

第二十七章　童年舊識

張瑞娘讓凌霄也服下了解藥，凌霄感到右臂中毒處慢慢有了知覺，不多久毒性完全退去，整隻手臂都可以使喚了。

二人沿著湖邊緩緩而行，心中都感到一股奇特的平靜喜悅。張瑞娘悠悠地道：「好多年了，我始終記著你。他們說你死了，我從來都不信。凌霄哥哥，你這些日子過得好麼？」

凌霄靜靜地望著她的內心，感受到她發自眞心的牽掛依戀。自己當年也不過是個五六歲的孩兒，卻曾是這小小姑娘心中最重視的人，只因她自幼孤獨悽苦，從不知道世上會有人對她好。然而過去這十年她的境況並未好轉，仍舊在他人的逼迫下受盡苦難。而自己這十年過得好不好？他回想自己在大雁觀爲道，在虎山學醫，身邊圍繞的都是善良單純的人物，日子可說過得無憂無慮，境況確實比她好上百倍。他道：「瑞娘，我很幸運。如果不是忘記了以前的事情，這十年我想必不會過得如此無牽無掛，輕鬆快活。」

張瑞娘輕歎一聲，說道：「她讓你忘記過去，確實是作對了。」凌霄問道：「是誰讓我忘記了過去的事？」張瑞娘靜默一陣，說道：「你連這也不記得了。」頓了頓，才答道：「是你的娘親。」

凌霄一呆，脫口道：「我娘？」他記憶中從來沒有母親這個人物；在爺爺家中捉蟋蟀的那段時日，家裡從未出現過母親的身影。據凌滿江說，他和妻子因胡兒之事爭吵不斷，最後妻子憤而扔下兒子，離家出走。母親離家時他大約還在繈褓之中，因此他完全沒有關於母親的記憶。

張瑞娘道：「正是。當年圍攻神算莊之役，你母親便是首領之一。她在莊中找到了你，將你帶回聖峰，那時你不過三歲多年紀。」

凌霄恍然大悟：原來母親離家出走後，竟入了火教，並成了教中的重要人物！而自己幼年時進入火教，卻是被母親帶去的，事情全然出乎他的意料之外。他又問：「那我又是如何離開火教的？」

瑞娘轉過身，拉起凌霄的左手，輕撫他手臂上的一片灼痕，歎道：「你娘也沒料到，你上峰後，教主竟會如此重視你。他在你身上燒烙了這些咒印……每次我看到自己的灼傷，我就會想起你。你承受的痛苦比我深重千百倍，但你都忍過去了。只是誰也不曾想到，事態竟會愈來愈糟……」她聲音哽住，再也說不下去。

凌霄感到背脊一涼，自己雖對那段經歷全無記憶，有如在聽別人的事情，但只看瑞娘的神情，也可猜想當時所受折磨之慘酷。

他冷靜下來，問道：「因此我母親救了我出來？」瑞娘點點頭，說道：「不錯。她無法眼睜睜地看你受苦。」凌霄不敢知道答案，仍鼓起勇氣問道：「後來她如何了？」瑞娘垂下眼，說道：「她死了。」

凌霄默默點頭，他知道母親已爲解救自己付出了代價——她的生命。他雖對這個母親全無印象，但得知她是爲己而死時，心中又不禁感到一陣莫名的哀傷和溫暖。

凌霄望向瑞娘，問道：「妳身上的傷，是怎麼來的？」瑞娘轉過頭去，用長髮將半邊燒毀的臉遮得更嚴實些。她想笑，臉上卻只露出一抹苦澀的悲哀。她道：「我那時年紀還小，我被……被灼傷時，只有你來關心我，照顧我。你耐心地餵我喝水，餵我吃東西。他們都說我死定了，只有你不肯放棄我。你自己身上也滿是灼傷，卻日夜坐在我身邊，伸手輕輕撫著我臉上身上的傷口。我當時只覺傷口無比的清涼，心裡也感到無比的安穩。後來我眞的活過來了，可沒有多久，你便離開了聖峰。」

凌霄聆聽著這些他毫無記憶的往事，心中觀照到的卻比瑞娘所能說出的恐怖得多：她當年是被親生父母當成供養教主的犧牲品，蓄意扔入火中的！

凌霄感到無比震驚，不可置信。他眼看著妹子雲兒長大，對她百般呵護疼愛，此時雲兒也是五歲。他無法想像，什麼樣的父母能對一個五歲的孩子下此毒手？五歲的孩子怎能吃得了這許多苦？他隱約能見到，自己也是這個年紀時，身上已被燒了許多猙獰扭曲的咒印，卻仍能憐惜維護這同遭火難的小女孩兒，兩人相濡以沫，彼此關懷。那段又痛苦又甜蜜的時光，有如鐵錘般沉甸甸地掛在他的心頭。他忍不住握緊了瑞娘的手，心中升起一個新的覺悟：我的責任不只是作一個醫者或劍客。我的責任還沒有了；我已經逃避了十年，我不能再逃避下去了！

凌霄忽然止步。他只顧和張瑞娘一起回憶往事，卻未曾注意到眼前的危機。但見前面柳樹叢中走出兩人，一人身矮面黑，臉色陰鷙，正是善使毒藥的火教黑焰尊者孫爣；他身後跟著一個瘦小的少女，雙髻大眼，卻是百花門的蘭兒。張瑞娘顯然對孫爣頗爲忌憚，連忙放開凌霄的手迎上前去。孫爣望了凌霄一眼，嘴角露出冷笑，對張瑞娘道：「赤焰使者交了新朋友？」

張瑞娘冷冷地道：「不關你的事。我爹爹如何了？」

孫爣嘿了一聲，說道：「妳竟不知道？妳爹去梅莊討人，正教各派大膽反叛，與江南世家聯手將他擒住了！」張瑞娘一驚，忙問：「什麼！他被囚在哪裡？」

孫熾語氣中帶點揶揄，顯然對另一個火教尊者失手被擒頗感幸災樂禍。他道：「聽說仍被關在梅莊。」張瑞娘滿心焦急，說道：「我爹爹身陷危機，我得趕快設法相救！」孫熾道：「妳不必多此一舉。這件事驚動聖峰，明王已派了大護法和神咒護法出面處理了。」

張瑞娘心想自己不但未能完成劫走盛清清的任務，其後又只顧著與凌霄敘舊，連父親張去疾被敵人擒住了都不知曉，不禁一陣驚惶，暗想這些事情若被教主知道了，罪名絕對不輕。她心中憂急悔恨，心想唯有趕緊去面見二大護法，稟報經過，才不會被孫熾捷足先登，在護法面前進讒告狀，陷己於罪。

她轉頭望向凌霄，說道：「你……」凌霄將她的心思看得清清楚楚，說道：「妳快去吧。還有機會見面的。」低聲在她耳邊道：「別擔心，我應付得來。」張瑞娘點點頭，對孫熾道：「這是我朋友，你別為難他！」孫熾冷笑道：「赤焰使者好高的氣燄，竟開始對尊者下令了麼？」

張瑞娘哼了一聲。她父親張去疾近年來在獨聖峰上頗受教主青睞，在教中地位不斷攀升，因此她仗著父親的勢頭，向來不將這形貌猥瑣的黑焰尊者孫熾放在眼中。但此時父親受擒，生死不明，可能地位不保，她頓時沒了倚靠。眼見孫熾開始對自己端高姿態，她也只能暫時忍氣吞聲，冷冷地道：「兩位護法親自出馬，我爹轉眼便被救出。我勸你還是放尊重得些好！」孫熾嘿了一聲，臉上冷笑不斷，假意行禮道：「請使者恕罪。我何時敢不尊重赤焰使者了？」

張瑞娘雖知他心口不一，但想凌霄武功高強，應能照顧自己，隨即轉身快奔而去，紅影一晃，消失在湖邊的樹林之中。

孫孃凝望著凌霄，冷笑道：「我們又見面啦。」凌霄不答，知道孫孃有意擒住自己，以報往日破其毒術之仇，當下緩緩拔出長劍。

孫孃對蘭兒道：「拿下了他！」蘭兒始終站在一旁，微微低頭，面無表情，假裝從未見過凌霄這個人。那夜在亭中百花宴中，她領教過凌霄解毒的本領，自知無法毒倒他，此時聽了孫孃的指令，不禁遲疑。孫孃見她不動，甚覺不快道：「怎地還不動手？」蘭兒十分乖覺，忙行禮道：「啓稟尊者，小女子毒術未得門主眞傳，不敢出手，怕壞了尊者的事。」

孫孃心想：「或許她已知道這小子曾破過我的毒術，不敢在我面前出手，以免勝過了我，損我臉面。」想到此處，心中一陣恚怒，喝道：「大膽丫頭，竟敢不聽尊者指令？」回手一掌往蘭兒打去。凌霄知道蘭兒武功不高，這一掌勢必令她身受重傷，他同時也清楚孫孃這一掌是打給自己看的。他知道自己不能猶疑，躍上前去，揮劍格開孫孃的右掌。

但凌霄畢竟缺乏江湖經驗，若是陳近雲或許飛，便會直攻孫孃要害，逼其收掌自救；凌霄卻只想到要攔住這一掌，己身便露出了破綻。孫孃閱歷老練，看出絕佳機會，一邊收掌，一邊揮動左手，一隻海碗大的花斑毒蛛陡然從他袖中飛出，正落在凌霄左肩。

蘭兒見到那蜘蛛，驚呼一聲，脫口叫道：「公子別動啊！」

凌霄側頭見那毒蛛足有碗口大小，身體和八條腿都生著濃密的長毛，全身色彩斑斕，八隻晶亮的眼睛凝視著自己，嘴上的箝子一動一動，似乎隨時會張口咬下。

虎山蜘蛛不多，凌霄對蜘蛛素無研究，但也看出這隻毒物的厲害，定在當地不敢稍動。

孫孅伸手將凌霄手中長劍奪下，冷笑道：「你在開封削我面子，如今可對付不了我這斑爛神蛛吧？」蘭兒站在一旁瞪著那毒蛛，大眼睛中閃爍著憤怒和恐懼，似乎受到了莫大的侵犯。

孫孅笑吟吟地繞著凌霄走動，正轉著念頭該如何炮製這小子，忽聽一絲冰冷的歌聲幽幽響起，語音似乎從四面八方傳來，三人竟聽不出歌者人在何處。但聽歌聲唱道：

美人獨立瀟湘浦，裊裊秋風生北渚。
手把琅玕江水深，香橘泣露愁痕古。
我有所思在空谷，翠袖娟娟倚寒綠。
雲斷蒼梧殊未來，月明長照魚鱗屋。

蘭兒精神一振，顯然知道歌者是誰。她轉頭往湖岸望去，孫孅也跟著轉頭去望。但見湖岸邊浮現了一個白影，飄飄忽忽地看不眞切。歌聲漸歇，三人眼前幽幽隱隱出現了一個全身白衣的妙齡女子，看來不過二十來歲年紀，頭束高髻，髮鬟齊整，臉上不施脂粉，但麗質天生，豔氣逼人，神色冰冷空靈，顯出一股孤傲不群的氣度。

蘭兒走上前去，行禮喚道：「娘娘！」

這女子便是名震江湖、詭異難測的百花門主白水仙。她眼光落在凌霄肩頭的斑爛神蛛，臉現不豫，輕輕道：「我百花門的寶物，豈能濫用？」

孫孅對這女子恐懼有之，恭敬卻欠缺。他不耐煩地道：「上回在開封，這小子破了我毒術，我還道是妳百花門毒術不成。今日我動用百花寶物，才制住了他，有何不妥？」

白水仙沒有回答，眼光望向蘭兒，蘭兒一雙大眼睛如能說話，微微點了點頭，白水仙便已明白她的意思：這少年便是曾享用她的百花宴而未被毒死的那位醫者。

孫爔粗聲道：「莫多說了。妳們兩個快制住了這小子，帶回分壇，待我慢慢發落。」

白水仙神色漠然，對孫爔輕蔑的口吻有若未聞，向蘭兒吩咐道：「蘭兒，使凍凝粉，收回了毒蛛。」蘭兒應了一聲，來到凌霄身前，左手一彈，一股淡霧從她手中冒出，飛到凌霄臉上。凌霄登時全身僵硬，無法動彈，一晃眼間，蘭兒已不知用什麼手法，將他肩頭的毒蛛收去了。除了那凍凝粉的毒性外，凌霄感到自己肩頭也隱隱刺痛麻痺。他略一凝思，便知那毒蛛雖未曾咬傷自己，但腳上蛛毛的毒性已傳入肩頭的肌膚，如果不盡快解毒，毒性便會漸漸擴散到全身，再難救治。

孫爔顯然知道這點，也顯然無意給凌霄治毒的機會，嘴角微微冷笑，說道：「上路吧！兩位尊貴護法就快到了，我們得趕去城外迎接。」他招招手，五十多名火教手下從樹林中奔出，牽來馬匹，幾個教徒將凌霄抬上馬，用繩索縛住。其餘人紛紛上馬，沿著湖邊的石板路往城門馳去。

此時已是傍晚，夕陽西沉，日暮低垂。凌霄身子僵硬，斜靠著馬背，側頭見到白水仙騎在一匹白馬上，便在離他不遠處。但見她一張完美無暇的臉龐籠罩在夕陽餘暉下，神色淡然，似乎世間一切的凡塵瑣事都與她毫無關係。他細心觀照下，看出了她內心的掙扎和眷戀正如她歌中所述：「我有所思在空谷，翠袖娟娟倚寒綠」。她心中極度嚮往隱居的生活，完全的自主。她雖是個連火教教主都敬畏三分的毒術高手，絕世卓立的一代佳人，但孤高的性格卻於世所不容，命中只能幽居空谷，面對那「天寒翠秀薄，日暮倚修竹」的情境。

凌霄忍不住開口道：「妳聽到了麼？」

白水仙聽他這話是向自己而發，不禁轉頭望向他，臉上帶著一絲驚訝，說道：「聽到什麼？」

凌霄閉上眼睛，說道：「歌聲。今兒很特別，這湖邊柳樹都在唱歌。」

白水仙凝望著他，不敢相信這少年竟說出了自己心中正動著的念頭。她問道：「它們在唱什麼？」凌霄道：「輓歌。平日它們只有淡淡的哀愁，但今日它們非常悲傷。它們知道廝殺和流血無法避免，卻不願意看見這湖裡的水被染紅。」

白水仙輕輕一拉韁繩，轉過馬頭，與凌霄並轡而行，說道：「你能聽到柳樹說話？」

凌霄道：「那當然了。柳樹會說話，就如萬物生靈都會說話一般。我以前住在山上時，常跟山中的老虎聊天，也常聆聽山谷和夜風的傾訴。它們有很多話要說，只在妳願不願意去聽而已。」

白水仙聞言，陷入沉思。

凌霄道：「妳希望能隱居山谷，過離世索居的生活，因此妳聽得到柳樹的哀歌。這不是所有人都能聽得到的。」

白水仙聽了，臉上抹上了一層哀愁。她不再說話，只默默策馬前行。

天色全黑後，眾人已出了岳州城，來到紅杏林邊，便在林中生火煮飯，紮營過夜。

蘭兒過來餵凌霄吃了些乾糧，便留他一個人躺在草地上。過不多時，白水仙悄然出現，在凌霄身邊坐下。凌霄身子仍舊無法動彈，只躺在當地，睜眼望向天際繁星。

白水仙也抬頭望向天際，忽然開口，輕聲說道：「雁蕩山有個山谷，叫作幽微谷。我去過一次，很喜歡那裡。」凌霄道：「嗯，那是個好地方。」白水仙奇道：「你怎麼知道？你去過？」凌霄笑道：「沒有。但我此刻便可以帶妳去。請妳先閉上眼睛。」

白水仙不無懷疑地闔上眼睛，忽覺眼前出現了一些影像：放眼望去，但見面前一片野地上綠草如茵，百花爭放，千卉齊開，萬紫千紅，爭妍鬥豔；遠處青山翠翠，白雲悠悠。這正是她曾跟師父百花婆婆去過的幽微谷！她見到自己荷著花鋤，緩緩從花叢中穿過，腳步輕快，口中唱著歌，臉上滿是平靜喜悅。她忽然領悟：這不是現在的自己，而是未來的自己！她望見築在谷中的簡樸竹屋，屋前的淙淙流水，彷彿置身夢中，然而這一切都是如此清晰眞實，如此歷歷在目。

她一驚睜眼，望見凌霄正躺在地上，微笑地望著她。白水仙登時明白，是他讓自己看到這些景象的。她忍不住問道：「這是眞的？」

凌霄微笑道：「當然是眞的。逍遙自在，羨煞神仙。」

白水仙微微點頭，忽然淺淺一笑，這是凌霄第一次看見她臉上露出笑容，一時風姿嫣然，不可方物。她凝望著凌霄，微笑道：「謝謝你。」

凌霄明白她的心思；這個高傲不群的女子不怕孤獨寂寞，不怕離群索居，卻怕無人理解。如今有人能道出她心中的嚮往，讓她看到自己的路，這對她來說意義極爲重大，著實讓她的內心獲得了難以言喻的充實和滿足。

白水仙靜靜地坐在當地，全身上下動也沒動，凌霄忽覺身上的凍凝粉毒性已然解除。他躺在原地，慢慢舒活筋骨，低聲說道：「不要猶疑。這條路是對的，妳要相信自己。」白水仙點了點頭，有生以來第一次明白「貼心」這兩個字的意義。她緩緩站起身，飄然走了開去。

次日清晨，天還未亮，眾人又縱馬上路。進入了紅杏林。這是凌霄第一次在白日身處紅杏林，但見杏葉果然都是艷紅色，十分殊異。凌霄心中感到莫名的焦慮，知道劇變就將來臨。

將近午間，孫爔下令道：「護法們便在紅杏林外十里處駐紮。大家別休息，快馬趕去參見護法。」眾人齊聲答應。

白水仙漠然不語，繼續縱馬前行。日頭漸高，在一片嫣紅的葉影下，白水仙忽然出手，從袖中飛出一條細長的白索，捲上孫爔的頭頸。索梢尖針餵有百花門祕傳的劇毒，見血封喉，孫爔全沒料到白水仙竟會出手偷襲，更沒料到百花門仍懷藏了自己不曾見過的毒物，哼也沒哼，當即斃命。便在此時，紅杏林的樹梢竄出數十名身穿白衣的百花門弟子，各自施展毒術，將火教徒盡數殺死。轉眼間林間只剩五十來匹沒了乘客的馬，在紅杏林中東衝西跑，不知所措。

白水仙來到凌霄的馬旁，解開了他的繩索，將他抱下馬，放在地上。他身上凍凝粉毒性雖已解除，但肩頭的蛛毒卻深重了許多，半邊身子已無法使喚。白水仙解開他的衣衫，但見他肩頭上赫然留下了八個墨綠色的黑點，正是斑斕神蛛的八隻腳曾站立之處。墨綠色已從八個點蔓延到周圍，直至胸口和臂彎。

她微微皺眉，輕輕說道：「蔓延得比我預料中還快。」她望見墨綠色的毒質之下，凌霄肌膚上布滿了錯綜複雜的烙痕。她不知道那是什麼，只覺到一股詭異不祥。她替他穿好衣衫，俯身將他扶起，負在身後。

點點陽光透過搖曳的紅杏葉子，鋪灑在林中生滿青苔的石頭和蒼綠的草地上。一身白衣的百花門弟子環繞林中，望著百花門主親自背負起一個無名少年，緩步離去。眾女個個雙目圓睜，心中驚詫難已：眾所周知，白水仙天性潔癖，別說碰觸男子，便是男人用過的事物，她都要扔棄不用；男人坐過的地方，她都不肯再坐。是怎樣的一個少年，竟讓門主毫無顧忌地親自揹他而行？這少年是誰？

然而她們都知道此刻不是深究的時候。門主一離去，她們便一齊動手，將剛才殺死的火教徒一一掩埋匿跡。百花門終於公開與火教決裂了；她們此刻是分秒必爭，必得讓其他火教教徒發現得愈晚愈好，給大家足夠的時間走避隱藏。

白水仙揹著凌霄，施展輕功，快步穿梭於紅杏林之中。凌霄蛛毒漸深後，便全身疼痛難受，昨夜整夜無法入睡，他不知道白水仙要帶自己去哪裡，鼻中聞著白水仙身上縹渺恍惚的特殊體香，只覺神智漸漸昏沉，伏在她肩頭昏睡了過去。

過了不知多久，忽覺自己背脊著地，他一驚睜眼，見到白水仙正將自己放在一間屋子的角落裡。她額上香汗淋漓，輕聲喘息，這大約是她生平第一次揹人走這麼遠的路。

凌霄低聲道：「謝謝妳。」白水仙臉現憂慮，搖頭說道：「我還不知能否救得你的性命。這蛛毒是沒有解藥的。唯一能解毒的方法，是你以己身內力將毒性慢慢逼出。這方法大約要十二個時辰的時間，才能將毒完全驅盡，你聽著。」當下說了運氣驅毒的法門，凌霄凝神傾聽。

白水仙說完後，站起身在周圍看了一圈，又回到凌霄身邊，將從孫燦處取回的凌霄佩劍放在他身旁，說道：「這是個荒廢的土地廟，所在隱密，向無人跡。你在這兒待上幾個時辰，應不會有危險。我將令蘭兒來此照看你。」

她向凌霄凝視一陣，眼神十分複雜，其中有關懷，有感激，也有幾分奇特的期許。她忽然嫣然一笑，說道：「如果我年輕十歲，或是你年長十歲，或許一切便不同了。」說完便轉過身，如煙一般飄出了門外。

第二十八章　邪神重現

凌霄躺在當地，開始運氣驅毒，但眼前浮現了一幕幕的景象，令他心驚肉跳，擔憂不已。不多時，細碎腳步聲響，一個瘦小的身影鑽入廟中，正是蘭兒。凌霄見到她，忙叫道：「蘭兒姑娘！」

蘭兒忙噓了一聲道：「公子別大聲嚷嚷！」凌霄奮力想撐起身來，但他才剛開始運氣驅毒，尚未奏效，半邊身子仍麻痺不靈，又倒回地上。他急道：「快！快回去！水仙門主將遇上極大的危險，妳一定得留在她身邊，在危急時救她一命！」

蘭兒一呆，忍不住問道：「你怎麼知道？」凌霄道：「妳別問我怎麼知道。事情緊急，快去，快去！她還在紅杏林中，妳立即趕去，還來得及！」蘭兒遲疑道：「但是娘娘吩咐我來此保護你……」凌霄急道：「這地方偏僻隱密，不會有人來的。再說，門主對妳恩情深重，妳一定得趕去保住她的命！快，再遲些就來不及了！」

蘭兒望著他的臉，被他的急迫口氣所驅動，轉身穿門而出，消失在廟外。

凌霄鬆了一口氣，躺回地上。他感到毒性又從肩頭擴散開來，就快到達心口，趕緊運起內力驅逐毒性。

過了不知多久，廟內廟外一片寂靜，天色漸暗。到得半夜，忽聽遠處傳來雜沓的腳步聲，似乎有許多人圍繞著廟掩上前來，隱藏得甚好，若非凌霄正專注運功驅毒，絕對無法聽到。凌霄心中暗驚：「來者若是火教徒，我這便沒命了。」他知道多想也無益，便拋開雜念，專注運功。那些人卻並未靠近破廟，反而是在四周隱藏好之後，便不再出聲。

過了半個時辰，忽聽廟後發出細微的喀啦一聲。靜了一陣後，接著呀的一聲，似乎有扇門打開了。凌霄在黑暗中無法看見事物，便閉上眼睛，觀照到後院矮牆下的一扇密門開了個縫，一個頭包青布的漢子從密門中鑽了出來，四下望望，才壓低聲音道：「點子走了，出來吧。」當先跳了出來，密門中又鑽出一個高高瘦瘦的漢子，也是頭包青布。兩人在破廟的後院和前進走了一圈，並未注意到躺在角落的凌霄。

先前那漢子道：「老大，我們躲了這許多日子，今夜再不走，食物便要不夠了。」高瘦漢子嘿了一聲，說道：「大丈夫能屈能伸。你相信蕭老大，度了這一劫，以後有得你好過的。」凌霄聽到此處，心中好奇，運用靈能觀望二人，驚然發現那高瘦子竟便是人人想找的大盜蕭群，這偏僻的土地廟正是他藏身的巢穴！此廟位於紅杏林深處，十分荒敗隱僻，白水仙自然不知破廟的地底竟另有地窖，無意中將凌霄留在了蕭群的藏身之處。

先前那漢子不作聲。蕭群說道：「你等在這兒。我去取包袱上來。」語畢又鑽回密門之中。

那漢子顯然對長久躲藏頗爲不快，低聲咒罵，信步走往前院，踢開了半塌的廟門，往外跨去。

埋伏在廟外的眾人忽然行動，數條飛索從四面八方一齊飛出，套在那漢子頸上，他還未能叫出聲來，便被撂倒在地。

過不多時，蕭群又從密門冒出來，走到廟中沒見到夥伴，低喚道：「阿虎，阿虎！」見無人回答，他心生警惕，從懷中掏出一個包袱，俯身藏在神龕下的破蒲團中，接著彎著身子，拔出腰刀，悄悄往門口掩去。到得門口，探頭一望，但見門外一片人高的野草，夜風呼呼吹過，看不見半個人影。他心頭暗驚，只能以不變應萬變，蹲在門旁不動，靜待敵人出手。

凌霄躺在角落運氣驅毒，正值緊要關頭，必得將蛛毒驅出心脈才能稍停。因此他耳中雖聽到蕭群和火教間的明爭暗鬥，也隱約知道籤辭被蕭群暫藏在廟中的蒲團裡，卻無暇分心理會。

月亮漸漸偏西，門內的蕭群和門外的火教徒漸漸沉不住氣，火教首領站起身，下令道：

「入屋搜索！」一群身穿夜行衣的火教徒從草叢中現身，各持武器闖入廟門。蕭群候在門邊黑暗處，等數人跨入廟中後陡然出手，短刀閃處，頓時斬死了當先兩人。其餘火教徒發一聲喊，一湧而入，但蕭群占了地利之便，己暗敵明，又殺死了數人。火教首領喝道：「人在廟中，打起火把，大家衝進去！」

火教徒仍有十多人，打起火把一齊衝入廟中。這場夜鬥既狠且快，蕭群學藝自善使短劍的趙家，他被逐出師門後則改使短刀，而近身肉搏正是短刀的長項。一陣交手下，他又殺死了五名火教徒，自己身上卻也受了兩處傷，一在左腿，一在右臂。火教徒受挫，便又退出廟門外。

蕭群探頭往外望去，見門外火教徒只剩下首領和其餘二人。蕭群暗叫一聲好險：「火教這回出手，不過一隊二十一人，我殺死了十人，重傷八人，餘下這三人應該好對付。最好他們就此退去尋找幫手，我便可趁機逃逸。」

那三人卻顯然無心逃走，商議一陣，又各自舉起兵刃，往廟門走來。

蕭群心想自己已受了說輕不輕、說重不重的傷，此時唯有速戰速決。他等那三人踏入廟中，當即以左手持短刀砍向左首那一人。他幹盜匪數十年，出手狠辣無情，一刀砍中左首那人的心口，又一刀砍中右首那人臉面。當中那首領竟然毫不畏懼，大叫一聲：「效忠教主，萬死不辭！」仍持鋼刀殺將上來。蕭群揮刀擋住，兩人在廟中交起手來。那首領原本不是蕭群的對手，此時孤身一人，更加抵擋不住。蕭群一刀砍出，首領側身想避開，但腳下一絆，仰天跌倒。蕭群趁機一刀刺在他胸口，刀刃對穿而過，眼見那首領是不活的了。

蕭群罵道：「渾帳，死不認輸！」忽覺小腹一痛，一柄利刃穿腹而過，卻是那首領摔倒後，自知難逃一死，握住了懷中的匕首，待蕭群靠近，便奮力刺出，正中蕭群的小腹。蕭群得意下竟然不察，慘叫一聲，向後倒下。他伸手想拔出自己小腹中的匕首，卻覺背後劇痛，那匕首顯然已刺穿了身體。他倒在地上喘息，知道這麼流血下去，必將送命，卻無論如何也無法撐起身來替自己止血包紮。他掙扎一陣，神智漸漸昏迷，不禁長歎一聲，心想自己千算萬算，終於奪得了大寶，豈料竟功虧一簣，陰溝裡翻船，將一條命送在一個無名的火教小首領手中。

過了不知多久，忽聽遠處腳步聲響，一人打著火把，小心翼翼地走到廟外。蕭群不知是敵是友，但此時急需有人救命，便呻吟出聲。

那人聽見了，喝道：「什麼人？」循聲跨入廟中。蕭群在黑暗中看不清那人面目，見那人蹲下身查看自己傷口，伸手握住了匕首，想要拔出，卻又不敢，他口中喚道：「蕭師伯？我是立平啊！」

那人果然便是趙立平。趙家在梅莊一戰中隱匿迴避，趙自成原以為這是明哲保身之舉，不料正派大獲全勝，趙家反倒落了個膽小寡義的罵名。趙自成好生惱悔，更下定決心要奪得籤辭眞跡，盤算若火教占了上風，便可藉呈獻籤辭向火教邀功；若正派占了上風，則可將籤辭交給正派，令正派中人刮目相看，洗刷武林惡名。他原本便知道師兄蕭群在紅杏林中藏身處的大概方位，但江聲雷派了兩名華山弟子將他盯得極緊，不敢自己出手，便將蕭群藏身所在告訴了兒子。趙立平趁夜偷偷出城，來到紅杏林中尋找，卻迷了路，直到此時才找著。也虧得他運氣好，錯過了破廟中火教和蕭群的一場血戰，到來時惡鬥已止，蕭群則已和火教首領廝殺重傷，性命垂危。

蕭群還剩一口氣在，聽是師姪，又喜又悲，輕聲道：「我是不行的了。籤……籤辭藏在蒲團中……你快去拿，別等火教的人來……」頭一偏，氣絕而死。

趙立平欣喜得全身顫抖，沒想到這個大寶居然這樣從天而降。他家傳武功雖有獨到之處，但絕不足以稱雄武林。近年來趙家在江湖上的地位逐漸沒落，趙立平心高氣傲，一心想尋得稱雄江湖的契機，仗之傲視群雄，重振趙家在武林中的聲望。他和父親聽聞嘔血籤辭來到岳陽，便全力追查，此時皇天不負苦心人，趙立平眼見這大寶即將落入己手，歡喜得幾要暈去。

他定一定神，放下師伯的屍身，忽聽腳步聲響，一人持著火把奔到廟外。趙立平隱身門後，偷眼看去，見那人一身青衣，是個少女，再看之下，卻是自己的妹子趙立如。他出聲喚道：「阿如！」趙立如回過頭來，喜道：「哥哥，你果然在這兒！爹叫你趕快回去，說有厲害對頭在找你。」她低頭見到地上屍身，驚道：「咦，是蕭群師伯？」

趙立平道：「是，但師伯已被人殺了。」壓低聲音道：「蕭師伯說籤辭便在這廟中，我們得趁火教來到前趕快找出。」趙立如道：「是麼？爹說有個叫什麼鄂北三魁的在找你，我們可得當心了。」趙立平皺眉道：「這三個鬼傢伙，去年在西湖左近犯案，被我通風報信，壞了他們好事，於是一直懷恨在心，這回又來糾纏不清。且不理他，我們先去找師伯的事物要緊。」

兄妹倆打著火把在廟中尋找蒲團，不多時趙立如便見到躺在角落的凌霄，但見他身子僵直，臉色因蛛毒而發青，驚呼一聲，說道：「哥哥，這裡有人！啊，是……是梅二哥的朋友凌霄！不知他是死是活？」

趙立平過來瞧了一眼，說道：「臉色發青，少說已死了半日了。別理會他，快來幫我找。」又轉身去尋找，不多時便摸到神龕下的蒲團，從中取出一張發黃的染血籤辭。趙立平興奮已極，雙手顫抖著打開閱讀，但眉頭一皺，臉上露出迷惘之色，說道：「妹子，妳來看。」趙立如湊上去望向那黃紙，說道：「這是什麼？鬼畫符一般，卻沒有半個字？」

便在此時，門外忽然傳來幾聲陰惻惻的笑聲，一個聲音道：「姓趙的小子，這回可被我們逮到了！」三條黑影從門外闖入，左首一人臉色青白，乃是鄂北三魁之首沈七英；右首那人面貌與前一人相似，但臉色紅潤，是其弟沈七雄；後面一人身材矮小，滿臉猙獰的刀疤，名叫李大麻。這三人是橫行鄂北的大盜，惡名遠播。三人手中都持鋼刀，將趙氏兄妹圍在中間。這三人能在黑夜中尋到此處，顯然是尾隨趙立如而來。

趙立平臉上變色，抽出鐵扇便向沈七雄攻去。沈七雄罵道：「小子發狠哪！」揮刀擋住。趙立如也抽出短劍相助，與鄂北三魁交起手來。趙氏兄妹畢竟年輕，功力有限，在沈李三人圍攻下，不出二十招，便被鄂北三魁打飛了兵器，點了穴道。此時廟裡廟外都是死屍，凌霄躺在角落不能動彈，沈李三人只道他也是屍體一具，更沒來理睬他。

沈七雄哈哈大笑，說道：「什麼趙家劍，就是這點狗屁玩意兒？」趙立平羞愧難當，說不出話來。三人老早見到那籤辭，點倒趙立平後忙取了過來，湊在火摺下觀看，也只看到符咒一般的亂線，一頭霧水，看不出半點頭緒。

趙立平哼了一聲，說道：「諒你們也看不懂！你們要這東西作什麼？」沈七英道：「嘿嘿，這籤辭在江湖上名聲如此響亮，我們只不過想借來瞧瞧，看看它究竟有何神奇之處。」

趙立平心念一動：「我得假裝看得懂籤辭，他們要向我求解，才不會殺我。」當下冷笑道：「憑你幾隻鬼，又怎能解得這神妙籤辭？你若向我磕三個頭，我便向你講解了也不妨。現在快還了給我！」

鄂北三魁只道他眞看得懂籤辭，沈七英將刀指在趙立如胸口，冷冷地道：「姓趙的小子，快替我們解說這籤辭，不然我一刀殺了你妹子！」趙立如滿面驚惶，她啞穴被點，口不能言，轉頭望向哥哥，眼中露出求懇之色。趙立平當然不知如何解籤，心想：「說不得要救自己性命，只得賠上妹子的命了。」轉過頭去不看她，心道：「阿如，妳好好的去，哥哥以後定將這三人斬成肉醬，給妳報仇。」

凌霄原本專注於運氣驅毒，這時無意間瞥見了趙立平的冷酷思緒，心中不禁又驚又怒：「這人當眞狠心涼薄！若換成雲兒，我寧可死了，也決不讓人傷她半毫。」

他一擔憂，內息便亂了，連忙專注精神，想盡快將蛛毒驅出心脈，保住性命，但耳中聽得廟中五人對話，又不由得他不分心。

但聽李大麻走上幾步，向趙立如道：「小娘兒，妳瞧瞧我的臉。妳不叫妳哥哥替我們解籤的話，我將妳的臉也劃成這樣！」趙立如見他臉上橫七豎八的，到處都是疤痕，極爲噁心可怖，嚇得閉上了眼睛。

沈七英喝道：「趙立平，我數到三，你再不說，我便殺了你妹子！一！」趙立平道：「你如何威脅我，都是無用。」

沈七雄笑道：「大哥，這小娘皮號稱『簫劍佳人』，姿色倒也不壞，不如我們在她哥哥面前玩了她，看他屈不屈服？」三人色心大起，伸手便去扯趙立如的衣服，趙立如只嚇得花容失色，高聲尖叫，她寧可被一刀砍死，也不願受此侮辱。

凌霄耳中聽得衣衫撕裂的聲音，緩緩呼出一口氣。他知道蛛毒尚未全然驅離心脈，但情勢已不容等候。他左手用力一撐，坐起身來。

沈七英見到牆角一個人影陡然坐起，嚇了一跳，連忙從趙立如身上跳開，持刀上前喝道：「何方鬼怪？」沈七雄也站起身，抓緊了刀，呸了一聲，罵道：「莫非是殭屍？」

凌霄調勻呼吸，慢慢說道：「放開了她。」李大麻見他面目發青，聲音嘶啞，懼從心起，伸手拉起趙立如擋在身前，舉刀抵在她的咽喉，喝道：「你敢作怪，我立刻便殺了她！」

沈七英和沈七雄不信他眞是鬼怪，持刀一步步走上前，準備亂刀斬了這青面殭屍再作打算。

凌霄身體雖無法使喚，心思卻極爲清明。他知道眼下只有一個辦法能救得趙立如。他吸了一口氣，閉上眼睛，開始念咒。那是他曾聽聞神咒護法在收伏吳豹時所念的邪咒；當時他便知道自己對這咒語爛熟於胸，此時念將出來，其威力卻比他預料中還要強大百倍。他聽見從自己口中流出的咒語如利刃尖針、如狂風怒雪，狠猛無比地斬刺在廟中五人的心上。鄂北三魁高聲狂呼，李大麻雙手捧頭，如殺豬般慘叫起來。沈七雄滾倒在地，猛力以頭撞地。沈七英則舉起尖刀，一刀一刀往自己身上狂斬，鮮血四濺。趙立平、趙立如兄妹被點了穴道，無法動彈，但所受煎熬絕不稍減，各自呼號呻吟不絕。

凌霄口中念著咒語，心底不禁驚詫於這咒語神奇霸道的威力，內心竟感到一絲扭曲的快意。他心中一凜，登時停口。鄂北三魁狂呼聲頓止，癱倒在地，再也無法動彈，趙家兄妹也躺在地上不斷喘息。不過半刻鐘的時間，這廟中彷彿受到颶風突襲，邪咒之風來急去快，轉眼間破廟中滿目瘡痍，一片死寂。

凌霄定了定神，對自殘較輕的沈七雄道：「你！去替趙家兄妹解了穴道。」沈七雄立即翻身坐起，一邊喘息，一邊爬過去，替趙家兄妹解了穴道，又爬過來向凌霄連連磕頭，口中直道：「神聖教主在上，小人有眼無珠，懇請您大人大量，饒了小的一條狗命！」

凌霄皺眉道：「住口！今日之事，不可說出去。」沈七雄連聲答應。

凌霄望見籤辭掉落在一旁地上，說道：「拿了過來！」沈七雄忙爬過去撿起籤辭，畢恭畢敬地呈給凌霄。凌霄身子僵硬，無法伸手去接，說道：「放下了，都給我走！」三人如獲大赦，爭先恐後地奔出廟去。

趙家兄妹早被嚇得六神無主，穴道解開後，兀自呆立當地，不敢移動。

凌霄道：「趙兄，趙姑娘。」兩人聽他對自己開言，慄然望向他，大氣也不敢出一口。凌霄道：「請兩位趕去梅莊，告知莊主和其他正派首領，火教已派二大護法反擊，局勢危險非常，大家得趕緊離開梅莊，覓地躲避。」

趙氏兄妹聽他竟不殺二人，還要自己去報訊，都大大鬆了一口氣。二人齊聲答應，不敢稍留，一前一後狂奔出了破廟，頭也不回地去了。

凌霄方才練功停頓一陣，感到毒性又回入了心脈，需得花更多時間才能驅逐這頑強蛛毒。他靜心運氣，過了兩柱香的時間，才感到手腳可以使喚。他撿起身前那張籤辭，但見籤辭上仍是鬼畫符般的亂線。他閉目靜心，全神貫注，再睜開眼時，那龍飛鳳舞的二十四字逐漸映入眼簾。他想起性覺老僧的話：「世上沒有幾個人能看得見這籤辭。當初曾持有籤辭之人，不願這籤辭廣為流傳，更不能讓段獨聖得知籤辭的內容，因此在籤辭上下了隱藏咒。」因此那鄂北三魁和趙家兄妹顯然無法如自己這般，看見籤辭上的文字，只能見到一片雜亂的圖畫。

這是他第二次手持這嘔血籤辭，回想自己曾多次在夢中見到爺爺持筆寫下這張籤辭，以及在淩滿江的書中發現籤辭的情景。當時怎能料想得到，不久之後，自己竟會在一間偏僻的破廟之中，身中奇毒，再次手持籤辭，面對這別人看不見的二十四個字？

他緩緩將籤辭折起，收入懷中，閉目繼續運功。

第二十九章　誤會重重

一日之前，梅莊之中正教中人仍為當日的勝利激動振奮不已。然而最令梅家大公子開心的，卻是盛清清的平安歸來。當時眾人得知火教偷襲水晶宮、水晶宮被毀等情，都以為盛清清要不便已被火教擄去，要不就已溺死湖底。梅無問悲憤憂悔，幾近瘋狂。直到那天夜裡，陳近雲揹著猶自昏迷的盛清清回到梅莊，他才驚喜交集，情不自禁地丟下一切禮法規矩，衝上前抱住未婚妻子，緊緊摟著她不放。

盛清清服過解藥後，身上毒性解除，性命無礙，只仍昏迷不醒。梅無問整夜守在她的床榻旁，到得次日下午，盛清清才漸漸清醒過來，睜開了眼睛。

梅無問大喜，忍不住握住了她的手，低頭凝望著她的臉，喜道：「盛姑娘，妳醒來了！」

盛清清睜眼望向他，呆了一呆，才開口道：「你是誰？」

梅無問激動得涕淚縱橫，說道：「我是梅無問。我是妳的未婚夫婿，我知道我們從未見過面，但是……」

話還沒說完，盛清清已尖叫起來：「你不是我的梅大哥！你走開，快走開！火教詭計多端，我不會上當的，你別碰我！」

梅無問一呆，說道：「盛姑娘，我確實是梅無問。妳怎說我不是？」盛清清怒道：「我怎麼不知道？梅大哥趕來水晶宮救我，與火教魔女激戰纏鬥，他對我何等情深義重，爲了救我連自己的性命都不顧了。我這一世非他不嫁。你這騙子，快給我出去！」

梅無問僵在當地，呆了半晌，見她情緒激動，無法勸說，才訕訕地退出門外。梅無求和陳近雲剛好站在門外，聽到了方才的對話，臉色都十分尷尬，低著頭不敢去看梅無問的臉。梅無問滿面通紅，大步走到陳近雲跟前，一伸手，揪住他的衣領，惡狠狠地道：「是誰？那人是誰？」

陳近雲摸摸鼻子，心想大哥捅出的簍子爲何得由我來收拾，但這時也只能老實道：「是我大哥。」梅無問聞言怒罵道：「無恥渾帳！我梅無問總有一日要親手殺了他！」

陳近雲也惱了，大聲道：「我大哥和我拚死才救出了盛姑娘，你卻如此忘恩負義，也未免太過分了吧？」梅無問喝道：「救人是一回事，冒充我是一回事。你們兩個無恥之徒，為何要冒充我兄弟？」

陳近雲怒道：「你以為冒充你們很好玩麼？是盛姑娘自己誤會了，我們可不曾扯謊！」梅無問道：「她誤會了，你們為何不解釋？」陳近雲嘿了一聲，說道：「火教妖魔轉眼便殺進了水晶宮，哪有功夫解釋？是當兩個火教妖魔闖進來時，對他們說：『兩位請等等，先別出手，我們得跟這位姑娘解釋一點事情。』還是在水晶宮壁崩裂、湖水湧入時，要我大哥對盛姑娘說：『對了，我忘了跟妳說，我不是梅無問，只是個跟妳毫無瓜葛的陌生男子。』盛姑娘聽了豈不得遵守男女授受不親的古訓，趕緊鬆手？她不識水性，這麼一來豈不要了她的命？」

梅無求站在一旁聽話到此，忍不住噗哧笑出聲來。

梅無問大怒，轉向弟弟喝道：「你笑什麼？閉嘴！」

陳近雲續道：「我倒想知道，你是寧可讓她死在火教手中，或被火教擄走，或淹死湖中，也不願她被別的男子救回，是麼？」

梅無問喘了口氣，顯然無法回答，憤憤地走了幾步，才抬頭問道：「凌霄那小子在哪裡？」

陳近雲翻眼道：「凌霄那小子在哪裡我不知道，我凌大哥在哪裡我卻知道。」梅無問喝道：「你立刻叫他來，我要他親口跟盛姑娘解釋個清楚！」梅無問說完，氣沖沖地大步去了。

梅無求望向陳近雲，吐吐舌頭，說道：「我從沒見過我大哥這麼生氣。你凌大哥究竟在哪裡？」陳近雲撇撇嘴道：「誰知道?他沒跟我說。」

到得晚間，經過盛冰和梅家人的解釋，盛清清也會見了陳近雲，聽陳近雲述說實情，才終於相信方才見到的英俊青年才是自己的未婚夫婿梅無問，而昨夜從水晶宮救了她的，確實是個與她毫不相干的外人。理智上她雖信了，內心卻仍覺難以接受，堅持要見昨夜冒命救她的少年凌霄一面，向他道謝。眾人面面相覷，都不知凌霄身在何處，誰料得到他此時正躺在紅杏林的破廟之中，身中蛛毒無法動彈。

陳近雲無奈，只得答應去尋找凌霄，許飛自告奮勇跟他一道。次日天一明，兩人便牽了坐騎，相偕出了梅莊，討論該往何處去尋。陳近雲想起那夜凌霄跟著那火教妖女攜手同去，這事情他可絕對沒敢跟人提起，這時說道：「我想他多半追上了火教的人，我們不如便往紅杏林去看看吧。」

許飛同意了，二人便策馬上路。許飛向來嚴肅寡言，此時卻忍不住開口打趣道：「你大哥說你以後會娶絕世美女，我看他自己才要娶絕世美女！」

陳近雲哈哈大笑，說道：「盛姑娘確實不負江南第一美女之名。但你若問我，我卻認爲她配不上我大哥。」許飛奇道：「爲何配不上？」陳近雲想了想，說道：「我大哥要娶的，不只是天下美女，而是天下第一奇女子。」許飛笑道：「怎麼，你以爲你跟你大哥混在一起久了，自己也染上神通啦？」陳近雲閉上眼睛，伸手指著許飛，說道：「你別說，我知道，我知道。你心中在想『放屁』兩個字，是也不是？」說完兩人忍不住相對大笑。

兩人騎出一陣，便見對面道上一前一後奔來兩人，頭髮散亂，身上帶傷，神色慌張，卻是趙立平和趙立如兄妹。許飛忙迎上前去，問道：「兩位，發生了什麼事？」

趙立如臉色蒼白，嘴唇顫抖，說道：「在那林中……在那林中……」卻說不下去了。趙立平接口道：「凌霄在那林中！他是妖魔，不是人！」

許飛和陳近雲對望一眼，心中一凜。陳近雲急道：「你們見到了我大哥？快說，怎麼回事？」趙立平轉過頭去不答。趙立如道：「我們……我們昨夜在林中尋找……」趙立平喝道：「別說些無關緊要的事！」趙立如一呆，登時住口。

陳近雲情急關心，跳下馬對趙立如道：「趙姑娘，事情跟我大哥有關麼？妳快說，他在哪裡？他沒事麼？」趙立如吸了一口氣，說道：「他還活著，但我不知道他是怎麼了，他在紅杏林中一間破敗的土地廟裡，面色發青，躺在地上無法動彈。」

許飛望向趙立平，問道：「趙兄卻爲何喚凌兄妖魔？」趙立平仍然轉過頭不答，看不出是因爲恐懼，還是因爲憤怒。許飛望向趙立如，趙立如在他的目光下，囁嚅道：「因爲我們見到他……見到他使咒術。」

陳近雲一呆，說道：「咒術？當眞？」

趙立平轉回頭來，哼了一聲，恨恨地道：「萬惡火教中的妖魔鬼怪，當然會使咒術了！」

趙立如仍心有餘悸，顫聲道：「我想那確實是……是咒術。他口裡念出一些辭語，我頓時覺得全身如……如火燒一般，頭痛欲裂，神智顚狂。直到他停下，我才恢復過來。」

陳近雲驚問道：「這……他爲何要施咒？」趙立如回想當時情境，臉色發白，說道：

「我想……我想他是爲了救我。有惡人要欺負我……他、他將他們趕走了。」

陳近雲和許飛對望一眼，趙立如記起凌霄的吩咐，又道：「他讓我們趕來梅莊報信，說火教已派出二大護法反擊，要大家趕快離開梅莊走避。」

許飛神色凝重，說道：「事關重大，此地離梅莊不遠，我立即跟兩位同去報信！」趙立如卻搖頭道：「不、不。他……他情狀不好，處境危險，你們得快去幫他。我和哥哥趕去報信便是。」

許飛衡量情勢，同意趙立如所言，當即將坐騎交給趙家兄妹，陳近雲向二人問清楚了破廟的方位，與許飛兩人共乘玉驄，向紅杏林疾馳而去。

兩人馳出一陣，許飛皺眉道：「聽趙家兄妹所述，凌大哥似乎眞使用了咒術。正教中人一旦得知他會使火教的邪術，必將認定他是火教中人。」陳近雲搖頭道：「凌大哥會使咒術，這我能相信。趙家兄妹說他是火教中人，我卻絕不相信。」許飛道：「我知道他有神通，卻相信他絕非妖邪一流。」陳近雲苦笑道：「看來世上仍舊信他的，恐怕就只剩下你我二人了！」

這時天剛大明，陳近雲在紅杏林中探勘路徑，終於找到了荒僻的土地廟。兩人見廟外地上橫七豎八的都是火教徒的屍體，顯然昨夜經過一場激戰。

陳近雲心中憂急，搶入廟中，但見凌霄斜倒在地上，神色痛苦。陳近雲大驚，衝上前扶起他叫道：「大哥！」許飛也跟了進來，搶到凌霄身邊。

凌霄氣若游絲，低聲道：「從我懷中……取出籤辭……」陳近雲一呆，伸手去他懷中，果然摸到一張發黃的紙張。凌霄道：「快……送去少林寺，交給性覺長老……」

陳近雲隨手將籤辭塞回他懷中，搖頭道：「我才不管什麼籤辭，救你的性命要緊！你怎麼了？中了毒麼？」凌霄緊皺眉頭，咬牙忍痛，低聲道：「我得運功驅毒……還要半個時辰。」

許飛臉色凝重，問道：「凌大哥，籤辭在你手中的事，趙家兄妹可知道？」凌霄點了點頭。許飛急道：「正派中人轉眼便會趕來奪取籤辭。他們以為你是火教邪徒，定會拚死爭奪。我們得立即帶你離開這兒！」凌霄微微搖頭，說道：「來不及……籤辭不能……給正教，他們守不住……更加不能給火教。褚文義……在梅莊？」

許飛一呆，隨即明白，驚道：「是了，這賊子若知道了，一定會立時通報火教！我們快走！」凌霄不斷搖頭，手指懷中，示意要陳近雲取去籤辭趕緊送去少林，隨即雙目緊閉，昏暈了過去。

陳近雲知道若將他留在此地，不論正教或火教趕到，凌霄都肯定會沒命，當下不由分說，俯身將凌霄揹起，奔出廟外。

陳近雲反應雖快，卻仍遲了一步；但聽廟牆啪啪啪啪如爆竹般連響起來，陳近雲感到頰上一陣風刮，連忙縮回廟中，側頭一望，才知方才聽見的響聲竟是一排甩手箭，插在土牆上兀自搖晃。陳近雲摸摸臉頰，幸而沒有受傷。許飛皺眉道：「來人暗器功夫不壞。」陳近雲點點頭說道：「是瀟湘派。」他知道凌霄曾對瀟湘派有恩，但隨即想起二人離開瀟湘派時，巫竹妃曾起惡心要殺人滅口，心中一寒，知道當此情境，更無情面好說，定了定神，轉頭望向許飛，說道：「許兄弟，你心意如何？」

許飛皺起眉頭。他原本只是跟著陳近雲來尋找凌霄，怎料凌霄不但因施用了咒術成爲正派武林的公敵，更身懷人人欲爭而得之的嘔血籤辭，正派、火教定將如蒼蠅見血，群起而奪。他並不清楚凌霄的來歷，只道他是個十分特異的少年。如今自己究竟該站在哪一方，是幫助凌霄守住籤辭，與正派對立？還是相助正教取得籤辭，不讓火教奪去？陳近雲與凌霄交好，自然不會捨他而去，更不會讓任何人從凌霄手中奪走籤辭。陳近雲對自己的這一問，自是因爲知道自己是點蒼弟子，立場殊異，此時該是作抉擇的時候了。

許飛輕輕吸了一口氣，直視著陳近雲，說道：「陳兄，我相信凌大哥，也相信你。我拚死也要守護他的安全，助他將籤辭送去少林寺。」

陳近雲嘴角泛笑，伸拳輕擊了許飛的肩頭一下，笑道：「好兄弟，我就知道你可以信得過！」但聽門外腳步聲響，瀟湘派的人已往廟門掩近。陳近雲低聲道：「我擋她們一陣，你快帶大哥從廟後離開。」許飛點點頭，揹起凌霄，往廟後奔去。

但聽一人尖聲道：「陳近雲，只要你退去，讓我們取得籤辭，我保證不傷害凌霄便是。」出言者正是瀟湘派掌門巫竹妃。原來巫竹妃自知瀟湘派實力不足，歸伏火教後一直抑鬱不得志，一心想藉奪取籤辭獻給火教，以提升瀟湘派的地位。她率領弟子來到岳州後，便隱匿不出，只暗中觀察正派和火教的動靜。她們知道正派將密謀手反抗火教，卻袖手旁觀，並未參與。昨夜阮綿恰好偷聽到趙家兄妹談及要去紅杏林尋找蕭群的藏身處，巫竹妃便率領弟子預先趕入林中，盼能早一步奪得籤辭，爲本門增加一些談判的籌碼。

陳近雲拍下腰間吳鉤軟劍，躍出門外，喝道：「休想！我大哥有恩於妳，妳今日竟有臉恩將仇報？」

巫竹妃自不將陳近雲這紈褲子弟放在眼中，冷然道：「小子不自量力。說不得，只好讓你身上多穿幾個洞了。」雙手連揚，一串飛鏢分八個方位往陳近雲眉心、眼際、咽喉、肩頭、心口、小腹、手腕、膝蓋射去。

陳近雲見過瀟湘弟子楊飄和阮綿在南風谷外對琴心出手，知道她們暗器功夫了得，早已有備。他往旁躍出兩丈，揮劍擋下幾枚近身的飛鏢，但見眼前銀光閃動，又是一排甩手箭迎面射來。陳近雲腳下更不停頓，展開輕功四處遊走，凝神擋下暗器。他從師父文風流處學得的「霧中看花十七式」劍法，除了輕功身法之外，眼光精準也是其獨到之處，此時他面對巫竹妃各式各樣、不同快慢方位的暗器，竟能全數避開打下，瀟湘派眾女原本只道這少年是個風流無行的官家子弟，但見他身法飄忽，出劍快準，都不禁甚感意外。

巫竹妃更是大吃一驚，她不料自己竟連這一個小夥子都收拾不下，叫道：「飄兒，綿兒，出手！」楊飄和阮綿站上前來，四手連揚，一片暗器如布幕一般向陳近雲飛去。陳近雲不斷移動身形閃避，將長劍揮舞得如一片銀網，將暗器一一打下，心想：「這樣接下去，沒完沒了。」隨即和身向前衝去，來到三女的身前三丈之處。三女都是一驚，暗器打得更密，但聽叮叮噹噹聲如落地密珠般連響，陳近雲低哼一聲，感到肩頭、左腿疼痛，已不知被什麼暗器打中，鮮血點點飆出，他全然不顧，繼續揮劍打下暗器，展開輕功不斷向三女逼近，終於來到巫竹妃身前一丈處。楊飄和阮綿怕誤傷師父，連忙住手。陳近雲與巫竹妃近身而搏，長劍能攻上她身，巫竹妃只得不斷後退閃避，發射暗器稍緩。瀟湘派擅長遠攻，不善近鬥，她不料這少年在自己和弟子三人圍攻下，仍有辦法闖到身前如此近處，便喝道：「快快住手，否則莫怪我傷你性命！」

陳近雲知道自己一罷劍，身上立時要被暗器射出幾個窟窿，只能不斷逼上，長劍揮灑，如霧裡看花般難以捉摸。巫竹妃心中一慌，忽覺右手臂和左手腕一痛，卻是被陳近雲的劍給劃傷了。陳近雲喝道：「快認輸！」

巫竹妃知道他手下留情，才沒有刺得更深，廢了自己雙手上的功夫，臉色煞白，只得罷手，連退數步，向弟子叫道：「走！」率領瀟湘弟子狼狽而去。

第三十章 義氣相護

陳近雲嘿了一聲，低頭去看身上傷處，見肩頭、胸口、腿上有四五處被鐵錐、袖箭、菩提子打中，他劇鬥之下憑著一股狠勁，竟未知覺，這時才將暗器一一拔下，隨手包紮起來。他聽見廟後傳來兵刃之聲，連忙奔過去看。卻見許飛並未能帶凌霄逃走，與一人鬥劍正急，對手是雪峰派的二弟子白訓。

陳近雲心中暗叫一聲不好，但聽周圍腳步雜沓，他四下環望，見除了雪峰之外，梅家、盛家、趙家和南昌五虎都已到齊，另有一群身穿橙色羅漢服的出家人，團團將土地廟圍住，竟是峨嵋派弟子。看來除了長青和點蒼兩派外，其餘正教人物幾乎都已齊聚。陳近雲探頭入廟，見凌霄盤膝靠牆而坐，臉色雖仍蒼白，但已有了些血色。他微微放心，又出來觀戰。

雪峰五劍中的另外三人分站在白訓身後為他掠陣，唯獨不見衛諄。陳近雲正感不安，忽聽風聲疾響，一枚暗器不知從何處疾射而出，直往許飛後腦打去。幸而許飛恰巧為躲避白訓長劍橫劈，偶一低頭，險險避開了這一擊。陳近雲大驚，連忙舉目四望，卻無法探知那暗器究竟從哪個方位射出來。心想：「莫非瀟湘派的人還沒走？」但聽其風聲，暗器射出力道之強，絕非瀟湘弟子所能為。他立即舉劍奔入場中，心知這暗器若再發射，許飛絕難倖免，但偷襲之人究竟躲在何處？

便在此時，人叢中忽然奔出一名紫衣漢子，身形乾瘦，土頭土腦，手中持著一柄長刀，抬頭望向東首樹上，喝道：「狗賊在樹上！」陳近雲凝目望去，這才見到一人高踞樹梢，手中持著一把彈弓，彈弓上已嵌著一粒鐵彈子蓄勢待發，正是衛諄。

他見有人叫破了自己的藏身處，心知時機稍縱即逝，使出師門密傳的「千里穿楊」彈弓絕技，對準許飛咽喉，左手拇指使勁一挑，一粒鐵彈子疾射而出。陳近雲看得清楚，喝道：「賊子偷襲！」飛身上前，眼見這彈子勢道強勁，準頭極精，自己的吳鉤軟劍絕對無法將那彈子擋下。他心念急轉，手腕一扭，軟劍在空中劃出一道弧形，剛巧擦過鐵彈的邊緣。他用的全是柔勁，將彈子輕輕一帶，帶偏了半分，彈子急速掠過，離許飛咽喉不過寸許。

衛諄咒罵一聲，彈弓指向陳近雲，喝道：「臭小子，接我一彈！」陳近雲飛身避過，衛諄連珠彈發，又是三枚彈子向陳近雲飛來，每枚都直取咽喉。陳近雲趕緊施展輕功閃躲，險險避開了，心中甚怒：「我和你無冤無仇，下手何須如此狠辣？」衛諄又轉向那紫衣漢子發出三彈，那漢子顯然聽聲辨器功夫極佳，舉長刀輕易將三枚鐵彈子打下，口中罵道：「有種的滾下樹來，跟你李大爺一決死戰！」陳近雲想起曾在梅家莊短暫見過此人，正是錢書奇的弟子「追風神耳」李超。至於李超和衛諄之間往年曾有割耳斷腿之仇，他卻並不知曉。

衛諄並不下樹，只躲在樹上不斷發射鐵彈子。李超的神耳確實厲害，光聽鐵彈破空之聲，便能判斷出方位勁道，一一揮刀打下，只等衛諄打完彈子，瞧他還能不能老躲在樹上不下來？陳近雲見衛諄被李超纏住，不能再出手偷襲，又專注於場中白訓和許飛的纏鬥。

過不多時，但聽許飛喝一聲：「著！」長劍刺中白訓的肩頭，白訓怒罵一聲，連退數步。

司馬諒在旁觀看，心中甚怒。原本白訓和衛諄聯手，眼看便能將許飛斃於當地，卻被李超和陳近雲出來攪局，壞了事情。他大步上前，舉劍便向李超攻去。李超自知劍術非其敵手，急忙閃避，但已不及，右臂被司馬諒的長劍劃傷，長刀落地，急忙退了開去。

司馬諒又望向陳近雲，冷然道：「小子是誰？」陳近雲道：「關中陳近雲，無名小卒，只比你雪峰派少了一分無恥，多了一分義氣！」司馬諒眼中露出殺意，手握劍柄，劍尖正對著陳近雲。

許飛喝道：「且慢！」走上一步，橫劍在身前，舉目望向正派餘人，說道：「許飛昨日與各位在梅莊並肩對敵，共抗火教，可謂生死戰友。在下今日誓死守衛好友凌霄，絕不讓任何人奪去籤辭。各位也是一般，欲來搶奪籤辭，置凌霄於死地的麼？」

他望向梅滄浪。梅滄浪眼見點蒼一派與己無親無故，卻在自家遇上危難時仗義相助，心中好生感激，遲疑不答。盛冰也是一般，更知道凌霄曾冒命相救自己的女兒，對己有恩，當下開口道：「點蒼一派義薄雲天，我等感佩在心，不敢或忘。凌霄更有恩於我盛家，我絕無意取他性命。他若願將籤辭交出，不致落入火教手中，我一定盡力讓他全身而退。」

趙自成卻叫道：「你們莫要糊塗，被他一點小恩小惠所騙！那小子會使邪教咒術妖法，自是火教中的重要人物，更是我等大敵，不殺了他怎麼行！我等自要取他性命才罷休。」梅滄浪和盛冰聽了，互相望望，又猶疑起來。

峨嵋派爲首的是個年輕和尚，是在大風谷中見過的智高，他合十道：「阿彌陀佛！咒術爲邪道妖流，這人會使咒術，我峨嵋派絕不能讓他留在世間！」

司馬諒冷笑一聲，望著許飛道：「許少俠，我倒是萬分驚訝，你竟要自絕於正教，一意孤行守護那邪徒麼？你身爲點蒼首徒，不怕令師怪罪，丟盡點蒼顏面？你大好前途，莫要爲了一個邪徒，毀在一念之間！」

許飛凜然道：「家師派我出門辦事，便是對我有十分的信任。點蒼一派行事作風，向來全憑良心正氣。什麼顏面、前途，家師從未教我顧及這些枝微末節！」他這話一出，即使是正派成名的前輩，都不禁暗自慚愧。

司馬諒走上兩步，冷然道：「今日我便殺了你，武林中自有公論。」舉起長劍，劍身在晨光中閃著白光。許飛也舉劍與他對視。旁觀眾人凝神而觀，目不稍瞬。司馬諒乃是雪峰派少掌門，盡得父親司馬長勝的眞傳，武功正當鼎盛，不可一世；許飛則是點蒼首徒，地位雖高，畢竟未達弱冠之年，想來功力也當有限，但點蒼一派傳承久遠，門人少涉江湖，傳說點蒼武功高妙精奇，見過的人卻甚少，爲點蒼劍法添上一分神祕。這兩個武林大派的第二代弟子此番交手，實是江湖上少見的一場決鬥。

司馬諒傲然道：「出劍吧！」許飛更不遲疑，長劍閃出，直指司馬諒眉心，乃是一記凌厲絕倫的殺招。司馬諒揮劍格開，許飛早已變招，招招搶攻，專攻敵人上盤，偶爾劍挑下盤，招數極爲狠辣。司馬諒心中一驚：「這小子劍術高妙，我不該輕他是後生晚輩，讓他先出招！」此時卻甚難逆轉形勢，只能全取守勢，擋住許飛一招快似一招的搶攻。雪峰派的雪花劍法是前輩高人流傳下來的精妙劍法，變幻莫測，虛實難料，使起來甚是飄逸好看。點蒼派的古松劍法卻全不注重外表，穩紮穩打，招招實招，卻招招致命。兩人轉眼過了二十來招，旁觀眾人隱約看出，點蒼劍法略勝一籌，而許飛功力稍遜，兩人才打成平手，誰勝誰負甚是難料。

那邊盛家已說了不出手，趙家恐懼凌霄的咒術，遲疑不前。段青虎執起熟銅棍，大步走上前來，說道：「姓陳的小子，火教作孽多端，人人得而誅之。凌霄這人近於妖邪，你年紀輕輕，看來也頗有前途，不要再執迷不悟，快快讓開了！」

陳近雲搖頭道：「我和我大哥情若兄弟，他此時身陷危難，我豈能棄他不顧？你們五虎義結金蘭，生死與共，難道會捨棄自己的兄弟麼？」他指著赤虎閻直，說道：「在梅莊時，火教張去疾曾向你這位兄弟射出透骨釘，若非我大哥扔出酒杯將之擊落，他此時早已性命不保。我大哥對你兄弟有救命之恩，你此時怎能出手為難他？」段青虎一呆，他當時曾向廳中眾人詢問，卻無人出聲承認出手相救閻直。他心想：「這少年當時定然在場，才會知道酒杯打落透骨釘這等細節。」不由得半信半疑，放低了手中熟銅棍，一時不知該否繼續上前挑戰。

梅無問再也按捺不住，站出來喝道：「你們兩個小子好不要臉，出入我梅莊猶如自家一般。我們梅家待你們不薄，你們卻是如此回報！」

陳近雲知道他仍惱怒盛清清錯將凌霄認為夫婿之事，這口氣還沒吞得下去，此時出頭只是為了發洩一口惡氣，當下上前行禮道：「梅大哥，小弟不願與你對敵。但我大哥的事就是我的事，我二人對梅家有何得罪冒犯，都由我一人承擔便是。」

梅無問雙手已緊握梅花雙槍，聽了陳近雲這番話，稍稍冷靜了一些，知道自己對凌霄和陳近雲叫陣，實是師出無名，除非自己當他二人是火教邪徒，一心想奪取籤辭，那才能義正辭嚴地出手。當下說道：「我不為你二人冒犯我梅家這等小事出手，而是為了大是大非。火教是我等大敵，籤辭絕不能落入邪徒手中！陳兄，你儘管出手吧！」

陳近雲歎了口氣，心想這梅家大少爺精明世故有餘，光明正派不足。他擺出吳鉤軟劍，說道：「既然如此，那我只好得罪了。」

梅無問雙槍挽了個槍花，分上下刺向陳近雲的面門和胸口。陳近雲多年前結識梅家二少梅無求時，就曾跟他切磋過武功，見識過梅家雙槍的招數，知道梅家雙槍強在雙槍配合得天衣無縫，搶攻時雙槍齊進，令敵人無暇招架；防守時雙槍嚴密無比，令敵人難以攻入。陳近雲此時展開輕功，繞著梅無問身周奔行。梅無問雙槍連甩，招招都被陳近雲險險避開。梅無問心中焦躁：「他一味躲避，我卻該如何搶攻？」

　　正想時，陳近雲忽然清嘯一聲，軟劍彈出，指向梅無問的眉心。梅無問連忙回槍守禦，陳近雲的「霧中看花十七式」施展開來，又快又難捉摸，梅無問只能連退數步，全取守勢。陳近雲所學劍術實較梅家槍法精妙許多，且他天資穎悟，年紀雖輕，已比梅無問學得更加精深。此時他在梅無問的雙槍中找到了不少破綻，知道自己只要遞出軟劍，輕易便能斬下梅無問的四隻手指。他心想此時情勢危急，不宜久戰，但他素來極重情義，不願眞傷了梅無問，長劍送出時手腕一側，以劍身擦過梅無問左手手指。梅無問眼見他這劍巧妙非常，竟然穿透梅家槍法的嚴密守勢，只覺四指一痛，心中大驚：「我這四隻手指不保！」連忙後退，低頭望向左手，雖是鮮血迸流，手指卻仍好端端地連在手掌上，顯然只是皮肉之傷，心中一鬆，一顆心怦怦而跳，背上冷汗淋漓。

　　陳近雲收劍後退，說道：「梅大哥，得罪了！」梅無問知道他手下留情，才沒重傷自己，心中不禁慚愧：「這人是我兄弟的朋友，對我留有情分，我卻如此相逼，豈是俠義道所爲！」當下向陳近雲行禮，低頭退開。

　　陳近雲收起吳鉤軟劍，轉頭去看許飛和司馬諒的決鬥。但見二人仍舊鬥得難分難解，許飛的古松劍法極爲精妙紮實，遠在自己之上，心中暗暗驚佩。他放眼四望，心想自己已出手打發了瀟湘派，擊退了梅無問，料想盛家不會出手，五虎也決定作壁上觀，只有趙家可能不顧道義，使出陰招，因此緊緊盯著趙家父子，嚴防他們闖入廟中，心中盤算：「許飛若能打敗雪峰司馬，尚有峨嵋派虎視在側。峨嵋若顧及武林道義，不向我等出手，那我們還有希望趁這夥人退去後，趕緊帶大哥逃走，但正派若有更多人趕來，情勢便要糟了。」

忽聽司馬諒咒罵一聲，向後躍出，持劍的手臂染紅了一片。正教眾人齊聲驚呼，陳近雲歡呼拍掌，高喊道：「漂亮！」原來許飛使了極險的招數，他左手陡伸，施展擒拿手去奪司馬諒的長劍，右手長劍直刺對方手腕，想逼得司馬諒撤劍。司馬諒何等心高氣傲，如何肯鬆手撤劍，許飛便趁他一遲疑之際，右手劍直進，劃傷了對手的右臂。

許飛險勝一招，便即撤劍後退。司馬諒怒極，罵道：「小賊使詐！」

許飛瞪著他，說道：「不認輸麼？好，再來！」

司馬諒冷靜下來，心知自己最多與他打成平手，要勝過他，也是幾百招外的事，現在自己身上有傷，更加難勝他，想到此處，眼中如要冒出火來。他自出山以來，接連大敗泰山長方、挫敗長青錢書奇、小勝華山江聲雷，絕沒想到自己竟會在正派眾人面前輸在這點蒼少年手中，自己若連這後生都打不過，別人又怎會相信自己曾連敗三大派的掌門人？之前連勝數場的得意之情在這一役中消失得無影無蹤，他不禁又是惱恨，又是羞慚，又是沮喪。

只聽許飛冷然道：「在下的武功劍術，遠遜長青派錢掌門師叔。你自稱曾勝過我錢師叔，想來是言過其實。」

司馬諒將打敗長青錢書奇引為平生最得意之舉，此時聽許飛如此說，心中更是痛恨無已，咬牙道：「一劍之仇，來日必報！」許飛知道雪峰司馬最會記恨，今日傷了他，未來後患無窮。他此時也顧不了這許多，哼了一聲，說道：「許飛恭候大駕！」

便在此時，峨嵋派的智高走上前來，向許飛行禮。

許飛嘴角冷笑，說道：「智高大師，你要出手麼？」

智高合十道：「許少俠，念在峨嵋點蒼兩派地處比鄰，世代交好，貧僧想勸你一句。」

許飛搖頭道：「大師不用多說。峨嵋要奪取籤辭，傷害凌霄，就亮出劍來過我這關。」

智高原是個性情魯莽衝動的粗人，與乃師子璋和尙頗爲相似，這時聽他說得決絕，心頭有氣，暗想：「你僥倖勝了雪峰司馬，難道自以爲能勝得過峨嵋弟子麼？」走上一步，便要拔劍。

卻聽一個洪亮的聲音道：「智高大師，這不公平！他才和雪峰司馬打過一架，氣都還沒喘過來，你現在挑戰他，豈不是想撿現成便宜？」

智高轉頭看去，發話的竟是段青虎。段青虎脾氣率直，見到這場打鬥不公平，就開口叫了出來。智高心中暗罵：「南昌五虎究竟幫誰？我峨嵋弟子要出手殲殺妖孽，竟大膽出言阻止！」更不理會他，向許飛道：「許少俠，請賜教！」

許飛道：「我可以出劍，只怕對不起令師。」智高不明其意，喝道：「什麼對不對得起我師父？快出手吧！」

這智高並非峨嵋派武功第一流的弟子，只因性格與其師相契合，才甚受子璋和尙的倚重。他行事向來衝動，此番未加思慮便出手挑戰剛剛激戰雪峰司馬的點蒼首徒，不論輸贏，都免不了趁人之危、占人便宜之譏，大大損傷了峨嵋派重出江湖的名聲。許飛說對不起他的師父，就是指此。

智高卻見不及此，率先出劍，劍勢厚實穩重，與雪峰劍法大異其趣。許飛的點蒼古松劍穩健狠辣，但他這時出劍已慢了許多，顯然在前一戰中已耗去太多精力，內力有些不濟。兩人轉眼交了上百招，忽聽智高叫道：「著！」接著哈哈大笑。許飛灰衣染血，卻是肩頭中了一劍。智高心思簡單，他心想：「點蒼許飛，也不過如此！我此番打敗點蒼許飛，許飛又打敗了雪峰司馬，我不等同一舉敗了點蒼雪峰兩派？師父知道了一定高興得緊。」

他正要大步進入廟中，不料許飛仍持劍攔住，說道：「今日不是拚勝負，而是決生死。我以性命護衛凌霄，你不殺了我，便別想進去！」智高一呆，皺眉望著許飛，不知該不該上前殺了這少年。許飛畢竟是點蒼一派的重要人物，若殺了他，峨嵋便與點蒼結下了深仇大恨。智高想到此處，不禁遲疑。

陳近雲正盼望峨嵋就此退去，他和許飛好趁機帶凌霄逃走，但他偶一抬頭，不禁倒抽一口涼氣，只見林間緩緩走出一個身形瘦小的白衣人，左頰有個傷疤，正是華山掌門江聲雷。

江聲雷來到土地廟前，銳利的眼光掃向許飛，又掃向陳近雲，說道：「凌霄在何處？」許飛和陳近雲對望一眼，陳近雲道：「江掌門意欲何為？」江聲雷道：「火教轉眼就來，你們三個好不懂事，竟還在此耽擱！」

陳近雲道：「若不是這些所謂正派人士欲搶奪籙辭而輪番出手，我們又怎會在此蹉跎？」

江聲雷走上兩步，並不言語，手中長劍陡出，直刺許飛。許飛忙揮劍抵擋，但他武功原本不及江聲雷，又經過兩場大戰，力有不逮。兩劍相交時，他只覺虎口劇痛，長劍被江聲雷擊飛了去。許飛連忙避到一旁，江聲雷回手一劍，劍尖已指到陳近雲胸口。陳近雲眼見這一劍的來勢似要取己之命，驚呼一聲。

第三十一章　虎俠傳人

便在此時，忽聽一個微弱的聲音叫道：「住手！」

江聲雷抬頭望去，但見一人倚在土地廟門邊，臉色蒼白，正是凌霄。

江聲雷收回劍，直向凌霄走去。凌霄望著他，不等他開言，便道：「籤辭是我的。」

江聲雷微微一怔，問道：「此話怎說？」凌霄道：「卜出籤辭的神卜子，便是我的先祖父。我親眼見到先祖卜出這張籤辭。之後籤辭從我父親傳到了我的手中，因此，籤辭乃是我凌家之物。」

這話一出，旁邊眾人都是大出意料之外，交頭接耳，議論紛紛。江聲雷卻搖頭道：「籤辭乃爲天下人而求，應爲天下人共有。唯獨不能落入火教邪徒手中！」說罷凝視著凌霄。

凌霄點點頭，說道：「江掌門若認定我是火教中人，那便出手吧。」彎下腰，撿起地上的長劍，顫巍巍地跨出門口。

眾人眼見凌霄臉色蒼白，腳步虛浮，似乎多走兩步便會倒地不起，心中都想這一戰實在沒什麼好打的，只看江聲雷想多快解決了這個少年。

凌霄吸了一口氣。他知道江聲雷所爲何來，也最不想跟他動手。今日其他人出手，有的是爲貪圖籤辭，有的是爲揚名立萬，有的是爲討好火教。但江聲雷卻不一樣，凌霄能明白他心中的痛苦和掙扎：他雖曾歸伏火教，但決心聯手正教對抗火教；他深愛自己的獨子，卻不得不竭力隱藏，多年來與愛子避不見面，即使江離被自己打成重傷，他也忍心沒有去探望他。他知道籤辭的重要，不願籤辭落入火教手中，因此他要來搶奪籤辭。他更知道火教十分重視凌霄，隱隱料到其中必有祕情；他在得知凌霄會使咒術後，頓起警戒之心，決意下手殺死凌霄，以絕後患。

正思索間，江聲雷長劍晃動，無聲無影，直刺向凌霄胸口。凌霄直覺地舉起長劍，刺向江聲雷的劍身。江聲雷一呆，隨即迴劍攻敵臉面。凌霄腳下全然不動，只跟著舉劍，斬向江聲雷的劍柄。他感到自己與劍融爲一體，出劍時並無招式，只有劍意；進手時全無人我，只餘劍道。心念到處，劍和內力同時便到，沒有分際，沒有隔閡，眼中看到的只有對方的攻招，心中想的只有自己的劍，一氣呵成，自然流轉，與一般武人使劍時出招嚴謹、攻守有度迴然相異。

江聲雷見他使劍的姿態，不由得大驚失色，退後一步，喃喃道：「莫非……莫非……」圍觀眾人也紛紛發出驚歎之聲。其中一人忍不住道：「這是……這是虎蹤劍法！」發話的卻是梅滄浪。江湖中年長一輩的，都曾耳聞或眼見一代奇人虎俠王鳳祥和他威震江湖的虎蹤劍法。虎蹤劍法乃是當世極爲獨特的劍法，它沒有特定的章法，更加沒有特定的招數，只有其獨特的劍意。即便是浸淫劍術多年的高手，也很難得窺虎蹤劍法的劍意。總括來說，虎蹤劍法的主旨在於「自發」二字，如猛獸遇到攻擊便會自動躲避或反擊，全靠天性和本能，不靠後天的思考鍛鍊。使虎蹤劍法的人，需將進退反擊、出招收招盡皆融入己身的本能之中，在對敵時不經思索便能自發地揮灑出劍術的威力。凌霄幼年時跟著虎穴中的老瘋子打竹棍打了許多年，其實便是在將一切進退攻防的技巧內化成爲本能，當對敵時完全不用思考便能自然而然地作出反應。虎蹤劍法之所以得其「虎蹤」之名，乃取之於猛虎被獵人緊逼追蹤，無處遁逃時，不得不憑本能反攻自衛的處境。唯有處於絕境，才能充分體會虎蹤劍法的眞正涵意。凌霄此時身懷籤辭，毒傷未痊，強敵當前，正處於退無可退的絕境，卻又不能奮力一拚，正正符合了虎蹤劍法全憑直覺本能反擊之劍意。

由於虎蹤劍法沒有特定的招數，如何出招完全觀乎使劍者的性情和經歷。凌霄出山雖不久，卻已見識過華山、長青、點蒼、雪峰、泰山、秋霜六大門派的武功，在觀察中吸收了各派的精華，此時對敵江聲雷所使出的兩劍，便融合了泰山和雪峰派的兩記厲害殺著，以最簡單的用劍之法逼敵後退。旁觀見多識廣的武林人士都已看出，這少年看似毫不經意的兩劍，正是虎蹤劍法的忠實寫照。

然而眾人都知虎俠從未收徒，自他死後，人人都只道這劍法已絕跡江湖，絕沒想到失傳已久的虎蹤劍法竟會在這少年手上使出。各人震驚之餘，又不免滿心疑惑：能夠這麼使劍的人，數百年來只有一位，那便是虎俠。但虎俠死時這少年不過是個小小幼童，他怎麼可能學到這劍法？

江聲雷凝視著凌霄，收劍問道：「你是虎俠的傳人？」

凌霄默然不答。如果當年在虎穴中教他內功劍法的老瘋子就是虎俠，如果他所學便是虎蹤劍法，那麼他應可稱爲虎俠的傳人。他也猜到當年自己被母親救出火教後，將自己送到大雁觀，並留給他刻著「虎」字的銅錢墜子的人，必然也是虎俠，也就是虎穴中的老瘋子。但虎俠爲何會來教他武功？虎俠爲什麼從來也沒說出自己是誰，凌霄即使擁有天眼通，卻也從未能看透他的身分和動機？凌霄想不透其中因由，更不知該如何回答江聲雷的這一問。

江聲雷望著他手中的劍，若有所思，說道：「我見過這柄劍。虎俠去世前，用的就是這柄劍。」

凌霄輕揮手中長劍，發出嗡嗡聲響。他想起爺爺將劍傳給自己時所說的話：「這柄劍是前人用過的。它不是特別鋒利，也不是特別曲軟或剛硬，只是一柄十分平凡的劍。」他陡然省悟：「這確實是虎俠用過的劍。想來虎俠內力深厚，劍意獨到，根本不需要用寶劍，任何一柄平凡的劍，在他手中都有莫大威力。」

江聲雷神色凝重，說道：「縱使虎俠往年對我有恩，但我仍要殺你。」

凌霄點點頭，舉劍守住。只一瞬間，江聲雷已出劍，劍勢快極猛極，「無影神劍」的稱號當之無愧。凌霄擋住一劍，虎口震痛，知道對手內力不在自己之下，而自己毒傷未解，不是敵手。他又擋住一劍，第三劍他知道招架不住，急往後退，卻已不及，只覺胸口劇痛，江聲雷的劍已刺上他胸口，劍氣到處，將他上身衣衫盡數震碎，片片跌落。江聲雷陡然收劍，望著他身上的慘烈烙痕，臉色大變，說道：「你……你是……」

凌霄胸口鮮血迸流，但眾人都已見到，他的胸口布滿烙痕，從肩至背，由胸至腹，各種神像怪獸圖形不下數十個，個個張牙舞爪，神情猙獰，好似要從他身上掙扎跳脫出來一般，正教中人見了都忍不住驚呼出聲。

凌霄坐倒在地，這一劍刺得甚深，他伸手按住傷口，抬頭望向江聲雷。江聲雷臉上神色驚疑不定，問道：「你究竟是火教的什麼人？」凌霄搖頭道：「我不知道。」江聲雷提起劍，說道：「我該殺你麼？」凌霄仍道：「我不知道。」

江聲雷走上一步，長劍仍指著他，問道：「你會咒術，爲何不用？」凌霄道：「除非逼不得已，我不會再使用咒術。」江聲雷長劍指著他的咽喉，說道：「現在已是逼不得已的時候了！」凌霄道：「你殺了我吧。我用咒術救人，不用咒術救自己。」

江聲雷望著他許久，才陡然撤劍，還劍入鞘。他側頭望向許飛和陳近雲，低聲說道：「或許你們是對的！」俯身從凌霄懷中取走一物，放入懷中，轉頭望向正派中人，朗聲說：「籤辭我取走了。此人我不准你們傷害。想要籤辭的，儘管來找我！」率領華山弟子逕自離去。

正派中人都感到詭異已極，不知眼前究竟發生了什麼事；他們親眼見到了虎俠的傳人，也看到了渾身燒滿火教烙印、會使咒術的火教妖人。峨嵋、雪峰等派志在奪取籤辭，當即尾隨江聲雷而去。其餘各人驚懼之下，頗有些不知所措，不多時也紛紛散去。

轉眼間，破廟外只剩下凌霄和許飛、陳近雲三人。許飛忙替凌霄按住傷口，陳近雲奔入廟尋找凌霄的藥箱，兩人手忙腳亂地替他此血敷藥，包紮傷口。但見他呼吸急促，臉色蒼白。陳近雲急道：「大哥，你沒事麼？」

凌霄微微搖頭，說道：「傷不要緊，只是之前中的蛛毒尚未完全除盡。」

陳近雲憤憤道：「可恨籤辭被江聲雷奪去了，這卻怎麼是好？」

凌霄道：「不，籤辭還在我這兒。」陳近雲一怔，恍然道：「原來他是爲了引開別人，才假作這麼一手。我們現在卻該如何？」凌霄道：「我得將籤辭送上少林。」陳近雲道：「你傷勢不輕，能騎馬麼？」凌霄道：「應當可以。火教的人就快到了，我們快走！」掙扎著站起。

許飛與陳近雲知道他受傷不輕，只因心中記掛著送籤辭這件大事才勉強撐著，也不知能撐上多久。兩人忙牽來留在林中的玉驄，扶凌霄上馬，三人往北而去。

當日凌霄騎在馬上，數度昏去，只靠著年輕體壯，憑一口氣硬撐下來。他胸口的劍傷只是外傷，在虎山靈藥下，癒合甚快，暫無性命之憂。當晚三人在郊野停下歇息，凌霄專心運功驅逐毒性，終於將蛛毒除盡。陳近雲和許飛一路盡心照顧，三人曉行夜宿，陳近雲熟悉路途，專撿荒僻的小路行走，避開火教和正教中人，直往少室山少林寺行去。

次日三人將近湖廣北部的襄陽，道上迎面奔來一騎，馬上是個身形瘦小的稚齡少女，雪膚大眼，正是白水仙的丫鬟白蘭兒。她神色驚惶，見到凌霄，立時下馬跪倒，哭道：「凌公子，求您救我們娘娘一命！」凌霄一驚，問道：「她怎麼了？」蘭兒道：「我們殺死孫爔背叛火教的事，被神通護法知道了，派人抓起了娘娘，說要送她去獨聖宮凌遲處死！」凌霄問道：「她人在何處？」蘭兒道：「她被火教中人押著，就在前面不遠的小鎮上。」

許飛心中疑惑，說道：「白水仙毒術超人，怎會這麼輕易就被火教捉住？」蘭兒道：「百花門歸附火教時，火教曾要我們交出所有毒藥的解藥，因此他們不怕我們的毒術。娘娘受兩個武功高強的侍衛圍攻，又無法以毒術護身，才不敵被擒。」

凌霄觀望蘭兒的內心，知道她所言爲眞。他點頭道：「白水仙爲了放我生路而與火教決裂，我自得盡力相救。蘭兒姑娘，請妳帶路。」陳近雲問道：「你傷勢行麼？」凌霄道：「可以。」陳近雲問道：「咱們打得過人家麼？」凌霄道：「打不過也得打。」陳近雲笑道：「好極！咱們走。」

許飛本是十分謹愼老成之人，凡事三思而後行，但見凌霄急人之急，陳近雲豪爽痛快，想也不想就答應前去救人，便也拋下疑慮，決意跟隨同去。

蘭兒大喜，向三人拜下，跳上馬當先馳去。不多時，四人來到一個小市鎭外，蘭兒和凌陳許三人下馬步行，混在人群當中，牽馬入鎭但見大街旁一間酒舖，一群火教教眾正坐著打尖，酒舖外一輛大車，七八名教眾在旁守衛。蘭兒引三人到對面的茶棚角落坐下，低聲道：「娘娘就在那大車之中。」但見茶棚中已坐著另一夥人，卻是南昌五虎和十多名門下弟子。眾人神色戒愼緊張，眼望著酒舖中的火教中人，都未注意蘭兒和凌霄等進來坐下。

凌霄向對面打量去，但見火教當中有那使流星鍾和月牙鏟的瘦子，正是曾隨張去疾去梅莊討人的侍衛首領，心中一凜：「這人不是跟張去疾一起被抓起了麼？難道火教眾人已攻破梅莊，將他們救出了來？」另一個身矮禿頭，卻是曾隨張瑞娘闖入水晶宮，以雷震擋打裂水晶石壁的神力矮漢。其旁有個頭髮灰白的中年男子，一身繭紬長衫，頭戴方巾，容貌忠厚，看來像個教書先生。蘭兒低聲道：「那瘦子叫作『流星趕月』吳隙，武功最高。矮子叫作『石破天驚』石雷，力大無窮。那灰髮的也是火教的侍衛之一，叫作『舌粲蓮花』易燃，武功不弱，擅長下盤功夫。」

陳近雲和許飛見對方有三個高手，己方凌霄傷重，只有自己二人和蘭兒能出手，陳近雲沉吟道：「須請南昌五虎相助，方有勝算。」許飛望向段青虎等人，問道：「他們會願意相助麼？」陳近雲道：「段青虎是個血性漢子，當日雖跟正教眾人同來土地廟之外，卻始終沒有出手。」凌霄道：「他們五人，危急時定會出手相助。」

便在此時，忽聽馬蹄聲響，一人縱馬從大街奔來，在酒舖前勒馬而止，翻身下馬，走入酒舖，身手輕捷，武功顯然不弱。只見那是個面目清平的道士，約莫四十來歲，一身黑色道服，方面劍眉，頦下留鬚，背上負了一柄長劍，卻是武當首徒李乘風。他在一張桌旁坐下了，抬頭向火教三人打量去。石雷見他不住望向自己，按捺不住，指著他喝道：「兀那道士，有什麼好看的？」

李乘風喝了一口茶，笑道：「老兄莫要動氣。我長年為道，自然時時不忘本業。我見三位面貌奇特，因此多看幾眼，請勿見怪。」石雷道：「哼，你有什麼本業？你會看相算命麼？」李乘風道：「不，我專修畫符捉鬼。」

石雷呆了一下，才會過意來，罵道：「王八蛋，你說我們是鬼？」

李乘風向他瞪視，朗聲道：「迷信邪教，崇拜惡神，為虎作倀，不是鬼是什麼？」

凌霄等都想：「李乘風單獨向這幾人叫陣，膽子可當真不小。」

吳隊向李乘風望了一眼，輕哼一聲，說道：「咱們有要事在身，莫理閒人挑釁。」石雷怒在頭上，叫道：「兀那賊道，賜下名號來！」

李乘風道：「貧道李乘風，武當五龍宮崇眞眞人座下大弟子。」

段青虎等和火教三人聽了，都不由得一驚。武當多年前敗於火教之手後，便封山自保，近年來武林已不見武當弟子的蹤跡，不聞武當武功的名聲。此時武當首徒竟敢公然下山向火教挑戰，顯然武當籌備已久，此番是決意與火教一決死戰了。武當封山時，李乘風本人年歲尚輕，武功未成，在江湖中並未得名，但他的師父武當掌門王崇眞卻是威名赫赫，一手四象劍號稱江湖第一劍。這李乘風是王崇眞的大弟子，武藝自當不弱。

卻聽李乘風道：「三個邪魔外道，你們要一個一個來領死，還是一擁而上？」石雷再也按捺不住，站起身罵道：「他媽的賊道士，口氣好大！待我捏斷了你的烏龜脖子！」

卻見那白髮先生站起身來，說道：「石兄勿要激動。這人讓我來開導。」此人正是易燃。他雙手攏在袍袖中，緩緩向李乘風走近，向他打了一躬，說道：「這位道爺，閣下說話，未免太過。所謂得饒人處且饒人，大家都是江湖一道，哪有解不開的冤仇？不如我請閣下共飲一杯，大家談談笑笑，豈不甚好？」

李乘風哼了一聲，冷笑道：「口蜜腹劍，裝模作樣！」易燃搖頭道：「這位道爺未免多疑了。也罷，也罷！」正要轉身回去，忽然左腿閃出，直向李乘風面門踢去。李乘風急忙仰身避開，易燃這一腳將桌子踢得飛了出去，撞上牆頭，登時碎成了七八片。

酒舖其他客人見狀大驚，紛紛離桌走避。易燃雙腿不停，連環向李乘風踢去，李乘風一時被他攻了個措手不及，展開輕功閃避。他見易燃雙腿到處，桌椅便被踢裂飛出，暗暗心驚：「這人腿勁當眞驚人！」伸手從背後拔出長劍，在身前劃出一道銀光。易燃忌憚他的劍法，退開幾步，兩人在酒樓當中對峙凝視，都不稍動。

凌霄見李乘風長劍定在空中，紋絲不動，氣度儼然，心想：「李乘風拔劍的氣勢極強。在大風谷口我使詐避過了他，若眞要打，我未必是他對手。」當世劍術高手中，他見過雪峰司馬諒、長青錢書奇、秋霜褚文義、華山江聲雷等人出手，心想除了江聲雷可與其匹敵外，餘人都不是李乘風的對手。

兩人對峙一陣，易燃忽然大聲喝道：「萬能火神，光照四方，永生永世，效忠教主！」向前一躍，雙腿連環向李乘風踢去。李乘風長劍靈動，立時反轉砍向他腳脛。易燃變招極快，一腳才沾地，便又踢出，李乘風的長劍卻更快，連連擋住他的腿踢，並乘隙刺他上身。十招過後，易燃見自己的連環神腿無法攻破敵手，雙手忽從袖中抽出，精光閃動，他雙手指骨上已各戴了一排鋼製尖刺，刺上發出青油油的光。他雙拳猛然向李乘風胸口砸去，隨即一向上，一向左，分攻他面門和右肩。李乘風不向後避，反向前進，低頭讓開攻向面門的一拳，長劍格開攻向右肩的一拳，左掌直取對手小腹。易燃後退一步，又飛腿踢去，避開這一掌，兩人瞬間又過了十來招。

眾人都看得目眩神馳。李乘風劍法嫻熟，招術綿密，易燃的腿功和刺拳變幻難測，二人招招致敵死命，委實驚險萬分。忽忽又過了三十來招，兩人愈打愈快，李乘風長劍擿捷，較易燃的刺拳環腿略勝一籌，漸漸占了上風。忽聽易燃低吼一聲，卻是李乘風長劍在他右臂上劃出一個長長的口子。吳隙和石雷眼見情勢不妙，同時起身，舉兵刃向李乘風圍攻而上。

李乘風在三人圍攻下，略顯吃力，只能勉強撐持。對面茶棚中段青虎見了，忍不住叫道：「三個打一個，這算什麼？」五虎一齊衝出茶棚，往酒舖中奔去。

但見吳陰揮動月牙鏟，險些擊中李乘風的後肩，李乘風向左一避，不小心踩上了一條斷落的桌腿，腳下一絆，露出了破綻。易燃見機不可失，右拳跟上，打中了李乘風右肩。李乘風頓覺半身痲痹，心念電轉：「這人拳上有毒！」跟著胸口一痛，易燃又出一拳，拳上尖刺盡數刺入李乘風胸口。李乘風自知受傷不輕，危急中揮劍直劈，這是武當派受傷後保身的狠猛招術，稱爲「抱虛劈亢」。此時易燃正高興得手，飛腿踢向對手小腹，滿擬能結束了他性命。不料李乘風這劍快速無比，寒光一閃，已將易燃的一條右腿齊膝砍斷。易燃長聲慘叫，向後倒去。

這場比拚一瞬間轉爲兩敗俱傷，旁觀眾人都驚詫無比。吳陰忙扶住易燃，石雷見他腿斷處鮮血泉湧，怒罵道：「天殺的賊道，我要你的命！」揮雷震擋往李乘風頭上砸去。易燃拳頭的尖刺上餵有劇毒，此時李乘風中了兩拳，半身痲痹，坐倒在地，更無法動彈，石雷這一擊眼看便要打得他腦漿迸裂。

忽聽一聲暴吼：「住手！」石雷感到身後風聲響動，回頭見一個八尺巨漢奔到身後，熟銅棍直劈自己頭頂，連忙回過雷震擋格開。那大漢正是段青虎，熟銅棍橫劈直搗，來勢猛烈，石雷被他攻個出其不意，忙舉起一對雷震擋不斷招架，一高一矮兩條漢子交起手來。這兩人都力大無窮，熟銅棍和雷震擋每相交一次，便發出震耳巨響，也難得這兩件武器都是極剛硬之物，連續撞擊多次，竟都未曾斷裂。

那邊黃虎柳大晏柳葉刀出鞘，攻向吳陰，吳陰揮月牙鏟擋開。柳大晏感到虎口一震，柳葉刀幾乎脫手，接著眼前一花，吳陰的流星錘已飛到眼前。幸得閻直揮出火焰鏈，纏住吳陰的流星錘，柳大晏才逃過一劫。柳大晏和閻直聯手對敵吳隙，猶落下風，險象環生。馮遁忙滾地上前，以地堂刀攻敵腿部，卻被吳隙一腳踢得直滾出去。蔣苓舉起雙刀在旁掠陣，伺機加入戰團。

陳近雲向凌霄道：「你坐著別動，我去救李乘風過來。」語畢與許飛一起躍出，來到對面酒舖。許飛仗劍攻向吳隙，陳近雲則趁隙衝入酒舖，抱起李乘風，快步奔出。吳隙見了，陡然飛出流星錘，打向陳近雲的後腦。卻聽噹的一聲，流星錘被一柄飛刀打偏了準頭，從陳近雲耳邊飛過，僅差寸許，卻是蔣苓射出飛刀相救。陳近雲一顆心怦怦亂跳，叫道：「多謝相救！」抱著李乘風回到茶棚。

凌霄見李乘風雙目緊閉，忙撕開他衣服，查看他胸口和右肩的傷口，見肌膚竟全成了青黑色。蘭兒道：「這是本門的九鬼鴉。」凌霄問道：「妳會解毒麼？」蘭兒點了點頭，立即取出藥瓶替李乘風施救。

吳隙和石雷眼見易燃受傷，南昌五虎武功並非上乘，不難對付，但再加上許飛和陳近雲兩人，己方絕難討得了好去，況且此處地近武當山，武當弟子若再來幾個，自己便要吃不了兜著走。吳隙當下飛出流星錘，打中馮遁胸口，又掃中段青虎肩頭，趁眾人攻勢略退，抱起易燃躍出酒舖，喝令教眾，趕起禁閉白水仙的馬車急速離去。五虎中兩人同時受傷，所幸馮遁身穿盾甲，段青虎皮厚肉粗，受傷都不重。五人眼見火教中人離去，哪敢去追，只慶幸沒將幾條命送在此地。

凌霄向蘭兒道：「勞妳照顧這位道爺。」搶出茶棚，與陳近雲和許飛上馬向吳隙等人追去。

第三十二章　百花三仙

卻說吳隙和石雷押著白水仙，急往東方逃去。凌霄等三人遠遠在後跟隨，伺機救人。不多時，火教一行人將到襄陽，忽見小道上迎面走來兩個女子，當先的是個身形纖弱的少奶奶，衣飾華貴，面容清秀，指如春蔥，手中持著一柄油傘，抬頭望天，似乎擔心將要落雨。後面跟著一個侍女，手中捧著暖爐，說道：「大少奶奶，我們快些走吧，妳瞧黑雲密布，怕要颳風下雨了哩。」

那少奶奶點了點頭，說道：「小菊，妳瞧，有車來了。」那侍女道：「不如讓我去問問能否搭個便車。」不一會吳隙等人的大車趕到跟前，那侍女走上前一福，說道：「這位大爺，我家奶奶出來踏青，眼看天要落雨，趕不回城中，可否請您行個方便，讓我們借坐您的車子進城？」

吳隙押著白水仙，不願多惹麻煩，但見那少婦衣飾講究，確像富貴人家的少奶奶，便道：「行是行，但要看妳給我什麼好處？」

那少奶奶聽了，伸手從懷中取出一柄金梳子，上面鑲滿了寶石，說道：「小菊，這梳子妳拿去送給這位爺，算是我們的報酬吧。」她說話時眼簾低垂，雙頰泛紅，似乎很少同生人說話，甚是靦腆。吳隙接過了金梳子，不由得又起貪心，暗想：「不如綁架了這少奶奶，向她家人多要些金子將她贖回去。他們若不給錢，我自己要了這少奶奶又何妨？」說道：「好吧，兩位請上車。」小菊扶了那少奶奶上車。

凌霄和陳近雲、許飛從遠處隱約見到了，心中都想：「這嬌滴滴的少奶奶在這時候出現，可是自投狼吻。」

吳隙在車中問起那少婦的家世。她說話細聲細氣，斷斷續續，說自己十七歲上嫁給了襄陽城首富沈家的獨生子，膝下無子，前年丈夫去世，守寡至今。

只見二人正說著話，忽聽吳隙喝道：「賊婆娘，妳使毒！」一掌拍出，豁剌一聲，車壁破裂，那少奶奶被打得飛出車外。凌霄一驚，心想這一掌必將那少婦打得筋裂骨碎，三人連忙拍馬急馳，往大車趕去。

那少奶奶的身子飛出數丈，輕巧落地，雪白的手從傘柄中抽出一柄細劍，轉眼已縱將回來，揮劍向吳隙攻去。吳隙飛身下車，流星錘揮出，和那少奶奶交起手來。凌霄等都看得驚訝無比，這少婦看來弱不禁風，不意身手竟如此敏捷，細劍奇快，攻勢凌厲。吳隙怒道：「賊婆娘，妳到底是誰？」

那少奶奶冷笑道：「老娘行不改姓，坐不改名，北山盜王蕭百合便是！」

吳隙罵道：「原來是妳這野狐狸！妳一向和妳師妹不和，卻來救她幹麼？」蕭百合道：「我們師出同門，情雖不深，義氣長在。」撮口作哨，二十多個大漢從四面八方持刀奔了出來，和火教徒交起手來。那侍女小菊也已和石雷動上手，小菊不敵石雷天神力，連連後退，一眾大漢舉刀上前相助，卻被石雷揮雷震擋逼退，無法欺近。

陳近雲見小菊情勢危急，眼看便要斃在石雷的雷震擋下，躍上前拔劍向石雷刺去，叫道：「刺你背心！」石雷並不回頭，反手揮雷震擋護住背心。陳近雲自知不是他的敵手，施展輕功繞著大車奔跑，石雷看清他便是曾在岳陽梅莊水晶宮中和自己交過手的小子，咒罵一聲，大步追上。

小菊趁石雷被陳近雲引開，鑽入大車之中，見一名火教徒持刀抵在白水仙的頸子上。她從暖爐中抓出一把粉霧撒出，那人雙眼劇痛，大叫一聲後鬆手放刀，摀住了自己眼睛。小菊跳上車去，接住了刀子，順手割斷了白水仙的綁縛，叫道：「師叔，我家娘娘來救妳了，快走！」白水仙卻不知是被點了穴還是中了毒，昏迷不醒，小菊伸手抱住她，跳下車來。

吳陖等見許飛、陳近雲出手，生怕對方還有埋伏。他十分機警，立時向空中放出一枚信號，召集遠近火教中人前來援助。許飛見了，叫道：「莫等對方援手到來，快救了人走！」當下接過吳陖的招數，讓蕭百合和小菊帶了白水仙騎馬離去，再與陳近雲和凌霄縱馬跟上。吳陖和石雷怎能讓白水仙就此走脫，當下不再與許飛纏鬥，隨後追趕而上。

凌霄和蕭百合等急馳而去，遠遠聽得蹄聲漸響，火教後援似乎已聚集趕上，聽蹄聲似乎有上百人。陳近雲和許飛擔心凌霄傷勢未復，若被火教追上，人和籤辭都將不保，耳聽蕭百合叫道：「襄陽就在前面，快進城去！」

眾人又快奔一陣，進了襄陽城。蕭百合似乎極熟城中道路，指揮手下四散奔去，自己抱著白水仙，領著小菊和凌陳許三人轉入一條小巷。但見巷口站著一個打扮得花枝招展的女子，笑道：「大爺們，請進來坐坐吧！」許飛一呆，蕭百合已當先闖入，回頭叫道：「快進來！」

只見裡頭是間布置華麗的大廳，廳上站了十幾個青樓女子，鶯鶯燕燕，見到蕭百合等，臉上都收起笑容，肅然靜立。當中一個濃妝豔抹的女子，約莫二十三四歲，容色媚麗，全身火紅衣裳，頭上戴了一朵鮮紅色的大花。她走上前來，問道：「對頭有多少人？」蕭百合道：「至少過百。」紅衣女子點點頭，說道：「青竹，帶三位公子爺去後面休息。」

一個生著鳳眼的小丫頭走上前來，領凌霄等三人走入後進，穿過幾個弄堂，來到一間暗室，說道：「三位請千萬不要離開。」說完便關上門快步離去了。凌陳許三人都面面相覷，不知來到了什麼地方。

那邊華麗的大廳之中，蕭百合和那紅衣女子各自指示手下布置迎敵，嚴神戒備。等那百來名火教徒開始衝進大廳時，他們見到的仍是一群鶯鶯燕燕的煙花女子，奇的是她們手中都拿著一把線香，面對著神龕，恭恭敬敬地跪拜如儀。龕上供著一尊白眉紅眼、騎馬持刀的神像，之前另有一尊段獨聖的塑像。眾人一呆之下，爲首的火教徒見到塑像，態度頓時緩和了，說道：「這位教友，方才有人闖入此地，請快助我將他們找出。」紅衣女子站起身，上前向那首領盈盈一福，柔聲道：「這位教兄，今兒是白眉神的誕辰，可是咱們青樓中的大事，半點輕忽不得。您剛才說什麼來著？」

那首領見她容色豔媚無方，說話輕聲細語，緩聲說道：「有人見到兩個女子和三個男子奔入妳這地方，快助我將人找了出來！」紅衣女子左右望望，神色爲難，說道：「教兄，我們這等去處，恩客和姑娘們來來去去，進進出出可多了，我實在不知道您說的是哪兩個女子，哪三個男子。不如我關了前後各門，讓閣中所有人排了隊，一個個來給您過目，讓您指認，如此可使得？」

那首領聽了，別無他策，也只好答應。紅衣女子又道：「請外邊諸位教兄都進來坐坐吧，今日我們供神的酒多了，正好取出請大家享用。」當下吩咐眾女鎖上前後各門，將線香插入香爐，取下供在龕上的美酒，請眾客入廳坐下，一邊奉上美酒，一邊輪流來到首領面前供他指認。首領見她辦事索利，有條有理，又十分合作，便坐了下來，仔細觀看面前眾女的面容。

直到眾火教徒都進了廳，廳門一關，事情便陡然不同了。蕭百合陡然從龕後閃出，手中長索如靈蛇般竄起，捲上那首領的頭頸。那首領只哼得一聲：「是妳！」便已倒地斃命。其餘火教徒見狀，起身想拔兵刃，卻沒有人能夠來得及抽出兵刃，有的甚至手還沒碰上刀柄，便紛紛倒地死去，百來人無一倖免。

紅衣女子眼神冷酷，望著這群來敵先後斃命，令手下捻熄線香，收起酒碗，說道：「天誅地滅煙加上百仙酒，不怕擺不平這些火教嘍囉！」

蕭百合點了點頭，嘴角露出微笑，說道：「師妹手段果然高明！」但聽屋頂微微一響，紅衣女子抬頭望去，心中一凜，說道：「仍有走脫的，我們得立即離開此地！」眾女行動極快，蘭兒扶著白水仙從後廳轉出，向紅衣女子娓娓數語，道謝辭別，急速離去；蕭百合轉眼也消失在屋後小巷中。紅衣女子手下的煙花女子一聲不出，各自奔入內室收拾打包，極有秩序。

在房中的凌霄等三人不知外面發生了什麼事，只聽遠處傳來幾聲桌椅倒地的聲響，接著便是一片寂靜。

過了一盞茶時分，之前那丫頭青竹才推開暗室的門，探頭進來道：「三位請跟我來。」三人跟著她回到大廳上，但見地上躺了一地的黑衣人，總有百來人，個個臉色發黑，已全數斃命，想是被毒死的。眾煙花女子正忙著收拾細軟什物，似是準備逃離此地。

青竹引三人來到旁邊一間小廳，方才那容色豔媚的紅衣女子獨立廳中。她見三人進來，盈盈行禮，請三人坐下，說道：「情勢緊急，蕭師姐已先去了，囑我代她向各位道謝。蘭兒也將白師姐接了去，白師姐說拜謝三位救命之恩，永生不忘。賤妾敢問各位姓名？」三人報了姓名，陳近雲忍不住問道：「請問姊姊如何稱呼？此地是何去處？」

紅衣女子微微一笑，說道：「陳三公子，你若不知道這地方，賤妾可要感到慚愧了。這兒是襄陽最出名的青樓紅煙閣，我是這院子裡的頭牌，花名姬火鶴。」陳近雲啊了一聲，說道：「襄陽紅煙閣，號稱『艷絕兩湖』的姬火鶴姑娘，我怎會不知道！」凌霄等這才恍然，原來蕭百合領了他們投奔師妹的住處，並將火教追兵引來，一舉使毒撲殺。只沒想到武林三朵花之一的姬火鶴竟藏身花叢，而今日三人何其幸運，竟將百花門三朵花白水仙、蕭百合、姬火鶴都見全了。

姬火鶴從懷中取出一只瓷瓶，一個小布包，遞給凌霄，說道：「掌門白師姐說道：大恩不言謝，這瓶百花丸子和這面百花令牌送給三位，略表謝意。這百花丸子可辟所有百花門的毒藥，相贈這丸子便表示百花門永遠不會對各位加以傷害；而這百花令牌是百花門主的標記，各位以後若需要任何協助，拿出這令牌，百花門人一律聽你差遣。」凌霄等道謝接過了。

陳近雲忍不住問道：「請問姊姊，百花門究竟是何來歷？」

姬火鶴微微一笑，說道：「今日既有緣相見，來日也不知能否再會，百花門的事情，我便簡略跟各位說了吧。我們百花門下弟子甚多，都是女子，在江湖上行蹤隱祕，許多武林中人都不知有我百花門。門人中最出名的，便是所謂的武林三朵花了。我們三人中又以二師姐水仙的武功最強，毒術亦最精湛。百花門創始人百花婆婆七十大壽那年，退隱山林，將衣缽傳給了水仙師姐，是爲第二代百花門主。百合大師姐則是出師後在北山招了一批盜匪，四出打劫，數年間便累積了千萬財寶，成爲一方霸富。大師姐不滿二師姐得傳衣缽，與二師姐少有聯繫，但在她危難時仍顧念師門情義，出手相救。至於我呢，藝成後便來到襄陽開設青樓，賣藝維生，藏身花叢。」

陳近雲心中疑惑：「以她的武功本事，爲何要來作這勾當？」卻不敢相問。卻聽姬火鶴又道：「我們三個師姐妹雖各走各路，但始終忠於百花門，百花婆婆一有令下，便出手暗殺。我們三姐妹數年來殺了十多個出名的武林高手，震驚江湖。自從百花婆婆過世後，我們便很少出手了，只是至今武林中人仍對我們十分忌憚。百花門近年內雖沉寂了些，但勢力猶在。各位以後若需要我們幫忙，我們姐妹自會傾力相助。」凌霄等都心想：「我們怎會需要暗殺什麼人？」仍向她道謝。

姬火鶴眼光望向大廳，憂形於色，說道：「如今百花門與火教正式決裂，我們雖撲滅了大部分的火教追兵，但武功較高的幾個還是讓他們逃脫了去，因此此地不可多留，我和手下姊妹們這就得要離去避禍了。各位離開此處後，須得極爲小心。我聽說外邊情勢甚是不利，火教派出了神咒和神通二大護法，已將正教各門各派全困在了大風谷。」

許飛一驚，忙問：「點蒼弟子也在其中麼？」姬火鶴道：「是。我聽說隱藏多年的少林、武當、峨嵋三派，加上華山、長青、點蒼、梅家、盛家等，全都陷身大風谷了。」

許飛豁然站起身，說道：「請問姑娘，從此地出發，哪條路能最快到達大風谷？」姬火鶴望向他，搖頭道：「許少俠，你這可是去送死！」

凌霄忽道：「姬姑娘，我想託妳一件事。」姬火鶴道：「凌公子請說。」凌霄從懷中取出那張嘔血籤辭，說道：「這是二十四字嘔血籤辭的眞跡。我想請妳幫我送上少林寺，交給性覺長老。」

姬火鶴滿面驚訝，怔然一陣，才伸手接過了，點頭說道：「凌公子，你放心將這麼重大的事物交給我，姬火鶴絕不會辜負你的托付！」

凌霄點點頭，望向陳近雲和許飛。陳近雲道：「許兄，咱們走吧！」許飛心中感動，更說不出話來。三人都知道，許飛必將赴大風谷試圖解救點蒼弟子；如果許飛要去送死，凌霄和陳近雲自也不能置身事外。自從紅杏林破廟外那一役後，三人已是生死與共的交情。

三人依照姬火鶴的指點，抄近路疾馳回到岳陽城西華容山區的大風谷。來到谷口，凌霄等便知道事情不對了。只見守哨的已換成了火教徒，入谷的路上血跡殷然，顯然經過一場大戰。凌霄等避過守衛，來到谷邊，低頭見谷底正中燃著一堆幽綠色的怪火，凌霄一看便知那神咒護法在此。谷中站滿了黑衣火教徒，手中持著綠色火把，不知有幾千百人。

谷中情勢果然極慘。少林空如、武當王崇眞、峨嵋子璋、華山江聲雷、長青錢書奇、梅滄浪、盛冰、丐幫吳三石和南昌五虎等各門各派的首領全數癱倒在火焰周圍，掙扎著難以站起，想是爲咒術所傷。各派弟子一堆堆地跪在一旁，垂首喪氣，面無人色，許飛的點蒼同門也赫然在其中。

凌霄游目望去，但見火焰旁站著一個瘦高的身形，長臉雪白，一頭白髮，身著大紅法袍，正是在三家村和大光明寺曾見過的神咒護法。其旁是個駝背男子，面容醜怪，同樣穿著大紅法袍，想來便是蘭兒口中的神通護法了。張去疾站在兩名護法身後，低頭望著束手待斃的眾正教首領，滿面惋惜憐憫，卻掩不住幾分復仇的快意。垂手站在一旁的還有三人，卻是當時不曾參與梅莊叛變的三派掌門人司馬諒、褚文義和趙自成。褚文義滿面得意諂媚之色，趙自成臉露僥倖惶恐，司馬諒卻板著臉，臉上毫無表情。

那駝背神通護法望向錢書奇，齜牙裂嘴，醜怪的容貌顯得更加可怖，叱道：「大膽叛徒，不知死活！錢書奇，我今日便讓你自己的子女來收拾你！」口中念出一段咒語，錢書奇頓時慘叫起來，小腹上的咒印陡然如烈火燒灼般劇痛，胖大的身軀在地上翻滾掙扎，怵目驚心。神通護法一揮手，一個少年從人叢中走出，面貌與錢書奇頗爲相似，顯是他被捉上獨聖峰去的子女之一。神通護法交給少年一把尖刀，說道：「這人背叛教主，你說該如何處置？」少年目光冰冷，高聲道：「背叛教主者，當受千刀萬剮之刑！」神通護法醜怪的臉上露出笑容，駝背一抖，說道：「好！你動手吧！」

便在此時，江聲雷高聲大呼道：「且慢！發起反叛的人是我，罪責當由我一人承擔！」

神通護法側過頭，一對大小不同的眼睛迸射出精光，直望向江聲雷，嘿然笑道：「好個叛徒！你召集這些沒用的各派首領一起反抗聖教，可曾料到會有今日？」

江聲雷伏躺在地上，滿面血跡，撐起身大聲道：「我江某人敢作敢當！這次的反叛全由我一人主導，與旁人無干。你要殺要剮，衝著我來便是，還多說什麼？」

神通護法嘿嘿一笑，冷笑道：「哪有這麼容易？你多年來隱藏自己有個兒子，你以為我們都不知道？看來非得在你面前好好伺候你的寶貝兒子，你才會知道後悔！」手一揮，兩名教眾押著一個少年上來，披頭散髮，全身是血，顯然已經過一番毒打，那少年正是江離。

江聲雷臉色大變，掙扎著想爬起身。神通護法陰惻惻地道：「今日你罪孽深重，只能以血來清洗罪愆。聖火神教教義寬大為懷，現在給你兩條明路。你可以選擇殺死自己的兒子，或是讓你的兒子殺死你，以洗清你的罪業。」他側頭向江離望去，說道：「江公子，不如我讓你來選吧！」江離早已嚇得神智不清，雙目圓睜，直望著地上狼狽的父親，嘴巴微張，更說不出話來。神通護法厲聲道：「江離，你要如何選擇，快快決定！」江離慌亂地跪倒在地，口中喃喃道：「我不要死，我不要死！」

神通護法怪笑道：「那好！那麼你便殺了這人吧！」說著令手下遞給他一柄尖刀。江離手中持著尖刀，全身顫抖如篩糠，幾乎沒抖得散了開去。江聲雷望著兒子，眼中含淚，他不忍親兒如此煎熬，忽然奮力爬起身，揮掌向愛子打去，掌風到處，江離仰天倒下，閉氣昏暈了過去。

神通護法怒吼一聲，駝背一震，念出一段咒語，江聲雷登時高聲慘叫，胸口的烙印霎時燃燒起來，疼痛難當，當眾翻滾嘶吼，慘不忍睹。神通護法哈哈大笑，說道：「你們好好看著，反叛火教者，就是這個下場！」他吩咐手下道：「快弄醒了這少年！要他盡快下手剷除了這毒瘤！」

凌霄站在谷口邊上，再也無法坐視。他對江聲雷一直抱有甚高敬意，他不能眼看他如此受苦受辱，更不能讓吳豹殺子那般殘忍的情景再度發生。他吸了一口氣，飛身躍入谷中。陳近雲和許飛一驚，連忙跟下。凌霄大步穿過層層包圍的火教教眾，直往谷中的火堆走去。火教教眾似乎能感受到他身上散發出來的強大靈能，不自由主讓出一條路來。陳近雲和許飛想跟上去，卻被火教教眾阻隔開來，更無法上前。

兩個護法早已覺知，一齊轉身，肅然望向大步而來凌霄。他穿過人群，在幽綠色的火堆前停步，三人對面相望，立即知道彼此都是具有靈能的人。神咒護法如在三家村見到假凌霄時一般，神色驚恐戒慎；神通護法卻充滿讚歎驚佩，他早已看出，這少年的靈能遠在自己之上。

凌霄開口道：「解除了他們的咒術！」口氣嚴峻，有如敕令。

神通護法竟然毫不反抗質疑，立即念出咒語，解除了江聲雷和錢書奇身上的咒術。兩人癱在地上，粗聲喘息，臉色發青，似乎已去掉了半條命。

兩名護法無言，仍舊凝望著凌霄。

凌霄望向倒在火堆四周的正教眾領袖，見各人抬頭望著自己，眼中充滿恐懼驚惶。他又望向站在一旁的司馬諒、褚文義和趙自成，忽然明白竄改籤辭之人的用意：所謂「群雄集，野火熄」，原意是想正教群雄放棄門戶之見、爭雄之心，通力合作反抗暴權，但今日之所見，這實是不可能之事。即使合作，他們又如何能對抗火教的靈能和咒術？他歎了口氣。正派這些人對自己未必都存善意，但他卻不能讓火教將他們趕盡殺絕。

凌霄閉上眼睛，清楚知道自己孤身一人，重傷未癒，就算加上陳近雲和許飛，也絕不可能從這大風谷中全身而退，更不可能救出這許多命在垂危的正教首領。他勉強專注凝神，急迫地觀照神咒護法和神通護法的心思，捕捉到了一個古怪的念頭：「不能讓他死！絕不能讓他死！」

凌霄有如在漫漫黑夜中瞥見一道曙光，心中又是激動，又是疑惑：「為何不能讓我死？」他一時想之不透，睜開眼睛，知道自己此時已別無選擇。就如多年前在泰山上時一樣，他無法眼睜睜地看著張去疾下手殺盡泰山道人，此刻他也無法眼睜睜地讓自己曾經預見的殘忍殺戮、血腥場面和堆積如山的屍體成為事實。

凌霄深深地吸了一口氣，在火教兩大護法、火教教眾、正派諸人注目之下，忽然拔出長劍，對準自己心口說道：「將他們全數放了，不然我便殺了自己！」

此言一出，在遠處觀望的陳近雲和許飛都是一呆，正教中人也全然不解其意。二大護法卻臉色大變，神通護法滿面驚憂，立即舉手道：「且慢！」他看出凌霄確然有自殺的決心，並不只是作作樣子而已。凌霄與他眼神相對，都想從對方的心思中找到破綻，尋得答案。

如此僵持了半晌，神通護法才抖抖駝背，睜著怪眼望向凌霄，緩緩說道：「一切好商量。我可以放了他們去，但你須答應跟我們去。」

凌霄微一遲疑，才道：「好！一言爲定。」他放下長劍，一陣莫名的恐懼襲上心頭。他知道他們要他去何處——他們要帶他上獨聖峰，見聖火神教教主段獨聖。

神通護法醜臉上露出喜色，揮手道：「全都放了！」火教教眾當即讓出道路來，各派弟子勉力爬起身，各自扶起本派掌門人和受傷的師兄弟，狼狽地逃離大風谷。令人心寒的是，正派沒有人留下，沒有人願意拚死一搏，犧牲於此，也沒有人願意留下看看凌霄的下場。凌霄心中感到異常的沉重孤獨，他清楚觀照到這數百名正教武林人士的內心：他們早被咒術嚇傻了。沒人敢留下面對火教的咒術，也沒有人意識到凌霄的出現和舉止，與火教決定放過他們究竟有什麼因果關係。他們只知道凌霄出現後，火教護法便決定放人。他們並不了解背後的原因，也無心深究。或許他們已主觀認定凌霄就是火教中人，說不定位階比護法還要高，那兩名護法才會聽從他的指令放人。他們會感激凌霄麼？當一頭猛虎咬得你遍體鱗傷，最後決定不吃你時，你會感激那老虎麼？

凌霄輕歎一聲，知道自己既然甘願出頭解救眾人性命，那便沒什麼好說的了，也不必期望他人心存感激。他知道性覺長老早已預見了這一幕，卻怕影響自己的決定，因此不讓自己知曉。如今自己決定走出這一步，那是再也無法回頭的了。

等正教眾人紛紛離去後，神通護法向凌霄躬身行禮，神態恭敬，說道：「請上路吧。」凌霄正要舉步，忽聽遠處一人叫道：「大哥！」卻是陳近雲的聲音。

凌霄回頭望去，遠遠見陳近雲和許飛想奔近前來，卻被火教教眾組成的厚厚人牆給攔住了。他見到兩人臉上對自己的擔憂關注，不禁心頭一震。他知道陳近雲對自己一片熱忱，全心相信，但許飛眼中卻含藏著一抹恐懼和深憂。許飛自識得凌霄起，便直覺認定他不是壞人，也一直相信自己的判斷，因此決意不顧一切地保護他，但是當此情景，許飛卻不禁信心動搖，開始懷疑：凌霄是否會回歸火教，成爲正教最可怕的敵人？且不說許飛出身名門正派，他的錯誤將如何對不起師門；他若知道自己犯下大錯，將永遠不能原諒自己。

那一刹那間，凌霄完全能體會許飛的疑懼。他在心中暗暗向兩人承諾：有朝一日，我會回來的。我不能辜負近雲對我的信任，不能陷許飛於不義。

在火教教眾驅逐下，不多時正教中人便已盡數離去，包括未曾反叛的雪峰、秋霜和趙家也不見影蹤，最後連陳近雲和許飛的聲音都聽不到了。靜默中，凌霄從兩大護法的心思中看到了愈來愈多令他心驚的事情：他知道他們對自己既害怕又恭敬，他知道他們收到段獨聖的嚴令，絕不能讓自己死去，因此才顧忌自己是否眞會自殺，而寧願放走已到手的眾正派領袖。他也知道段獨聖非常想見自己。爲什麼？他放眼望向周圍上百名火教教眾，答案陡然浮上心頭，他未曾多想，便說了出來：「你們以爲我眞不知道自己是誰？我便是聖火明王的傳人，火教的下任教主！」

這話一出，火教教眾盡皆心驚膽戰，自兩大護法和尊者張去疾以下，全數跪倒，向他頂禮膜拜。凌霄望向大風谷中黑壓壓的一眾火教教徒，心中陡然感到無比悽惶，全身顫抖，只想舉步逃走，卻不知自己能逃去何處。

兩大護法站起身，神咒護法垂手低頭，神通護法彎腰俯首，恭敬地道：「恭請少教主上路。」

凌霄盡力克制內心恐懼，吸了一口氣，跨出登上火教教主寶座的第一步。

第三十三章　獨聖峰上

不一日，凌霄在火教教眾包圍簇擁下，來到了獨聖峰腳。沿途來恭迎的火教徒絡繹不絕，到了獨聖峰腳下，如山如海的火教信徒夾道歡迎，紛紛獻上金銀寶貝、鮮花素果，長跪膜拜。凌霄從未見過如此盛大的場面，暗自驚詫，然而最深的感受卻是打從心底升起的恐懼。他隱約知道自己幼年曾來過獨聖峰，自也見過段獨聖，但沒有一絲半點的印象。即使毫無印象，他仍直覺地感到害怕，這裡，是他永遠不想回來的地方。

獨聖峰地勢險峻，他被信眾簇擁著來到獨聖峰時，已是傍晚。大殿一座巨大的宮殿在峰頂拔地而起，以黑色巨石建成，高大堅固，宮門敞開，有若一頭張開血盆大口的怪獸，氣勢雄偉而詭異。宮旁有無數較矮小的建築，延伸數里，連綿不絕，似是信徒住宿之處，看來這峰上應能住上數千信眾。

凌霄無心多瞧，跟著兩名護法走入獨聖宮大殿。殿中地面以火紅的大理雲石鋪成，殿中雕樑畫棟，色彩鮮熾，鑲金鋪銀，極盡奢華。大殿中央供著巨大的火神和段獨聖神像，兩旁則供著其他形形色色的火教神祇。殿中每隔數尺便燃著巨大火燭，光明照耀，莊嚴肅穆。火教中人入殿後，皆恭恭敬敬地向諸神像跪拜如儀，凌霄卻只低頭站在當地，既不跪拜，也不言語。

神通護法引他進入別殿的一間偏屋中休息，說道：「啓稟少教主，明王今夜在修法，明日一早便會接見你。」凌霄點頭不答。

神通護法望著他，醜怪的臉上忽然露出奇異的微笑，說道：「少教主，你終於回來了！你可知道明王有多麼開心？他期待這一日，已經有好多好多年了！」凌霄仍舊無言。

神通護法歎了口氣，臉上露出慈祥之色，說道：「我知道，很多過去的事情，你都不記得了。這都不要緊。最要緊的是父子親情，不論經過多長的時間，相隔多遠，明王一刻都不曾忘懷。」

凌霄一呆，脫口道：「父子親情？你這話是什麼意思？」

神通護法似乎頗爲吃驚，說道：「少教主竟連這都忘記了麼？明王是你的親生父親啊！你自出世起便靈能超人，明王對你疼愛非常，一刻都不讓你離開身邊。你自己都已說出了，你便是聖火明王的傳人，火教的下任教主。當年明王老早屬意將你立爲聖子，延續他的志願，將來接掌火教教主之位。」

凌霄心中一片混亂。他看出神通護法並非說謊，而是眞心相信自己是明王之子。但是凌滿江呢？凌滿江不是自己的父親麼？

神通護法咬牙道：「可恨那邪魔外道，想盡辦法破壞明王的大業，甚至使出奸計，在你還是幼童時將你劫擄下山，並讓你忘卻慈愛的父親和聖教的教法。明王傷痛逾恆，對你思念不已。現在你總算回來了。火神有靈，讓你父子終得團聚，往後再不分離！」他說到激動處，直是涕淚縱橫。他哭了好一陣，才平靜下來，伸手拭淚，告辭退去。

凌霄整夜未眠，凝神靜思，希望能看到真相，但除了愈來愈深刻的恐懼之外，什麼也沒有。

次日神通護法和神咒護法親自前來，請他去見教主。二人引他來到一扇血紅色的石門之前，神通護法道：「這是明王密修的禁室。少教主請。」

凌霄推開門，走入室中，石門便在他身後關上了。只見那是一間七尺見方的石室，四壁、地板和屋頂全漆成紅色，牆上畫滿各種神像人鬼怪獸，眼睛發出凶光，互相殺戮吞噬，一壁都是殘狠血腥的景象。室中間放置了一幅巨大的水晶壁，光華流轉，隱約呈現模糊的影像。對面石壁前放著一張鑲滿寶石的金色寶座，似乎是以純金打造。凌霄環望四周，他知道這是自己十分熟悉的地方。他望向那水晶壁，忽然感到一陣心驚肉跳：這是自己的囚室！幼年時他曾被關在這裡，受盡虐待折磨，如今他又回來了。

他站在水晶壁前，望著裡面不斷變幻的影像，只感到愈來愈害怕。

過了許久，對面一扇較小的石門忽然打開，一個面貌清俊的男子緩步走了進來。他看來十分年輕，似乎只有三十來歲。男子在那張金色的寶座上坐下了，向凌霄招招手，微笑道：「孩子，你過來。」

凌霄瞪著他，並不移動。

男子不再說話，開始用他心通與凌霄對答：「你可知我是誰？」凌霄心道：「你是段獨聖。」段獨聖笑了：「不錯，我便是你的父親，聖火神教教主段獨聖。」

凌霄心道：「你不是我的父親。」段獨聖皺眉望著他：「你都忘了，但我不會計較。你過來，跪在爹爹面前，讓我看看你。」凌霄不動。段獨聖收起笑容，眉毛豎起：「過來，跪下！」凌霄仍不動。

段獨聖冷然凝望著他：「沒有人敢違背我的指令！」凌霄冷然回望。段獨聖張開口，念了幾個咒語。凌霄大叫一聲，全身火紋如烈火焚燒、利刃剜割般劇痛起來。他曾眼見錢書奇和江聲雷被施咒時，身上灼痕霎時劇痛如燒，翻滾慘叫、飽受煎熬的情狀，錢書奇和江聲雷的身上只有一個灼痕，凌霄卻有數十個，此時他所受之苦卻比他們還要劇烈數十倍，胸腹腿背處處皆痛，他耳中只聽到自己淒厲的慘叫聲，眼前一黑，昏了過去。

他在恍惚中，感到自己躺在冰冷的石板地上，全身上下無一寸肌膚不疼痛。他咬著牙不肯呻吟出聲，但聽段獨聖冰冷的聲音在腦中響起：「我在你身上燒下這些灼痕，難道是白烙的麼？你不聽話，我隨時可以處罰你，讓你求生不能，求死不得。」

凌霄沒有睜眼，他看到段獨聖心中接近瘋狂的殘忍嗜殺，他知道自己爲什麼這麼害怕來到獨聖峰了。在這禁室中的那男子不是人，是魔鬼。

段獨聖站在他身邊，低頭望著他，問：「籤辭在哪裡？」

凌霄心道：「不在我身上。」

段獨聖心道：「你看過籤辭，告訴我！」

凌霄心中一凜，立即開始持誦性覺老僧傳授的觀音護心神咒。在神咒的保護下，凌霄心地一片清白，擋住了段獨聖的他心通，不讓他窺探到籤辭的內容。

段獨聖大怒，冷冷地道：「這是你自找的！」又念起咒語，凌霄身上灼痕再次劇痛起來，他全身縮成一團，承受那不是常人能承受的痛苦，在地上掙扎翻滾，卻已叫不出聲音來。段獨聖臉上露出滿意的笑容，在旁觀賞了一陣，才拂袖走出，留下凌霄獨自在禁室中承受煎熬。

不知過了多久，凌霄才感到身上疼痛漸止。他無法動彈，只希望自己趕快死去。但是他並沒有死，他知道段獨聖又回到了室中。

段獨聖微微皺眉，心道：「你好讓我失望。」凌霄沒有回答，他只盼自己已經死了。

段獨聖心道：「你看。」凌霄沒有睜眼，但已看到室中水晶壁上的影像。影像顯現了一個光采煥發、容貌威武的人，正是段獨聖。他是個大將軍，指揮千軍萬馬，好不威風。他坐在皇帝寶座之上，英明神武，萬民擁戴，統領天下。他后妃圍繞，身邊美女如雲。

段獨聖心道：「這是未來的我。」水晶壁影像改變，段獨聖身旁多了一個青年，凌霄看出那是自己，衣著華貴，春風得意，對段獨聖神態恭敬欽服。段獨聖心道：「那是未來的你。你將輔佐我身登大位，榮華富貴、天下權柄，你都將與我一同享有。」凌霄望著那個青年，腦中一片空白。

段獨聖心道：「你自己想想吧！」又走了出去。

凌霄躺在地上，身上的咒術雖已解除，疼痛卻仍遍布全身。爲了讓自己分心，不去注意身上的痛苦，他只能再用天眼去觀看水晶壁。這次他卻看到了一個神色悲憤的婦人，抱著一個孩子來到獨聖峰：那是母親和只有三四歲的自己。接著他看到段獨聖對自己的種種虐待，將他長期囚禁在禁室之中，在他身上灼燒無數烙痕，挨餓、毒打、酷刑，無日無之。不多時，水晶壁模糊了，接著他看到母親神色倉惶恐懼，偷偷讓人將自己送離獨聖宮。

凌霄喘了一口氣。他記得張瑞娘曾告訴過他，當年消除自己記憶的，正是他的母親。她極度後悔將兒子帶上獨聖峰，她不想讓他記得發生在獨聖峰上的一切恐怖經歷。他眼中湧上淚水：他連自己母親的臉容都記不得了，若非這水晶壁，他永遠也不會知道母親的臉容。他再往水晶壁看去，這次卻看到一個少年，衣著華麗，神色傲慢，一手摟著一個美貌少女，正向跪在地上的一群奴僕狂吼怒斥，揮鞭亂打。他一呆之下，驚覺那正是自己，也是十六七歲年紀，但卻荒唐縱欲，殘忍好殺，不將他人當人，活脫是個小魔王。他看見自己靈能強大，各種神通遠勝眞正的自己，卻都用來滿足自己和傷害別人！

凌霄心中震驚，他陡然明白：如果當年母親沒有放自己逃走，自己將永遠不知道是非對錯，善惡好壞。自己將在段獨聖的掌握下長大，成爲水晶壁中的那個恐怖少年。母親捨命放走了他，他才得以在揚老和虎俠兩人的教導下成長，見到世間的正道、善良與美好。他終於明白虎俠來教自己武功的用意；段獨聖能在自己身上留下各種各樣的灼痕，虎俠也能在自己身上留下印記，那就是他的武功和劍術。而揚老留下的印記，則是他的醫術、醫德和慈愛。他心中感到一陣平和，他清楚看到自己和段獨聖的區別。不論是醫術、靈能或武功，自己都直覺知道該用在保護世間美好的事物之上，而段獨聖卻將靈能全數用在控制手下、擴張勢力、滿足私欲之上。

凌霄沉沉睡去，醒來時察覺段獨聖又再回到了室中。段獨聖望著他，哈哈笑了起來：

「傻孩子，竟有這麼多的傻念頭！你跟我毫無差別。我們都有超人的靈能，而我們都應毫無顧忌地使用它。你以爲自己是在保護美好的事物麼？你自己看看。」他伸手指向水晶壁，凌霄看到一個少女，容貌秀美絕倫，正是盛清清。她掩面哭泣，極爲哀淒。

段獨聖笑道：「你看，江南第一美女盛清清。你知道她爲什麼哭泣？她在爲你流淚。你想要保護世間美好的事物，而你卻正正親手破壞了她原本應該十分美好的婚姻。你從張瑞娘手中救了她，甚至願意爲她捨命，令她念念不忘，滿心記掛著你，就連洞房花燭夜也想念著你，對她的夫君梅無問毫無眷戀。這算什麼？你是救了她，還是害了她一輩子？」

凌霄絕沒想到自己那時出手相救盛清清，她竟因此對己生起情意，不禁臉上一熱。

段獨聖一彈指，水晶壁上又出現了另一個少女，卻是趙立如，頭上無髮，身穿緇衣。段獨聖道：「這個女子也是一樣。你施展咒術救了她，讓她過了好幾年都忘不了你，最後拒絕了梅無求的提親，寧願出家爲尼。出家之前，她還爲你傷心流淚，即使出了家，這一輩子都不曾對你忘情。」

凌霄怔然，他確實沒有想到這兩位姑娘會是這樣的下場。他心中微微動搖：「我的宿命通有其極限，無法看清前因後果。就算我本著好心去作，或許事與願違，反而害了別人。這麼說來，我或許並不比他好到哪裡去。」

他望著水晶壁上的兩個姑娘，忽然明白段獨聖的險惡用心，立時醒悟過來，心道：「盛姑娘嫁給梅無問，趙姑娘出家，就算心裡想著我，也總比被你或那鄂北三魁蹂躪好上百倍。我不能預知一切，只能盡力不讓你傷害別人。只教我有生一日，便要一日阻止你爲惡！」

段獨聖大怒，冷然道：「你別以爲你能逃得出我的掌握。我定要讓你回到我身邊，作我最忠實的兒子和信徒。你等著瞧吧！」說完拂袖而出。

此後，段獨聖每日三次對凌霄施加咒術，讓他飽受酷刑，那過程簡直比死還可怕；如果死後眞有地獄，十八層地獄也不會比他此時的處境更加慘烈。凌霄知道自己無法撐上多久，遲早會死在這裡。他心中只剩下一個念頭：「我偏偏不屈服於你。就算死了，也絕不讓你知道籤辭！」他有一念清醒，就用那一念持誦觀音護心神咒，心中想著：「如果未來有人能依照籤辭的指示毀滅火教，殺死段獨聖，我死也值得！」

日子一天天的過去，凌霄身上痛苦太過劇烈，神智也近乎崩潰。每日雖有人來餵他飲食，他大多時候都只躺著等死。過了不知多久，段獨聖又回到室中，凌霄如死屍般躺在地上，毫無反應。

段獨聖在金色寶座上坐下了。他緩緩想道：「慈悲心，乃是修道的根本。你可能以爲我對你太過殘忍，全無慈悲，卻不知道我加在你身上的一切折磨和痛苦，都是源自於慈悲心。我不要你走上錯路，才以怒目金剛之姿，對你當頭棒喝，盼能消除你的罪業。等到你的罪業消夠了，你便會頓時澈悟我想傳給你的高深法理。」

凌霄默然。

段獨聖續道：「每個人來到世上都有使命，尤其是如我們這般擁有靈能的人。你知道自己的使命麼？你不知道。我卻知道。我的使命，便是要引導世人斷除貪嗔癡慢疑，早登慧覺。因此我不厭其煩地向教眾指出，火教的最高境界，便是隨我同登聖火天界，歸證清淨寶殿。以你的資質，想必已看出一切愛戀情纏乃是世間痛苦的根源。人們必定得斬斷與冤親債主的種種仇恨情緣，懂得捨棄放下，將一心寄託在修道之上，才能證悟本心，永遠離苦得樂。」

凌霄心中升起一股強烈的不屑之意，冷然想道：「聽其言，觀其行！」段獨聖嘿了一聲，說道：「你不相信我的起心動念。跟我來！」凌霄感到神智異常清醒，當下隨他入定，來到極深的定境。

凌霄在定境的明覺之中，看得異常清楚，段獨聖確實是有修持的人。他的定境和神通都是眞實的。他對自己的使命充滿信心，認爲自己一切的意念和行爲都是從本心流出，清靜無染，斷然無誤。他堅信自己需得以雷厲風行的手段征服天下，征服天下之後，他將讓所有眾生信奉火教，捨棄親情冤仇，捨棄貪愛癡戀，走上他所見的正道。他要眾生離苦得樂，而唯一的方法，便是跟著他走，別無他路。在這神聖的道路之上若有人必須犧牲流血，受苦受難，都是必要之惡、必要之苦。

凌霄靜心沉思。他從未靜坐入定，但這對他來說乃是駕輕就熟，因爲他自年幼起便時時跟著虎穴中的老瘋子靜坐運氣，靜坐的境界與放空心思進入定境原本極爲相近。他在一片清明之中看出了巨大的謬誤，他知道段獨聖錯了，而且是徹底的錯了。他將所見說了出來：「本心是空。明空不二，你執著於明，卻忽略了空。你的意念並非從本心流出，而是從私心所出，你已入了魔道。」

段倏然睜眼，怒氣勃發，霎時魔相顯現，凌霄用心眼觀照到一個全身火紅的妖魔，身周烈火圍繞，火舌亂吐。凌霄心想：這就是段獨聖的本相！

此後段獨聖不再試圖說服凌霄，只繼續對他痛加折磨。他深信只要對他折磨得夠重夠久，凌霄總有一天會醒悟。

不知過了多久，凌霄感到身上的痛苦已逐漸麻木，也感到自己離死亡只有一線之隔。這日，卻有個陌生人來到室中。

那人大頭微禿，寬眉小目，眼神深邃，面貌特異。凌霄即使徘徊在生死邊緣，也能感覺到這人的靈能比其餘兩個護法強大得多，幾與段獨聖相去不遠。那人用心對他道：「我是大護法，我叫張煒。」

凌霄登時記起，自己曾在虎山腳下的三家村中見過這人。那時他故意指稱一個假扮自己的少年爲凌霄，並曾嚴厲地命令自己不要插手。後來自己不聽，強自出頭，這人仍設法放了自己逃去。這人是誰，他在火教中究竟扮演著什麼樣的角色？

張煒語意溫和沉厚，緩緩告訴他：「你不能死。我有話要告訴你。」他在凌霄身邊盤膝而坐，心道：「明王派我來看你，因爲他怕你眞會死去。但是我來看你，卻是別有原因。我想讓你知道一些往事。」他指向水晶壁，壁上出現了一個白衣老者，正提筆寫字。他的面前跪著一個中年人，一個少年。張煒心道：「你可知這老者是誰？」

凌霄一呆，心道：「那是我爺爺，神卜子！」心生警惕，立即念起觀音護心神咒，守護心中籤辭。

張煒緩緩地道：「你不必擔憂，你聽我說。當年受虎俠之命，去向神卜子求籤辭的人，正是我。在籤辭上設下隱藏咒，讓旁人無法辨讀的，也是我。」

凌霄聞言不禁驚詫，睜開眼睛，仔細望向面前這人。他蒼老了許多，但凌霄仍能認出，他果然便是夢中那與龍英一起去求籤的中年人。他怔然：「你知道籤辭，段獨聖怎會不知道？」

張熗微微一笑：「性覺老僧曾傳授給你觀音護心神咒，我也知道類似的咒語，但我的咒語更加強大，能讓我完全忘記我不想記得的事情。唯有如此，我才能確保明王不知道我背叛他，不知道我幫虎俠作事，不知道求得籤辭的便是我，更無法從我這邊得知籤辭的內容。」

凌霄心中極爲驚奇，火教的大護法，竟是段獨聖最大的叛徒！張熗抬起頭望向水晶壁，心道：「你想知道我身爲火教大護法，卻爲什麼背叛他？原因很簡單，因爲他在我面前殺死我的親生兒子、折磨我的親生女兒。他想測試我對他的忠心，要通過這一關，才能在火教生存下去。這血海深仇，我永生難忘。我找到虎俠，告訴他只要能殺死段獨聖、消滅火教，我願意替他作任何事。」

凌霄心道：「你聽命於虎俠。」張熗心道：「不錯。十五年前，虎俠帶著十多名正教領袖攻上獨聖峰，因爲不敵明王的靈能咒術，一一受盡折磨，慘死峰上。當時只有虎俠一人僥倖逃出，他親眼見到至交好友因信任他、跟隨他上峰行刺不成而慘遭屠殺，受到極大的打擊，從此隱匿不出，轉在暗中策劃，專心致力於消滅火教。」凌霄點了點頭。

張熗繼續心道：「當年你母親送你離開獨聖峰後，虎俠便命我將你交給他。他將你安置在大雁觀，之後便一直住在虎山，藉機教你武功。」凌霄忍不住問：「爲什麼？」張熗沉吟：「我不知道。可能如你所想，虎俠想在你身上留下他的印記。但我認爲他的目的並非如此簡單。」

凌霄沉思一陣，心道：「當年你爲虎俠求得籤辭，虎俠自然知道籤辭的內容。他爲了誤導火教，才傳出假造的十八字嘔血籤辭，是麼？」

張煒心道：「正是。他用心良苦，深知籤辭的下半段絕不能讓段獨聖知道，才故意假造『群雄集，野火熄』兩句，但也不幸害了華山派的江聲雷，讓他信以爲眞，竭力讓中原群雄團結對抗火教，最後還是前功盡棄。」

凌霄忽然想起：「江聲雷，江離。你擁有靈能，自然早知道江聲雷有個兒子。但你去收伏華山派時，卻沒有逼他說出實話，讓他將兒子送上獨聖峰。」張煒點點頭：「不錯。我同情他，因此幫他隱瞞。不過現在都已太遲了。你雖讓他們放走了正派眾首領，但他們並未放走關在獨聖峰上的眾掌門子女。如今江離也在獨聖峰上，跟其他掌門人的子女關在一起。」凌霄想起大風谷中江離渾身是血的慘狀，心中一驚。

張煒指向水晶壁，壁上出現了江離和三十多名其他各派掌門人的年輕子女，被關在一間大屋之中，個個低頭誦念火教經典，神色憂懼苦惱。張煒歎了一口氣：「我想出了一個頗爲卑鄙的作法，只求能保住你的性命，減少你的痛苦，明王才讓我來見你。我讓明王停止對你施咒，但你得答應一生不逃離這間禁室。你若逃走，明王便會下手將這些人質全數殺死。你答應麼？」

凌霄知道自己別無選擇，也知道自己的「一生」並不會很長，當下默然點頭。

張煒心道：「我還有事要告訴你。」他指向水晶壁，壁上出現了一個五六歲的男童，那是童年的凌霄，正坐在段獨聖面前，口裡說道：「你在想天空中的老鷹。好大的屋子，你在想皇帝住的地方。」段獨聖臉上微笑，眼中卻露出恐懼之色。

凌霄不明白，望向張熗。張熗心道：「明王自出世以來便擁有靈能，自認爲得天獨厚，乃是世間唯一一人，因此給自己改名爲『獨聖』。」

凌霄質疑：「但是你和另兩個護法都擁有靈能。天下有靈能的人不是很多麼？」張熗微微搖頭，心道：「世間稍稍通靈的人所在多有，但擁有強大靈能的人卻是絕無僅有。就如大地上不乏小丘小陵，但拔地數百仞的高峰卻屈指可數。我曾走遍大江南北，至今遇到擁有強大靈能的人，只有你和明王二人。我和另兩個護法的靈能並非自己所有，而是源於明王。你不曾聽教徒稱頌麼？『尊貴護法，教主分身』。三大護法的靈能、咒術都是明王賜與的。我們的心思行動，也受到明王的節制掌控，才被稱爲『教主分身』。神通護法畢刁本是明王的家僕，因對明王極度忠心而得賜靈能。神咒護法段僵則是他的親弟弟，深受明王信任。他二人被明王控制久了，如今心思已是一片混沌空白。你要問他們叫什麼名字，他們已無法回答。」

凌霄點了點頭。靈能竟能賜與他人，這是他從未想過的。他問：「那麼你呢？爲何你卻記得自己的姓名？」

張熗苦苦一笑：「我是他童年時的玩伴，可說是總角之交。他信任我，也痛恨我，因爲我知道太多他以前的事情，知道太多他還沒成爲火教教主前的經歷。他給了我最多的靈能，卻最少控制我的心思，只因爲我自幼便是他忠實的信徒和擁護者，他從來不曾懷疑我的忠誠。」

凌霄默然而聽。

張熗續道：「他一直深信自己乃是天上地下，唯我獨尊的聖者，直到他遇見了你。你小小年紀，靈能就已遠遠超過了他，能將他心中最隱密的念頭看得一清二楚，所以他很害怕你。因爲害怕你，才將你關在這禁室之中，在你身上燒滿咒痕，盡力抑制你的靈能。最後他甚至想將你全身骨頭打斷，讓你成爲動彈不得的殘廢。你母親眼見你全身已燒滿了灼痕，段獨聖卻仍有更殘酷的方法折磨你，再也無法坐視。她非常後悔帶你來到獨聖峰，才找著機會，將你放走。」

凌霄問：「她是怎麼死的？」張熗靜了一陣，沒有回答。凌霄心中一痛，他已從張熗心中看到了眞相：母親在段獨聖的嚴厲懲罰下神智全失，自殺而死。

張熗長歎一聲：「她和我一樣，始終放不下親情，也爲此付出了重大的代價。你要知曉，你過去十年的平靜時光是你母親用她的生命換來的，得來不易。我很欣慰你跟著藥仙揚老長大，虎俠也曾在你身邊帶領你。」

凌霄感激母親爲自己作出的犧牲，又傷痛母親之死。他咬牙想：「是段獨聖害死了我娘！」

張熗歎了口氣：「是。孩子，你應已知道，火教的四大法寶：靈能、咒術、教法、毒術，各有用處。明王深信靈能是他得天獨厚、有權宰制天下的鐵證；他用咒術控制武功高強的各派掌門，令他們不敢反叛；用教法控制心思單純的一般信眾，令他們死心塌地；用毒術對付敵人，制其死命。」

凌霄心道：「百花門叛變後，他們失去了毒術。」張煒心道：「不錯。但只要火教仍擁有靈能、咒術、教法，火教就絕難毀滅。十四年之前我們去求籤時，令祖說火教還有二十七年的運數。如今十四年過去，還有十三年。只求這十三年之中，火教未能盡性肆虐，蒼生受苦有限。」

凌霄陷入沉思。他忽然想起一事，問了最後一個問題：「段獨聖……是不是我的父親？」張煒搖了搖頭：「你見過你的父親，不應有此疑慮。你母親帶你上峰來時，你已有三四歲年紀。你並非在獨聖峰上出生。」凌霄點了點頭，又問：「那他為何要讓人相信我是他的兒子？」

張煒沉吟一陣，才回答：「我不確定。我猜想他雖大力顛覆否認親情，甚至鼓吹指使教中之人父子相殘，內心深處卻始終無法擺脫父子相承的定律。他指定你為火教的接掌人，為了名正言順，因此希望所有人都相信你是他的親生兒子。」張煒想了想，又心道：「十五年前，攻上獨聖峰上的正教領袖中，有個特立獨行的江湖異人，死前曾激憤地詛咒段獨聖不得好死，絕子絕孫。如今明王雖擁有無數姬妾，近年來更夜夜令信眾呈獻的處子侍寢，十多年來卻從未得子。他心底可能頗畏懼那絕子絕孫的詛咒，因此自己也情願相信你眞是他的子息。」

凌霄瞪視著禁室的屋頂，只覺天下古怪滑稽可悲之事，莫過於此。

張煒站起身，心道：「我該去了。請你緊守我的祕密。我們都憤怒親人之死，都想報仇，但我們得留得青山在，先想法活下去。」

凌霄心道：「我明白。多謝你。」

第三十四章　失不復得

此後，段獨聖果然不再向凌霄施加咒術，卻派神通護法畢刁來教他運用靈能，神咒護法段僵來教他施展咒術，張去疾來向他講說教法。凌霄被迫日夜練習靈能示現，學習陰毒咒術，背誦火教教法，身上痛苦雖除，心上的痛苦卻日日加深，難以承受。他感到自己正一步步走向段獨聖的教主寶座，無法自拔。

當室中無人時，他只覺身心疲累至於極點，腦中一片空白，只知對著水晶壁發呆，看著一切過去未來的景象，看著看著便昏睡過去，不復記憶，日日如此。

他只能盡力去想些快樂的事情，如與揚老一同上山採藥的時光，揹著妹妹雲兒在山上遊玩的情景，還有陳近雲和許飛對自己的交情義氣。他只有在想著親人朋友的時候，嘴角會露出微笑。但他也不敢多想，生怕這些念頭若被段獨聖窺見，反而會危及自己最在乎的親友。他偶爾會想起性覺老僧，清醒的時候便一心持念他所傳授的觀音護心神咒。

漸漸地，他清醒的時候較多，畢刁、段僵和張去疾來傳授他靈能、咒術和教法時，他也能保持心境空明，不致頭暈腦脹，一片迷糊。他感到自己的靈能愈來愈強大，許多以往看不到、聽不到、作不到的事，他都能輕易達成。他的他心通更加細微，能將他人的心思看得極爲透徹；他的天眼通、天耳通更加靈敏，不論多遠的人事物，他都能親見其苦樂之形，聽聞其歡怨之音；他的宿命通也更加深遠，能見到無數過去未來的因果循環。他甚至能憑空變出事物：一回他心念到處，在室中變出了一隻夜鶯，停在段獨聖的黃金寶座上唱了一夜的歌。

這日禁室石門開處，走進來的卻是個面容姣好的少女，手中捧著美酒好菜，微笑著來到他面前，說道：「少教主，讓我服侍您享用。」

凌霄心下雪亮：段獨聖硬的行不通，現在來軟的了。那少女服侍他飲食，之後待他百般溫柔，自行寬衣解帶，對他投懷送抱。凌霄卻清楚看見她內心的恐懼、悲苦、無奈、怨恨，如何忍心去碰她？他輕輕將她推開。少女更加驚恐，跪在他面前懇求他接受自己。他在她耳邊說了她最不敢聽的話：「妳不要看輕自己，不要低估自己。離開這兒，妳還是個好姑娘。」少女當場痛哭起來。凌霄怕她受到懲罰，便破口罵她，嫌她醜陋魯鈍，將她趕了出去。

此後每日都有三五個女子拿好酒好菜來引誘他，凌霄滴酒不沾，也拒不接受美色。他並非完全不受誘惑；這些女子當中不乏秀美可親、溫柔婉約者，他在長期痛苦禁閉下也甚難拒絕這自投懷抱的溫柔。但以他此時靈能之強，任何一動念，他就能清楚見到後果；他知道只要自己對任何一個女子動心，段獨聖立刻便會利用她來迫使自己就範，下場不能不令他怵然心驚。他不願屈服於段獨聖，更不能害了她們。

又過了月餘，這日進來禁室的是個長髮半遮面的紅衣少女，正是張瑞娘。她身後跟著三名少女，容色清美，臉上卻滿是生澀恐懼。張瑞娘啞著聲喚道：「凌霄哥哥。」

凌霄盤膝坐在水晶壁前，並不回頭，說道：「瑞娘，妳來作什麼？」

張瑞娘苦苦一笑，說道：「我替你送人來。這幾位是今日才送上峰來的處子，明王讓我送她們來給你過目。」凌霄不語，更不回頭。

張瑞娘見他不答，揮手讓三個少女出去，獨自來到他身前坐下了，凝望著他，問道：「你好麼？」

凌霄道：「不好。」

張瑞娘低聲道：「我知道你會不高興，但我奉命前來，也是身不由己。」凌霄道：「我知道。」張瑞娘道：「爹爹還是每日來給你講解教法？」凌霄道：「是。」張瑞娘道：「爹爹說你智慧極高，什麼教法都一點便通。」凌霄冷然道：「多謝他誇獎。」忽道：「我若是妳，便不會叫他爹。」張瑞娘臉色微變。凌霄道：「妳年幼時，他爲了表明對段獨聖的忠心，竟狠心要將妳燒死獻給火神。若非大護法出手相救，妳早已燒死了。而妳因此毀容殘廢，一生難以彌補。他不配妳喚他爹。」

張瑞娘斷聲道：「你別要再說了！」

凌霄道：「他知道妳我幼年時曾是玩伴，妳被燒傷後我並未厭懼妳，仍舊照顧妳，憐惜妳，所以他叫妳來勸我，盼我會屈服。瑞娘，我瞧不起他。妳莫讓我也瞧不起妳！」

張瑞娘聽了這話，不禁流下眼淚，說道：「凌霄哥哥，我怎會忘記你的恩情？你心中應該清楚，我沒有來勸服你的意思。」

凌霄點點頭，說道：「妳坐下，不要說話。」張瑞娘抹淚坐在他身旁。他從她心中看到了許多事情：前一陣子段獨聖靈能大增，甚至能憑空變出事物，曾在諸護法、尊者面前表演，十分得意；最近段獨聖的靈能有些退失，他十分焦躁，不斷找三大護法談論，如何才能讓凌霄回到之前恍惚昏沉的情狀。

凌霄甚是驚詫。張瑞娘離開後，他若有所悟，跳起身在禁室中走來走去，不斷思索，卻想不出個頭緒。禁室中無日無夜，無年無月，他只知道自己的鬚髮漸長，身體日弱，但又不致於死。如此又過了不知多久，一日晚間，他躺在禁室冰冷的石板地上，回想著這一生的經歷和際遇，希望能從中找到慰藉，或找到答案。他想起幼年時作過多次的那個求籤之夢，夢中張煒曾問神卜子：「如何才能破解火教教主的靈能咒術？」神卜子的答案是：

「貪奪眞靈，失不復得」

凌霄陡然睜開眼睛，腦中靈光一閃：「貪奪眞靈！祕密就在這四個字當中！」他坐起身，抬頭望向禁室的四壁。是了，張煒曾說過，三大護法的靈能是段獨聖賜與的。他這麼一個自尊自負的人，爲何會如此大方地將重要無比的靈能分送給別人？唯一的可能是他不需要——因爲他已從我身上奪走了我的靈能！

凌霄感到激動無比：「我早該猜知段獨聖的祕密。我怎會到現在才想到？他不能讓我死去，因爲他的神通正是從我身上奪去的。我的神通愈強，他的神通就愈強。我昏迷恍惚時，他便可以隨心所欲地運用我的神通。我清醒時，他的神通便相應退失。他一心用美酒女色來引誘我，就是想讓我沉迷其中，難以清醒。」

他眼前忽然出現一道光明：「是了，如果我死了，段獨聖的神通也將跟著消失！」他心中又是興奮，又是激動，凝目望向水晶壁，壁上浮現了段獨聖恐懼的面孔。

與此同時，凌霄見到籤辭已安穩抵達少林寺中。姬火鶴果然信守諾言，將這天下最緊要的事物送上了少林。性覺老僧用天眼看見凌霄在獨聖峰上所受的種種折磨，與新任少林方丈空相大師討論下，決定用籤辭來向段獨聖交換他。凌霄心中焦急，他在靜坐中見到性覺老僧，阻止他道：「千萬莫拿籤辭來換我！」性覺老僧神色憂慮悲傷，他道：「孩子，你受苦太多，這不是你應得的。」凌霄道：「不要緊。我發現了一個祕密。我現在知道，只要我死了，段獨聖將再無靈能神通，一切就都能迎刃而解。」性覺老僧露出驚急之色，大力阻止，但凌霄心意已決：「我知道該怎麼作。我的命不值得你用籤辭來換。」

段獨聖顯然也意識到凌霄開始窺知他的祕密，並發現凌霄總能保持清醒，咒術教法、美酒女色都對他毫無效用，他只能自毀承諾，再次訴諸咒術和藥物來箝制凌霄。他令三個護法輪流在禁室中監視，不讓凌霄有機會自盡，並再度每日施加咒術，讓凌霄受盡苦楚，每日都痛昏數次，又下重藥令凌霄神智昏沉迷亂。

凌霄日夜在劇痛和昏迷中度過，不知過了多久，恍惚中隱約見到張瑞娘傷心地跪在自己身旁哭泣，或見到張煒皺眉憂急，低聲念咒，努力解除自己身上的痛苦。他也彷彿見到性覺老僧和幾位少林僧人來到獨聖峰，要求用籤辭交換他。段獨聖假意答應，騙得了籤辭的第三段：「異龍現，江湖變」。

凌霄看到此處，陡然清醒過來，立即用他心通對性覺老僧道：「快快停下！你要相信我，籤辭絕不能給他！」性覺老僧哀然道：「孩子，我不能讓你如此受苦下去！」凌霄道：「你要相信我！我的命不值得你拿籤辭來換！」之後便又昏了過去。

一段時日過去，一次他清醒過來，心想：「夠了，我撐得夠久了，也逃避得夠久了。該是時候走了。」他專心凝神，伸手抓向空中，憑空變出了一柄長劍。那是虎俠的劍，他對準自己胸口，奮力刺入，但卻有人抓住了他的手臂，令他無法刺下。那是張煒。他當時正守在室中，及時出手阻止凌霄自盡。他低頭望著凌霄，流淚心道：「孩子，我知道不讓你死，比讓你死還殘忍。但是你不能死。虎俠教你武功，其中必有深意。」

凌霄歎了口氣，心想：「或許時候還沒有到。」

往後數月，他神智清楚時，便用天眼時時刻刻觀照段獨聖的內心，漸漸拼湊出事實的經過。原來在他年幼初上獨聖峰時，段獨聖驚然發現這孩童靈能超卓，未來不可限量，因此生起貪心，想將這幼童的靈能占爲己有。他當時作了一個極其大膽的決定：透過水晶壁的神奇法力和咒術，將這孩童的靈能與自己連結在一起，從此他便能隨心所欲地運用孩童的靈能。他發現奪來的靈能比自己原先擁有的強大得多，愛若性命，再難捨棄，反而對自己先天的靈能棄若敝屣，索性分賜給了三個最忠誠的手下，讓他們成爲自己的分身，四出宣揚教主的神威大能，自己則安然享用孩童的超卓靈能。

但他硬奪過來的靈能畢竟不是自己的，源頭仍在那孩童的身上。一旦那孩童發現了，開始有意識地抗拒時，他便難以運用自如。爲了不讓孩童心生抗拒，他用囚禁、刑罰、咒烙等殘酷手段控制孩童的身心，他相信只要孩童在自己嚴密的控制下長大，未來定會全心臣服於己，甘心受自己利用和控制。但是這一切的精心計劃卻被孩童的母親所破壞，而這個對他重如性命的靈童竟逃得不知去向。

段獨聖所行險棋，關鍵在這靈童不能死去。靈童一死，他偷奪來的神通也將跟著消失。過去十多年中，段獨聖雖找不到凌霄，卻知道他還活在世上。現在找到了凌霄，萬全之計，自然便是再次將他無止境地囚在禁室之中，如此凌霄不會死去，而且在痛苦折磨之中，靈能將逐漸發揮出來，愈來愈強大，自己所能奪用的靈能也將愈來愈多。

凌霄得知眞相之後，十分震驚。自殺自然是最簡單的解決方法，但是性覺和張煒都不讓他自殺。爲什麼？我該怎麼作？他苦心思索：如何才能不自殺而放棄靈能？一定有辦法。爲什麼當年張煒不曾向祖父神卜子請教這一問？是了，他問了如何才能破解段獨聖的靈能咒術，神卜子的答案是：「失不復得」。如何才能讓段獨聖失去靈能咒術？如何才能讓自己失去靈能咒術？

他想不出答案。

某日，他想起段獨聖曾領他進入定境，進而想起往年虎俠曾長年帶他靜坐運氣。室中無日月，他便開始專注於修煉內息。能站起身時，便持劍練習虎俠傳授的劍法。他不願再受迷藥所制，連日不飲不食，不意肚子愈餓，頭腦反而愈發清醒。漸漸地，他對身上的氣脈有所領悟，他發現神通靈能與身上氣脈有著緊密的關聯，天眼、天耳、他心、宿命等神通在人體中都有著相應的脈絡。他潛心探索，一一找出身上的天眼脈、天耳脈、他心脈、宿命脈等的位置，感到一股從未覺知的清氣在這些奇脈中流動，甚覺新奇。

又過了不知多久，凌霄每日運氣練劍，忽然某日靈犀一現，倏然知道了答案：他可以運氣截斷自己的神通脈絡！脈絡一旦斷絕，神通靈能也將隨之消失。他心中豁然開朗，在禁室中放聲大笑，聲震四壁，笑自己愚蠢至極，這麼久才悟出這條明路。

他生怕自己的覺悟有誤，又沉心思索探究了許多日，甚至嘗試著運氣暫阻天眼脈，果然，自己平時運用自如的天眼通便即相應消失。他欣喜若狂，立即向當時守衛在禁室中的張去疾道：「我想見明王。我想通了，我願意作他的聖子，輔佐他稱霸天下。」張去疾聞言大喜，跪下流淚道：「少教主，你終於想通了，可喜可賀！我立即去報告明王！」

不多時，段獨聖來到室中，眼望著這硬氣無比、強忍折磨、堅不屈服於己逾年的少年，緩緩說道：「你早些想通，便不必受這許多無謂之苦了。你若真心臣服於我，便將籤辭的最後兩句告訴我。」凌霄道：「我卻怎知你是眞心？你得正式立我爲聖子，還我自由，我才將這份大禮獻給明王。」

段獨聖凝望著他，他熟悉爾虞我詐、互相猜疑下的利益交換，因此凌霄提的條件，他完全能明瞭接受。他當下答道：「好！我明日便舉行大禮，立你爲火教聖子。」

次日清晨，侍女來替凌霄梳洗更衣，換上了華麗的血紅色法服。三大護法恭請凌霄出禁室，來到獨聖宮的大殿之上。大殿中供著十尺高的火神塑像，之前是尊八尺高的段獨聖塑像，容貌威武堂皇。兩旁各列有護法、怪獸、天女等無數塑像，到場觀禮的火教教徒總有八九千名。

段獨聖站在神壇之上，焚香禱告，誦咒禮拜。凌霄穿著華麗莊嚴的紅色法袍，緩步走向神壇，在神壇前跪下。段獨聖轉過身，面對著他，口念禱辭，高聲道：「聖火明王段獨聖，今日謹立凌霄爲我聖火神教神火聖子，輔佐本座，一統天下。聖子來日將繼承明王大位，統領聖教，萬眾歸伏！」火教教眾齊聲稱頌，山呼萬歲，拜伏在地。

凌霄感到自上獨聖峰以來，神智從未如此刻這般清醒。他站起身來，微微一笑，說道：「段獨聖，這是你應得的！」在數千名火教教徒的注目之下，凌霄全心運氣，一舉截斷了自己的天眼脈、天耳脈、他心脈、宿命脈和神足脈。

段獨聖完全沒料到他會來這麼一著，霎時如五雷轟頂，臉色大變，呆在當地。四周火教徒都感到事情有些不對，卻不知道有多麼嚴重。

凌霄感到極爲快意，他望著段獨聖大笑起來，說道：「從此以後，天下無咒術！沒有了靈能，你也只是一介凡夫俗子！」

段獨聖憤怒得全身顫抖，狠狠地盯著他，後悔、痛恨、失落、恐懼、不可置信種種情緒在心頭翻湧，最深刻的卻是如火燒般的憤怒。他咬牙道：「我不會放過你的！」隨即念出一串咒語。凌霄身上灼痕陡然燃燒起來，知道這是段獨聖憑自身僅剩的靈能所下的最後毒咒，他感到全身肌膚好似一齊暴裂迸破，劇痛無比，眼前一黑，昏了過去。

過了不知多久，凌霄緩緩醒轉，眼前是一片夜空，一輪彎月掛在天際。他感到身子極爲沉重，腦中一片魯鈍渾噩。他抬起頭，看到身旁坐著個紅衣少女，長髮披面，正掩面啜泣。凌霄呆了一呆，說道：「瑞娘？」瑞娘旁邊還有一人，凌霄感到腦子極爲緩慢，半天才認出他來，說道：「張煒？」

張煒道：「你醒了。」他站起身，說道：「你的朋友就將來接你了。我們也該去了。」

張瑞娘斷聲道：「我不回去！就讓我死在這兒吧！」張煒默然。

凌霄怔然望向兩人，說道：「是你們救了我出來。」張煒道：「是。孩子，你是我見過最有決斷的人，我以你爲傲。你一舉拔去了火教的兩根毒牙：靈能和咒術。只是你自己作出的犧牲實在太大。我和瑞娘能力有限，只能趁亂將你帶離獨聖峰。剩下的路，你仍得自己走下去。」

張瑞娘忽然俯下身，在凌霄唇上一吻。凌霄還未會過意來，張瑞娘已拔出匕首，劃在自己咽喉，鮮血瞬時噴出，她倒地而臥。

凌霄驚道：「瑞娘！」爬起身抱住了她的身子，但見她已然斷氣。凌霄望著她燒毀的半邊臉龐，心中驚恐哀痛，一時竟呆了。

張煒神色哀然，過了一陣，才道：「這樣也好。不用多久，我也是一般的下場。但我還是得回去。」

凌霄抬頭望向張煒，覺得自己蠢笨已極，他慢慢地道：「你要回去？」張煒點頭道：「是。如今段獨聖失去了靈能咒術，對我們這幾個擁有靈能咒術的屬下，自會趕盡殺絕。那時在大殿之上，我運用靈能震懾住了段獨聖和所有教眾，才能平安送你離開。我下山之後，段獨聖憤怒如狂，也恐懼無比，他生怕畢刁和段僵會反噬他一口，已立即下手將他們處死了。」

凌霄一時想不起這兩人是誰，過了好一陣子，才道：「他……他殺死了兩個護法？」

張煒道：「不錯。護法都是他的分身，即使他失去了靈能，仍舊有辦法殺死自己的分身。」凌霄倏然明白，段獨聖不但殺得了張煒，而且必定會殺他。張煒這一回去乃是去送死！他感到一陣驚惶不忍，伸手抓住張煒的手，急道：「你別回去！」

張煒臉露微笑，緩緩搖頭，說道：「但是那些孩子們，我得放他們走，讓他們回到爹娘的身邊。」

便在此時，遠處腳步聲響起，一人快步奔來，口中叫道：「大哥！大哥！」正是陳近雲的聲音。

張煒吸了一口氣，輕輕握住凌霄的手，黯然道：「孩子，這些日子實在苦了你了。只可憐你還得苦下去。段獨聖對你下了最後的毒咒，這毒咒每過一段時日便會發作，卻只有他能解除。你要撐下去，我就不多受這十多年的苦了。」站起身，轉身大步行去，消失在夜色中。

凌霄望著他的背影，哀傷如潮水般捲上他的心頭。這位善心的火教大護法，求得嘔血籤辭的英雄，一心為愛兒報仇的慈父，竟是如此堅忍地、默默地走向生命的盡頭。

便在此時，陳近雲奔近前來，一把抱住了凌霄，哽聲叫道：「大哥，你……你回來了！」

自從凌霄被逼上獨聖峰後，陳近雲就留在山下守候，未曾離開，至今已有一年的時間。許飛當時因回護凌霄，得罪同道，被師父罰面壁思過三年，不然他必也會與陳近雲一起守候。此時陳近雲看到凌霄，忍不住流下淚來，說道：「你怎麼變成這個樣子！」只見凌霄瘦骨嶙峋如餓鬼，雙目凹陷似病漢，滿面鬍鬚同野人，與一年前精神奕奕的少年已判若兩人。

陳近雲見他仍怔怔地抱著張瑞娘的屍體，沒有再多問，在一旁掘了個坑，助他埋葬了張瑞娘。他扶凌霄騎上玉驄，離開了獨聖峰腳下的荒野之地。

凌霄感到腦中一片渾沌，比起自己尚有靈能時，好似蠢笨了千百倍。他慢慢整理思緒，將獨聖峰上的事情簡略告訴了陳近雲。陳近雲一言不發地聽著，聽完後，他點點頭道：「值得！他成了個尋常人，你卻還是你。」

凌霄露出微笑，他知道自己爲何這麼喜歡陳近雲：一般人得知他的抉擇後，可能會驚詫，會質疑，會惋惜，只有陳近雲能如此雲淡風清，用這三句話總結他的犧牲。

陳近雲陪伴著凌霄徐徐回到虎山。凌霄在獨聖峰上身心俱受重創，迫不及待想回到虎山，重拾那十年平靜安逸的生活。他來到揚老的木屋外，跪下請揚老收留他。

揚老見了，連忙出門扶起他，說道：「孩子，這兒是你的家，什麼收留不收留的？」

凌霄哽咽道：「但我已不是明兒了。我因發現自己是凌霄而下山，如今我想作回明兒，只怕已經太遲。」

揚老望著他，但見他雖憔悴虛弱，身形又拔高了不少，面貌神情也成熟了許多，這孩子已從少年長大成人了。揚老心中傷感，流淚道：「好孩子，你一點兒也沒變，只是長大了。在我心中，你永遠都是我的明兒。」

雲兒聽見人聲，從屋中奔出，驚喜大叫道：「哥哥，你回來了！」衝上前撲入凌霄懷中。近兩年不見，雲兒高了許多，臉蛋兒也更加秀美成熟了。凌霄抱起妹妹，臉上不禁露出微笑。他望著溫和慈愛的爺爺和天眞活潑的妹妹，心中生起一片暖意：人世間還是有許多美好的事物，値得我活下去。

凌霄沒沒無聞地逃離獨聖峰，回到虎山，一如過往地跟隨揚老行醫濟世。這消息過了很久才傳將出去，當時曾受他解救的武林人物，除了武當王崇眞、五虎門段青虎、丐幫幫主吳三石三人專程前來拜謝之外，餘人對他仍存有戒心。江湖上明白凌霄的犧牲和重要者極少，只有少林寺的性覺長老清楚知道，若不是凌霄在那一年的荼毒折磨下未曾屈服，並犧牲自己的靈能以克制段獨聖，中原武林早已哀鴻遍野，一片血腥。

凌霄在獨聖峰上，曾一度擁有極深廣的神通力。他在失去種種靈能之後，感到自己好似頓時成了瞎子、聾子、傻子，但也才明白一般人是如何過日子的。

他知道段獨聖在失去靈能之後，一定比自己更加恐懼張惶，暫時不會敢輕舉妄動。他也知道段獨聖絕不會放過自己；沒有了靈能、咒術、毒術之後，段獨聖必當專注於修練武功。因此他也日日勤練內功劍術，不敢懈怠。

少林一派對凌霄異常禮遇尊重，因凌霄從不離開虎山，少林方丈便不時派遣高僧來虎山造訪，傳授凌霄內功和劍術。武林中人不明因由，只知道凌霄是一代奇人虎俠的傳人，劍術高妙，便有許多人上山來向他挑戰。凌霄從不拒卻，藉機鍛鍊自己的劍術。

然而，更少人知道的是凌霄仍深受段獨聖的毒咒之苦。每隔數月，他身上的灼痕便會再次發作，令他痛得死去活來，有時持續數個時辰，有時輾轉一日一夜方休。他唯有靠勤練內功和劍術來勉強抵禦，硬撐過去。

他知道段獨聖尚未放棄自己。段獨聖要用毒咒威迫自己求饒，威迫自己說出籤辭的最後六個字，威迫自己回歸火教，輔佐明王征服天下。

但是他不會屈服。

（第二部「虎嘯龍翔」 待續）

國家圖書館出版品預行編目資料

靈劍・卷一／鄭丰（陳宇慧）作. -初版-台北市：
奇幻基地出版；家庭傳媒城邦分公司發行；
2009. 07（民98. 07）
面：公分. -（境外之城）

ISBN 978-986-6712-74-6（卷1：平裝）

857.9　　98009729

ISBN　978-986-6712-74-6
EAN　471-770-290-439-5
Printed in Taiwan.

奇幻基地官網及臉書粉絲團
http://www.ffoundation.com.tw/
http://www.facebook.com/ffoundation

鄭丰臉書專頁
http://www.facebook.com/zhengfengwuxia

靈劍・卷一（劍氣奔騰書衣版）

作　　者／鄭丰
企劃選書人／王雪莉
責 任 編 輯／王雪莉
版權行政暨數位業務專員／陳玉鈴
資深版權專員／許儀盈
資深行銷企劃／周丹蘋
業 務 主 任／范光杰
行銷業務經理／李振東
副 總 編 輯／王雪莉
發　行　人／何飛鵬
法 律 顧 問／台英國際商務法律事務所　羅明通律師
出版／奇幻基地出版
城邦文化事業股份有限公司
台北市 104 民生東路二段 141 號 8 樓
電話：(02)25007008　　傳真：(02)25027676
網址：www.ffoundation.com.tw
e-mail：ffoundation@cite.com.tw
發行／英屬蓋曼群島商家庭傳媒股份有限公司城邦分公司
台北市 104 民生東路二段 141 號 11 樓
書虫客服服務專線：(02)25007718・(02)25007719
24 小時傳真服務：(02)25170999・(02)25001991
服務時間：週一至週五 09:30-12:00・13:30-17:00
郵撥帳號：19863813　　戶名：書虫股份有限公司
讀者服務信箱 e-mail：service@readingclub.com.tw
歡迎光臨城邦讀書花園 網址：www.cite.com.tw
香港發行所／城邦（香港）出版集團有限公司
香港灣仔駱克道 193 號東超商業中心 1 樓
電話：(852) 2508-6231　　傳真：(852) 2578-9337
e-mail : hkcite@biznetvigator.com
馬新發行所／城邦（馬新）出版集團
【Cite(M)Sdn. Bhd.】
41, Jalan Radin Anum, Bandar Baru Sri Petaling,
57000 Kuala Lumpur, Malaysia.
電話：603-90578822　　傳真：603-90576622
e-mail：cite@cite.com.my

封面設計／黃聖文
排　　版／浩瀚電腦排版股份有限公司
印　　刷／高典印刷有限公司
■2009 年（民 98）7 月 28 日初版一刷
■2023 年（民 112）12 月 22 日二版3.1刷

售價／300元

廣	告	回	函
北區郵政管理登記證			
台北廣字第000791號			
郵資已付，免貼郵票			

104台北市民生東路二段141號11樓

英屬蓋曼群島商家庭傳媒股份有限公司城邦分公司 收

請沿虛線對摺，謝謝

奇幻基地

每個人都有一本奇幻文學的啓蒙書

奇幻基地官網：http://www.ffoundation.com.tw
奇幻基地粉絲團：http://www.facebook.com/ffoundation

書號：1HO020Z　　書名：靈劍・卷一（劍氣奔騰書衣版）

請於此處用膠水黏貼

奇幻基地

讀者回函卡

謝謝您購買我們出版的書籍！請費心填寫此回函卡，我們將不定期寄上城邦集團最新的出版訊息。

姓名：________________ 性別：□男 □女

生日：西元________年________月________日

地址：________________

聯絡電話：________________傳真：________________

E-mail ：________________

學歷：□1.小學 □2.國中 □3.高中 □4.大專 □5.研究所以上

職業：□1.學生 □2.軍公教 □3.服務 □4.金融 □5.製造 □6.資訊

□7.傳播 □8.自由業 □9.農漁牧 □10.家管 □11.退休

□12.其他________________

您從何種方式得知本書消息？

□1.書店 □2.網路 □3.報紙 □4.雜誌 □5.廣播 □6.電視

□7.親友推薦 □8.其他________________

您通常以何種方式購書？

□1.書店 □2.網路 □3.傳真訂購 □4.郵局劃撥 □5.其他

您購買本書的原因是（單選）

□1.封面吸引人 □2.內容豐富 □3.價格合理

您喜歡以下哪一種類型的書籍？（可複選）

□1.科幻 □2.魔法奇幻 □3.恐怖 □4.偵探推理

□5.實用類型工具書籍

您是否為奇幻基地網站會員？

□1.是□2.否（若您非奇幻基地會員，歡迎您上網免費加入，可享有奇幻基地網站線上購書75 折，以及不定時優惠活動：http://www.ffoundation.com.tw/）

對我們的建議：________________

____

____

請於此處用膠水黏貼